Louise von Francois

Die letzte Reckenburgerin

Salzwasser

Louise von Francois

Die letzte Reckenburgerin

1. Auflage | ISBN: 978-3-84608-175-4

Erscheinungsort: Paderborn, Deutschland

Erscheinungsjahr: 2015

Salzwasser Verlag GmbH, Paderborn.

Die letzte Reckenburgerin

Von

Louise von François

Inhalt

Einführung

Es war etwa zwei Jahre nach der Schlacht von Waterloo, als in einem niederländischen Grenzstädtchen armen Eltern eine Tochter geboren wurde. Die kleine, fremde Stadt ist nicht der Schauplatz unserer Geschichte, und die kleinen, fremden Leute sind nicht deren Helden. Das alltägliche Ereignis aber sollte gleichsam den Angelpunkt bilden, um welchen dieselbe rückwärts und vorwärts sich bewegen wird. Denn wäre jenes Kindlein nicht geboren, oder wäre es nicht in der Fremde und in Dürftigkeit geboren worden, so würde die weite Welt von unserer wirklichen Heldin schwerlich etwas Näheres erfahren, und wir würden ihr nicht deren Geheimnisse zu offenbaren haben.

Der Vater des Kindes war noch jung, vielleicht kaum großjährig. Dazu ein Mann von auffälliger, sagen wir ritterlicher Kraft und Schöne der Gestalt, wenngleich das sturmvolle Leben des Feldlagers in den frühverwüsteten, narbigen Zügen zu lesen stand, und wenngleich der Verlust eines Armes ihn zum Krüppel machte. Er war als unbärtiger Forstlehrling der Schar des Braunschweig-Öls in Sachsen zugelaufen, hatte die heldenmütigen Fahrten und Taten dieses Korps unter britischer Fahne auf der Halbinsel wie später in den Niederlanden geteilt, bis er, bei la Haye sainte schwer verwundet und eines Gliedes beraubt, als Wachtmeister verabschiedet worden war. „Prinz Gustel" hatten die Kameraden der Legion den stattlichen, flotten Sachsen tituliert; er selber nannte sich bescheidentlich August Müller.

Die Mutter mochte leicht eine Mandel Jahre mehr zählen als ihr Gespons, und es liegt, zu unserer Befriedigung, uns nicht ob, über die vergangenen Tage der „schwarzen Lisette" gewissenhaft Buch zu führen. Genug, daß sie als Marketenderin, zuletzt bei der Legion, gedient, daß sie ihren August nach seiner Verwundung getreulich verpflegt hat, daß sie sein rechtmäßiges Weib geworden und jetzt emsig bemüht ist, den armseligen Haushalt durch langentwöhnte Handarbeit zu fristen.

Die späte Wiege schien eine unberechnete Gerätschaft in ihrem Mahlschatz gewesen zu sein. Jedenfalls hatte die Kampfesstunde, welche einem Menschen das Leben gibt, das wetterbraune, hartgliedrige Weib schwerer mitgenommen als zwanzig Kampfesjahre, in welchen sie Tausende das ihre verenden sah. Die Finger zitterten, und der Schweiß tropfte von ihrer Stirn, als sie jetzt, bei eintretender Dämmerung, die feinen Lederzwickelchen noch aneinanderpaßte, die sich, sobald der Morgen graute, in zierliche Handschuhe verwandeln sollten. Sie seufzte, wenn sie von Zeit zu Zeit einen schüchternen Blick auf das schwächliche Wesen fallen ließ, das seit drei Tagen, fast ohne zu erwachen, an ihrer Seite kaum merkbar atmete.

Noch weit unbehaglicher indessen schien dem jungen Invaliden dieser häusliche Zustand vorzukommen. Er schritt in der halbdunklen, niedrigen Kammer auf und ab gleich einem eingefangenen Hirsch, der sich das Geweih abzustoßen fürchtet, riß dann, schwer atmend, das Fensterschößchen auf und schlug es unwirsch wieder zu, als er die Frau ängstlich das Kind gegen den Luftzug bedecken sah. Endlich aber rannte er, ein Donnerwetter brummend, aus der Tür, durch welche wir ihn nach einer Weile, eine Weinflasche in der Hand und in gemütlicherer Laune, zurückkehren sehen.

„Leg das Zeug beiseite und tu einen Zug, Lisette!" rief er der Wöchnerin entgegen. „Du bist's gewöhnt, und es tut dir not, armes Weib."

Frau Lisette schüttelte bedenklich den Kopf, seufzte und fragte mit tiefer, zur Zeit merkbar angegriffener Stimme: „Und die Zahlung, August? Wieder geknöchelt gestern nacht? Wieder gekärtelt? Mann, Mann!"

„Ei! seit wann hältst du denn Knöcheln und Kärteln für eine Sünde, altes Haus?" entgegnete lachend der Invalide.

„Trink und schneide kein Gesicht! Kann ich Holz hacken mit meinem Stumpf? Soll ich die Orgel umhängen und vor den Türen dudeln, he? Schmählich genug, daß eine, die so tapfer dem Kalbsfell gefolgt ist, elende Ziegenfellchen zusammenstoppeln muß. Aber laß das Gestöhn! Greinen, wenn man unter dem Kanonendonner gelacht! Einen Schluck und herzhaft dreingeschaut wie sonst. Es kann ja nicht ewig Frieden bleiben. Wie lange wird's dauern, ist der Napoleon wieder retour, und dann werde ich — —"

Er verstand den kläglichen Blick, mit welchem die Marketenderin seine Rede unterbrach, fuhr aber nach kurzem Besinnen in munterster Laune also fort: „Man braucht nur e i n e n Arm, um dreinzuhaun, Lisette. Ich habe ihrer mit der Linken losfeuern sehen, und mir ist die Rechte geblieben, die Mannesfaust. Nur erst den Napoleon retour, das Zelt aufgeschlagen, ein Pferd unter den Leib, und Stumpf und Kindsbett — bah! wer denkt noch an d i e? Pack die Lappalien zusammen und laß uns eins schwatzen. Sei wieder meine alte, brave, lustige Schwarze!"

„Du hast recht, August; laß uns eins schwatzen," versetzte die Frau nach einer Pause mit einem herzhaften Entschluß, indem sie erst ihr Nähzeug sorgsam verpackte, dann die Flasche entkorkte, einschenkte und nach einem kräftigen Zug das Glas dem Invaliden reichte. — „Bleib einmal heut abend bei mir zu Hause, Mann. Wir wollen uns Geschichten erzählen, wie sonst im Zelt. Aber keine von den alten, keine, die wir an den Fingern ableiern können, du wie ich."

Der Invalide lachte. „Kurios, just von den Schnurren, die einer an den Fingern ableiern kann, hört und schwatzt er am liebsten," meinte er.

„Nun freilich, freilich, August, so für alle Tage. Nur heut einmal zum Spaß ein Extrastück. Ein noch ä l t e r e s, Mann. Etwas von v o r unserer Fahnenzeit. Ich meine, etwas von der Heimat und den Angehörigen, die wir —"

Sie machte eine Pause, in der sie einen ihrer Kehle fremdartigen Ton hinunterpreßte. Dann, nach einem Blick auf das Kind, der etwa wie „armer, verlassener Wurm!" auszulegen war, fuhr sie fort:

„Freilich, bei m i r ist's eine Weile her. Die Eltern waren tot, Geschwister hatte ich keine, und die Gevattern und Muhmen, wenn sie allenfalls noch lebten, ich würde sie schwerlich wiedererkennen, oder richtiger ausgedrückt, s i e würden die Lisette nicht wiedererkennen wollen, die — — Aber du, August, du bist ein junges Blut gegen mich. Wie lange ist es denn her? Keine zehn Jahre."

„Anno neun, Lisette. Netto acht Jahre. Es war, wie der Herzog —"

„Ich weiß das vom Herzog, Freund. Acht Jahre! In d e r Zeit wird ein Mensch nicht vergessen, und ein Mann wird nur mit Ehren darauf angesehen. Kehrtest du heute heim, deine Leute würden dich mit Vergnügen aufnehmen, August."

Freund August lachte aus vollem Halse. „Meine Leute?" fragte er, „der Förster etwa, dem ich aus dem Garne gelaufen bin?"

„Nun, wenn der Förster just auch nicht, so doch d i e , welche dich v o r ihm in Versorgung hatten."

„Der Waisenvater, meinst du? Der gute Mann war alt; er wird lange tot sein, Lisette."

„Aber dein leiblicher Vater, Mann!"

„Ei, wie dumm, kluge Lisette! Nachdem ich eben erst des Waisenvaters erwähnt. Einen l e i b l i c h e n habe ich nicht gekannt."

„Oder deine Mutter — —"

„Ich weiß von keiner Mutter, Frau."

„Von keiner Mutter? Aber eine Waisenanstalt ist doch kein Findelhaus. Du hattest deine Jahre, mußt dich auf etwas v o r h e r besinnen können."

„Vorher? Nun ja, auf die alte Muhme im Walde."

„Eine Muhme! Wie hieß sie, Mann?

„Sie hieß Justine!“

„Und weiter?“

„Weiter weiß ich's nicht.“

„Aber du mußt doch einen Vater gehabt haben. Was war er, wo lebte er, August?“

„Weiß ich alles nicht, altes Fragezeichen.“

Die Frau ließ sich durch diesen Ehrentitel nicht irremachen. „Besitzest du denn gar nichts Schriftliches?“ forschte sie nach einigem Besinnen weiter. „Nicht deinen Taufschein, den Totenschein der Eltern und dergleichen?“

„Hast du deine Kirchenzeugnisse eingeholt, als du bei Nacht und Nebel deiner Dienstherrschaft von dannen ranntest?“ gegenfragte spottend der Mann, setzte aber, da er wieder einen Seufzer zu hören glaubte, gutmütig hinzu: „Na, nimm's nicht übel, Lisette. Etwas Schriftliches möchtest du? Ja, da wäre allenfalls der Schein, mit dem mich der Propst aus dem Kloster entlassen hat.“

„Auch im Kloster bist du gewesen? Unter Mönchen, August? Wohl gar ein Katholischer?“

„Lieber gar, altes Haus! Die sind nicht Mode im Leipziger Kreis. Die Anstalt hieß nur das Kloster und der Direktor der Propst von päpstlichen Zeiten her. Der alte Zettel hat sich erhalten, weiß selber kaum wie. Sooft ich ihn wegwerfen wollte, sah ich den guten blassen Mann und seine Tränen, als er mir ihn gab. Wir hatten ihn Vater genannt, und er war uns wie ein Vater gewesen. Da steckt ich den Wisch denn immer wieder ein.“

„Zeige mir den Schein, August,“ bat die Frau, indem sie sich hastig daran machte, Feuer zu schlagen und die Lampe auf dem Tisch vor ihrem Bette anzuzünden. Als sie damit zustande gekommen, entfaltete sie das Papier, das der Invalid aus seiner Brusttasche hervorgesucht hatte und dessen pulvergeschwärzte, blutige Spuren ein beredtes Zeugnis seiner Jünglingsjahre waren.

„Psalm 146, Vers neun."

„Der Herr behütet die Fremdlinge und Waisen."

August Müller. Eingesegnet und unserer Pflegestätte entlassen am 4. April 1807.

Kloster Laurentii, Kreis Leipzig. Ludwig Nordheim Propst und Direktor.

Frau Lisette hatte diesen knappen Inhalt kopfschüttelnd vor sich hingemurmelt. „Kein Geburtsdatum," sagte sie nach einer nachdenklichen Pause; „nicht Name, Stand und Wohnort der Eltern! War das Kloster eines für eheliche Kinder, August?"

„Für Soldatenwaisen," antwortete stolz der Mann. „Nur als Lückenbüßer dann und wann ein Bürgerjunge."

„Und du erinnerst dich auch entfernt keines Pflegers oder Vormunds, keiner Ortsbehörde, die dich in die Anstalt gebracht hätte?"

„Hingebracht? Ei freilich, hingebracht hat mich Fräulein Hardine?"

Die Marketenderin zuckte neubelebt auf.

„Fräulein Hardine!" rief sie. „Mann, wer war Fräulein Hardine?"

„Ein Frauenzimmer, groß und schwarz wie du, Lisette," versetzte, von dem Eifer seiner Frau belustigt, der Invalid.

„Wenn die alte Beckern recht hat, meine Frau oder Fräulein Mama."

„Und die alte Beckern, wer war die?"

„Die Waschfrau der Anstalt und eine Klatsche."

„Fräulein Hardine! Ein Fräulein, keine Mamsell! Eine Adelige sonach."

„Kann sein. Ihr Vater war ein kurfürstlicher Major."

„Sein Name —?"

„Hab ihn niemals nennen hören; vielleicht auch vergessen. Die Tochter hieß bei allen Leuten ringsum schlechtweg Fräulein Hardine.“

Frau Lisette saß eine Weile in stillen Gedanken, dann rückte sie hervor mit einem kriegslistigen Plan.

„Gib mir die Pfeife, daß ich sie dir stopfe, Gustel,“ sagte sie munter; „und da noch ein Glas, das den Kopf aufräumt. Nun aber erzähle mir einmal hübsch im Zusammenhange alles, was du aus deinen Kinderjahren behalten hast. So wenig es sein mag — man kann immer nicht wissen — — und von e t w a s muß doch einmal geplaudert sein, gelt?“

Ein trockner Text für den Liebhaber der Lagergeschichten, trotz Pfeife und Flasche, die ihn mundrecht machen sollten. Indessen er hatte gehört, daß man einem Weibe im Kindbett zu Willen reden müsse, und er war im Grunde ein gutmütiger Gesell. So legte er denn die Hand übers Herz, und während die Frau ihre Ziegenfellchen wieder aufnahm, erzählte er, indem er paffend den engen Raum auf und nieder schritt — mit Auslassung etwelcher Kraftausdrücke, die einer zarten Leserin erspart werden mögen — wörtlich wie folgt:

„Wie gesagt: wann, wo, von wem ich geboren worden, weiß ich nicht. Soweit ich zurückzuschauen vermag, sehe ich eine alte Frau, die ich ‚Muhme‘ nannte und die mich keine Not leiden ließ. In einer Stadt oder in einem Dorfe war es nicht, denn ich habe keine Häuser weiter bemerkt, mit Ausnahme des kleinen, darin die Muhme wohnte. Spielkameraden hatte ich auch nicht, abgerechnet die Karnickel und Eichkatzen im Walde, der hinter dem Hause lag. Mit denen aber bin ich um die Wette gehetzt und geklettert den lieben langen Tag. Und das war mir recht. Die Muhme würde ich vielleicht wiedererkennen, vielleicht auch nicht. Das Haus aber könnte ich noch malen. Es sprang aus einem Dickicht hervor; Tannen, so hoch, wie ich keine wieder gesehen, und am Giebel war aus Stein ein Hundekopf angebracht und darüber eine Krone von Gold.

„Die Muhme hieß Justine. So nannte sie wenigstens das Frauenzimmer, das sie wohl Tag für Tag besuchte. ‚Vom Schlosse her', wie die Muhme sagte: ich habe aber niemals ein Schloß gesehen. Dieses Frauenzimmer war Fräulein Hardine. Ob sie jung oder alt gewesen ist, kann ich so eigentlich nicht sagen, auch nicht, ob sie es gut oder böse mit mir gemeint. Ich glaube aber, gut zu jener Zeit. Gemacht habe ich mir niemals etwas aus ihr. Gemerkt aber, zum Wiedererkennen gemerkt hätte ich sie mir, glaub ich, nach schon jener Zeit. Es war etwas an ihr, das sich nicht vergißt. Was, das kann ich wieder einmal nicht sagen.

„Eines Tages saß ich eingesperrt mit Fräulein Hardine in einem engen Kasten, der sich fortbewegte. Item in einer Kutsche. Von Anfang machte ich große Augen, da ich die Bäume so hurtig an mir vorüberrennen sah. Ich sehe sie noch rennen, Lisette. Bald aber kriegte ich das Ding satt, tobte, schrie, und würde über den Kutschenschlag gesprungen und in meinen Wald zurückgelaufen sein, wenn Fräulein Hardine mich nicht an den Ohrlappen festgehalten und so lange dareingekniffen hätte, bis ich endlich vom Heulen müde ward, mich auf die Bank streckte und in Schlaf verfiel. Ich wachte wohl wieder auf und erhob den vorigen Rumor. Fräulein Hardine kriegte mich aber wieder bei den Ohren, ich schlief immer wieder ein und kann daher nicht sagen, ob die Fahrt stunden-, tage-, wochenlang gedauert hat oder wie ich im übrigen an mein Ziel gekommen bin.

„Von der Zeit ab war ich im Waisenkloster, und schlecht gegangen ist es mir darin beileibe nicht. Der alte Propst war eine Seele von einem Mann; in Wahrheit ein Waisenvater und mir, wie es schien, ganz absonderlich zugetan. Zu essen gab's reichlich und Fuchtel lange nicht genug für uns wilde Brut. Aber ich hatte kein Sitzefleisch; mich zog's zurück in den Wald. Ein paarmal nahm ich auch Reißaus, wurde natürlich aber wieder eingefangen, und man mag aus diesem Grunde mich auch späterhin niemals, wie manche von den größeren Jungen, in die Stadt gelassen haben, wenn es daselbst eine Extrabesorgung galt."

„Aber Fräulein Hardine?" fiel ungeduldig die Zuhörerin ein, als hier der Erzähler eine Pause machte.

„Nun, Fräulein Hardine," fuhr dieser fort, „Fräulein Hardine, die kam denn auch wohl dann und wann auf Besuch zu unserm Propst, schnitt aber regelmäßig ein essigsaures Gesicht, sooft ich ihr vorgeführt ward, räsonierte, weil ich nichts lernen wollte, und schimpfte mich einen Wildling oder dergleichen. Einmal hat sie mir in der Bosheit auch eine ganz gehörige Backpfeife appliziert."

Frau Lisette fuhr auf wie elektrisiert. — „Eine Backpfeife!" rief sie mit dem Ausdruck höchster Befriedigung; „eine Backpfeife, August —"

„Ganz gewiß nicht unverdient, Lisette!"

„Gezüchtigt mit eigener Hand! Und das soll nicht seine Mutter gewesen sein!"

„So? Du hättest also eher deinen eigenen Wurm als einen fremden durchgewichst?"

Die arme Mutter nahm bei dieser Gewissensfrage ziemlich kleinlaut ihr Nähzeug wieder auf. — „Ein adliges Fräulein und unter den Augen der geistlichen Obrigkeit, sie muß doch ein Recht dazu besessen haben," murmelte sie wohl noch, wurde aber nicht mehr gehört, denn ihr Gespons hatte den Faden bereits wieder aufgegriffen.

„So viel steht fest, Lisette," erklärte er, „hätte Fräulein Hardine mich lebtags mit Streichelfingerchen angefaßt, ich könnte sie vergessen haben. Nun sie sich tätlich an mir vergriffen hat, leibt und lebt sie vor meinen Augen, und würde ich hundert Jahre.

„Ich war auf diese Weise ein stämmiger Bursche geworden; kopfhoch größer als sämtliche Kameraden, und in mir rumorte anjetzo nur noch ein einziges Gelüst. Nicht mehr: ‚In den

Wald!' wie früherhin. Nein: ,Ein Pferd unter den Leib und unter die Soldaten!' Ich hatte in meinem Leben die ersten Truppen gesehen. Preußen und Landeskinder waren an dem Kloster vorübergezogen. Nämlich während der Mobilmachung von Anno fünf, wo sie dem Österreicher zu Hilfe wollten. Der Österreicher wurde in der Klemme gelassen, und meine Preußen zogen wieder ab. Aber nächsten Herbst kamen sie retour. Rekamente dem Napoleon auf den Pelz, der bereits auf dem Wege sei, wie es hieß. Da prickelte es mir freilich vom Kopf bis zur Zeh! Ich hatte aber doch so viel Einsehen, daß sie einen halbwüchsigen, verlaufenen Waisenjungen bei der Armee nicht nehmen würden. Einstweilen spielte ich daher nur Soldat, und es war eine Lust, wie ich die Jungens zusammenwalkte. Ich war der größte und darum von Rechts wegen unser Kurfürst, den ich mir immer nur wie einen Schlagetot vorstellen konnte. Die meisten, aber kleinsten, waren Franzosen und ein Knirps ihr Napoleon. Nun, ich habe ihn gebläut, wie vor zwei Jahren den richtigen Napoleon der alte Marschall Vorwärts und unser iron duke."

„Aber Fräulein Hardine?" fragte von neuem die erwartungsvolle Hörerin, und der Erwachtmeister antwortete: „Nur Geduld, gleich ist sie wieder da!

„Es war am 14. Oktober — solch ein Elendsdatum vergißt sich nicht, Lisette! — Wir standen zum Morgenbrot im Kreuzgange aufgestellt, als der Propst zu uns trat mit Hut und Stock, zitternd über den ganzen Leib und weiß wie eine Wand. ,Das erste Blut ist geflossen,' sagte er mit bebender Stimme, ,teures Blut, Heldenblut! Ihr seid Soldatensöhne, meine Kinder. Eilt in den Wald, pflückt das letzte Eichenlaub und bindet einen Kranz auf das Grab eines tapferen Herrn, der, allen voran, im Kampfe für das Vaterland gefallen ist.' Darauf, an mich herantretend, setzte er leise hinzu: ,Es ist der Vater von Fräulein Hardine, den man gestern als Leiche in ihr Haus gebracht hat. Dort erwarte ich dich, August, mit dem Kranze.

Die Waschfrau Becker' (sie versah nämlich nebenbei den Botendienst nach der Stadt) ‚begleitet dich und zeigt dir das Haus.' Damit ging er. Wir Jungen rannten in den Wald. Ich war zu oberst auf den Bäumen und warf die Zweige herab, die unten um einen Faßreif gebunden wurden. Es war ein Stück, daß eine Kuh sich daran hätte satt fressen können, Lisette. Kaum eine Stunde, und ich trabte neben der alten Beckern auf dem Wege nach der Stadt."

„Wenn die Botenfrau sowieso nach der Stadt ging," fiel hier Frau Lisette, höchlichst gespannt, dem Redner ins Wort, „warum mußtest du sie begleiten, August? du den Kranz zu Fräulein Hardine tragen? von allen just du? Mann, Mann, das war eine Finte!"

„Du kommst auf die Sprünge der alten Klosterklatsche, Lisette," versetzte der Invalid, der allmählich Feuer und Flamme über seiner Erzählung geworden war. „Aber höre nur weiter. Auf dem Wege hatte ich meinen Heidenärger mit dem dummen Weib. Es wäre im Oberlande eine Schlacht geschlagen worden, behauptete sie, die nämliche, in welcher Fräulein Hardines Vater gefallen sei, und der Franzose hätte obtiniert. Das konnte und wollte ich nicht glauben. Ich schimpfte die Alte ein Schandmaul und würde sie handgreiflich zur Ruhe gebracht haben, wenn, na, wenn sie eben nicht ein Weib und obendrein ein altes Weib gewesen wäre. D i e aber blieb baumfest bei ihrem Satz und in der Angst vor dem ‚grausamen Bohnebart'. Sie zitterte wie ein dürres Laub, sooft ihr der Name über die Lippen lief. Es war nicht anders, als ob der Bohnebart expreß ins Land gekommen sei, um der alten Beckern auf den Leib zu gehen.

„So in Gift und Galle kamen wir in die Stadt. Ich hatte noch nie eine gesehen und mir eine Stadt weit anders vorgestellt. Nur hoch oben das große Schloß, wie es allmählich aus dem Nebel hervortrat, das gefiel mir. ‚Da möchte ich wohnen', sagte ich, und die Beckern schmunzelte geheimnisvoll: ‚Nun, wer weiß, Gustel, ob du nicht noch eines Tages in einem Prinzenschlosse logieren tust. Der Bohnebart ist auch nur ein armer Junge gewesen wie du und am Ende ein Kaiser geworden.' — ‚Und so ein Knirps!' sagte ich verächtlich.

„Bei den Worten kamen wir auf den Markt. Die Alte wies auf ein Haus und sprach: ‚Da wohnen die Majors'. Das Haus, wiewohl ich es nur das e i n e Mal und seitdem viel tausend andere gesehen habe, das Haus könnte ich noch malen. Es glich einem Mops, dem einer eine Zipfelmütze aufgebunden hat. Die Beckern setzte sich neben dem Torweg auf eine Bank, allwo sie mich zurückerwarten wollte, und ich ging mit meinem Kranze hinein.

„Im Torwege kam mir auch schon der Propst entgegen, nahm mich bei der Hand und führte mich in die eine Stube auf die rechte Seite. Die Fenster waren zugehängt, und ich mußte mich erst an das Dämmerlicht gewöhnen. Ich unterschied aber doch irgendein menschliches Wesen, das mit ausgebreiteten Armen nahe der Tür gestanden hatte und, auf einen Wink des Propstes, hastig in ‚die Hölle' — so heißt bei uns zulande der tiefe Ofenwinkel — huschte. Ich spitzte die Ohren. Mir war, als hätte ich einen ächzen oder schluchzen gehört."

„Fräulein Hardine!" rief Frau Lisette in atemloser Spannung. Der Erzähler aber entgegnete:

„Behüte! Fräulein Hardine war keine von der Art, die ächzt und schluchzt. Die stand aufrecht und ernsthaft, schwarz vom Kopf zur Zeh, in der Kammer vor der Leiche des Majors, zu welcher der Propst mich unverweilt führte. Es war der erste Tote, den ich zu sehen kriegte, und ich kann dir gar nicht beschreiben, Lisette, wie er mir gefiel. So hatte mir noch nie ein Lebender gefallen. Er ruhte wie im Schlafe, die Rechte ingrimmig geballt; sie mochten ihr den Säbel, der neben der hohen Ungarmütze an seiner Seite lag, mit Gewalt entrissen haben. Und dann das Ordensband, der blaue Husarenpelz mit silbernen Schnüren und dem kleinen Brandmal, durch welches die Kugel in das Herz gedrungen war. Ich betastete Stück für Stück. Ich konnte mich nicht satt sehen, bohrte mit dem Finger nach der Wunde, ob die Kugel noch zu spüren sei; ich drückte eine kalte Hand nach der anderen, und würde nicht von der Stelle gewichen sein, wenn mich der Propst nicht mit Gewalt in die Stube zurückgezogen hätte.

„Dort hielt er mir nun eine feierliche Rede, von der ich aber nichts weiter gehört und gemerkt habe, als daß er den Mann selig pries, der als ein Held für das Vaterland gestorben sei. — ‚Ich will auch für das Vaterland sterben!' platzte ich heraus, und bei den Worten trat Fräulein Hardine, die, ohne daß ich's gemerkt, am Fenster Platz genommen hatte, rasch auf mich zu und drückte mir die Hand, als ob sie sagen wollte: — brav, Junge, bleibe bei diesem Satz! — Gesprochen aber hat sie an diesem Morgen kein Sterbenswort, und ich habe auch nicht weiter auf sie achtgegeben, sondern unverwendet nach der Hölle gestarrt. Denn während meiner Rede war von dorther ein Schrei gedrungen, der mir durchs Herz ging wie ein Brand. Ich konnte aber nichts weiter unterscheiden als eine kleine, weiße, in sich gekrümmte Gestalt, die ihren Kopf hinter einem Schnupftuch verborgen hielt. Auch trat jetzt der Propst von ungefähr zwischen mich und die Hölle, so daß ich nur noch des guten Mannes schwarzen Rock und weiße Perücke erblickte, wenn ich hinter den Ofen zu lugen suchte.

„‚Du bist nun fast ein Erwachsener, August,' so setzte der Propst, zu mir gewendet seine Ansprache fort. ‚Kommende Ostern wirst du konfirmiert und mußt dich für einen Lebensberuf entscheiden. Was willst du werden, mein Sohn?' — ‚Soldat!' rief ich ohne Besinnen. Und wieder drang es, aber diesmal wie ein Wimmern, aus der Hölle."

„Es wird die Mutter von Fräulein Hardine gewesen sein," rief in atemloser Spannung Frau Lisette. Der Erzähler aber entgegnete:

„Ob Fräulein Hardine dazumal noch eine Mutter gehabt hat, weiß ich nicht. Das aber weiß ich, daß es nicht die Stimme einer alten Frau gewesen ist, die da hinter dem Ofen jammerte. Weit eher die eines kleinen, bekümmerten Kindes. Aber höre nur weiter, Lisette.

„‚Du bist zum Soldaten noch zu jung, August,‘ sagte der Propst. ‚Auch muß das Schicksal unseres Vaterlandes erst entschieden sein. Möchtest du für den Napoleon kämpfen, wie die Deutschen draußen im Reich?‘ — ‚Nein!‘ antwortete ich, ‚aber überall gegen ihn.‘ — Und zum zweitenmal drückte mir Fräulein Hardine stumm die Hand.

„‚Die Zeit kann kommen, mein Sohn,‘ versetzte der Propst. ‚Für den Augenblick gilt es zu warten. Erhalten wir den Frieden und bleibt alles beim alten, darfst du nimmer an den Soldaten denken, du bist nicht von dem Stande, um Offizier zu werden, und als Gemeiner erträgst du's nicht bei deiner Sinnesart. Die laufen noch Spießruten. Möchtest du dich peitschen lassen, August?‘ Ich ballte statt aller Antwort nur die Faust. Der Propst fuhr fort:

„‚Du hast dich immer in den Wald zurückgesehnt. Wie wärs mit einem Jägersmann, mein Sohn?‘ — ‚Nun gut, wenn nicht Soldat, so will ich Jäger werden und schießen lernen,‘ sagte ich.

„Was der Propst noch weiter in mich hineingepredigt hat, weiß ich nicht. Ich dachte an den toten Major und blinzelte nach dem jammernden Kinde in der Hölle. Da war ich denn quasi verdutzt und wußte gar nicht, wie mir geschah, als ich mich plötzlich beim Arme gefaßt und nach der Tür geschoben fühlte. Vom Propste nämlich. Schon hatte er die Tür aufgeklinkt, und ich stehe auf der Schwelle, da höre ich etwas hinter mir, als wenn ein Vogel flattert. Rasch wende ich mich um und sehe — ja was denn nun eigentlich? Es war ja nur ein einziger Blick und einer aus dem hellen Flur in das halbdunkle Zimmer. Ich sehe also mit ausgespreizten Armen eine Gestalt, klein und fein wie ein Kind, von schneeweißem Angesicht und hellgelbem Gelock, gegen die große, schwarze Hardine, die hinter ihr stand, sich abhebend wie am Himmel ein weißes, goldgerändertes Wölkchen, wenn die Nacht schon hereingebrochen ist. Mir schwamm es vor den Augen, als hätte ich einen Schwindel. Da stieß mich der Propst über die Schwelle, die Tür fiel in die Angel, und ich hörte von drinnen nur noch einen schrillen Schrei.

„In der nächsten Minute stand ich vor der Tür neben meiner Alten. Unter freiem Himmel war der Schwindel gleich wie weggeblasen, ich sah und hörte wieder munter wie sonst und kam schier auf den Gedanken, daß die Geschichte — nicht die vom toten Major, aber die von dem Wolkenkinde — nur ein Spuk gewesen sei.

„Auf der Gasse war es während der Stunde lebendig geworden. Gleich einem aufgescheuchten Bienenschwarm hastete und summte die Menschheit auf und nieder, und mein altes Weib war voll wie ein Schwamm von all den Geschichten, die sie auf der Türbank eingesaugt hatte. Die Geschichten waren wahr, Gott sei's geklagt. Die alliierte Armee hatte sich auf zwei Punkten überrumpeln lassen, und zwei hundsföttische Schlachten wurden in den nämlichen Stunden geschlagen. Die Stadt lag drei Meilen vom nächsten Kampfplatze entfernt: wie konnte das Volk den erbärmlichen Ausgang so dreist behaupten? Witterung sagten sie, wie die vom lieben Vieh vor dem Sturm. Aber warum hatte ich die Witterung nicht? Warum hast du, Lisette, niemals gezittert bei einem ersten Kanonenschlag? Weil du ein Mann warst, Lisette, und jene Männer alte Weiber wie die Beckern, Memmen, die nichts Besseres verdient haben als die Fuchtel des Napoleon so lange, bis am Ende auch bei ihnen die Berserkerwut zum Ausbruch gekommen ist.

„Auf Schritt und Tritt guckte mein altes Weibsstück sich um, ob ihr der grausame Bohnebart nicht bereits auf den Hacken säß. Bei aller Angst jedoch schwamm die Neugier nach dem, was ich bei den Majors erlebt, obenauf, und wir waren noch nicht aus dem Tore, da hatte sie mich ausgepreßt wie eine Zitrone und zu jedem Tropfen ihren Senf gerührt. Ich wollte nur eines wissen: wer das kleine Mädchen gewesen sei, dessen letzter Schrei mir noch immer in den Ohren gellte. Aber just dieses eine wußte die alte Weisheit nicht. — ‚Eine Bekanntschaft aus der Stadt‘ — so meinte sie, denn Anverwandte hätten die Majors hierzulande keine. — Aber warum seufzte und weinte sie denn so jämmerlich? forschte ich weiter und brachte damit meine Alte wieder in das richtige Fahrwasser.

„‚Wer heult und schreit denn anjetzo nicht, Gustel?‘ sagte sie. — ‚Wer sieht im Geiste nicht einen von den Seinigen totgeschossen oder zum Krüppel gehauen, oder in Gefangenschaft oder auf der Flucht. Den Bohnebart mit seiner Kopfabschneidemaschine noch gar nicht eingerechnet. Ja, das sind wilde Zeiten wie unter dem Schwedenkönig oder dem alten Fritz. Paß auf, Gustel, wenn wir heimkommen, ob uns der Franzose da nicht schon entgegenrückt und das Kloster ist ein Aschenhaufen, und Lehrer und Jungen sind über alle Berge wie eine Herde, in die der Wolf geraten ist. Und darum, Gustel, darum will ich dir noch in dieser Stunde offenbaren, was ich in der nächsten vielleicht nicht mehr zu offenbaren imstande bin. Etwas, auf das noch kein Mensch verfallen ist, als die alte Beckern ganz allein. Wenn es aber einstmals vor aller Welt ans Tageslicht gekommen sein wird, dann sollst du denken: die alte Beckern hat mir's prophezeit, und dich hübsch dankbar erweisen an der armen, alten Frau; nämlich insofern sie vor dem grausamen Bohnebart ihr bißchen elendes Leben davongetragen hat.‘ —

„Sie guckte sich nach dieser Rede scheu nach allen vier Weltgegenden um, hob sich auf die Zehenspitzen und wisperte, ihren Mund an mein Ohr gelegt:

„‚August, hast du dir niemals Gedanken darüber gemacht, was Fräulein Hardine eigentlich mit dir zu schaffen hat?‘ Ich schüttelte lachend den Kopf.

„‚Und dir schwant auch gar nicht, wer der Mann gewesen ist, vor dessen Leichnam man dich heute geführt?‘ — ‚Ein Major,‘ sagte ich. — ‚Ein Major, nun freilich,‘ versetzte die Alte ärgerlich. — ‚Ein Major für Seine Kurfürstliche Gnaden; ich meine aber, was er für dich, August, gewesen ist?‘ — ich schüttelte wiederum den Kopf.

„‚Nun, so vernimm es denn, August,‘ — sagte die alte Beckern feierlich wie die Hexe im Alten Testament: — ‚der Mann ist dein Großvater gewesen, denn Fräulein Hardine ist deine Mutter.‘ —

„Die Wahrheit zu sagen, ich war dazumal in derlei Historien wie ein ungeschorenes Lamm. Das einsame Waisenhaus führte mit Fug seinen Klostertitel; Angehörige, die wir besuchten, hatte keiner von uns, und alles, was eine Schürze trug, wenn es nicht lahm und grau war wie die Beckern, wurde von der Anstalt ferngehalten wie ein Zunder. Die Lehrer waren unverheiratete Anfänger, warm aus dem Seminar, der Propst ein Witmann. So merkten wir denn nichts von Küchengeträtsch und Klatsch, und ich argwohnte durchaus nicht, welch ein gefährlicher Leumund über Fräulein Hardine mir ins Ohr geträufelt ward. Ich würde mir jedoch jede andere als sie lieber als Mutter ausgebeten haben, hätte ich mich jemals nach Vater oder Mutter gesehnt. Ich sehnte mich aber in die Freiheit, in den Wald oder in die Welt und weiter nach nichts. Indessen einen Großvater, der auf dem Schlachtfelde geblieben war, hätte ich mir schon gefallen lassen und ihm zuliebe ebenfalls auch die gestrenge Hardine als Fräulein Mama in den Kauf genommen. Darum spitzte ich wohl einen Augenblick die Ohren.

„Aber der Major war ein vornehmer Herr, und ich hieß schlechtweg Müller. Der Propst hatte mir kaum vor einer Stunde gesagt, daß ich um meines Standes willen es nur bis zum Gemeinen bringen könne. Das fiel mir zur rechten Zeit wieder ein, und ohne mich viel darum zu grämen, erklärte ich der alten Hexe, welch ein Wind es mit ihrer dummen Prophezeiung sei.

„Die aber blieb bocksteif bei ihrem Satze und wurde noch obendrein rabiat. — ‚Was für ein blitzdummer Junge du bist, Gustel,‘ eiferte sie, indem sie beide Arme in die Hüften stemmte. ‚Als ob ein Edelreis nicht auch wilde Schößlinge treiben könne! Als ob man ein Kind, wenn man seinem Ursprunge nicht auf die Spur kommen lassen will, nicht bloß als einen Müller oder meinetwegen als eine Beckern und dergleichen in das Register einzutragen brauchte! Notabene: insofern der Pastor mit einem unter einer Decke steckt. W a s aber, frage ich, was ist unser Herr Propst? Ein alter guter Freund von Fräulein Hardine. W e r hat dich heimlich bei Nacht und Nebel in das Waisenkloster eingeschmuggelt, wer, frage ich? Fräulein Hardine. Bist du ein Soldatensohn wie die anderen? Weiß einer überhaupt, wer dein Vater gewesen ist? Siehst du aus wie von gemeinem Gezücht? Wie ein Junker, August, wie ein Prinz siehst du aus.‘“ —

„Wahrlich, ja wahrlichen Gott, wie ein Prinz!“ unterbrach Frau Lisette den Erzähler, eine stolze Röte über dem abgezehrten Gesicht. „Der Prinz hießest du, Prinz Gustel in der ganzen Legion!“ —

Prinz Gustel schmunzelte nicht unempfindlich bei dieser schmeichelhaften Erinnerung, hielt aber den Faden seiner Mitteilung getreulich fest.

„‚W e r hat dir eine halbe Freistelle ausgewirkt?‘ fragte die Alte weiter. ‚Eine Mutter etwa, die Witwe ist? ein Vormund, ein Rat oder Amt? Gott bewahre, Fräulein Hardine. Wer bringt dem Propst netto alle sechs Monate die Unkosten für deinen Unterhalt? Wer besucht dich im Kloster? Wer setzt dir den Kopf zurecht? Niemand anderes als Fräulein Hardine. Und nun noch zu guter Letzt: Was braucht der tote Major einen Kranz aus dem Waisenkloster, wenn's nicht einer von seinem Blute war, der ihm die letzte Ehre antun sollte? Was brauchte der Propst dir im Leichenhause eine Standpredigt zu halten, wenn du nicht quasi zur Familie gehörtest? Wer den Zusammenhang nicht mit Händen greift, nun der kann sagen, er hat keinen Grips. Fräulein Hardine ist deine Mutter, das steht so fest wie das Amen im Evangelium.'

„Die Alte machte eine Pause, weil sie doch einmal verpusten und ausspucken mußte. Ich sagte kein Wort, denn im Grunde war mir die Sache einerlei. Nach einer Weile fing die Beckern mit frischer Lunge wieder an: ‚Ich will mit meinem Satze nichts Unreputierliches von Fräulein Hardine behaupten, August. Aus so einer honetten Familie, und so eine Erbschaft vor Augen, beileibe nicht, beileibe nicht! Denn zurzeit ist Fräulein Hardine freilich so arm wie eine Kirchenmaus; aber das alte schwarze Spukeding, ihre Muhme, kann doch nicht ewig in ihrem Goldturme Schätze graben. Und wenn sie sich zehnmal dem Leibhaftigen verschrieben hat, unser Herrgott hält ihm Widerpart, und über hundert Jahre hat's der ärgste Geizkragen noch nicht gebracht. Dann aber gibt's keine zweite im Kurfürstentum wie unser Fräulein Hardine. Nichts Unreputierliches, Gustelchen, ums Himmels willen nichts dergleichen! Aber eine Heimlichkeit steckte dahinter; darauf nehme ich Gift. So eine Prinzenheirat etwa, die der Frau nicht die Mannesehre und den Kindern nicht den Vatersnamen gibt, wie die alte geizige Schloßfrau ihrer Zeit auch eine eingegangen hat; oder so etwas dergleichen, was unsereiner nicht versteht. Warum schlägt Fräulein Hardine die schönsten Bewerbungen aus? Wird eine freiwillig eine alte Jungfer, die an jedem Finger einen Freier haben könnte? Warum, frage ich, als weil sie in der Stille schon einen hat, der mit ihr auf die Grafenerbschaft lauert. Laß sie aber nur erst sicher in ihrem Goldturme sitzen, dann wird der versteckte Prinz schon zum Vorschein kommen. Und dann wirst du ein Junker, August, und ein reicher Millionär, und dann denke an die alte, arme Beckern, die dir zuerst ein Lichtchen angesteckt hat.'"

Der Erzähler schwieg. — „Weiter, weiter, Mann!“ rief Frau Lisette in atemloser Spannung. „Weiter, weiter!“ —

„Weiter — nichts!“ versetzte lachend der Invalid. „Die Geschichte ist aus.“

„Aus?“

„Rein aus, sage ich dir. Wir waren unter dem Geklätsch vor der Klosterpforte angelangt. Ich drehte meiner Alten eine Nase, denn das Haus war n i c h t in einen Aschenhaufen umgewandelt und die Herde nicht über alle Berge entflohen. Nun aber die Angst, als das Weibsstück sah, wie ich seine Weisheit aufgenommen hatte. Sie zitterte wie ein nasser Pudelhund, und ihre Zähne — nein, die klapperten nicht, denn sie hatte keinen Zahn — aber das Kinn wackelte ihr und: ‚Um Gottes Jesus willen, Gustelchen, reinen Mund!‘ jammerte sie, ‚bringe eine alte, arme Witfrau nicht um ihr hartes Stückchen Brot.‘

„Ich lachte aus vollem Halse und rannte in das Tor, hinter welchem die Kameraden sich lustig wie alle Tage tummelten. In aller Eile lieferte ich ihnen eine Schlacht von entgegengesetzter Fasson, wie die, welche in den nämlichen Stunden zu Ende ging. Aber Spuk und Schwatz des Morgens waren wie weggeblasen.

„Im nächsten Frühjahr brachte mich der Propst zu dem Förster, dem ich zwei Jahre später aus dem Garne lief, als der Herzog in unserer Nähe kampierte. Fräulein Hardine aber habe ich mit keinem Auge wieder gesehen, habe auch keine Silbe wieder von ihr gehört, und heute zum erstenmal, glaub ich, wieder an sie gedacht.“

Die arme Marketenderin war durch diesen jähen Abschluß bitterlich enttäuscht. Sie nahm schweigend die Arbeit wieder zur Hand, die im Eifer des Zuhörens in ihren Schoß gesunken war, und stichelte eine lange Weile mit fieberhafter Hast, bis sie über einen neuen Plan im klaren und des jovialen Tones wieder Herr geworden war, in dem sie ihren Eheliebsten zu einer ferneren Bereitwilligkeit zu stimmen gedachte.

„Ich danke dir, August," sagte sie endlich, indem sie ihm die Hand reichte. „Du verstehst zu erzählen. Und ein Anhalt bliebe deine Geschichte immer für unseren armen, kleinen Wurm, wenn ich eines Tages nicht mehr für ihn sorgen könnte: ich meine, wenn eines Tages unversehens Napoleon retourgekommen wäre! Und darum, Freund, laß uns das Ding gleich heute zu einem Ende bringen. Du bist ein perfekter Schreiber, hast manchen Rapport geführt, und die Feder zu regieren, so gut wie den Säbel, braucht's ja nur eine Hand. Mach also ein Schriftstück aus der Sache, warm, wie sie dir im Gedächtnis aufgewacht ist. Das und der Waisenhausschein werden die Familienpapiere sein, die Prinz Gustel seiner Prinzessin zurückläßt, wenn's einmal schnell mit uns von dannen geht."

Sie hatte während dieser Rede ein paar von den Bogen, in welchen sie ihr Handschuhleder eingewickelt erhielt, sorgfältig geglättet, auch das Schreibzeug hervorgekramt, das ihr zum Abfassen ihrer Rechnungen diente. Nachdem sie die Feder gespitzt und die Tinte umgerührt, begann sie die Pfeife des Mannes frisch zu stopfen, vergaß auch nicht, das Glas mit dem Reste der Flasche zu füllen.

Freund August brummte und zeterte zwar sein gehörig Teil, fügte sich schließlich aber doch in die wunderliche Laune der Wöchnerin. „Was solch ein Wurm für Scherereі macht!" sagte er, indem er sich an den Arbeitstisch seiner Frau niedersetzte.

Bald flog die Feder in freien, kräftigen Zügen über das Papier, und schwarz auf weiß bildete sich die Erzählung, die wir mit den nämlichen Worten aus seinem Munde vernommen haben.

Mitternacht war vorüber, als er das letzte Blatt seiner Frau ins Bett reichte. Sie hauchte es trocken mit dem heißen Atem ihrer Brust, barg es samt dem Einsegnungsscheine in dem untersten Fache ihres Nähkastens und löschte die Lampe. „August," sagte sie darauf, während der Mann seine Kleider auszog und sich auf die Strohschütte zu Füßen des Bettes niederwarf, „August, wir wollen unsere Kleine Hardine taufen lassen."

„Lisette wäre mir lieber gewesen," erwiderte gähnend der Herr Papa. „Aber meinethalben auch Hardine."

Und das kleine Mädchen wurde Hardine getauft.

Jahre vergingen, ohne daß Fräulein Hardines zwischen dem Invalidenpaar wieder Erwähnung geschah. Fast sechs Jahre, in welchen die kleine Namensträgerin der unbekannten Dame mühselig auf die Füßchen kam, und aus welchen ihr keine Erinnerung geblieben ist, als daß sie niemals hungerte und oftmals fror.

Der Wachtmeister der Legion wartete zwar nicht mehr auf den rückkehrenden Napoleon, denn der schlief beruhigt und beruhigend in seinem Inselgrabe, aber er wartete noch immer auf irgendeinen anderen respektablen Feind, gegen welchen eine brave Soldatenfaust den Säbel wieder zücken dürfe. Freilich erwartete er ihn selten an dem schwachlodernden häuslichen Herdfeuer, das seit dem Einrücken der Wiege nicht an Behagen für ihn gewonnen hatte. Er hielt sich zu den lustigen Plätzen, die ihm das Marketenderzelt in Erinnerung riefen; da wo Karten und Würfel fallen, wo der Schoppen kreist und ein frischer Soldatenschwank nicht selten die Zeche bezahlt.

In der engen, dumpfen Dachkammer daheim aber saß seufzend und stichelnd die alternde Marketenderin, ohne sich Rast zu gönnen zu einem Liebesblick in schwerer Mühe und Sorge für ihr Kind. Von Woche zu Woche wurden ihre Wangen hohler, die Finger zitternder, der Atem kürzer, aber sie seufzte und stichelte noch immer den ganzen Tag und die halbe Nacht.

Endlich jedoch kam die Stunde, in welcher alles Sticheln und Seufzen ein Ende hat, und es war eine Sterbekammer, in die der sorglose Zecher aus dem Schenkhause berufen wurde. August Müller hatte in seinen jungen Jahren Tausende von

Männern, aber noch nie eine Frau sterben sehen; er hatte niemals daran gedacht, daß der Tod ein Geschöpf auch für Weiber sei, selbst für so tapfere Weiber, wie seine Lisette eins gewesen war. Nun tobte und schrie er vor dem ungeahnten Bilde, zerraufte sein Haar und zerschlug sich die Brust.

Die brave Marketenderin aber verstand sich auf den düsteren Gesellen, den sie unter den Männern kennen gelernt. Sie hatte ihn langsam heranschleichen sehen und blickte ihm unerschrocken ins Angesicht, als er jetzt hart an ihrer Seite stand. Ob es ihr wehe tat, von dem Wesen zu scheiden, das die Natur erst so spät an ihr Herz gelegt? Es schien nicht so. Die Pflicht für seine Erhaltung jedoch erfüllte sie bis zum letzten Atemhauche.

„Sei kein Narr, August," sagte sie zu dem Manne, der sich fassungslos an der Bettseite niedergeworfen hatte. — „E i n m a l muß doch ein Ende sein. Setz dich hier auf den Rand; merke auf und tu, was ich dir sagen werde."

Sie legte bei diesen Worten die treulich verwahrten Familienpapiere in des Mannes Hand und fuhr darauf in klarer, eindringlicher Rede also fort:

„Hüte diese Blätter als das einzige Erbteil, das du deinem Kinde zu hinterlassen hast. Ich habe diese sechs Jahre Tag und Nacht darüber nachgedacht, und nun sterbe ich in der Gewißheit, daß Fräulein Hardine deine Mutter gewesen ist. Für dich selber tu oder laß, was du willst. Du bist ein Mann. Aber suche sie auf und bring ihr das Kind, das du nicht versorgen kannst. Verkaufe meinen Hausrat; der Erlös schafft das Reisegeld. Für unser Trauattest nud der Kleinen Taufzeugnis habe ich gesorgt. Vergiß aber nicht meinen Totenschein. Laß dann im Kloster dein Einsegnungszeugnis bescheinigen; erforsche in der Stadt Fräulein Hardines Vaternamen und was aus ihr geworden ist. Lebt sie noch — im Reichtum oder arm wie einst — sie muß eine alte Frau jetzt sein und wird sich der Sünde schämen, ihr Blut zu verstoßen. Ist sie gestorben, finden sich wohl Angehörige. Vielleicht, daß auch der Propst noch bei

Wege ist oder der Förster. Kurzum, du bist in deiner Heimat, und dein Kind muß und wird einen Anhalt finden, insofern du deine Schuldigkeit tust. Laß es aber bald sein, Mann, denn es geht jach mit dir abwärts auf dem Wege, den du eingeschlagen. Das Kind zu Fräulein Hardine! Gib mir die Hand darauf, August, die Manneshand, die das Schwert geführt."

Er reichte ihr schluchzend die Hand, die sie herzhaft drückte. „Mutter — Hardine!" lallte sie noch, legte sich dann auf die Seite, zog das Kopftuch über die Augen und verschied.

Der Invalid — um unserm früheren Gleichnisse treu zu bleiben — der Invalid bäumte sich wie ein angeschossener Hirsch. Er fühlte seine alten Wunden heftiger brennen als zu der Zeit, da die schwarze Lisette sie auf dem Schlachtfelde verbunden hatte; wich keinen Schritt aus der dunklen Kammer, solange dieselbe die Leiche barg.

Nun aber deckte sie die Erde. Er hatte ihr nicht gebührendlich mit Sang und Klang die letzte Ehre erweisen können; aber er war es gewohnt, einen braven Kameraden mit einem Trauermarsche zu Grabe zu geleiten und mit einer lustigen Weise heimzukehren. Am Abend saß er in dem Weinhause, aus welchem man ihn vor drei Tagen in die Sterbekammer abberufen hatte. Der Schoppen kreiste, die Würfel rollten wie sonst. Das Weib, die Mutter Lisette waren verschwunden, und bald nur die lustige Marketenderin eine stehende Figur in den Bildern, die sich unter dem Banner des schwarzen wie des eisernen Herzogs vor seinen Augen entrollten.

Und wieder gingen Jahre dahin, aus welchen die kleine Hardine keine Erinnerung bewahrte, als daß sie o f t m a l s hungerte und immer fror. Ein blödes, zitterndes, trübseliges Geschöpf, schlich sie am Morgen aus der kalten, immer leerer werdenden Kammer, hockte einsam und stumm vor der Tür, bis eine mitleidige Nachbarin ihr einen Bissen reichte oder sie in ihr durchwärmtes Zimmer führte. Den Vater sah sie fast nie. Wenn er spät in der Nacht heimkehrte, schlief sie schon, und wenn er früh am Morgen wieder aufbrach, schlief sie noch. Es ging jach abwärts mit dem Manne, wie seine sterbende Frau es vorausgesagt: aus dem Weinhause in die Branntweinkneipe, aus dem Kreise kannegießender Bürger unter ein Publikum roher Gesellen. Seine lockigen Haare wurden struppig, blutrote Flecken brannten auf den gedunsenen Wangen; die Adern schwollen neben den Narben der Stirn, und ein wüstes Feuer brannte aus den großen blauen Augen, wenn er nach dem Pferde schrie, das er tummeln, nach dem Säbel, mit dem er den noch immer erwarteten Feind niederhauen wollte. Das alte Soldatenblut rumorte noch wie einst, aber Prinz Gustel war untergegangen, und das Vaterherz hatte noch niemals pulsiert. Der Handschlag, den er seinem sterbenden Weibe gegeben, war so gut wie vergessen.

Zu seinem Glück kam der Tag, wo das letzte Stück Hausrat, das letzte Kissen von Frau Lisettes Brautschatz, abgepfändet waren, wo der Hauswirt die Miete, der Schenkwirt die Zeche nicht länger stunden wollten, wo dem unheimischen Manne und seinem Kinde der Schub über die Landesgrenze drohte. Die Not heischte einen Entschluß, und die Not gab auch die Kraft, ihn zu vollbringen.

Es war wieder einmal eine Zeit, in welcher ein Schrei der Rache gegen einen Erbfeind den Weltteil durchdrang: die Zeit der Griechenerhebung, der schon mancher tapfere Fremdling sich zum Opfer gebracht, wenngleich noch keine christliche Regierung ihr ihren Beistand geliehen hatte. Auch in dem Arme unseres Veteranen zuckte das Schwert von Viktoria und Waterloo. „Komm, Hardine!" sagte er an einem Frühlingsmorgen 1825, „ich will dich zu Fräulein Hardine bringen und dann wider den Türken ziehen!" Und an der Hand sein Kind, in der Tasche dessen „Familienpapiere" und sonst nicht viel mehr, so schritt er aus dem Tore der kleinen niederländischen Stadt.

Freilich der Weg war weit aus dem Maas- in das Elbgebiet; der Beutel war leer, Atem wie Kraft nur noch gering.

Die alten Nachbarn und Zechbrüder schüttelten die Köpfe und meinten, daß dieser Wandersmann weder im Kampfe gegen Ali-Pascha, noch selber in der Heimat, sondern daß er auf der Landstraße enden werde. Auch gingen Monate dahin, bevor er seinem Ziele näher rückte. Aber es war Sommerszeit, die Straße führte durch reiche vaterländische Gaue, und das Ehrenkreuz, der pulvergeschwärzte, kugeldurchlöcherte Mantel, der verstümmelte Arm von Waterloo waren warme Fürsprecher des armen Invaliden und seines blassen Kindes. Es fand sich so mancher Fuhrmann oder Schiffer, der die beiden für einen Gotteslohn eine Strecke beförderte, mancher Wirt, der die Herberge nicht anrechnete, und manche Hand, die ungebeten einen Zehrpfennig oder Wanderbissen reichte. Mußte dann auch wohl einmal unter freiem Himmel genächtigt werden, so war das eine alte Gewohnheit für den Soldaten der Legion; die Nacht war kurz, und er erwachte, kräftiger, als seit Jahren in der dumpfen Kammer nach einem wüsten Zechgelag mit seinen Kumpanen.

Alles in allem: die Zeit dieser Wanderung war nicht die böseste in August Müllers Leben. Er hätte länger, ja er hätte sein Lebtag wandern mögen, wenn nicht der Zug gegen die Türken ihn doch noch mächtiger gelockt. Für seine kleine Begleiterin aber, sooft sie in ihren Lumpen unter einem Regenguß zusammenschauerte oder mit wunden Füßchen, stumm, wie immer, am Wege niederhockte, für sie hatte er einen Zaubernamen gefunden, dessen Klang ihr immer wieder frische Kraft verlieh. „Fräulein Hardine!" lautete der Name. „Vorwärts zu Fräulein Hardine!" oder „Bald sind wir bei Fräulein Hardine!" brauchte der Vater nur zu sagen, und die Kleine schleppte sich weiter, bis sich eine Herberge aufgetan. „Fräulein Hardine" war das einzige Wort, das sie während der langen Reise gemerkt oder leise nachgelallt hat. Vielleicht, daß in dem kleinen Herzen ein Echo mütterlicher Seufzer und Tröstungen lebendig geworden war.

Man sagt: ein brechendes Auge sieht klar, und gewiß liegt etwas Ergreifendes in der Zuversicht, die, sei's für diesseits, sei's für jenseits, auf einem Sterbebett verkündet wird. Auch August Müller war einen Augenblick von dem Glauben geblendet worden, in den sich seine Frau jahrelang hineingegrübelt hatte. Im Grunde des Herzens aber hatte er, wie früherhin, so auch jetzt, Fräulein Hardines niemals als einer Blutsverwandten gedacht und den Weg zur Heimat keineswegs mit dem Anspruch von Sohnesrechten angetreten. Er hoffte für sein mutterloses Kind auf eine Versorgung durch die Frau, die aus irgendeinem Grunde seine eigene verwaiste Kindheit überwacht hatte. War sie im Laufe der Zeit zu Glanz und Fülle gelangt, — eine Vorstellung, die sich seiner heiteren Gemütsart gar leicht einschmeichelte — wollte sie ihn noch außerdem mit einem Pferde und einer blanken Uniform für seinen Türkenzug ausstatten, desto froher sein Habdank! So viel oder so wenig hatte er im Sinn, wenn er seinem ermatteten Kinde zurief: „Wir gehen zu Fräulein Hardine!"

Es war hoher Sommer geworden, als er eines Morgens in einem wohlangebauten Tale vor einem einsamen, alten Gebäude haltmachte und mit dem Freudenrufe: „Das Kloster!" durch die geöffnete Pforte rannte. Er drang in den Hof, in den Kreuzgang, in den Garten, in das Schulhaus, in die Propstei; er erkannte jeden Winkel: den Spielplatz, auf welchem die Knaben heute wie damals sich tummelten; den Brunnen, in welchem sie heute wie damals ihre Becher füllten; das Zinngeschirr, das heute wie damals die Tafeln des Zönakels bedeckte; den Holzschuppen, in welchem heute wie damals Unruhstifter s e i n e r Gattung ihre Strafe verbüßten. Nur von den Menschen, welche, alt und jung, den aufgeregten Fremdling neugierig umringten, von den Menschen kannte er keinen. Er fragte nach Ludwig Nordheim, dem Propst und Direktor; er war tot und vergessen viele Jahre schon. Er fragte nach der alten Beckern. Niemand hatte je von einer alten Beckern gehört. Keiner erinnerte sich eines der ehemaligen Lehrer und Mitschüler, deren Namen er zu nennen wußte. Die preußische Herrschaft, die diesen Landesteil überkommen, hatte fremde, der Gegend unkundige Leute in die alten Räume geführt. Er hätte sich schämen müssen, Fräulein Hardines überhaupt nur mit einem Wort zu erwähnen.

Enttäuscht wollte er seinen Stab weitersetzen, als ihm das Attest einfiel, dessen Beglaubigung nachzusuchen er seiner Lisette gelobt hatte. Kluge Lisette! Namen, Datum, Wahlspruch und Handschrift stimmten mit denen des Schulregisters überein; der neue Direktor konnte getrost sein Fiat daruntersetzen, und der ärmliche Landstreicher hatte in dem polizeistrengen Staate immerhin eine Legitimation gewonnen, die ihm die Wanderschaft erleichterte. Nun durfte es aber auch an einer gastlichen Bewirtung nicht fehlen, da ja Narben und Ehrenkreuz des vormaligen Zöglings einem Erziehungshause für Soldatenwaisen wohl zum Ruhme gereichten. Die grauen, stillen Klostermauern hallten wider von kühnen Streichen und lustigen Schwänken, von abenteuerlichen Zügen über Land und Meer, von dem schwarzen Herzog und der schwarzen Lisette. Die Frau Direktorin tischte auf, was Küche und Keller vermochten; der Herr Direktor sammelte unter Beamten und Lehrern zum Besten des invaliden Helden. Erquickt, beschenkt, froh wie ein König schied August Müller aus den Mauern, zwischen denen er zwanzig Jahre früher so widerwillig stillgesessen hatte.

Er schlug nun den Weg nach der Stadt ein, und die Sonne senkte sich, als er über den Häusern im Tal das Schloß im Abendgolde leuchten sah. Jetzt bog er aus der langen, schmalen Gasse auf den Markt, und sein erster Blick fiel auf das Haus, das unverändert auf niedrem Gestell eine turmhohe Dachhaube trägt. Der Mops mit der Zipfelmütze! „Hier, hier," schreit er seiner Kleinen zu, „hier wohnt Fräulein Hardine!"

Er stürmt in die Torfahrt und in die Tür zur Rechten. Das Zimmer ist in eine Schneiderwerkstatt umgewandelt; der tiefe Höllenwinkel — des Mannes erster Blick! — er ist mit dem riesigen Kachelofen verschwunden. Auf dem Platze in der Kammer, wo damals der Sarg des Majors gestanden, steht heute eine Wiege. Angstvolle Gebärden und zornige Scheltworte begrüßen den Eindringling, den man für einen Betrunkenen oder Tollen hält.

Indessen waren auch die Nachbarn, die vor den Türen Dämmerstunde feierten, auf des Fremden seltsames Gebaren aufmerksam geworden! Der Lärm lockte spielende Kinder, Mägde vom Brunnen herbei, eine dichte Gruppe bildete sich vor dem Tore. Die Frauen näherten sich dem abgezehrten Mädchen, das sich ermattet neben demselben niedergekauert hatte. — „Wie heißt du, Kleine?" fragte eine Nachbarin. — „Hardine," lispelte das Kind mit schwacher Stimme. — „Ist der Mann dein Vater?" — Das Kind nickte. — „Wie heißt er?" — Das Kind schüttelte das Köpfchen. — „Was will er?" „Wen sucht er in diesem Hause?" — „Fräulein Hardine!"

„Fräulein Hardine!" Die Nachbarn stecken bei dem Namen die Köpfe zusammen. Als aber nun auch der Vater, gefolgt von der Schneiderfamilie, von Gesellen und Lehrlingen, aus dem Hause zurückkehrte und immer den nämlichen Namen wiederholte, da entstand ein Rumor, ein Gewirr von Kreuz- und Querfragen, das endlich in der Kürze zu folgendem Aufschluß führte:

Die älteren unter den Bürgern des Städtchens hatten in der Tat ein Fräulein, das Hardine hieß, gekannt, das einzige, das jemals unter ihnen diesen Namen getragen. Fräulein Hardine war in diesem Hause geboren und erzogen; die Leiche ihres Vaters, der als Major in dem Gefechte bei Saalfeld geblieben, war auf dem städtischen Kirchhofe begraben, und die Tochter hatte ihm ein Monument errichten lassen, das die Stadt zu ihren vornehmsten Sehenswürdigkeiten zählte. Der Name Fräulein Hardines hatte überhaupt einen stolzen Klang in ihrer Vaterstadt. Der Magistrat ging damit um, ihr einen Ehrenbürgerbrief zu votieren, für welche Auszeichnung man sich denn ganz unverhohlen auf ein testamentarisches Legat zugunsten einer städtischen Stiftung Rechnung machte, denn die vielgepriesene Dame, die reichste Grundbesitzerin der Provinz, ermangelte jeglichen berechtigten Erbens und stand in den Jahren, wo man sein Haus zu bestellen pflegt. Daß hingegen Fräulein Hardine jemals ein fremdes Kind — von einem eigenen war natürlich nicht die Rede — in einem Waisenhause versorgt haben sollte, wollte zu den von ihr gang und gäben Erinnerungen und Vorstellungen nicht im entferntesten passen. Fräulein Hardine stand in dem Rufe einer großen und klugen Dame, aber nicht in dem einer Samariterin.

August Müllers Erinnerungen sprachen indessen allzu deutlich für einen immerhin möglichen Fall, auch empfahlen die kriegerischen Narben und Dekorationen den ehemaligen Schützling ihrer Landsmännin, und so war man denn allseitig bereit, ihm eine gastliche Herberge in ihrer Vaterstadt zu gewähren. Die kleine Hardine, reichlich beköstigt und reinlich ausstaffiert, schlief so sanft wie noch nie auf der ganzen Reise in dem Bettchen, das ihr die Schneidersfrau neben der Wiege in der Kammer aufgeschlagen hatte. Vater Müller aber dachte gar nicht an ein Bett; er durchzechte die kurze Sommernacht an der Tafel des Schloßkellerwirts nebenan und belohnte das freihaltende Publikum mit dem köstlichen Humor seiner spanischen Erinnerungen und der Erwartungen seines Türkenzuges. Ein so tapferer Landsmann, der sich so weit in der Welt umhergetrieben hatte und noch ferner umherzutreiben gedachte, ein Krüppel, der, seinem Elend zum Trotz, so lustig zu erzählen verstand, er durfte aber nicht ohne einen anständigen Zehrpfennig in das Gebiet der auserkorenen Ehrenbürgerin entlassen werden. Und so endete der Rasttag in Fräulein Hardines Vaterstadt als ein Freuden- und Erntetag für den ehemaligen Waisenknaben, der dieses Fräuleins Schutz vor so langer Zeit genossen hatte.

Den Himmel voller Geigen und mit reichlich gefüllter Tasche holte er am andern Morgen sein kleines Mädchen aus dem Nachbarhause ab, drückte den vor den Türen harrenden Bürgern zu Dank und Abschied die Hand und — besann sich erst jetzt, daß er vergessen hatte, nach Namen und Wohnort der Dame zu fragen, deren Wohltat er genossen haben und von neuem beanspruchen wollte! Möglich, daß er beide gestern in seinem Freudenrausche überhörte; so oder so gleichviel! Er kannte den Namen „von Reckenburg" nicht, er wußte kein Wort von dem Stammsitze der Familie, der reichsten Herrschaft, dem Stolze der Provinz! Wer vermöchte das verdrießliche Staunen unserer freigebigen Bürger zu beschreiben! War der Mann mit dem ehrlichen Soldatengesicht, mit seinen Orden und Narben, seinen Fahrten und Schwänken, mit der Berufung auf Fräulein Hardine ein tollköpfiger Abenteurer, ein Betrüger, der ihre Leichtgläubigkeit benutzt hatte, um seinen Säckel zu füllen? Es währte Wochen, bevor unsere Bürgerschaft über den ärgerlichen Streich zur Ruhe kam; nur aber, um von einem Erstaunen in das andere zu fallen und ihr Ehrendiplom vorderhand zu sistieren.

Währenddessen wanderte der Wachtmeister Müller wohlgemut seines Weges. Sie hieß das Fräulein von Reckenburg, sie wohnte kaum zwölf Meilen fern auf Schloß Reckenburg, und jedes Kind wußte ihm den Weg nach Schloß Reckenburg anzugeben. Er konnte auf diesem Wege seine Zehrung bezahlen; er hatte Weile, zechend zu rasten, wo ihm beliebte, und ihm beliebte, mancherorten zechend zu rasten. So währte es denn eine Woche, ehe er den Strom erreichte, an dessen jenseitigem Ufer das Reckenburger Gebiet beginnen sollte.

Je näher er nun aber seinem Ziele rückte, um so anziehender wurde die Auskunft, die er über die Schloßdame von Reckenburg erhielt. Es waren natürlich nur kleine Leute, die er in den

Herbergen oder als gelegentliche Weggenossen befragen konnte: Pächter, Förster, Viehhändler und dergleichen, einmütig aber sprachen sie von dem Fräulein mit dem tiefsten Respekt. Und zwar sprachen sie von ihr nicht nur wie von einer steinreichen Frau, sondern wie von dem klügsten und resolutesten Manne, dessen landwirtschaftliche Einrichtungen weit und breit der Gegend zum Muster dienten. Ebenso einstimmig waren aber auch die Bedenklichkeiten über die Zukunft der großen Besitzung nach dem Tode der Dame. Manche bedauerten die alleinstehende Matrone, andere beneideten im voraus die lachenden Erben.

Unser Invalid, des Landes wie des Landbaues unkundig, verstand natürlich nichts von den Einzelheiten dieser Mitteilungen. Aber seltsam! Je länger er von der Fülle des Reckenburgischen Erbes reden hörte, desto tiefer schmeichelten sich Hoffnungen und Wünsche in sein Gemüt, die ihm bis dahin völlig ferngelegen hatten. In Armut und Heimatlosigkeit waren die Mutmaßungen erst der alten Klosterklatsche, später seiner eigenen Frau von ihm verlacht worden. Jetzt auf der Wanderung in einer friedlichen, gedeihlichen Landschaft, ein paar Taler in der Tasche, jederzeit etwas Warmes im Magen und den Krug gefüllt für seinen Durst, kurz und gut, in einem behaglichen Zustande, wie er ihn kaum jemals gekannt, jetzt überließ er sich willig dem Zweifel, ob die beiden Weiber, ob namentlich seine kluge Lisette in der Hellsicht des Sterbebetts sein Verhältnis zu Fräulein Hardine doch am Ende nicht richtiger erkannt haben möchten als einst der einfältige Knabe und später der leichtsinnige Mann. Er überlas zu wiederholten Malen seine aufgeschriebenen Erinnerungen, er ließ auch wohl Fremde einen Einblick tun, ohne zu bedenken, welches Keimkorn von Verdächtigungen er damit ausstreue. Allerdings glaubte er auch heute nicht mit Zuversicht an sein Sohnesrecht, aber er begehrte nach diesem Recht, und vom Begehren bis zum Beanspruchen, man weiß es ja, ist ein Katzensprung. Die

Freistatt für sein Kind und selber die Equipage für seinen Türkenzug genügten ihm schon nicht mehr; vor allem aber genügte ihm nicht mehr, dieselben als eine Wohltat zu erbetteln. Mit jeder zurückgelegten Meile wuchs sein luftiges Prinzenschloß in die Höhe, und wenn seine Kleine müde ward, entschlüpfte ihm mehr als einmal der Zuruf: „Bald sind wir bei deiner Großmutter, Hardine!"

Es war an einem heiteren Augustmorgen, als er den ersten Grenzpfahl mit der Aufschrift: „Flur Reckenburg" erreichte. Die Landschaft unterschied sich in keiner Weise von der, welche er seit mehreren Tagen durchschritten hatte; auch gehörte unser erwartungsvoller Fremdling nichts weniger als zu den die Kultur beobachtenden Wandersleuten. Trotzdem kam es ihm vor, als wandle er in einem neuen Land. War es der Schimmer der Heimat, der ihn blendete? Oder standen die Wiesen wirklich so viel saftiger, die Felder so viel reicher bebaut? Wuchsen die Waldbäume so viel gradstämmiger? Trugen die Obstbäume so viel üppigere Frucht? Wie ebenmäßig waren alle Kreuz- und Querwege chaussiert, wie zweckmäßig geführt und bezeichnet! „Auf denen stockte keine Kanone und strömte es wie bei Quatrebras!" rief der alte Soldat. Wie mußte er des hirsch- und holzgerechten Waidmannes, seines Lehrherrn, gedenken, als er die stattlichen Damböcke, das kräftige Edelwild in den uralten Tannenforsten, über die Umhegungen lugen sah, während hier und dort um den Trinkquell die Tiere lagerten und die Kälber lustig umsprangen. „Ja, hier ist gut sein!" rief der arme Landstreicher aus. „Schau dich doch um, dummes Kind. Alles das gehört deiner Großmutter Hardine!"

Weniger ansprechend indessen als das Land dünkten ihm die Leute in der Reckenburger Flur. Es war Erntezeit und ein reges Leben auf den Feldern. Da sah er denn einen Menschenschlag, nicht groß und stattlich, wie Prinz Gustel in seiner eigenen Erinnerung stand, aber gesund und hartsehnig, knapp und reinlich gekleidet, scharf bei der Arbeit und karg im Genuß. Das war ein Schaffen ohne Rast; jeder für sich, und dabei doch einer fördernd in des andern Hand. Dabei kein Wort, kein umschweifender Blick, kein Lachen und Schäkern zwischen Burschen und Dirnen, während die Mahden geschnitten, die Garben gebunden und verladen wurden. In einem Ameisenhaufen konnte es nicht stummer und emsiger vor sich gehen. Selber die, welche Mittag haltend am Straßengraben saßen, verzehrten die schwarzen Brotschnitten und leerten ihren Krug Dünnbiers schweigend und hastiger, als anderwärts Bauern es zu tun pflegen. Keiner lud den wandernden Krüppel und sein müdes Kind zu Rast und Labe, kaum daß sie seinen Gruß erwiderten; als er aber gar nach Schloß Reckenburg und nach Fräulein Hardine fragte, da starrten sie, ohne Auskunft zu geben, das armselige Paar mit schier verächtlichen Blicken an, als wollten sie sagen: „Was wollt ihr faules, verlaufenes Gesindel in der fleißigen, gesegneten Reckenburger Flur und bei unserem reichen, stolzen Fräulein Hardine?"

Der „Nach Schloß Reckenburg" bezeichnete Weg hatte die Wanderer in mannigfaltigem Wechsel stundenlang durch Wald, Wiesen, Feld und endlich wieder in ein Forstrevier geführt mit noch stattlicherem Bestande und mit parkartiger verschlungenen Pfaden als die früheren. Auch hier herrschte ein geschäftiges Treiben. Viel kleinere Kinder als die kleine Hardine sammelten die letzten blauen und die ersten roten Heidelbeeren des Sommers, alte Mütterchen kamen und gingen mit Kräuter- oder Reisigbündeln, mit Körben duftender Pilze. Von der Wiege bis zum Grabe schien alles im Reckenburgischen zu arbeiten. Aber die Kinder arbeiteten stumm, wie vorhin die Erwachsenen, und die Greise ebenfalls stumm, wie neben ihnen die Kinder; auch sie starrten verblüfft dem fußwandernden Paare nach, während eine gleichzeitige militärische Kavalkade und mehrere vornehme Equipagen, welche in rascher Folge an ihnen vorübersausten, ihre Aufmerksamkeit nicht bemerkbar erregten. Vergeblich fragte der Invalid, was diese glänzende Auffahrt geputzter Damen und Herren zu bedeuten habe. Sie zuckten schweigend die Achseln und bückten sich, um emsig weiterzusammeln. „Ein kurioses Völkchen, meine Reckenburger!“ sagte August Müller, „aber ich werde ihm Mores lehren!“

Der tiefschattige Waldweg öffnete sich eben wieder nach dem freien Felde, als der Wanderer durch eine Gruppe uralter Weimutskiefern gefesselt ward. Er blickte lange die schlanken Schäfte bis in die schwarzgrünen Wipfel hinan, die wie eine Laube ineinander verwachsen waren. „Bah! Bäume sind Bäume!“ sagte er endlich, indem er sich mit Gewalt losriß und ins Freie hinaustrat.

Er hatte bisher noch kein Dorf wahrgenommen, nur in der Ferne zerstreut einzelne Gehöfte, die er für Meiereien, Mühlen oder Ziegelscheunen hielt. Ihn plagte der Durst. Irgendwo mußte doch eine Schenke zu finden sein. So hielt er denn Umschau am Ausgang vor dem Waldesrande. Zur Linken desselben setzte die Straße nach dem Schlosse in einer breiten Lindenallee sich fort; geradeaus streckte sich eine Flucht von Gemüsefeldern. Jetzt wendete er sich zur Rechten und stand wie vom Blitz getroffen, als er hart vor dem Kieferndickicht ein kleines Haus von altväterischer Bauart gewahr wurde. Er starrt hinauf zu dem Giebel, an welchem ein gräflich gekrönter Doggenkopf in Steinarbeit prangt, atemlos umgeht er das Häuschen nach den drei freiliegenden Seiten, schlägt sich mit der geballten Faust vor die Stirn und stürzt endlich mit dem Schrei: „Muhme, Muhme Justine!“ durch die geöffnete Tür.

Aber es war nicht die alte Muhme, es war eine junge Familie, die er in dem netten Zimmer zur Mittagsmahlzeit versammelt fand. Der Tisch stand blitzblank gedeckt, obgleich nur mit Buttermilch und einem Grützbrei besetzt. Herr August hätte keinen Appetit auf die Kost verspürt, wenn man ihn zum Niedersetzen eingeladen hätte.

Indessen, man lud ihn nicht ein; im Gegenteil, man erhob sich und drängte ihn ganz unmerklich wieder zur Tür hinaus. Sichtlich mit Widerwillen gab man den Bescheid, daß das vormalige gräfliche Meutewärterhaus jetzt die Wohnung des Schäfereiaufsehers sei. Mit mißtrauischen Blicken wurde dann die Tür abgeschlossen und der Weg nach der Schäferei, einem neuen Anbau, von der gesamten Familie stillschweigend angetreten.

Nur ein eisgrauer Großvater war zurückgeblieben, um im Sonnenschein auf der Bank vor der Tür die steifen Glieder zu wärmen. Bei ihm verhielt sich unser Invalid, noch einmal Aufschluß über Muhme Justine und Fräulein Hardine erbittend. Und sei es nun, daß zu des Alten Zeit in Reckenburg weniger gearbeitet und mehr geschwätzt worden war, sei es, nach Greisenart, daß der Aufruf einer in jungen Tagen gekannten Gestalt des Alten Gedächtnis und seine Zunge löste, von ihm erhielt August Müller eine Mitteilung, welche gleichsam den Kettenschluß seiner Erinnerungen und Hoffnungen bilden sollte.

Frau Müller, oder vertraulicherweise Muhme Justine, war in Begleitung des blutjungen Fräuleins Hardine, dessen Amme oder Kindsmagd sie gewesen, nach Reckenburg gekommen und dort von der alten schwarzen Gräfin zurückgehalten worden; die einzige in der Gemeinde, welche die Gräfin jemals in ihrem Goldturme mit Augen gesehen hat. Für gewöhnlich aber hat sie in dem leerstehenden „Hundehaus" gewohnt und das Geschäft einer Wehmutter im Dorfe betrieben. Als die Muhme vor vielen, vielen Jahren gestorben ist, hat das Fräulein ein Kreuz über ihr Grab setzen lassen, worauf mit goldenen Lettern die Inschrift: „Der treuesten Dienerin" zu lesen steht. Ob Muhme Justine jemals ein Ziehkind gehalten habe, dessen wußte sich der alte Mann allerdings nicht zu erinnern, vielleicht, daß es während seiner Soldatenzeit in der Rheinkampagne geschehen war.

Aber Muhme Justine hatte ein solches Kind gehalten; August Müller wußte sich dessen nur allzu wohl zu erinnern, und das Kirchenregister mußte darüber Auskunft geben, wo, wann und von wem das Kind geboren worden war. Mit großen Schritten, seiner Tochter halbwegs voran, eilte er nach der Pfarre.

Das Pfarrhaus, neuen stattlichen Ansehens, lag zu Füßen der Kirche, die auf leiser Anhöhe das Dorf überragte. Rückwärts, auf dem östlichen Abhange des Kirchhügels, senkte sich der Friedhof ab, während die Schule der Pfarrwohnung gegenüber am Eingang der Dorfstraße errichtet war: neu, reinlich und räumlich wie die gesamte Anlage. Dem atemlosen Manne, der jetzt von der Waldseite daherrannte, fehlte freilich jeder teilnehmende Blick für alles, was ihm solchergestalt segenverkündend entgegentrat.

Er war im Begriffe, die Tür zu öffnen, als ein halbwüchsiger Knabe im bunten Gymnasiastenkäppchen ihm aus derselben entgegenkam. Zum erstenmal auf Reckenburger Grund ein offenes, fröhliches Gesicht, das auf den ersten Blick das Herz des Wanderers gewann.

Sein Vater, so antwortete der Schüler auf August Müllers Frage nach dem Herrn Pfarrer, befinde sich auf dem Schlosse, wo heute, am 3. August, der Geburtstag des Königs von dem Fräulein durch ein Festmahl gefeiert werde.

Er — der Schüler — sei gleichfalls auf dem Wege dorthin. Nicht als Gast — wie er lachend hinzufügte — denn solche Ehre widerfahre ihm noch nicht — nur um sich die schönen Wagen und Pferde der Schloßgäste ein wenig anzusehen. Habe das Anliegen Eile, sei er bereit, seinen Vater herbeizurufen.

Der Invalide brachte nunmehr in polternder Hast das Begehren nach seinem Taufschein zu Gehör, indem er zu seiner Empfehlung sich auf das Zeugnis der beiden Klosterpröpste berief, das er schon auf dem Wege aus seiner Brieftasche genommen hatte.

„Ludwig Nordheim," sagte der Schüler, nachdem er das Blatt überblickt hatte. — „Der Name und die Handschrift meines Großvaters!"

„Ihres Großvaters!" — rief August Müller auf das angenehmste überrascht. „Junger Herr — Sie heißen —"

„Ich heiße Ludwig Nordheim, wie er," antwortete treuherzig der Knabe. — „Die Nordheims sind ein ständiges Geschlecht in der Pfarre von Reckenburg. Erst mein Großvater, des Fräuleins alter Freund, dann mein Vater, auch wieder ihr Freund, und ginge es nach dessen Willen, würde ich einmal der dritte. Mir aber," so plauderte er fröhlich weiter, „mir ist die Kanzel zu eng.. Ich möchte Landwirt werden, wie unser Fräulein Hardine. Vorher freilich, sagt sie, soll ich studieren."

Ein Wirbel war während dieser Rede in des Invaliden Kopfe aufgestiegen. Er stand einen Augenblick wie geblendet von dem Lichte dieser neuen Aufklärung. „Verstand ich Sie recht," sagte er darauf, des Knaben Hand ergreifend und heftig drückend, „verstand ich Sie recht, junger Herr, so war Ihr Großvater, ehe er Klosterpropst ward, Pfarrer hier, hier in Reckenburg. Können Sie mir sagen, in welchen Jahren?"

„Nicht genau, wann er eingetreten ist, aber eine lange, lange Zeit, bevor er gegen Ende des vorigen Jahrhunderts in das Kloster berufen wurde."

„Jedenfalls also Anfang der neunziger Jahre, in denen ich geboren sein muß. Er, er hat mich ohne Zweifel getauft; seine Hand meinen Namen in das Kirchenregister eingetragen. Darum, darum hat er mich vor allen anderen liebgehabt. Lassen Sie Ihren Vater in Frieden auf dem Schlosse, mein lieber junger Herr. Ein rascher Blick in das Kirchenbuch, und die Sache ist abgemacht."

„Es tut mir leid, diesen Wunsch, selber wenn ich dürfte, nicht erfüllen zu können," versetzte der Gymnasiast. „Es existieren keine Register aus jener Zeit. Die Bücher sind mit abgebrannt, als Anno 97, glaub ich, der Blitz in die Sakristei geschlagen und auch die alte Kirche zum großen Teil zerstört hat. Die Sie hier oben sehen, ist neu errichtet durch Fräulein Hardine, wie denn alles in unserem Reckenburg neu geworden ist durch sie: die Flur, das Dorf und selber das Menschengeschlecht. Das himmlische Feuer aber mußte vom Himmel kommen, sagt mein Vater, daß auch in den Registern keiner mehr an die alte, böse, zuchtlose Zeit erinnert werde. Aber wissen Sie was, guter Mann," fuhr er nach einigem Besinnen fort, „warten Sie, bis gegen Abend die Gäste das Schloß verlassen haben werden, und fragen Sie dann nach bei Fräulein Hardine selbst. Sie ist in den neunziger Jahren schon häufig als Gast bei der alten Gräfin gewesen, und sie, die nichts vergißt, erinnert sich gewiß noch jedes Kindes, das in dieser Zeit im Dorfe geboren worden ist, zumal wenn Ihre alte Muhme dasselbe aufgezogen hat."

Nach diesen Worten sprang der Knabe munter voran, da er eben ein elegantes Viergespann in die Dorfstraße einbiegen sah. August Müller folgte ihm mit stolzen Schritten und gehobenen Hauptes. Die Enthüllungen im Wald- und Pfarrhause hatten das, was vor einer Stunde nur noch Verlangen gewesen, zur Gewißheit gesteigert. Was bedurfte er eines Zeugnisses schwarz auf weiß, wo der Zusammenhang so untrüglich mit Händen zu greifen war?

In einem abgelegenen Waldhause wird ein Knabe geboren. Er wird aufgezogen von der Gemeindepflegerin, welche dieses Haus bewohnt und welche die treueste Dienerin seiner Mutter gewesen ist. Der Ortspfarrer, der Mutter vertrauter Freund, tauft den Knaben und trägt ihn unter dem Namen der Dienerin in das Kirchenregister ein. Ohne Zweifel ist er es auch gewesen, der vorher schon die Ehe der Dame heimlich eingesegnet hat, die Ehe mit irgendeinem, gleichviel, ob zu hoch oder zu niedrig stehenden beliebigen Quidam. Unter den Schutz dieses bewährten geistlichen Freundes, der indessen an die Spitze einer anständigen Versorgungsanstalt aufgerückt ist, stellt später die Mutter ihren Knaben. Sie führt ihn persönlich ihm zu, ganz im geheimen. Noch ist sie arm und abhängig, sie darf ihn nicht öffentlich anerkennen; aber sie überwacht ihn im stillen, sie sorgt für ihn, straft ihn, sie sucht einen tapferen Soldatensinn in ihm zu erwecken; sie bringt ihn in einem selbstgewählten Berufe unter, und als sie endlich, zu Fülle und Freiheit gelangt, ihn vor der der Welt anerkennen darf — ist der Knabe spurlos verschwunden, verschollen sein Name viele, viele Jahre lang. Die Mutter aber bleibt einsam zurück, sie harrt seiner Heimkehr, sie hält ihm das Erbe offen, das ihm rechtmäßig zusteht, erweitert es zu einem fürstlichen Besitz. Und er, er ist dieser glückliche Knabe, er der Sohn der letzten Reckenburgerin, er der Erbe der reichen Reckenburg!

So der Roman, welchen unser heißblütiger Kumpan sich im Fluge auferbaute. Die Daten, die etwa mit seiner Rechnung nicht stimmen mochten, die mancherlei Lücken, die Widersprüche in dem Charakter der mütterlichen Heldin, die problematische Rolle des beliebigen Quidam, mit alledem beunruhigte er seine Phantasie nicht. Wenngleich noch nüchtern, fühlte er sich wie berauscht. Hätte er eine wohlkonditionierte Uniform auf seinem Leibe gewußt, würde er spornstreichs nach dem Schlosse aufgebrochen und ohne Scheu vor Fräulein Hardine und ihre vornehme Tafelrunde getreten sein. „Mutter!“ würde er ihr zugerufen haben, „Mutter, dein Sohn ist heimgekehrt, und sieh, dies Kind hier ist seine Tochter, die dir zur Erinnerung den Namen Hardine trägt!“

Aber leider in ihrem gegenwärtigen Aufzuge konnten die Erben der Reckenburg sich nicht im Kreise ihrer künftigen Standesgenossen präsentieren. Man mußte ein Wirtshaus suchen und die abendliche Einsamkeit erwarten.

So nahm denn unser Glücklicher die Kleine, die ihm ermattet nachgeschlichen kam, wieder an die Hand und schritt forschend die breite, lange Dorfstraße entlang. Aber seltsam! wie die Gehöfte ihm hüben und drüben entgegentraten, alle neu, schweigsam, sauber und so nüchtern solide, da deuchte ihm, als ob aus jeglichem Fenster die Augen der gestrengen Hardine auf ihn niederschauten, so wie sie einst den unbändigen Waisenknaben angeschaut; es summte wie „Wildling!" vor seinem Ohr, und er fuhr mit der Hand nach seiner glühenden Backe, wie damals, als er ihren züchtigenden Streich auf derselben gefühlt hatte. Ihn überkam eine Anwandlung zweifelnder Schwäche; ohne eine herzstärkende Labe hätte er jetzt nicht vor der handfesten Dame erscheinen mögen. Und hinwiederum seltsam! in dem langgereihten Dorfe schien nirgends eine Stätte für solche Labe aufzufinden. „Haben denn die Leute unter Fräulein Hardines Regiment keinen Durst?" fragte er verdrießlich. „Oder saufen sie nur Wasser wie das liebe Vieh?"

Endlich, im allerletzten Hause, da fand er, was er suchte, wenn auch durch kein Schild oder Schenkzeichen, keine Kegelbahn, Laube oder Tanzlinde einladend angekündigt. Nein, das war nicht der Platz, wo ein Zögling des Biwaks das wandernde Marketenderzelt vergißt, wo Karten und Würfel fallen und der Schoppen unter zechenden Kumpanen kreist. Ebensowenig war es eine Herberge, die dem müden Bettler, dem irrenden Landstreicher Labsal und Obdach bot. Es war ein ruhiges, nüchternes Gehöft wie alle anderen des Dorfes, nur die Equipagen der Schloßgäste und eine betreßte Dienerschaft vor dem Tore deutete an, daß wohlbestelltes Volk und Getier gegen sofortige Bezahlung hier gelegentlich eine Raststunde halten durften.

So wenig anheimelnd der Platz, unser Veteran warf sich in die Brust, setzte sich auf eine Bank vor der Tür und forderte Wein. Aber die Zornesader auf seiner narbigen Stirne schwoll, als der Wirt, ohne sich von der Stelle zu rühren, ihn von oben bis unten mit einem nichts weniger als bewillkommnenden Blick maß. Was Wunder, wenn in dem Bruder Habenichts heute Prinz Gustels splendide Soldatennatur wieder aufgewacht war! Er wiederholte barsch seine Forderung, indem er mit der Miene eines Krösus sein letztes Talerstück auf den Tisch warf. Vergebliche Herausforderung! Ein Achselzucken des Wirts war die einzige Antwort; das goldhelle Wörtchen Wein schien ein fremdartiger Klang in der Schenke von Reckenburg.

Indessen hatte die auswärtige Dienerschaft den seltsamen Wandersmann, der in Lumpen ging und mit Talern um sich warf, aufs Korn genommen. Man näherte sich, man gab gefällig Bescheid, und hatte unser Freund vor einer Stunde sich dreist an die Magnatentafel des Grafenschlosses geträumt, so saß er jetzt wohlgemut im Kreise ihres galonierten Lakaientums. Kümmel und Gerstensaft lösten die Zunge so gut wie der versagte Rebensaft. Er plauderte von alten kriegerischen Erinnerungen, aber er plauderte noch lebhafter von den älteren friedlichen Erinnerungen, welche die Wanderung durch die Reckenburger Flur in ihm wachgerufen hatte, und er fühlte sich ermutigt, als auch andere kluge Leute einen Vers daraus zu bilden wußten, der auf den seinen reimte. Halb im Ernst, halb im Spott wurde sein Angriffsplan unterstützt; die Krüge klappten zusammen in einem Frischauf zu glücklichem Erfolg.

Hin und wieder ging auch ein Einheimischer, der zu Hause Mittag gehalten hatte, an dem Schenkenplatze vorüber; volle Erntewagen schwankten in das Dorf und kehrten leer wieder nach den Feldern zurück. So seltene Gäste die Bauern und Knechte von Reckenburg an diesem Platze sein mochten, die Musterung der fremden Gespanne war wohl ausnahmsweise einen Krug Dünnbiers wert, und es verbreitete sich daher auch unter ihnen die wunderbare Mär von dem Reckenburger Kinde, das plötzlich als Herrenerbe eingesprungen war. Kopfschüttelnd und schweigend, wie sie der Mär gelauscht, entfernten sich die Einheimischen, einer nach dem anderen; auch die betreßte Tafelrunde brach auf, um die Geschirre für die Heimfahrt zu rüsten; ehe aber der Abend sich senkte, war das lang bewahrte Geheimnis Fräulein Hardines weit über die Reckenburger Flur in das Land hinausgestreut.

Der sich am spätesten erhob, war der jetzt doppelt berauschte Erbe. Er bezahlte das letzte Glas mit seinem letzten Groschen, riß seine Kleine, die in einem sonnigen Winkel eingeschlummert war, in die Höhe und rief barsch: „Wach auf, Schlafmütze! Jetzt geht's zu deiner Großmutter Hardine!"

„Zu meiner Großmutter Hardine!" lallte das Kind wie in einem fortgesetzten Traum.

So wanderten sie Hand in Hand voran. Die Füße des Invaliden schwankten, und seine Brust keuchte beklemmt. Warum eigentlich? Ohne eine merkliche Spur hatte er häufig das Doppelte zu sich genommen. Freilich der Tag war heiß gewesen, die Wanderung weit und die Aufregung gewaltig. Es währte eine Weile, bevor er das Gittertor erreichte, auf welchem ein vergoldetes Doppelwappen im letzten Sonnenschein funkelte. Im Hintergrund einer langen breiten Rüsterallee präsentierte sich das Schloß auf erhöhter Terrasse; zu beiden Seiten der Avenue dehnte sich bis zum Waldessaume der Garten, linealgerecht durch hohe Buchenhecken abgeteilt. Goldgelbe Pfade schlängelten sich zwischen den vielgestaltigen Schnörkelbeeten, auf denen hinter einem Einfaß von Buchs und bunten Perlenringeln zwar keine Blumen, aber kunstvoll dressierte Baumfiguren in die Höhe wuchsen. Weiße Marmorbilder, deren Struktur sich gar nicht übel mit den Pflanzungen dieses Ziergartens vertrug, ragten längs der Heckenwände, umschichtig mit gar verwunderlichen Ungeheuern, die aus weitgeöffnetem Rachen ein spindeldünnes Wasserfädchen sprühen ließen. Die kleine Hardine klammerte sich zitternd an den Vater, sooft sie eine dieser Kunstgestalten lugen sah; dem Vater aber, der in fremden Landen an mancher verwandten Anlage vorübergekommen sein mochte, ohne sie zu beachten, dem Vater erschien sie hier in seiner Erbheimat schier zur Beunruhigung großartig und imponierend.

Als er sich dem Schlosse näherte, sah er die reichgeputzte und uniformierte Gesellschaft die Terrasse herabsteigen, um sich lustwandelnd im Garten zu zerstreuen. Zum erstenmal schämte sich der Wachtmeister der Legion des geschwärzten, zerfetzten Mantels von Waterloo. Er bog aus der großen Allee nach den Heckenwegen ein und gelangte so unbemerkt in einen der Laubengänge von vergoldetem Gitterwerk, welche zu beiden Seiten die Terrasse hinanführten. In diesem halbdunklen Versteck wollte er warten, bis die heranrollenden Equipagen die letzten Gäste entführt haben würden, und dann frischen Muts vor Fräulein Hardine treten.

So langsam er voranschritt, das Zittern seiner Glieder, die Beklemmung des Atems nahmen zu. Es kochte etwas in seiner Brust, als ob eine der alten Wunden sich geöffnet habe. Er schlug mit der Faust gegen das hämmernde Herz und mußte eine Lehne suchen, als er jetzt am Ausgang des Berceau nach dem Schlosse blickte, dessen hohe Fenster und Spiegeltüren nach der Terrasse geöffnet standen. Alte, goldbordierte Diener, noch gepudert, gingen gravitätisch hin und wieder, auf silbernen Platten den Kaffee servierend; andere räumten das funkelnde Gerät und die leckeren Reste von der Tafel im großen Speisesaale des Parterre. Wie die Adern des armen Vagabunden schwollen, wie fieberfrisch seine Augen leuchteten vor diesem noch nie geschauten Bilde der Fülle und der Pracht!

Nach und nach hatte sich die Terrasse von Gästen und Dienern geleert. Nur noch ein einziges Paar schritt langsam von der entgegengesetzten Seite her der Laube zu, in welcher der Invalid atemlos lauschte. Ein stattlicher Herr in hoher Beamtenuniform, einen Stern auf derselben; an seiner Seite mit majestätischem Anstand eine Dame von gleicher Größe wie er selbst und auf der Brust den Orden, welcher für die Patriotinnen des Befreiungskrieges so sinnvoll gestiftet worden war. Reiches Geschmeide funkelte unter der Spitzenumhüllung des gegen die Mode der Zeit faltigen, schleppenden Gewandes, und die Strahlen der sinkenden Sonne spiegelten sich in einem Diadem über dem vollen, schwarzen Haar. Der Herr sprach mit Eifer, ernst und gedankenvoll hörte die Dame zu.

In der Nähe des Laubenganges stand sie still. Sie schien eine Antwort zu suchen, legte den Arm auf eine Vase, in welcher eine Aloe ein verkümmertes Uralter fristete, und wendete bei dieser Bewegung das volle Gesicht dem heimlichen Lauscher zu.

Alle Vorsätze der Zurückhaltung, alle beklemmende Scheu waren jählings verschwunden. „Fräulein Hardine!" schrie er auf. „Sie ist es! ja, das ist Fräulein Hardine!" Er stürzte aus der Laube und mit ausgestreckter Hand der Dame entgegen.

So haben wir denn das, was wir zu Anfang ein Geheimnis genannt, nebelartig aus losen Erinnerungen, gleichsam aus dem Hauche eines Namens aufsteigen und sich in vorlauten, eigennützigen Deutungen immer dichter und dichter herandrängen sehen, bis es als eine drohende Wetterwolke über dem Haupte Fräulein Hardines hing. Über dem Haupte einer Frau, die wir als die Schöpferin unseres heimatlichen Wohlstandes verehrten, die in ihre mit männlicher Kraft und Ausdauer gegründete junge Kolonie den Wahrspruch ihres Hauses: „In Recht und Ehren" eingepflanzt und sie vor jeder entsittlichenden Berührung gehütet hatte, einem Spiegel gleich, den der leiseste Moderhauch trübt.

Und wir Reckenburger Leute hatten sie gekannt fast noch als ein Kind; ihr Leben lag vor uns durchsichtig und eben wie ein Kristall. Da war kein Schatten, keine Lücke, ja nicht einmal eine gemütliche Regung, welche eine Heimlichkeit hätte ahnen lassen. Der Wechsel unserer beiden letzten Herrinnen, der gespenstischen Urgreisin im Goldturme, mit deren Beschwörung wohl heute noch die Mütter ihre Kinder zur Ruhe scheuchen, und der im fünfzigsten Jahre noch frisch und kräftig, fast wie im fünfzehnten, ausschauenden und schaffenden Hardine glich dem des Tages mit der Nacht.

So stand sie vor hoch und gering ehrenreich und ehrenrein wie keine zweite; so stand sie im Kreise der Notabeln ihrer Gegend, an der Seite des Mannes, der für ihren einzigen Vertrauten galt und den man neuerdings vielfach den Erkorenen für ihr freies Erbe nannte, als ein landstreichender Bettler, der erste seiner Art, der ihr Gehege zu betreten wagte, sich zu einer Bezichtigung, zu einer Anforderung an sie erdreistete, vor welcher das niedrigste Weib in Scham und Zorn entbrannt sein würde.

Die Unterredung mit dem Grafen, ihrem Begleiter, schien ihre Aufmerksamkeit so sehr in Anspruch genommen zu haben, daß sie das Nahen der beiden Fremdlinge nicht früher bemerkte, bis August Müller dicht zu ihren Füßen ihren Namen rief. In seinem verwilderten Zustande, mit allen Anzeichen des Trunkenbolds, war der erste Eindruck der des Widerwillens und der Entrüstung. „Fort!" befahl sie, indem sie einen Diener herbeiwinkte, den Eindringling zurückzutreiben.

„Fort!" rief der Invalid, bis jetzt noch aufgeräumten Humors; „fort weisen Sie mich, Fräulein Hardine? Sie erkennen mich wohl nicht, und ich erkannte Sie doch auf den ersten Blick, wenngleich Sie vor zwanzig Jahren noch keine Krone getragen haben."

Er war während dieser Worte die Stufen hinangestiegen und faßte nun dreist nach der Dame Hand. Unwillig wehrte sie mit beiden Armen den Zudringling ab, während mehrere Diener herbeisprangen, die Gäste aus dem Garten sich nach der Terrasse drängten und der Graf eine Bewegung machte, den wüsten Gesellen die Treppe hinabzuwerfen. War es nun infolge des Rausches, der vorigen Schwäche oder bloß der kräftigen Abwehr der Reckenburgerin, genug, der Mann taumelte und stürzte die Stufen hinab, eine Blutspur zeigte sich am Boden, der verwitterte Mantel entfiel ihm, das militärische Ehrenzeichen, der Stumpf des Armes wurden sichtbar; Fräulein Hardine erbleichte.

Die leichte Verletzung hatte den Berauschten plötzlich ernüchtert. Er richtete sich rasch in die Höhe und stand einen Moment in drohendem Trotz mit geballter Faust der Dame Aug in Auge. Dann ließ er den Arm sinken und sprach mit einem Stolz, der sich seltsam gegen die vorige Roheit abhob: „Es ist nicht das erste Mal, Fräulein Hardine, daß Sie Ihre Hand gegen mich erhoben haben; aber Gott sei mein Zeuge, es ist das letzte Mal, Sie werden August Müller nicht wiedersehen. Ich hätte es mir ja denken können, daß einer, dessen Dasein in einem Waisenhause verborgen worden ist, nun, da das Elend ihn treibt, für sein mutterloses Kind eine Freistatt zu suchen, von der Schwelle Ihres stolzen Hauses wie ein Verbrecher verjagt werden würde."

Die Blicke der sprachlosen Dame fielen während dieser Schmährede auf das Kind, das hinter dem Vater drein bis dicht in ihre Nähe geschlichen und jetzt von einer Gruppe mitleidiger oder neugieriger Gäste umringt worden war. „Wie heißt du?" fragte eine Dame. „Hardine," murmelte die Kleine. Es folgte noch eine weitere Examination, auf welche sie mit stumpfsinniger Gleichgültigkeit den Kopf schüttelte. Endlich: „Was wollt ihr, wen sucht ihr hier?"

„Meine Großmutter Hardine," sagte das Kind.

Auch d a s hörte das stolze Fräulein mit an; sie sah die verblüfften Mienen der hohen Gesellschaft und — sie schwieg. Sie schien wie erstarrt oder in ferne Erinnerungen verloren.

„Schweig, Hardine!" herrschte jetzt der Invalide seine Tochter an, indem er sie mit Gewalt aus der Gruppe zog. „Schweig und komm! Gott ist ein Vater der Waisen. Es wird anderwärts barmherzigere Seelen geben."

Damit wendete er sich zum Gehen. Nach ein paar Schritten aber sah man einen bleifarbenen Schatten über seine Züge fliegen. Er schauderte und klammerte sich zitternd an das Laubengitter. Auf einen Wink des Fräuleins eilte der Prediger ihm zu Hilfe; sein Sohn, der uns schon bekannte Gymnasiast, sprang zwischen den Hecken hervor und nahm die kleine Hardine an seine Hand. Auch der Graf folgte ihnen in merklicher Bestürzung. Sie verschwanden im Laubengang. Fräulein Hardine aber wendete sich mit verstörten Mienen, ohne ihre Gäste zu beachten, ihrem Schlosse zu.

Wie möchten wir nun aber bei diesem Betragen der stets so gehaltenen, selbstbewußten Dame die Stimmung der verlassenen Gesellschaft zu beschreiben wagen? Ein Teil, und sicherlich der klügste, bestieg ohne Abschied die bereits vorgefahrenen Wagen. Andere entblödeten sich nicht, in der eigenen Umhegung der Festgeberin den am Nachmittag in der Schenke gesammelten Erläuterungen ihrer Dienerschaft Gehör zu schenken. Der Rest schlenderte in den Gartenwegen auf und ab, ein Wiedererscheinen der Dame oder die Lösung des Rätsels erwartend.

Nach kurzer Zeit kehrte Ludwig Nordheim atemlos zurück, um den Kreisphysikus, der sich unter den Gästen befand, zu dem in der Schenke plötzlich erkrankten Fremdling zu holen. Später kam der Prediger mit dem Grafen, der letztere mit dem Ausdruck der stärksten Empörung. „Der Säuferwahnsinn ist bei dem Vagabunden ausgebrochen," antwortete er auf die Fragen der ihn umringenden Bekannten. Der Prediger zuckte schweigend die Achseln. Beide begaben sich nach dem Schlosse.

Wenige Minuten später eilte von dorther ein Diener nach der Schenke; bald darauf folgte ihm der Prediger. Man erfuhr, daß das Fräulein die sorgfältigste Pflege für den Kranken befohlen habe, auch dessen Übersiedelung nach dem Schlosse wünsche, falls der Arzt dieselbe für zulässig halte. Noch hatte man nicht dazu kommen können, sein Erstaunen über diese Weisung auszusprechen, als der Graf aus dem Portale trat, leichenblaß, in heftigster Aufregung an der Unterlippe nagend. Ohne ein aufklärendes Wort zu gewähren, bestieg er den bereithaltenden Wagen und jagte von dannen.

Auch den letzten Gästen schien jetzt der Aufbruch geboten. Kaum eine halbe Stunde nach der aufregenden Begegnung war es in der Umhegung der Reckenburg so still wie alle Tage. Am anderen Morgen jedoch kehrten etliche der gestrigen Gäste — wohlzumerken der Graf nicht unter ihnen — zurück, um aus reinstem Wohlwollen, wie sich von selbst versteht, Erkundigungen über das Befinden der Dame und des rätselhaften Fremden einzuziehen. Der letztere lag noch in der Schenke, schwer krank, aber nicht am Säuferwahnsinn, sondern an einer Lungenentzündung, wie der Doktor erklärte. Fräulein Hardine war verreist. Sie, die Stetige in ihrem Revier, die man nie, außer zu einer Visite in der Nachbarschaft, und immer nur in der sagenhaften goldenen Kutsche und dem schier unsterblichen Schimmelzug, zwei gepuderte Heiducken auf dem Trittbrett — sämtlich Erbstücke der schwarzen Gräfin — sich aus der Reckenburger Flur hatte entfernen sehen, sie war diese Nacht ohne Dienerschaft im leichten Jagdwagen bis zur nächsten Station und von da mit Kurierpferden weitergefahren. Trotz der emsigsten Nachforschungen hat niemand erfahren können, wohin oder zu welchem Zweck. Als sie nach zwei Tagen auf die selbe heimliche Weise zurückkehrte, war ihr erster Gang in die Schenke an das Krankenbett August Müllers.

So befremdend dieses Gebaren war, es lag im Grunde noch nichts darin, was ein so makelloses Ansehen, wie Fräulein Hardines, hätte trüben dürfen. Sie gab durch dasselbe zu, daß August Müllers Erinnerungen richtig waren, aber den Schluß, den eine begehrliche Natur daraus gezogen hatte, er konnte, nein, er mußte ein irriger sein. Fräulein Hardine hatte niemals für eine Samariterin gelten wollen, und wir wissen es schon, sie galt auch nicht dafür. Aber wäre es selber für Fräulein Hardine etwas Unnatürliches gewesen, eine hilflose Waise in einer öffentlichen Anstalt zu versorgen und zu überwachen? Oder wäre, selber für Fräulein Hardine, eine mitleidige, vielleicht vorwurfsvolle Erschütterung so schwer zu begreifen, wenn ein Schützling aus der Jugendzeit ihr im Alter plötzlich als eine untergegangene Kreatur gegenübertritt? Sie brauchte nur einen Namen zu nennen, nur die Herkunft des Waisenknaben zu erklären, und der Sturm im Wasserglase legte sich.

Aber Fräulein Hardine nannte diesen Namen, gab diese Erklärung nicht. Die guten Freunde schmachteten nach dem Labsal eines Wortes — aus reinster Sorge für Ruf und Ruhe der edlen Dame, wie sich wiederum von selbst versteht — und sie gewährte dieses Labsal nicht. Fürwahr, Fräulein Hardine war keine mitleidige Natur, nicht einmal gegen sich selbst. Weder jetzt noch später hat sie der verhängnisvollen Begegnung am Königsfeste gegen irgendeinen Menschen erwähnt.

Nach vielen Jahren jedoch und für einen bestimmten Zweck, richtiger, für eine bestimmte Person, hat sie ihren Lebenslauf niedergeschrieben und darin ihr „Geheimnis", wie sie es selbst genannt, enthüllt. Sie hat es sichtlich mit Lust und Liebe, sogar in heiterer Anordnung getan, und möchten wir uns nicht irren, wenn wir bei Veröffentlichung dieser Bekenntnisse auf den Anteil auch eines weiteren Kreises als den ihrer einstigen Lebensgenossen zu rechnen wagen. Denn ist es auch ein etwas altväterisches Charakter- und Sittenbild, das wir vor dem Leser entrollen, aus seinen Zügen spricht eine Wahrheit, die keiner Zeit und Mode unterworfen ist. Ja, Gottes Wege sind wunderbar, auch die zu den Herzen der Menschen!

Mein Geheimnis

Erstes Kapitel

Die Rose und ihr Blatt

Die Reichtümer der Reckenburg lagen meiner Wiege so fern wie die Goldminen von Peru, und die Letzten der „weißen" freiherrlichen Linie waren nicht die begehrlichen Abenteurer, die um schnöden Mammons willen sich in das Bereich der „schwarzen" Häuptlingin ihres Stammes gewagt haben würden. Sie hatten seit Generationen eine Zuflucht gefunden, welche die adelige Armut ehrenvoll deckte, und sich unter der Fahne wohl und zufrieden gefühlt. — Keiner jedoch wohler und zufriedener als der Allerletzte in ihrer Reihe, der schon als Leutnant ein Bäschen gefreit hatte, auch von den „Weißen", arm und ahnenrein wie er selbst.

Eberhard und Adelheid von Reckenburg waren geschwisterlich nebeneinander aufgewachsen, und ich zweifle, daß in irgendeinem Stadium ihrer Bekanntschaft das große Wort Liebe zwischen ihnen gewechselt worden sei. Große Worte so wenig wie kleine Zärtlichkeiten waren Reckenburgscher Habitus; aus welcher Bemerkung indessen keineswegs gefolgert werden soll, daß die Leute nicht tief im Herzensgrunde einander angehangen hätten. Ich wüßte im Gegenteil mir kaum einen glücklicheren Ehebund vorzustellen als den, in welchem Eberhard und Adelheid sich länger als dreißig Jahre in einmütigem Pulsschlag ergänzten und trugen. Er: groß, rot, robust; wie er sich selber nannte: „ein Ursachse", den ein neckischer Kobold unter die leichte Reiterei gewürfelt hatte. Sie: klein, fein, blaß und behende. Er: gutmütig, bereit, die Dinge, sobald sie ihm zu ernsthaft wurden, mit einem Scherzwort abzufertigen. Sie: bedachtsam, klug, praktisch und darum, zu allseitiger Befriedigung, der Souffleur und heimliche Maschinist der häuslichen Bühne. Beide: Ehren- und Edelleute vom Scheitel zur Zeh. Daß Heldin und Schreiberin dieser Geschichte, das einzige Kind des glücklichen Paares, körperlich nach der Struktur des Vaters, geistig mehr nach der Mutter geschlagen ist, wird aus ihrem Lebensbaue zu ersehen sein.

Ich erhielt den Namen Eberhardine, wie einst der Vater schon den seinigen erhalten hatte, zu Ehren des gräflichen Familienoberhauptes. Beide Generationen per procura und ohne daß Verleiher und Empfänger sich jemals mit Augen gesehen hätten. Da der hohen Patin hinwiederum aber ihr Name durch die kurfürstliche Eberhardine eingebunden worden war, durch jene Hohenzollerin, welche ihrem starken August und der polnischen Königskrone zum Trotz ihre Tugend und protestantische Treue zu behaupten wußte, so bin ich der unmaßgeblichen Meinung, daß eine Ader dieser ausländischen Zähigkeit, per procura des Taufregisters, sich auf die sächsische Patenfolge in weiblicher Linie vererbt haben mag. Das königlich-kurfürstliche Namenserbe hingegen wurde für einen Leutnantshaushalt zu großartig befunden. Der Papa strich die „ungeschlachte Bestie" am Anfang, und auch die Tochter hat sich, ex officio, späterhin gern mit der Hardine begnügt, wenngleich sie der Sanktion des Kalenders entbehrte.

Das junge Ehepaar hatte seinen Haushalt gegründet — notabene: in der Teuerungsnot der siebenziger Jahre — mit einer Monatsgage von zwölf Talern und einem Lehnstamm ungefähr des nämlichen Betrages. So weit jedoch meine eigenen Erinnerungen reichen, führte der Vater die Schwadron, ein Posten, der für manchen seinesgleichen die Revenuen eines Rittergutes abwarf und von just nicht Ehrsüchtigen den Majorsepauletten vorgezogen ward. Da der Rittmeister von Reckenburg aber ein Mann war, der nicht mit Zopfbändern zu knausern verstand und jeden Hufbeschlag für eine Gewissenssache hielt, so hütete sich seine „Hausehre“, das wirtschaftliche Budget nach Maßstab der Charge zu erhöhen. Bei aller Verwaltungsweisheit brachte sie sich indessen wenig auf einen grünen Zweig, wenn schon ein ruinierendes Zelt- und Wandervogelleben das des Soldaten in jenen kurfürstlichen Zeiten n i c h t genannt werden kann.

Der Vater stand während seines langen Fahnendienstes bei dem nämlichen Regiment und mit demselben in der nämlichen Garnison. Wir hatten in unserem Landstädtchen heimatlich Wurzel geschlagen und achteten es als Gewinn für die häusliche Gemächlichkeit, daß ein Nebenzweig des Kurhauses, der bisher im Orte residiert hatte, seit kurzem erloschen war, obligatorische Standespflichten nach obenhin unseren Tageslauf sonach nicht regulierten.

Dahingegen erfreuten wir uns mancher glanzvollen Erinnerung an jene herzogliche Zeit. Auf der Höhe ragte, wenn auch unbewohnt, das reich ausgestattete Schloß, dessen Terrassen, Weinberge und Gärten sich bis in die Bürgerhöfe hinabzogen und angenehme Erholungsplätze boten. Wir besaßen noch eine verwitwete Frau Hofmarschallin, einen pensionierten Hofjunker, einen Titular-Hofjägermeister, Hofschneider, Hofprediger und eine Hofkellerei. Die letztere sogar in unmittelbarer Nachbarschaft. Ein Faßbinder, namens Müller, hatte sie samt der Schankgerechtigkeit in und außer dem Schloßpavillon erpachtet, und so konnten wir uns in Haus und Garten an den Bacchanalien unserer Mitbürger ergötzen oder über sie entrüsten, je nach Stimmung und Gelegenheit.

Auch das Haus, in welchem meine Eltern vom Traualtar bis zum Grabesrande geheimst haben, rühmte sich eines fürstlichen Ursprungs. Ein weiland Herzog hatte es für seinen Leibbader, vulgo Barbier, anlegen lassen, war aber des Todes verblichen, bevor er über den Unterstock hinausgelangte. Der Posten eines Leibbaders wurde von dem neuen Hofhalte und die Beletage von dem Bauplane gestrichen. Der Dachstuhl senkte sich unmittelbar auf das Erdgeschoß, wurde aber, nach Bedürfnis späterer Geschlechter, Stockwerk um Stockwerk erhöht, bis schließlich die Haube dreimal so hoch war wie das Gestell.

Wie freut es mich heute, meine Freunde, Euch just in diese naturwüchsige Heimstätte einführen zu können. Denn nichts erfrischt so die Eintönigkeit des Alters wie eine Kuriosität aus unserer frühesten Zeit. „Der Mops mit Zipfelmütze" steht vor meinen Augen gleich einem lebendigen Geschöpf; was aber würde ich Euch aus einer glatten, residenzlichen Zimmerflucht zu beschreiben haben?

Man nannte das Haus die Baderei oder auch die Faberei, denn es war samt der Kunst des Erbauers in dessen Nachkommenschaft fortgeerbt, und „Faber", so hieß jener vom Hofstaat gestrichene Leibbarbier, an dessen allerhöchstes Amt noch das Pförtchen erinnerte, das von unserer Gartenterrasse auf das Schloßplateau führte.

Dieses Haus nebst Pertinenzien war nun gegen dreißig Laubtaler Jahresmiete der Familie von Reckenburg so gut wie ein selbstherrliches Bereich. Meister Faber, ein Witmann, rastete wenig daheim. Seine Scherstube, im bewohnbaren oberen Dachgeschoß, grenzte an das Zimmerchen, das mir von früh ab privatim eingeräumt worden war, und die drei anlockenden Messingbecken klapperten im Winde und funkelten im Sonnenschein zwischen der uns trennenden Fensterwand. In den Kammern über unseren Häuptern nächtigte Reckenburgs Dienerschaft: will sagen die Magd und der Soldatenbursche, der ein für allemal „Purzel" hieß. Höher hinauf türmten sich Vorrats- und Futterspeicher, Trockenboden, Rauchkammer und so weiter und so weiter.

Nun aber der fürstliche Grundbau im Parterre. De plein pied aus der Torfahrt, welche die Hälfte einnahm, trat man in das geräumige, gelb getünchte Familienzimmer; aus diesem in die Schlaf- und vertrauliche Ratskammer des ehelichen Konsortiums. Hinter beiden lagen die Küche und das Bureau der Schwadron. Das waren die freiherrlichen Appartements!

Zwischen dem Raum und seiner Füllung aber welche stilvolle Harmonie! Das hochbeinige Kanapee mit dem blaugewürfelten Leinenbezug, eigenhändig von Frau Adelheid gesponnen, die dito Gardinen, der große eichene Ausziehtisch und der lederne Ohrenstuhl, in welchem der Hausherr sein Mittagsschläfchen hielt, das mütterliche Spinnrad und die roh gezimmerte Hütsche; in der Hölle, hinter dem Ungeheuer von grünen Kacheln, der Waschtisch, an welchem die Familie nach dem Essen sich die Hände spülte, darüber, als Draperie, die selbstgesponnene, blitzblanke Quehle — Kinder, seht sie mit Ehren an, die alten Stücke in Reckenburgs neuem Turm: es waren gute Menschen, welche sich zwischen ihnen glücklich fühlten!

Und nun das Kleinzeug der Haushaltung: das braune Kaffeegeschirr und das Tafelservice von Zinn; die Messingleuchter mit der tiefschnuppigen Unschlittkerze, die kupferne Feuerkieke, welche Ehren-Purzel seiner gnädigen Frau Sonntags auf dem Kirchgange nachtrug; — Euch, Menschen von heute, dünken diese Gerätschaften wohl wie Rudera aus einem Hünengrabe; aber fragt einen ergrauten Junggesellen, eine arme alte Jungfer, die für kein Tändelwerk in einer Kinderstube zu sorgen haben, fragt sie, wie es tut, wenn solch rücklaufendes Fädchen aus dem Netze ihrer Gewohnheiten gerissen wird?

Was würden jedoch diese einfachen Umgebungen bedeuten ohne die gelassene Grandezza, mit welcher die Bewohner sich in denselben bewegten? Nichts für ungut, meine jungen Freunde, aber das Bewußtsein reinen Bluts verlieh einen Duktus, welchen die Matadore der Comptoirs und Bureaus größtenteils noch erlernen müssen, und welchen die der zweiunddreißig Quartiere erst verlernten, wenn die Manier des Höflingslebens sie beleckt hatte. Bei Eberhard und Adelheid von Reckenburg mögt Ihr in die Schule gehen, wollt Ihr gehobenen Hauptes und ohne Schwanken, wie jeder brave Mensch es soll, vor hoch und gering im Takte schreiten.

Wenn die Freifrau von Reckenburg sich nach der Post begab, um ein durchreisendes Mitglied ihres Fürstenhauses zu begrüßen, in der nämlichen Robe, in welcher sie als blutjunges Fräulein demselben hohen Haupte präsentiert worden war, so schritt sie, beugte sich und redete, bei aller Ehrfurcht, selber wie eine Kurfürstin, denn sie wußte ihre Ahnenreihe so alt und rein wie die des Hauses Wettin. Wenn die Gemahlin des vielschröpfenden Herrn Amtmanns oder die des reichsalarierten Oberforstmeisters in eigener Karosse, Kammerdiener oder Jäger auf dem Trittbrett, zur Visite vorfuhren, so ging sie denselben in ihrer getünchten Wohnstube, mit der Quehle im Ofenwinkel, eher einen Schritt weniger entgegen und machte ihre Reverenz eher eine Linie weniger tief, als jene Damen es taten, sobald sie in deren Prunkzimmern zur Gegenvisite empfangen ward, denn die reiche Amtmännin war gar nicht und die andere von neuerem Adel als die Freifrau von Reckenburg. Die Freifrau von Reckenburg erwiderte ohne Beschämung die genußwechselnden Gelage der Honoratiores alle Jahre nur ein einziges Mal mit einem Schälchen Kaffee, stark mit Mohrrüben versetzt, und der Rittmeister von Reckenburg stängelte die Bohnen seines Gartenbeets, unbekümmert, ob die Gäste des Nachbar Kellerwirts des häuslichen Treibens Zeuge waren. Der Rittmeister von Reckenburg, die kurze Tonpfeife im Mund und vor sich den irdenen Deckelkrug selbstgefüllten Dünnbiers, wenn er an langen Winterabenden die Äpfelschnitzel auf Fäden reihte, welche „sein Frauenzimmer" geschält hatte, ließ sich durch eine Meldung oder einen späten Besuch so wenig beirren, als wenn er seine Husaren im Parademarsch einem Generalissimus vorführte. Tut desgleichen mit der nämlichen Manier, und die zweiunddreißig oder gar vierundsechzig Quartiere der Reckenburger werden ein Sparren oder eine Seifenblase geworden sein.

Zu meiner Zeit und in unserem Landstädtchen mit den Reliquien des erloschenen Herzogszweigs waren sie aber weder ein Sparren noch eine Seifenblase, sondern ein zuverlässiges Postament, auf welchem man, auch in den Bewegungen nach unten hin, heute sich wohlgemut eine patriarchalische Mischung gestatten durfte und morgen ohne Ärgernis eine kastische Grenze zog. Nicht dem wohlhäbigsten Kaufmann oder Gewerbtreibenden würde es eingefallen sein, sich in die adlige Sozietät zu drängen, welche sich Donnerstags nachmittags in des Kellermeisters erpachtetem Schloßgarten versammelte. Nicht die freudenarmste und töchterreichste adlige Witib würde in der bürgerlichen Gesellschaft, die sich Montags unter den nämlichen Lauben ergötzte, eine frohe Stunde oder gar einen Freier für ihre Fräulein gesucht haben. Die bürgerlichen Honoratioren: Beamte, Prediger, Ärzte, gehörten zwar beiden Reunionen an, ohne jedoch eine Kette zwischen ihnen zu bilden und ohne von den Donnerstäglern anders als unvermeidliche Füllung betrachtet zu werden. Geschmack und Bildung waren wesentlich die nämlichen, und so konnte das Unterhaltungsmaterial Donnerstags wie Montags auch nur das nämliche sein. Die Herren kegelten, kannegießerten, spielten — meist mit deutschen — Karten und schlürften des Kellermeisters saures Landgewächs; das schöne Geschlecht strickte, tunkte selbstgebackenes Kuchenwerk in einen dünnen Milchkaffee und glossierte; die Montägler über die Donnerstägler und vice versa. An Winterabenden wurde von der Jugend im Pavillon Pfänder gepielt und gelegentlich getanzt.

Dahingegen saßen wir in der Dämmerstunde aller übrigen Tage nicht abgesondert in unseren Gärten hinter dem Haus, sondern nachbarlich beieinander auf der Bank vor der Straßentür. Die Männer, bürgerlich und adlig, Militär und Zivil, spazierten schmauchend auf und nieder, die Frauen plauderten hinüber und herüber, riefen die Vorübergehenden an, rückten zusammen, prüften ihr gegenseitiges Gespinst oder Gestrick und ließen eine die andere von ihrem Abendbrot kosten, wobei denn nicht verhehlt werden soll, daß wir und unseresgleichen die saftigeren Bissen gekostet haben mögen. Auch gab es keine Schlachtschüssel, kein Festgebäck, keine Wein- und Obsternte bei dem Nachbar Kellermeister hüben und dem Nachbar Tuchmacher drüben, daß die gnädige Frau Rittmeisterin nicht honoris causa ein Pröbchen zum Schmecken erhalten hätte. Die gnädige Frau Rittmeisterin bedankte sich durch einen schönen Empfehl, rühmte auch gelegentlich die wohlschmeckende Darbietung, daß sie dieselbe aber von ihrer eigenen Schlachtschüssel oder von ihrem eigenen Christwecken erwidert hätte, wüßte ich nicht zu berichten.

Unter derlei Anschauungen war ich in die Jahre gekommen, in welchen die Pflicht für einen standesgemäßen Unterricht ernsthaft in Betracht gezogen werden mußte. Da eine Französin, will sagen Gouvernante, mit der Ökonomie des Hauses sich nicht vertragen haben würde, hatte die fürsorgliche Mama bereits von der Wiege ab in dem Hauptstücke einer guten Edukation vorgebaut: sie sprach stets nur Französisch mit mir und lehrte mich in der Folge auch die Grammatik, die sie korrekter innehatte als die der Muttersprache. Für das, was außerdem zu lehren übrigblieb, wurde in meinem achten Jahre ein Hofmeister engagiert, brühwarm vom Seminar, sanft und zärtlich wie sein Name: Christlieb Taube. Sieben Jahre lang hat dieser Musterjüngling sich buchstäblich ausgerungen, um der ihm anvertrauten Schülerin auch nicht ein Tröpfchen des kürzlich eingesaugten edlen Stoffes vorzuenthalten; er hat nebenbei im Bureau der Schwadron — „zu seiner Übung" — manche Korrektur und manchen Rechnungsplan ausgeführt, in welchen Obliegenheiten der Rittmeister von Reckenburg sich nicht immer als ein Held ohne Fehl erwies; er hat — „zu seiner Unterhaltung" — den Hausgarten in seine Pflege genommen und auf der Terrasse eine Weinhütte angelegt, auch eigenhändig die weißen Wände seines Kämmerchens, zwischen dem der Magd und des Burschen Purzel, mit Gewinden von Rosen und Vergißmeinnicht ausgemalt; er hat demnach Nutzen gestiftet und Schaden verhütet, wie so leicht kein zweiter für fünfundzwanzig Laubtaler Salär. Er hat mir späterhin einen Beweis der rührendsten Freundestreue gegeben und bei alledem noch kürzlich in seinem letzten Briefe „die Schüler- mehr denn Lehrerjahre in diesem humanen Edelhause als die glückseligsten in seinem glückseligen Leben" gerühmt. Dank und Ehre daher meinem glückseligen Hofmeister Christlieb Taube!

Da die Einseligkeit in der Schulstube von der Mama nicht für schicklich und von dem Papa für allzu langweilig erklärt worden war, hatte sich die Wahl einer Studiengenossin in Nachbar Kellermeisters Dörtchen, schon bisher meiner ausschließlichen Spielkameradin, von selbst ergeben. Es war dies auch eine von den erlaubten Herablassungen zu den unteren Ständen, da ja selbst an Fürstenhöfen ein „Prügelkind" gang und gäbe ist; eine Herablassung, die in unserem Falle sich aber auch in gemütlicher Richtung empfahl. Denn die Kleine war eine Waise von Mutterseite und der Vater Schenkwirt, ein arger Hüter für d i e s e s Kind.

Ja, für d i e s e s Kind. Daß ich es Euch vor die Augen zaubern könnte, warm, wie es nach einem halben Jahrhundert noch vor dem meinigen lebt! So, wie es damals war, und so, wie es kaum merklich hineinwuchs in jedes folgende Stufenjahr: als Jungfrau, als Weib, als Matrone, das holdselige Kind Dorothee!

Aber wer beschreibt jener Sonntagsgeschöpfe eines, deren Wiege, wie die Redeweise läuft, die Liebesgöttin samt allen drei Huldinnen umstanden hat? Und wenn ich den Pinsel statt der Feder zu führen verstände, so sähet Ihr vielleicht die feine, wie aus Wachs bossierte Gestalt, die leise gerundete Wellenlinie der Glieder; Ihr sähet über dem Rosenknöspchen des

Haupts den goldigen Flor, der wie ein Schleier bis zu den Knien niederwallte, sähet die Grübchen in Wangen und Kinn. Aber sähet Ihr auch die Purpurwoge unter der blütenweißen, blaugeäderten Haut? Das schillernde Farbenspiel des Auges, wenn es, ein durchsichtiger Kristall, in dieser Sekunde sich lachend oder forschend in die Höhe schlug, und in der nächsten, dunkel beschattet, sich demütig zu Boden senkte? Sähet Ihr das liebliche Neigen und Biegen, den raschen Übergang von flüchtiger Weisheit zu Scherz und Tändelei? Hörtet Ihr das silberhelle Stimmchen die Tonleiter auf und nieder hüpfen, das herzige Gelächter gleich dem Locken des Pirols am sonnigen Maientag?

Doch was hilft es mir, in dieser Blumensprache von Anno dazumal fortzufahren? Ihr werdet das Reizende in unserer kleinen „Dorl" aus seiner Wirkung auf andere verstehen lernen, die einzige Manier, in der das Reizende überhaupt geschildert und verstanden werden kann. Zu allernächst in seiner Wirkung auf mich selbst.

In jenen Kindheitstagen, ei nun, so wie sie da dachte ich mir die Engelchen unter Gott-Vaters Baldachin, und die pausbäckigen Trompetenbläser in unserer alten Postille dünkten mich gar grobschlächtige, himmlische Gesellen neben meiner zierlichen, irdischen kleinen Dorl. Von Jahr zu Jahr aber wuchs der Zauber, welchen die Menschenschöne allezeit über mich ausgeübt hat — vielleicht weil ich ehrlicherweise sie in meinem Spiegel recht gründlich vermißte. Das Mädchen wurde meine Augenweide, das Wohlgefallen steigerte sich zum Wohlwollen, und ich würde Euch wahrscheinlich von einer schwesterlichen Jugendfreundschaft zu erzählen haben, wenn — ja wenn — —

Wir hatten, fast von der Wiege ab, Stunde für Stunde miteinander gelebt; wir waren gleichen Alters, gleichmäßig gebildet, beide arm; sie war schön, und ich war es nicht; — aber sie war eines Faßbinders Tochter und ich eine Freiin von

Reckenburg; es lag eine Kluft zwischen uns, für welche ich das Maß gleichsam mit der Muttermilch eingesogen hatte. Ich durfte ihre Vertraulichkeit empfangen, nicht erwidern, und trotz ihres Liebreizes oder just wegen ihres Liebreizes, der mir jeden weniger reizenden Umgang verleidete, war und blieb ich ein herzenseinsames Ding.

„Die Rose und das Blatt, das sie schützend umgibt", so hatte — wie er meinte schmeichelhaft für das Blatt — der ehrliche Taube uns in seinem Neujahrscarmen besungen, und das Stück grasgrünen Raschs, mit welchem die Frau Mutter einen recht vorteilhaften Jahrmarktshandel gemacht hatte, da es für meine ganze Kinderzeit als Bekleidungsstoff ausreichte, ihm ohne Zweifel als Vorwurf für den ganzen Teil seiner Metapher gedient. Kehren wir denn mit derselben in die Schulstube Christlieb Taubes zurück: Die Rose und ihr Blatt.

Es würde Vermessenheit sein, zu behaupten, daß es niemals eine eifrigere und aufmerksamere Schülerin gegeben habe als Kellermeisters kleine bewegliche Dorl. Ganz gewiß aber keine, mit welcher auch ein hitzköpfigerer Informator wie Christlieb Taube so bereitwillig Geduld gehegt haben würde wie er. Ohne Vermessenheit hingegen läßt sich behaupten, daß es selten eine Schülerin gegeben haben wird, so lernbegierig und beharrlich, wie die große, ruhige Hardine von Reckenburg, ebenso selten aber auch eine, die selber ein Taubenblut dann und wann in Verzweiflung bringen konnte. „Jungfer Grundtext" nannte sie der Herr Papa, wenn er gelegentlich Zeuge ward der unermüdlichen Wie? und Wo? und Wann? und Warum?, mit welchen sie den ihr zu Gebote stehenden Wissensborn bis auf die Grundneige auspumpte.

Lerne was, kannst du was, heißt's! Ei nun, am Ende ihrer siebenjährigen Studienzeit k o n n t e Schülerin Nummer eins, in geziemender Bescheidenheit sei es vermeldet, mit deutlicher Handschrift richtig Deutsch schreiben, auch die vier Spezies ohne Fehl im Kopfe wie auf der Tafel rechnen. Sie k o n n t e die Stammtafel des Hauses Wettin und die Reihe der deutschen Kaiser bis auf Leopolds II., seit kurzem regierende Majestät, insonderheit aber Doktor Martin Luthers großen und kleinen Katechismus am Schnürchen hersagen. Möglich, daß sie zu jener Zeit auch schon gewußt, die Erde drehe sich; wenngleich mir dieser Kasus eher unter diejenigen zu gehören scheint, von welchen der Informator seufzend eingestand: „Das kann man so eigentlich nicht sagen," und erleichtert aufatmete, wenn sein freiherrlicher Patron lachend hinzusetzte: „Ist auch sehr töricht, danach zu fragen."

Zum schwersten Kummer aber gereichte es unserem gewissenhaften Christlieb Taube, daß es bei alledem eine Ader und just eine Hauptader in seinem Borne gab, die er ohne erschöpfenden Erguß in sich selber verschließen mußte. Der freiherrliche Besitzstand erstreckte sich nicht auf ein Klavier, und da die Jungfer Grundtext ein hartes Ohr und eine ungefüge Kehle zu beklagen hatte, eine Kunstfertigkeit ohne Talent aber keine obligatorische Forderung der damaligen Erziehungsmethode war, so mußte die edle Musika von dem Lehrplane gestrichen werden. Nur die üblichen Kirchenlieder wurden nach dem Klange der hofmeisterlichen Geige eingeübt, und außer der Lektionsstunden für das Lerchenstimmchen der Schülerin Nummer zwei noch eine und die andere weltliche Weise beigefügt.

Nach diesen mannigfaltigen Leistungen gab es allerdings noch ein letztes kategorisches Soll und Muß einer standesmäßigen Edukation, für welches die Seminarbildung eine Lücke ließ und die emeritierte Herzogsresidenz keine zulässige Aushilfe bot. Indessen, wie für das franzmännische Alpha, so für das choreographische Omega fand sich im Schoße der Familie ein würdiger Dilettant. Hatte der Rittmeister von Reckenburg sich nicht der Ausbildung im Dresdener Kadettenkorps erfreut, der edelsten Pflegestätte jener ritterlichen Kunst, welche dem ungelecktesten Bären Anstand, Konduite und gesellige Unwiderstehlichkeit verleiht? War er nicht als ein Musterschüler derselben gepriesen und hatte als Vortänzer der Donnerstags-Gesellschaft sie con amore praktiziert, bis die zunehmende Korpulenz ihm den Ballsaal einigermaßen verleidete? In häuslicher Bequemlichkeit hingegen, ohne pressende Montur und Eskarpins, konnten die Regeln der rhythmischen Bewegung zum Segen eines aufblühenden Geschlechts noch mit Behagen entwickelt werden, und so sehen wir denn das vieldienliche Reckenburgsche Familienzimmer endlich auch noch in einen Tempel Terpsichores umgewandelt.

Dreimal wöchentlich während dreier Wintersemester wurde der schwere Speisetisch in den Torweg geschoben, erklang das Orchester, die Geige Christlieb Taubes aus der Fensternische, saß die Freifrau, als kritische Ballmutter, hinter dem Spinnrocken in dem Ofenwinkel. Der Herr Rittmeister aber in weichen Filzsocken und flanellgefüttertem Schlafrock von gelblichem Kattun, den faustdicken Zopf wie ein Perpendikel im Nacken hin und wieder hüpfend, stand seiner Tochter Hardine und deren Partnerin gegenüber, um sie gewissenhaft die ganze hohe Schule seiner Lieblingskunst durchlaufen zu lassen: von Positionen und Portebras, durch alle Wendungen und Senkungen der Menuett, durch Chassés und Entrechats der Anglaise, bis zum heiteren Rundtanz mit dem gefälligen Dreischlag der Hacken.

Allein manches wird der Erinnerung zum Gold, was in Gegenwart Blei gedünkt. Heute schaue ich auf jene Tanzabende zurück als auf die lustvollsten meiner Kinderzeit; damals erduldete ich sie wie ein quälendes Verhängnis. Die väterliche Instruktorenrolle beleidigte mein Gefühl der Reckenburgschen Würde, und die ererbten Reckenburgschen Gliedmaßen zeigten sich wenig geschickt für das gelenkige Spiel.

Meine Mittänzerin hingegen, o welche leichte Erscheinung, welche helle unerschöpfliche Lust! Rosig überhaucht bis unter den goldigen Lockenscheitel, halbgeöffnet das Mündchen, so kreiselte sie sich wie in ihrem Element, lachend und jauchzend, die echte, rechte, leibhafte Dorl, schwebte gleich einer Libelle im Schaltanz, der Krone der Kunst, den Raum auf und nieder, jetzt den Kopf hinter dem Nesselstreifen verbergend, dann plötzlich schelmisch hinter seinen Falten hervorlugend, sich hebend und neigend und biegend, eine flüssige Welle vom Scheitel zur Zeh. Der Musikant in der Fensternische seufzte zwischen den zärtlichen Weisen, die er seiner Geige entlockte; die Partnerin in grünem Rasch hatte Strapaze und Ingrimm vergessen, und der Lehrmeister klatschte Beifall mit künstlerischem Entzücken.

„D i e wird Furore machen!" rief er eines Abends, als das Dreiblatt der Familie wieder allein beieinander war.

„Furore, wo?" fragte die Kunstrichterin mit jenem Ton, den ihr Eheherr die Weisheit Salomonis zu nennen pflegte. „Denkst du sie im Corps de ballet unterzubringen, Eberhard?"

„Schade, schade!" seufzte der Papa. Frau Adelheid aber fuhr fort:

„Der Ballsaal ist der Jungfer Müllerin verschlossen, und für das Publikum des Tanzbodens würde weniger gut besser sein, meine ich."

„Schade, schade!" seufzte der Vater zum zweitenmal.

„Davon abgesehen, Eberhard, den Geist der Menuett hat sie nicht gefaßt, konnte sie vermöge ihrer Extraktion nicht fassen. Wie sie den Rock in die Höhe zieht, als wär's ein Tändelschürzchen im Schäferspiel! Heißt dieser Knix eine Reverenz? Da muß ich unsere Tochter loben. Ohne eine Muskel des Oberkörpers zu bewegen, senken sich die Knie bis zum Boden hinab und heben sich wieder peu à peu. Ohne sich in die Robe zu verwickeln, ohne Fehlschritt schreitet sie rückwärts, würdevoll, wie sie vorwärts geschritten ist. Correctement der Anstand, mit welchem eine Reckenburg ihrer Souveränin Hand und Schleppe küßt!"

„Nun freilich, freilich, unsere Dine, unsere gute, brave Eberhardine!" bestätigte der Papa, indem er mich herzlich auf die Backen klopfte. Dann aber seufzte er zum drittenmal: „Schade, schade um die kleine Dorl!"

Ich hatte diese Ergießung nur so bei Wege aufgeschnappt und wußte, daß ich bei derlei Angelegenheiten zu schweigen hatte. Die mütterliche Weisheit aber war auf fruchtbarem Boden aufgegangen. Der armen, kleinen Dorl war das Entree zu jedem Platze, auf dem sie geglänzt haben würde, versagt; Eberhardine von Reckenburg geziemte eine Empore, auf welcher sie den Höchsten der Erde ihre Huldigung darbieten durfte.

Wir standen im fünfzehnten Jahre. Wir waren gebildet, die eine ihrem Stande gemäß, die andere weit über denselben hinaus; wir parlierten französisch und tanzten Gavotte, wir hatten unseren eigenen Hofmeister gehabt und wußten unseren Katechismus ohne Fehl; wir waren reif, um unter die Zahl der erwachsenen Menschen und Christen aufgenommen zu werden. Und so knieten wir denn auch am Palmsonntag 1790 nebeneinander vor dem Altar, zur Erneuerung unseres Taufgelübdes und zum ersten Genusse des heiligen Kelchs.

Erste Abendmahlsgenossen! Ein Bekenntnis für zwei aus e i n e m Munde; die priesterliche Hand gleichzeitig segnend auf beider Haupt: ein gemeinsamer Wahrspruch für beider Leben: das gibt, das gab zu meiner Zeit mindestens ein Band. Und gewiß, ich fühlte dieses Band fest und stark wie eine Pflicht. Die warmherzige Dorothee aber, die hätte in jenen Tagen freudig ihr Leben für mich hingegeben.

Und wenn das ganze Leben auch nicht, so doch ein gutes Stück Füllung in einem Mädchenleben brannte das liebe Närrchen mir bei dieser feierlichen Gelegenheit als Opfer darzubringen. Sie hatte von ihrer Patin einen schweren, schwarzen Stoff als Abendmahlskleid verehrt erhalten, während für mich nur das zurecht gestutzt worden war, das schon der Mama bei ihrer Einsegnung gedient. Ich im abgetragenen, angestickten Habit, sie nagelneu von Kopf zu Fuß; die Kleine verging fast vor Scham bei dieser Vorstellung und ruhte nicht, bis sie einen

Ausgleich erklügelt hatte. Schenken durfte sie mir das wertvolle Angebinde nicht, denn wie hätte solch ein hohes Glück sich für sie geschickt! Aber sie wollte ihr altes schwarzes Sergekleid anlegen, um mir ranggemäß zur Seite zu stehen. Sie wollte es durchaus, kehrte wieder und immer wieder mit ihrer demütigen Bitte zurück. Selbstverständlich vergebens. Ich trug eine Perlenschnur, welche die Mutter als eigenes Patengeschenk auf mich vererbte. Aber es hätte des Kleinods nicht bedurft. Eberhardine von Reckenburg würde sich nicht beschämt gefühlt haben, auch wenn sie selber in Zindel und Dorothee Müllerin in Brokat einhergeschritten wäre.

Der rauschende Gros de Tours störte übrigens, zu meiner gerechten Entrüstung, die andächtige Sammlung meiner Abendmahlsschwester; sie strich mit der Hand darüber hin und schmunzelte bei dem scharfen, knisternden Geräusch, sie stieß mich während des Liedes an und blinzelte zu mir hinauf, um mir die Blicke bemerklich zu machen, welche die Versammlung auf sie richtete. Die liebe Unschuld dachte ihr stolzes Gewand für das Aufsehen, das ihre Schönheit erregte, verantwortlich machen zu müssen. Ich selber hingegen war, jene Entrüstung abgerechnet, mit ungestörter Ernsthaftigkeit bei der wichtigen Feier, und der Bibelvers, der uns als Geleitspruch fürs Leben erteilt ward, hat der Jungfer Grundtext tiefste Gedanken nachhaltig angeregt. Denn es war einer von denen, die gar leichtverständlich klingen und doch selten von uns Weltkindern richtig verstanden werden: „Welche der Geist Gottes treibt, die werden Gottes Kinder heißen".

Ja, welches war denn nun aber der Geist, der uns in das Vaterreich treiben soll? War es der, welcher über den Wassern schwebt, der Geist des Schaffens und Förderns, des Umbildens der natürlichen Kräfte, der den versunkenen Garten Eden auf Erden wiederherzustellen strebt? Oder war es der, welcher auf den Gesetztafeln verzeichnet steht, der Geist der Ehrfurcht, des Rechtes und der Treue? Von beiden diesen Geistern würde ich mich willig aus dem Diesseit in das Jenseit haben treiben lassen.

Allein man hatte mich auch noch von einem dritten Geiste gelehrt, von einem, der jenen beiden ersten oft schnurstracks zuwiderzutreiben schien. Von dem Geiste, der die Sorge für den anderen Tag verdammt, der dem ehebrecherischen Weibe vergibt und dem Beleidiger die Wange reicht. Der Geist stimmte nicht zu meinem natürlichen Willen, und das siebenfache Selig, das der Erlöser über die erneute Menschheit ausgesprochen hat, es war meinem Herzen ein leerer Schall. Sollte, konnte dieser unverständliche Geist der Geist der Kindschaft sein?

In derlei Grübeleien über den geheimnisvollen Wahrspruch ging ich nach dem Frühgottesdienst am Ostermorgen in unserem Garten auf und nieder. Ich achtete nicht des goldenen Sonnenlichtes, nicht der erwachenden Vogelstimmen und schwellenden Frühlingsblüten: ich fühlte nicht die Auferstehungslust um mich her. Da hörte ich hinter mir Dorothees leichten Schritt; ich wendete mich rasch und fragte mit Ernst, welche Deutung sie unserem Einsegnungsspruche gegeben habe.

Sie schlug die großen Augen verwundert zu mir auf und dann dunkelerrötend zu Boden. Sie hatte den Spruch überhört oder vergessen und nicht ein einziges Mal auf ihrem Konfirmationszeugnis nachgelesen. Ich schluckte meinen Unwillen hinunter, zitierte den Spruch und fragte dann: „Was nennst du, von Gottes Geist getrieben sein, Dorothee?"

Dann sann sie denn einen einzigen Augenblick nach, erbleichte dann ebenso jäh, wie sie vorhin errötet war, hob sich auf die Zehenspitzen und flüsterte mir ins Ohr: „Gut sein, gut sein, Hardine!"

Im nächsten Moment aber sprang sie laut jubelnd nach einem Beet, auf welchem sie die ersten Veilchen entdeckt hatte, pflückte sie, flocht ein paar grüne Sprossen dazwischen und befestigte das Sträußchen an meinem Busentuch. Dann schlüpfte sie vogelleicht durch eine Lücke des Zauns, der unsere Gärten trennte, warf mir noch lächelnd eine Kußhand zu und flog nach dem Haus.

„Gut sein!“ hatte sie gesagt und eine innerste Stimme mir zugerufen, daß die Kindeseinfalt das Richtige getroffen habe. In Wahrheit aber war mir das alte Rätsel nur durch ein neues Rätsel gelöst. Hieß gut sein: handeln nach Gesetz und Sitte, wie ich es verstand? Oder hieß es: empfinden in jenem selig sprechenden Sinne, den ich nicht verstand?

Ich brachte mich endlich mit Gewalt über den zweifelhaften Spruch zur Ruhe, und es war dies das erste Mal, daß ich eine Entsagung geübt habe, die ich mir im späteren Leben zum Gesetz stellte. Ich handelte nach meinem natürlichen Willen, mit welchem meine Erziehung, treu dem Wahlspruch unseres Hauses, in Einklang stand, und ich zweifelte nicht, daß es gut war, wenn ich „in Recht und Ehren“ handelte.

Spät erst, in dem Alter, wo andere graue Haare tragen, ist jener zweite Wahlspruch für das Leben in meiner Seele wieder aufgeklungen und durch eine unscheinbare Fügung der Schall des Rätsels mir zu einem Sinn geworden. Wohl bin ich heute noch keine von denen, die der Heiland schon hienieden selig preist. Wenn wir aber eines Tages jenseit anfangen sollten, da, wo wir diesseit aufgehört, so getröste ich mich der Hoffnung, dem Vaterreiche um eine Wegstunde näher gerückt zu sein.

Zweites Kapitel.

Mosjö Per—sé

Unser Verhältnis änderte sich natürlich, seitdem wir nicht mehr Kinder hießen. Dorothee trat in das väterliche Schenkgeschäft, ich wurde als erwachsene Dame bei den Honoratioren von Stadt und Umgegend eingeführt, empfing deren Gegenvisite, besuchte dann und wann eine

Kaffeegesellschaft und regelmäßig die Donnerstagsfeste im herzoglichen Pavillon. Einen zusagenden Umgang unter gleichalterigen Standesgenossinnen fand ich nicht, vermißte ihn aber auch nicht.

Dorothee betrat das Reckenburgsche Familienzimmer nur noch, wenn sie sich eine Bitte oder einen Vorwand ausgeklügelt hatte; die Duzkameradschaft hörte auf — will sagen für die Dorl. Ich blieb bei dem Du und der Dorothee; sie nannte mich Sie und Fräulein, wie alle anderen ihresgleichen, nur daß ihr das „gnädige" gnädig erlassen ward. Sie herzte und streichelte mich auch nicht mehr wie sonst, sondern machte ihren Knicks, und lief das Herzchen ihr über, dann küßte sie meine Hand.

Völlig störten die neuen Formen den alten Umgang indessen nicht, und ganz und gar nicht das Verhältnis der Rose zu ihrem Blatt. Es verging kein Tag, daß die Kleine nicht einmal durch die Heckenlücke geschlüpft oder in meinem Dachstübchen eingekehrt wäre. Ich blieb ihre Vertraute bei jeglicher Freude, ihre Raterin in jeglicher Not; ja ich sah die letztere schärfer und fühlte sie bänglicher als die Kleine selbst.

Ihr Vater hatte das nährende Handwerk an den Nagel gehängt und war auf dem herkömmlichen Schenkenwege hart beim Trunkenbold angelangt. Es stand übel um den Mann; die Pachtung der herzoglichen Keller wurde ihm nach abgelaufenem Termine voraussichtlich entzogen; seine Zukunft war der Spittel.

Diese Verirrungen waren es indessen nicht, welche die sorglose Dorl überschaut oder gewürdigt haben sollte. Ihr täglicher Verdruß war das Schenkentreiben, für welches der Vater ihre Aushilfe forderte. Die schöne Kellnerin lachte die Gäste an, und die Gäste wurden nicht gewählt. Da gab es denn Scherz- und Nachreden, die dem natürlich feinen Sinn des Kindes und dem Tone, an den es sich in Reckenburgs Familienzimmer gewöhnt hatte, unleidlich widerstanden.

Mein Vater sah seinen Liebling in drohender Gefahr. „Das Kind ist zu schön für eine Schenkjungfer," hörte ich ihn eines Tages in der vertraulichen Rats- und Schlafkammer der Mutter klagen. „Viel zu schön und zu apart für ihren Stand. Sie weiß nicht mehr, wo aus noch ein. Adelheid, Adelheid, die kleine Dorl geht uns zugrunde."

„Du rechnest ohne den Faber, Eberhard," entgegnete die Mutter mit bewußter Unfehlbarkeit. „Allerdings müßten wir uns anklagen, das Mädchen seinem natürlichen Terrain entrückt zu haben, hätten wir nicht seit Jahren diesen Abschluß vorausgesetzt. Der Mensch strebt hoch, und das Gelingen steht ihm an der Stirn geschrieben; er goutiert Dorothees feinere Lebensart, kennt ihre mißliche Lage so gut wie wir selbst und wird, verlaß dich darauf, Eberhard, nun, da der Tod seines Vaters ihn unabhängig gemacht, mit der Hochzeit nicht lange zögern."

„Gott geb's, Gott geb's!" versetzte der Vater, indem er sich freudig die Hände rieb.

Mir aber stockte während dieser Rede der Atem, und jetzt beim Schlusse war mir, als ob ich gegen das hoffnungslose „Gott geb's" laut protestieren müsse. Warum eigentlich? Ich wußte, daß wir mit dem Einsegnungstage heiratsfähig geworden waren, und die fünfzehnjährige Dorothee wäre nicht das erste Kind gewesen, das ich warm vom ersten Abendmahlstische zum Traualtare hätte schreiten und glücklich werden sehen. Warum summte es denn vor meinen Ohren gleich Unkenruf: „Gott verhüt's!"

Wie sie so einer nach dem anderen in die Reihe meiner Bekenntnisse treten, die wenigen Menschen, mit welchen ich im Leben wirklich gelebt! Der Faber, der Siegmund Faber! Wenn später so oft der Name dieses Mannes mit Dank und Bewunderung vor mir genannt worden ist, neulich noch, meine Freunde, als Ihr mich fragtet, ob ich mich seiner als eines Heimatsgenossen erinnere? Da ahntet Ihr nicht, keiner hat es jemals geahnt, daß dieser Mann mein frühester Bekannter, mein Wandnachbar, der erste Mensch und fast der einzige gewesen ist, der mir zu denken gegeben hat, und daß zwischen diesen Mann und mich sich ein Verhängnis gedrängt hatte, ein Geheimnis, das ich lange Jahre ein Verbrechen nannte.

Siegmund Faber war das einzige Kind unseres Hauswirts, des Barbiers, und mütterlicherseits von seiner ersten Stunde ab verwaist. Da er ungefähr sechs Jahre mehr zählte als ich, hätte er zur Zeit meiner frühesten Erinnerungen noch auf der Schulbank sitzen müssen.

Aber Siegmund Faber hatte längst etwas Klügeres erwählt, als auf der Schulbank hin und her zu rutschen. Sobald er sich rasch und sicher die Elemente angeeignet, hütete er sich, den Kursus alljährlich mit einer Schar von Neulingen von vorn anzufangen, und der einsichtige alte Rektor war weit entfernt, ihn darob zu schelten. „Der Faber geht seinen eigenen Weg," sagte er, „der Faber ist ein Mensch für sich." Vater Faber aber, der die Kunst des Scherfacks für die angenehmste der Welt und es für zuverlässiger hielt, seine Sparpfennige in Feld- und Wiesenparzellen statt in Humaniora für seinen Sprößling anzulegen, Vater Faber hatte sich die Argumente des weisen Schulregenten zunutze gemacht. Wurde er, wie oftmals geschah, angegangen, den auffälligen Knaben einer höheren Lehranstalt zu übergeben, so lautete seine Antwort unveränderlich: „Mein Munde geht seinen eigenen Weg, mein Munde ist ein Mensch für sich."

„Der Mensch für sich" wurde demnach unter der Faberschen Kundschaft die gang und gäbe Bezeichnung des kleinen Scherfackserben. Papa Reckenburg aber, der so leicht keinen, den er gern hatte — einzig und allein seine „Hausehre" ausgenommen — ohne einen harmlosen Spitznamen entwischen ließ, konnte sich nicht versagen, den „Menschen für sich" ein wenig fremdländisch umzumodeln. „Mosjö Per—sé" hieß der Haussohn innerhalb der alten Baderei.

Und hier wie dort mit Fug und Recht. Siegmund Faber war ein Original; das heißt, er war einer von jenen Seltenen, der unbeirrt seiner Eigenart eine Straße durch den Haufen bricht. Denn für eine herrschende Leidenschaft rüstete ihn die Natur mit dem herrschenden Willen, und nach dem inneren Gehalte modelte sich kennzeichnend die Form.

Denkt Euch ein Männchen, kaum Soldatenmaß, wie der Rittmeister von Reckenburg versichert. Gleichwohl, kurios! blickt Ihr zu ihm empor. Ihm gehts wie seinem Haus: es wächst erst über der Schulterhöhe. In seinem Nacken müssen wohl etliche Wirbel mehr, als die Regel ist, zu zählen sein, Drehwirbel, welche die spürende Beweglichkeit nach allen Seiten vermitteln. Noch länger als der Hals ragt der Kopf, nach hinten steif abfallend, die Stirn gewaltig und edel geformt. Unter dieser hohen, breiten Stirn streckt sich eine lange, breite Nase, die Höhlen weit geöffnet, die Flügel zitternd, und unter dieser richtigen Spür- und Schnüffelnase dehnt sich der breite, dünne Mund, festgeschlossen wie ein Gedankenstrich. An den Seiten aber ragen zwei ungeheure Ohren, die sich — schüttelt immerhin die Köpfe! — in fortwährender Spannung wie die eines Hasen hin und her bewegen.

Es ist kein Adonis, den ich Euch zeichne, gelt? Nun aber blickt in seine Augen. Eine bestimmbare Couleur werdet Ihr nicht unterscheiden, so tief liegen sie hinter den vorspringenden Stirnknochen eingesenkt, und mit so rastlosem Flimmer schweifen sie von einer Richtung nach der anderen. Haben sie aber den gewitterten Gegenstand aufgespürt, dann bohren sie sich ihm hartnäckig bannend bis in das Mark. Ihr würdet ihrer Forschung nicht entschlüpfen und Euch ihrem Geheiß nicht widersetzen dürfen.

Kurz und gut: patent ein Doktorenschädel und eine Doktorenphysiognomie! Denkt sie Euch nun von der gleichmäßigen Röte eines gesunden Blutes und unlöschbaren Eifers durchdrungen; denkt Euch die Glieder klein und fein wie Damenglieder, aber von einer ehernen Muskulatur; die Hände durch instinktives Greifen, Dehnen, Spannen zu einem Federwerk ausgebildet; denkt Euch den Mann jederzeit wie aus dem Ei geschält, kein Fältchen in dem blendenden Jabot, kein Stäubchen in dem unveränderlich hechtgrauen Habit, kein Härchen sich sträubend aus dem mageren, schwarzgebänderten Zopf, keine Bartstoppelchen am Kinn — ob versagt von der mütterlichen Natur oder getilgt durch die väterliche Kunst, wage ich nicht zu unterscheiden — und ihr habt einen ungefähren Abriß unseres Menschen für sich.

Er schien niemals in Eile und war immer in Bewegung. Kaum jemals habe ich ihn sitzen sehen, und fünf Stunden nächtlicher Rast genügten ihm schon in der schlafbedürftigen Knabenzeit. Noch nach Mitternacht bemerkte ich den Reflex seiner Lampe auf den blanken Becken zwischen unserem Fensterstock, und bei Tagesgrauen hörte ich ihn schon wieder mit leisen Katzentritten die Treppe hinunterschleichen und das Haus verlassen. Daß er Nahrung zu sich nahm, muß wohl vorausgesetzt werden, gesehen habe ich es niemals. Vielleicht im Gehen aus der Tasche oder stehenden Fußes beim Nachbar Kellermeister, der auch seinen Vater beköstigte. Keinesfalls regelmäßig, und dessen könnt Ihr versichert sein, daß „dieser Mensch für sich" nicht e i n m a l in seinem Leben mit Behagen ein Mahl gehalten oder einen Schoppen geleert haben wird. Er rauchte nicht, er schnupfte nicht wie seinesgleichen von der Ekel überwindenden Zunft; er kannte kein Spiel, keinen Tanz, kein Steckenpferd, keine jugendliche Plauderei; er hatte keinen Freund. Seine Rede war rasch, kurz, ein wenig durch die Fistel; mit möglichster Sparnis der Pronomina, hinter jedem Satze ein Punktum. „Preußisch" nannten wir diesen unliebsamen Duktus, wiewohl Mosjö Per—sé bis dahin ihn schwerlich aus eines Preußen Munde vernommen hatte. Er kam der Gegenrede zuvor und schnitt den Widerspruch barsch ab. Dennoch reizte er nicht, verletzte nicht. Sein Selbstbewußtsein imponierte, weil er nur über Gegenstände sprach, die er bemeistert hatte. Selber der Freifrau von Reckenburg kam es nicht bei, ihn „Er" wie seinen Vater und anders als „Herr" zu nennen, wenngleich er selber mit Titulaturen geizig und merklich beflissen war, durch keinerlei Zuvorkommenheit an die Manieren des Scherbeckens zu erinnern.

Ich habe den erwachsenen Per—sé geschildert. Aber so, wie ich ihn geschildert, zeigte sich schon der kleine Bube, als er mit Vater Faber „auf Praxis" ging, dessen Instrumententasche trug oder beim Schröpfen und Aderlassen ihm das Becken hielt. Nebenbei aber operierte er damals schon selbständig. Er konnte keine Warze sehen, er drehte sie ab, keine Balggeschwulst, er drückte sie ein. Die Krähenaugen verschwanden schmerzlos unter seinen Messerchen. Hatte einer eine Blutung, auf dessen ersten Blick erkannte er die Stelle, wo die Ader lädiert war, und die kleinen Finger preßten sich so eisern auf die Wunde, bis dieselbe sich wieder schloß. Er zog seinen Schulkameraden die kranken Zähne aus und erkaufte mit seinen Sparpfennigen manchen, der noch heil war, zu gleicher bildenden Operation. Bald hatte er den Vater in allen höheren Zweigen seiner Kunst überholt. Ein jeder wollte lind und behende von Faber junior bedient sein, und Faber senior überließ ihm denn auch willig Lanzette und Zange, sich selber mit dem Schermesser und der Aufsicht über seine Wiesen und Äcker begnügend.

In der freien Zeit, welche dem unermüdlichen Knaben neben Büchern und Praxis noch hinreichend blieb, saß er im Laboratorium des Apothekers, machte Studien im Schlachthause oder in dem des Abdeckers, der nebenbei, wie viele seines Zeichens, für einen Geheimkünstler galt. Bei keiner Leichenschau, keiner Obduktion fehlte Siegmund Faber. Als er aber endlich auch dem Namen nach der Schulbank entlassen war, da blieb er häufig tage-, ja wochenlang aus dem Hause verschwunden, und hätte Vater Faber nach den Wegen eines Menschen, der seinen eigenen geht, geforscht, in den klinischen Instituten und anatomischen Kabinetten unserer beiden Nachbaruniversitäten, ja selber in denen des ferneren Jena würde er ihn aufgefunden haben. Professoren und Sektoren, von dem seltsamen Eifer des jungen Autodidakten angezogen, nahmen ihn willig in ihr Gefolge auf und gaben mancherlei Anleitung, die zu weiteren Forschungen führte. Im Gymnasiastenalter war Siegmund Faber bereits eine bekannte Persönlichkeit und hatte durch seine medizinischen Kenntnisse eine Art von Ruf meilenweit in der Runde.

Es wurde daher kein Bedenken getragen, ihn als Gehilfen unseres Regimentsfeldschers eintreten zu lassen. Man fragte jener Zeit im ärztlichen Militärdienst wenig, was einer wußte oder nicht wußte, sondern begnügte sich mit dem, was er konnte oder auch ebenfalls nicht konnte. Da aber Siegmund Faber ohne Zweifel etwas konnte, so galt es für ausgemacht, daß ihm der Posten des alten Feldschers zugesprochen werden würde, als dieser endlich zu der Überzeugung gelangt war, daß er, wenn er überhaupt jemals etwas gekonnt, zurzeit jedenfalls nichts mehr konnte. Während dieses Interims starb Vater Faber; sein Sohn war volljährig, das heißt einundzwanzig Jahr, ein vermögender, unabhängiger Mann. Und das war der Zeitpunkt, in welchem meine Eltern die Rettung der kleinen Dorl von ihm erwarteten.

Denn in solchen Widersprüchen — oder Ausgleichungen? — gefällt sich die Natur: dieser Mensch, der keinen Sinn zu haben schien, als für die leiblichen Abirrungen der Kreatur, kein Bedürfnis, als deren Herstellung, keine Leidenschaft, als den Ehrgeiz des Meisterwerdens in seiner Kunst, derselbe Mensch fühlte sich, als ob seine Organe der Erholung bedürften, mit einem ebenso frühen ausschließlichen Verlangen einem Wesen zugetrieben, dem heilsten und schönsten, das sich in seinem Gesichtskreise erspähen ließ. Dieses Wesen war seine kleine Nachbarin Dorothee.

Schon als Wiegenkind soll er sie mit Entzücken betrachtet, er, der Ruhelose, oft stundenlang in ihrem Anblick verweilt haben; späterhin wurde sie nicht seine Gespielin, aber das einzige Spielwerk, das er jemals gehegt. Er brachte ihr Näschereien, Blumen, allerlei Putz und Tand; er nannte sie sein Dörtchen, sein Kind, seine Braut, sprach von ihr als von seiner einstigen Frau mit derselben Zuversicht wie von dem großen Doktor, zu dem er es bringen werde. Und seltsam! Keiner lachte über den kleinen ernsthaften Mann.

Wieder später sahen wir ihn sich zu einem Schutzherrn über die reifende Jungfrau erheben. Er hütete sie mit einer Art von Eigentumsrecht: wie ein Blitz rachsüchtigen Grimms zuckte es in seinen forschenden Augen bei jedem Beifallszeichen eines Fremden, die Fäuste ballten sich bei einer unziemlichen Neckerei über die hübsche Kellnerin; gewiß, er hätte den Beleidiger morden können, der ihm seine Blume entweihte. Daß dieser Mensch eine Seele habe neben dem stolzen, spekulativen Geist, eine zärtliche, bedürftige Seele, das offenbarte sich ausschließlich in seinem Verhalten gegen das Kind, von welchem er, wie von seiner Kunst, aus eigener Machtvollkommenheit Besitz ergriffen hatte.

Mit Genugtuung sah demnach Mosjö Per—sé sein „kleines Anwesen" (zwischen den Gänsefüßchen allemal Papa Reckenburgscher Humor!) unserem Familienkreise eingereiht. Hier war sie geborgen, hier schulte sie sich für eine gesellschaftliche Stellung, die er a priori für sich selbst in Anspruch nahm. Er, der so selten lächelte, strahlte vor Entzücken, wenn er an den geschilderten Tanzabenden den zierlichen Schmetterling auf und nieder schweben sah oder das silberne Stimmchen fix und fertig in einer Mundart plappern hörte, die er selber nicht verstand.

Das Verlangen nach seinem Augentrost führte ihn daher auch öfter, als es wohl sonst geschehen sein würde, in das Reckenburgsche Familienzimmer, und wurde er auf diese Weise

Dörtchens Kameradin gleichfalls eine Art von wohlgelittenem Kamerad.

„Sie begreifen das, Fräulein Hardine," pflegte er zu sagen, wenn er mich — und mich allein — zur Vertrauten neuer Wahrnehmungen und Folgerungen in seiner jugendlichen Praxis oder des Zweckes und Zieles seiner Ausflüge machte. Die Gedanken der Jungfer Grundtext wurden durch diese Aphorismen in Bahnen gelenkt, welche der ehrliche Christlieb Taube nicht zu eröffnen verstand. Und so war es der Sohn und Gehilfe eines Barbiers, der mir in meinem gefährlichen Alter die Langeweile der Intelligenz verscheuchte, dem jugendlichen Verlangen Salz und Würze bot. Nicht ihm zu gefallen, aber ihn zu verstehen, strengte ich mich an. Mosjö Per—sé war der Mensch, der mich im fünfzehnten Jahre mehr als ein späterer im Leben, wie man es nennt, interessiert hat.

Die leiseste Andeutung seines Berufs stockte hingegen, sobald sein Dörtchen in unsere Nähe trat, und zwar nicht darum, weil er sie bei der bloßen Erwähnung von Blut und Wunden hatte erbleichen oder sich die Ohren verstopfen sehen, sondern einfach, weil er seinen Beruf in ihrer Nähe vergaß, weil sein Pulsschlag einen anderen Takt annahm und die Strebenslast von ihm wich unter dem Behagen einer Herzensweide.

Und Dorothee? werdet Ihr fragen. Ahnte das leichtblütige Kind das Bedeuten einer solchen Natur, würdigte sie den besonderen Platz, den sie in derselben eingenommen hatte? Rief sie mit dem erfahrenen Freunde: „Gott geb's!" oder mit der unerfahrenen Freundin: „Gott verhüt's!"

Nun seht und hört sie selbst in der Stunde, welche über ihr Leben entschied.

Es mochte einen oder den anderen Tag nach jenem elterlichen Gespräche sein, das mich noch immer beschäftigte. Es war Anfang Juli und unser junger Wirt wohl schon eine Woche lang abwesend auf einer seiner wissenschaftlichen Exkursionen. Er hatte sich seit kurzem beritten gemacht und der sachverständige Rittmeister gesagt: „Ein Teufelskerl, dieser Mosjö Per—sé! Hat niemals ein Pferd, außer etwa auf dem Schindanger, unter dem Leibe gehabt, aber er reitet wie ein Daus!"

Die Eltern dinierten bei einem benachbarten Gutsbesitzer; ich war allein zu Haus und am Nachmittag im Garten beschäftigt, ein Bohnengericht für den morgenden Tisch zu pflücken. Eben hatte ich in der Weinlaube auf der Terrasse das saure Werk der Schnitzelei begonnen, als Dörtchen, lachend über das ganze Gesicht, durch die Heckenlücke herbeiflackerte.

„Nein, Fräulein Hardine," rief sie schon von weitem, „nein, gibt es einen kurioseren Kunden als diesen Mosjö Per—sé!"

„Ist Herr Faber zurück?" fragte ich.

Die Dorl nickte. „Eben hat er sein Pferd bei uns eingestellt. Ich stehe mit dem Vater unter der Tür. Gibt er mir wohl die Hand wie sonst? Behüte. Er macht mir einen Diener, so —" sie bückte sich rasch und tief im Hüftgelenk, als ob ein Taschenmesser zusammenklappt — „und schickt mich dann ohne Umstände fort, weil er mit dem ‚Herrn Vater' unter vier Augen zu sprechen habe. Dabei nennt er mich nicht etwa ‚du' und ‚Dörtchen' wie bisher, sondern ganz feierlich ‚Sie' und ‚Jungfrau Dorothee'."

„Ich finde es nur schicklich, Dorothee," versetzte ich weise, „wenn ein junger Mann derlei Vertraulichkeiten aufgibt einem Mädchen gegenüber, das sich jeden Tag verheiraten kann."

„Verheiraten!" rief die Dorl seelenvergnügt. „Ei, mit wem denn wohl, Fräulein Hardine?"

„Nun, vielleicht eben mit dem Siegmund Faber."

Die Kleine blickte enttäuscht. „Mit d e m?" schmollte sie, „mit dem? Ach warum nicht gar. Der denkt an Krüppel und Leichen, aber nicht an eine Frau."

„Meine Eltern wünschen und hoffen das Gegenteil, Dorothee. Sie nennen diese Heirat deine Rettung, dein Glück."

Sie wurde blaß, ihre Augen füllten sich mit Tränen. „Aber ich fürchte mich vor ihm!“ lispelte sie bebend.

„Hast du die Auslegung des sechsten Gebots in unseren Abendmahlsstunden vergessen?“ fragte ich in der lehrhaften Manier, die mir meiner kleinen Dorl, und zum Glück nur dieser gegenüber, zur anderen Natur geworden war. „Ihren Gott im Himmel und ihren Mann auf Erden soll das Weib fürchten, lieben und ihm vertrauen.“

Dorothee sah mich mit ihren großen, himmelblauen Augen an, wie damals am Ostermorgen, als sie mit mir mit einem Worte den Sinn des Apostelspruchs erklärt hatte. „Ihn fürchten,“ sagte sie leise, „nicht, sich vor ihm fürchten. Fürchten Sie sich vor Gott, Fräulein Hardine?“

„Aber warum fürchtest du dich vor dem Faber? Er ist ein außergewöhnlicher Mensch, anders als alle anderen — —“

„Eben darum,“ unterbrach sie mich lebhaft. „Ich will keinen Menschen für sich; ich will einen Mann wie alle anderen Leute; einen wie ich selber bin, nur um vieles klüger und besser.“

Das Kind hatte wieder einmal das Rechte getroffen. Damals zwar schüttelte ich den Kopf. Zehn Jahre später war ich zu der nämlichen Weisheit gelangt. Menschen für sich geben nicht Menschen zu zweien. Ehe und Haus vertragen keine Originale.

„Nein, nein, Fräulein Hardine,“ wiederholte Dorothee. „Er denkt nicht an mich, und Gott sei gedankt dafür, denn mir graut vor ihm.“

Die Sache war damit abgetan und mein heimlicher Protest gegen den elterlichen Plan erklärt. Dorothee liebte ihn nicht, und Siegmund Faber war zu gut für eine Frau, die ihn nicht lieben konnte.

Ich lud meine kleine Nachbarin ein, den Nachmittag bei mir zuzubringen; wir setzten uns in die Laube, und bald fielen unter den runden Fingerchen die Bohnenschnitzel flink und zierlich in die Schüssel auf ihrem Schoß. Sie plauderte und lachte über meine ungeschickten „Hünenpflocken"; der drohende Bewerber war vergessen.

Eine Stunde mochte so vergangen sein, als ein hastiger Schritt auf der Terrassentreppe uns den ungewohntesten Gartenbesucher verkündete. Im nächsten Moment stand Siegmund Faber uns gegenüber; er trug seinen Sonntagsstaat und verbeugte sich rasch und tief, so wie die Kleine ihm vorhin nachgeäfft hatte. Das lustige Lachen erstarb auf ihren Lippen, sie wurde rot bis unter das Busentuch, blickte in die Schüssel und schnitzelte mit Fieberhast.

Um so gespannter sah ich zu dem jungen Manne hinüber. Die gewaltigste Aufregung war auf der sonst so ruhigen Stirn zu lesen, die rote Farbe von seinem Gesicht gewichen, das Herz hämmerte sichtbar unter dem silbergestickten Gilet, und die Hände krampften sich zusammen, um ein Zittern zu verbergen. So mochte er ausschauen, wenn er zu einer Operation auf Leben und Tod den Entschluß gefaßt hatte.

Doch zögerte er nicht, seinen Besuch zu erklären. „Die Unterredung, um welche ich bitte, geschieht im Einverständnis mit Ihrem Vater, Jungfrau Dorothee," stieß er hervor.

Der Hauswirt war Herr in seinem Revier, und Vater Kellermeister hatte das Recht, ein Tête-à-tête mit meiner Besucherin zu bewilligen; wie flehentlich mich dieselbe daher anblicken mochte, ich erhob mich, um die Laube zu verlassen. Faber aber trat mir in den Weg, faßte nach meiner Hand und sprach: „Sie verpflichten mich, wenn Sie bleiben, Fräulein Hardine."

So nahm ich denn meinen Platz wieder ein und deutete für Faber auf eine Bank uns gegenüber. Er setzte sich nicht, hob aber nach einem tiefen Atemzuge, zu m i r gewendet, unverweilt seine Rede an:

„Sie kennen das Ziel, das ich mir gesetzt habe, Fräulein Hardine. Die Jahre herkömmlichen Studiums sind versäumt.

Ich muß es auf praktischem Wege zu erreichen suchen. Und ich werde es erreichen. Aber nicht in meiner kleinbürgerlichen Heimat, auch nicht im Friedensstande unseres sächsischen Vaterlandes. Ich erfreue mich gütiger Empfehlungen. Meine Vorkehrungen sind getroffen. Ich gehe nach Preußen. In wenigen Wochen vielleicht stehe ich auf einem Felde, wo Wunden geschlagen werden und Wunden geheilt werden müssen."

Ihr wißt, wir schrieben Anno 90, und in Preußen herrschte seit siebenundzwanzig Jahren so gut wie Frieden. Allerdings hatte ich meinen Vater und seine Kameraden von einer „Verhedderung" zwischen dem Kaiser und dem König in Sachen des Großtürken diskutieren hören; keiner aber wurde aus diesem Wirrwar klug, und keiner dachte an Ernst in einem weitab gelegenen Gebiet, wo man für den Preußen nichts Verdauliches zu schlucken sah. Siegmund Faber konnte daher wohl die verwunderte Miene bemerken, mit welcher ich seine Witterung von Blut und Leichen beantwortete.

„König Friedrich Wilhelm", so fuhr er ohne Aufenthalt fort, „ist zu der Armee nach Schlesien abgegangen. Dort treffe ich auch das Regiment Weimar, an dessen durchlauchtigen Chef ich von Jena aus rekommandiert bin. Wetter, welche sich türmen, wie die in Ost und West, klären sich nicht. Verzöge sich's heuer, um so günstiger für mich. Ich hätte in bedeutender Umgebung ein Jahr der Vorbereitung gewonnen. Übermorgen bin ich auf dem Wege nach Berlin."

Der Redner machte eine Pause, und ich hörte ein fröhliches Aufatmen an meiner Seite. Dorothee hatte das Messer fallen lassen und blinzelte schelmisch zu mir in die Höh. Es war ja alles ganz anders gekommen, als ich prophezeit. Mosjö Per—sé ging in den Krieg, um ein tüchtiger Doktor zu werden; er dachte nicht an sein Dörtchen und an einen häuslichen Herd.

Aber Mosjö Per—sé hatte nur wieder einmal schwer Atem geschöpft; er war noch lange nicht zu Ende. Eine Blutwoge drang ihm zu Kopf, um ebenso jach wieder zu sinken; er setzte sich, denn seine Kniee zitterten. Was mochte diese gefaßte Natur so bänglich bewegen?

Er wendete sich jetzt zu meiner Nachbarin, und seine Stimme vibrierte so seelenvoll, daß ich sie kaum für die seinige halten konnte. „Ich weiß nicht, Jungfrau Dorothee, ob auch Sie das Streben gekannt haben, das mich, neben jenem ersten, seit Jahren erfüllt hat. Sie lächelten wie über ein Scherzwort, wenn ich Sie die Meine nannte. Aber es war keine Knabenlaune, Dorothee. Es ist mir heute nicht heiligerer Ernst, als in jener frühen Stunde, seit ich mich auf mein Selbst zu besinnen weiß. Sie sind noch sehr jung, Dorothee, und ich hätte das bindende Wort verzögern mögen. Aber mich drängt die Zeit, deren Sie bedürfen. Ich habe das Ja Ihres Vaters; wollen Sie das Ihre gewähren, wollen Sie die Meine werden, Dorothee?"

Bei allem Vertrauen zu dem Manne war mir nach der kriegerischen Vorrede diese plötzliche Werbung doch ein bißchen zu bunt. Heiraten, ein halbes Kind heiraten, wenn einer im Begriffe steht, ein Schlachtfeld oder als dessen Vorstudium ein chirurgisches Institut zu betreten! Ich fing an der gesunden Vernunft „eines Menschen für sich" zu verzweifeln an und rüstete mich, als quasi Patronin meiner kleinen Dorl, die sich zitternd wie Maienlaub an mich klammerte, zu einer herzhaften Abfertigung.

Der wunderliche Heiratskandidat schnitt indessen, noch ehe ich zu Worte kam, meinen Protest mit einem hastigen Nachtrage ab. „Es liegt auf der Hand," fuhr er fort, „daß ich die Erfüllung meiner Wünsche nicht heute oder morgen erwarten darf. Es können, ja es müssen Jahre vergehen, Jahre harten Ringens, vielleicht ein Jahrzehnt. Haben Sie das Herz, Dorothee, diese Jahre zu harren in Treuen und Ehren als meine anverlobte Braut? Sind Sie meiner, sind Sie Ihrer selber gewiß zu solchem Verspruch? Niemals sehen Sie mich wieder, sollte ich dem Laufe nach dem Ziele unterliegen. Aber ich w e r d e nicht unterliegen. Und wenn ich, früh oder spät, zurückkehre, vor meinem Gewissen und der Welt als ein fertiger Mann, wollen Sie dann die Meine werden? Ich habe bis heute nach keinem Menschen begehrt als nach Ihnen allein, wollen Sie, daß ich auch fernerhin Ihrer begehren, daß ich auch in Zukunft Sie lieben darf, Dorothee?"

Des Mannes Wallung hatte mich ergriffen. Das Wagnis seines Anerbietens entsprach recht gründlich meinem fünfzehnjährigen Puls. Mit Triumph würde ich — natürlich vorausgesetzt, daß ich Dorothee Müllerin und nicht Hardine von Reckenburg geheißen hätte — mit Triumph würde ich in Siegmund Fabers Hand eingeschlagen und gesagt haben: „Brich dir einen Weg, suche dein Ziel. Ein Mann wie du ist es wert, daß ein Weib seiner harrt, jahrelang, jahrzehntelang, wie Gott es fügt!"

Aber die wirkliche Dorothee, die keine Mutter hatte und keinen Vaterschutz, die von Verführung und Gemeinheit umgeben war, die so ratlos und hilfeflehend zu mir in die Höhe blickte, unfähig, nein zu sagen, und noch unfähiger, ja: aber meine schöne, frohlebige, arme, kleine Dorl?

Noch einmal wollte ich in ihrem Namen das Wort ergreifen, und noch einmal schnitt Siegmund Faber mir es ab. „Ich weiß, daß ich Ungewöhnliches verlange," fuhr er in viel sicherer Stimmung fort als zuvor, „und ich fühle, was Sie mir entgegenhalten wollen, Fräulein Hardine. Aber trauen Sie mir nicht zu, daß ich die Jungfrau, die ich liebe, in ihrer haltlosen Lage zurücklasse, daß ich meine Braut vom Schenktische zum Altar zu führen gewillt sein kann. Ich gehe den Weg des Mannes, den Weg der Tat. M i r wird es ein leichtes sein, der Geliebten das Gefühl dieser Stunde treu bis zum Ziele zu bewahren. Sie aber, Dorothee, soll ich das Opfer ihres Jugendrechtes annehmen, so muß sie dem Mann ihrer Zukunft das Recht eines Versorgers auch in der Gegenwart zugestehen. Gern sähe ich sie als Schützling der gebildeten Familie einer größeren Stadt eingereiht. Aber ihr Vater lebt, und die Kindespflicht besteht, solange das Weib nicht dem Manne folgt. Überdies würde sie in jedem fremden Kreise sich unvermeidlich als Abhängige fühlen, und ich will, daß sie frei und ledig sei, schalte und walte nach Frauenart. Möge sie denn ihren Vater pflegen, ihm beistehen, soweit er persönlich ihrer bedarf, ohne in das Getriebe seiner Wirtschaft einzugreifen. Ich habe seinen Handschlag, daß er keine derartige Forderung an meine Braut stellen wird. Alle Vorkehrungen sind getroffen. Sagen Sie ja, Dorothee, so treten Sie morgenden Tages durch gerichtliche Schenkung in den Besitz sämtlicher Liegenschaften, die mein Vater mir hinterlassen hat. Sie bleiben bis zur Volljährigkeit deren Nutznießerin ohne jegliche Bevormundung und, da sie kürzlich in Pacht gegeben worden sind, ohne irgendwelche Belästigung. Kehre ich bis dahin nicht zurück, erlangen Sie freies Verfügungsrecht. Es ist kein Opfer, das ich Ihnen bringe, es ist eine Last, von der Sie mich befreien, mein liebes Kind. Mir bleibt für den Beginn mehr, als ich bedarf, und bald werde ich sicher auf eigenen Füßen stehen. Sie übersiedeln in mein Vaterhaus, statten Sie es aus nach Ihrer zierlichen Art. Geschäftig als Herrin im eigenen Revier, in dem Zimmer, wo meine Wiege gestanden hat, wo ich so lange in Hoffnung glücklich war, sehe ich Sie zum voraus als die Meine, sehe ich Sie mit Vertrauen auch fernerhin unter den Augen der hochverehrten Familie, in der Sie aufgewachsen sind, unter Ihren Augen, Fräulein Hardine, die Sie der Verlobten Siegmund Fabers Rat und Anteil nicht versagen werden."

Ich hatte während der letzten Erklärung nicht aufgeschaut, weil ich mich des feuchten Nebels über meinen Augen schämte. Nun, wo der Sprecher mit einem Aufruf an meine Freundschaft schloß, blickte ich in ehrlicher Zustimmung zu ihm hinüber, dann aber angstvoll gespannt auf die Kleine, die sich so plötzlich über die unerwartetste Lebenswendung entscheiden sollte. Was würde sie vorbringen, wie sich herauswinden, sie, die vor kaum einer Stunde erklärt hatte: „Mir graut vor dem Mann!", die aufatmete wie erlöst, als er von seinem Abschied, vielleicht auf Nimmerwiedersehen, sprach?

Und nun? O meiner kleinen, beweglichen Dorl! O des wunderhaften Wechsels in einem Mädchenherzen! Wie der See, der grau und trübe unter einem Nebelhimmel gestanden hat, wenn plötzlich ein Sonnenstrahl den Dunstkreis durchbricht, so klar und himmelblau strahlte das Augenpaar; freudenrot waren die Bäckchen überhaucht. Ein Kind unter dem Lichterbaum! Braut heißen und dabei frei sein; reich sein, schalten und walten im eigenen Haus, sich schmücken und tändeln dürfen — all diese Herzenslust — und nicht ein Fünkchen m e h r las ich mit e i n e m Blick in diesen lächelnden Zügen. In meinem Herzen brannte es wie eine Scham.

Ob Siegmund Faber diesen jachen Zauber aus tieferen Gründen gedeutet hat? Ich glaube es nicht. Er kannte sie ja als ein Kind, liebte sie als ein Kind. Er traute ja eben der frohen Unschuld einer Kinderseele, dem Bande, das die Dankbarkeit webt, der Treue der Pflicht in einem unentweihten Gemüt. Und er fühlte sich der Mann, das Herz des Weibes zu erobern, sobald er es als Eigentum in Anspruch nehmen durfte.

Wie dem auch sei: Siegmund Faber blickte jetzt nicht mehr beklommen, sondern froh und getrost wie seine kleine Dorl. Er streckte die Hand zu ihr hinüber und fragte lächelnd: „Nun, liebe Dorothee?"

Sie legte ihre Rechte in die seine und neigte das Köpfchen zu einem glückseligen Ja.

„Sagen Sie Amen, Fräulein Hardine, als Zeugin und Bürgin unseres Verspruches," rief der junge Bräutigam, sich zu mir wendend.

Ich sagte nicht Amen, aber ich drückte Siegmund Faber die Hand und umarmte — schweren Herzens, Gott weiß! — seine strahlende Braut.

Auch Siegmund Faber — daß es an keiner Verlobungsförmlichkeit fehle — hauchte einen Kuß auf Dorothees Stirn, so zagend jedoch, als ob er sich fürchte, einen gefährlichen Sinn in dem Kinde — oder in sich selber? — zu erwecken. Dann aber, wieder ernst und feierlich wie beim Beginn der seltsamen Szene, streifte er zwei einfache Goldreifen von seiner Hand, steckte den einen an seinen eigenen Ringfinger, den anderen an den seiner Braut und sprach:

„Die Trauringe meiner Eltern! Wenn ich eines Tages, diesen Reif am Finger, Ihnen gegenübertreten werde, Dorothee, dann wissen Sie, ohne Wort, daß ich in Treuen und Ehren mein Ziel erreichte. Und wenn ich den anderen dann an Ihrer Hand gewahre, dann weiß ich, ohne Wort, daß ich in Treuen und Ehren mein Weib zum Altare führen darf."

Der Wagen der Eltern fuhr in diesem Augenblick vor. Langsam schritt ich meinem Hause, rasch und fröhlich, Arm in Arm, schritten die beiden anderen dem des Brautvaters Müller zu.

Ein kaum bärtiger Jüngling, ein Feldschergehilfe, der abenteuerlich ins Blaue zieht und sein Erbteil verschenkt, um sich damit das Herz eines unflüggen Mädchens zu erkaufen; eine Verlobung wie aus der Pistole geschossen; ein zweites halbflügges Mädchen als Zeugin und Bürgin des wunderlichen Bundes aufgerufen: — meine Freunde, wie ich dieses Bild aus der Erinnerung fast eines halben Jahrhunderts hervorgekramt habe, da mag es wohl recht töricht, vielleicht läppisch vor Euren Augen stehen. Ich sage Euch aber: hättet Ihr den Siegmund Faber gekannt, Ihr würdet meine ernsthafte Bewegung nicht belächelt haben. Und nicht die unerfahrene Tochter allein, auch die erfahrenen Eltern sahen kein Kinderspiel in Siegmund Fabers rascher Tat.

„Ein Sonntagskind, unsere kleine Dorl!" rief froh gerührt der Papa. „Ein Sonntagskind, dem das Glück wie im Traume in das Schürzchen fällt. Und ein Tausendsassa, dieser

Mosjö Per—sé, so sein Vögelchen an einer goldenen Kette festzulegen!"

Die bedachtsame Mama aber, die wohl schwerlich ohne einen Anflug mütterlichen Neids die kleine Schenkendirne wohlhäbig und früher Braut werden sah als ihre Hardine, sie erklärte nicht minder: „Kein Advokat hätte es schlauer auszutüfteln gewußt als dieser junge Pfiffikus. Wohl oder übel: das Fideikommiß bis zur Volljährigkeit, das heißt, bis über die gefahrvolle Jugend hinaus, bannt den Flatterling, und am Traualtare erhält der großmütige Verschenker sein Eigentum zurück."

Der gerichtliche Akt ward genau nach der Angabe am anderen Tage vollzogen, und mit dem Morgengrauen des übernächsten war der wunderliche Bräutigam hoch zu Rosse auf und davon. Der letzte Heimatsgruß ward nach Fräulein Hardines Dachfenster hinaufgewinkt und von dort aus erwidert.

„Hattest du Herrn Faber schon gestern abend Lebewohl gesagt?" fragte ich Dorothee, als sie bald darauf in meine Kammer trat.

„Ach nein, Fräulein Hardine," stammelte sie verlegen, „ich wollte es heute früh, aber — ich habe es verschlafen."

So war denn selber eine Anstandszähre beim Abschied unserem glücklichen Bräutchen erspart worden.

Wie flink ging es nun aber noch selbigen Tages an ein Scharwerken und Räumen! Das Unterste wurde zu oberst gekehrt in dem Zimmer, vor dessen Fenster noch im Winter Meister Fabers Scherbecken gefunkelt hatten; getüncht, gescheuert, das alte Mobiliar blank auflackiert und frisch bezogen. Bald stand, schneeweiß verhüllt, ein zierliches Himmelbett auf der Stelle, wo Siegmund Faber sich auf hartem Strohsack eine kurze Nachtruhe gegönnt hatte. In der Ecke, die seine ungehobelten Bücherbretter gefüllt, prangte ein Schränkchen mit Puppen und Tändelwerk aus der Kinderzeit der kleinen Dorl; luftige Gardinen, Blumen, immer frisch gepflückt, schmückten den Fensterplatz; im grünberankten Käfig schnäbelte sich ein Zeisigpaar. Keine Bürgerstochter hatte ein zierlicheres Stübchen aufzuweisen, und wie kahl und wie dürftig erschien nebenan Fräulein Hardines nüchterne Mädchenkammer!

Die kleine Wirtin aber, im kurzen Röckchen und flittergestickten Hackenschuhen, flatterte fröhlich treppauf, treppab. In der einen Tasche bauschte sich die Tüte mit dem Kandis und Zuckerbrot, welche die Näscherin niemals ausgehen ließ; in der anderen klapperte das Beutelchen, aus welchem jedem Bettelkinde ein Pfennig oder Kreuzer zugeworfen ward. So gings hinüber in die Kellerei, wo zu Nutz und Frommen der Wirtschaft eine handfeste Magd vorgesetzt worden war; dann durch die Heckenlücke in den Garten; hinauf in die Brautlaube; ein Husch in die Nachbarschaft; ein Guck in Fräulein Hardines Kammer; ein Knicks und Handkuß in Reckenburgs Familienzimmer, lächelnd und tänzelnd und trällernd vom Morgen zur Nacht: die echte, rechte, unermüdliche, kleine Dorl.

Drittes Kapitel

Die schwarze Reckenburgerin

Ich hatte übrigens nur kurze Zeit, das glückselige Treiben unserer neuen Hauswirtin zu beobachten, denn auch mein eigenes Leben sollte in jenen Sommerwochen einen unvorhergesehenen Wechsel erfahren.

Ich habe schon zu Anfang der alten Gräfin als meines Vaters und meiner eigenen Patin erwähnt und hinzugefügt, daß keines von beiden sich jemals einer zeitgemäßen Pflicht- und Gunstbezeigung von seiten ihrer hohen Namensverleiherin zu erfreuen, sich einer solchen indes auch nicht von ihr versehen hatte. Anders vielleicht, wenn der letzte Sprößling des alten Stammes ein männlicher gewesen wäre. Aber ein Mädchen, die Tochter eines verarmten Seitenzweigs, wie hätte die „schwarze Häuptlingin" in ihrer fürstlichen Hoheit sich einer erinnern sollen, mit welcher der Name voraussichtlich in Dunkelheit erlosch? Wer auch immer die Erben der wunderlichen Greisin sein mochten, der bescheidene Rittmeister von Reckenburg und sein dürftig erzogenes Fräulein, wir wußten es, waren es nicht.

Groß, über allen Ausdruck groß, war daher das Wunder, als im Laufe des Spätsommers ein eigenhändiges Schreiben der Gräfin, das erste seiner Art, die weiße Vetternsippe beehrte. Das Schreiben lautete, aus dem Französischen übersetzt:

„Wenn die Freifrau und der Freiherr von Reckenburg geneigt sein sollten, ihre Tochter Eberhardine der Gräfin von Reckenburg als Gast während des nächsten Winters zu überlassen, so wird die gräfliche Equipage die junge Dame — (Datum und Stationsort waren genau bezeichnet) — zur Beförderung nach Schloß Reckenburg erwarten."

So wenig einladend diese Einladung gestellt war, und so schwer den Eltern das wenn auch nur zeitweise Überlassen des einzigen, kaum erwachsenen Kindes in völlig unbekannte Hand vorkommen mochte, die Möglichkeit einer Ablehnung ist gar nicht in Betracht gezogen worden. Die Gräfin aber — nun, sie war eben die reiche Gräfin von Reckenburg und nahe dem achtzigsten Jahre. Das Fräulein von Reckenburg war aber ein blutarmes Ding, wenig begehrenswert für einen Freiersmann und, verlor es den Vater, schutzlos der Welt gegenüberstehend. Mancher mütterliche Sorgenseufzer mochte in dieser Aussicht innerhalb der vertraulichen Ratskammer laut geworden sein. Eine Aussteuer, ein Legat von dem Überflusse der einzigen Verwandtin, die heute zum erstenmal eine Art von Anteil bekundete, konnte nun allem Sorgen und Seufzen ein Ende machen.

Der Vater antwortete daher zustimmend, wenn auch in würdigster Haltung. Gunst und Vertrauen wurden erwiesen, mehr als empfangen; nicht die glänzender gestellte Verwandtin, die zu einem Wunsche berechtigte Patin war es, der man Folge leistete.

Längeres Bedenken erregte die Art der Beförderung. Das blutjunge Fräulein konnte nicht allein und nicht in der gelben Postkutsche reisen; der Vater, wie er es am schicklichsten gefunden haben würde, nicht die Begleitung übernehmen, da der Termin der Einladung mit dem einer kurfürstlichen Revue zusammenfiel, die Mutter aber kränkelte seit einiger Zeit, und der Arzt hatte ihr das Fahren strengstens untersagt.

Die Verlegenheit wurde indessen bestens gelöst, da „Muhme Justine" sich freiwillig als Duenna und Reiseschutz erbot. Denn wenn auch hundert Meilen zurückzulegen gewesen wären, statt zwölf, und zwanzig Nachtquartiere zu halten, statt zwei, keinem Menschen auf der Welt würde die Mutter ihr Kind so zuversichtlich übergeben haben als unserer Muhme Justine.

Muhme Justine, du Treueste der Treuen, so trittst du denn auf dieser Reise zum erstenmal in den Rahmen meiner Geschichte, da du doch schon beim ersten Schritt der Lebensreise gebührentlich hättest Erwähnung finden müssen. Du hast mich auf deinen Händen an das Licht getragen, hast mich geschaukelt, als die Mutterarme noch zu schwach waren für das „Hünenkind", und niemals ist ein Pflegling mit zärtlicheren Blicken gehütet worden als die letzte Reckenburgerin von ihrer Muhme Justine.

Muhme Justine war als Witwe eines Wachtmeisters in den elterlichen Dienst getreten und hatte ihn, lediglich mit Aushilfe des Soldatenburschen, verwaltet, auch da die Pflege der Neugeborenen sie zum Range einer Muhme erhob. Alle Pflichten und Künste dieser ehrwürdigen Zunft hatte sie geübt und keine ihrer befreienden Befugnisse beansprucht. Erst als ihr „Dinchen" der Zucht einer Kinderfrau entwachsen war, vertauschte sie ihr lastvolles Amt mit dem wenigstens einträglicheren einer Wickelmutter, ohne aber auch dann sich aus dem Gesichtskreise ihres Pflegekindes zu entfernen, denn sie teilte mit der neuen

Magd das Kämmerchen zwischen den Gemächern des Hofmeisters und Ehren-Purzels.

Sie hatte kein eigenes Kind gehabt und stand allein in der weiten Welt; so wurde die kleine Hardine ihr ein und alles, und Gott verzeih's der großen Hardine, wenn die Liebe, die sie nicht in gleichem Maße erwidern konnte, sie späterhin manchmal wie eine Last bedrückt hat. Die kleine Hardine war ihr Augapfel, ihr Lebenszweck, ihre Hoffnung, ihr Stolz. Sie sah sie prophetisch unter den Großen der Erde, sie sah sie dereinst als Englein mit goldenem Flügelpaar vor Gottes Thron. Der übrigen Menschheit mag sie wohl dann und wann ein wenig bissig und neidisch und haberisch vorgekommen sein; aber bissig und neidisch und haberisch nur für die Rechte und Vorrechte ihres Fräulein Hardine; für ihr Fräulein Hardine sann sie und spann sie, sparte und darbte sie; Fräulein Hardine ist die Erbin der paar hundert Taler geworden, die sie kreuzerweis zusammengescharrt hatte.

Muhme Justine war fromm und bibelfest; aber die göttlichen Verheißungen genügten ihr nicht, wo es das Erdenlos ihres Herzblatts galt. Die geheimnisvollsten Wahrnehmungen mußten für sie ausgedeutet, dunkle Orakel befragt werden, und das Schlußbild sämtlicher Gesichte zeigte immer nur Glück und wieder Glück. Schon der Tauftag, der dritte des Lebens, war segenverheißend gewesen: Täuflingin hatte, während ihr das Mützchen gelöst ward, dreimal kräftig geniest: item, sie war ein Weltwunder von Geist und Gaben; sie hatte unter dem Träufeln des Taufwassers unbändig gestrampelt und gebrüllt: item, ihrer harrten der Erde Schätze und Güter. Seit dieser Weihestunde stand für Muhme Justine die gräfliche Erbschaft fest wie ein Evangelium, und es verging selten ein Tag, daß sie für ihr Goldkind nicht irgend etwas Herrliches in ihren Träumen und Karten ausgespäht hatte. Ein Glücksbrief war angekündigt, wochenlang bevor die Einladung der Gräfin die Insassen der Baderei so hoch überraschte.

Nur in einem einzigen Punkte wollten die geheimnisvollen Orakel seltsamerweise niemals mit den Herzenswünschen meiner alten Muhme stimmen. Sooft die hochwichtige Frage nach ‚dem Zukünftigen' erhoben ward, zeigte die Seherin sich kopfhängerisch und kleinlaut, an ihr Fräulein aber erging die deutungsschwere Mahnung: „sich vor Schindern und Schabern in acht zu nehmen". Auf einen Obsieg des Herzkönigs schien die Muhme nach manchen leidvollen Proben verzichtet zu haben; aber selber die vielverheißendste Konstellation des Grünkönigs wurde im letzten Augenblick jederzeit von einem ausverschämten Schellenunter gekreuzt.

Wer war nun aber dieser unvermeidliche Schellenunter, der die Nachtruhe meiner alten Muhme so grausam störte? Eine Zeitlang hatte sie ein gar böses Auge auf den wortkargen, hochfahrenden Wirtssohn gerichtet; seit dessen plötzlicher Entfernung aber und dem veränderten Glückszustande seiner Braut waren die Gedanken in eine andere Bahn gedrängt worden. Der verhängnisvolle Schellenunter brauchte nicht notwendig eine Mannsperson zu sein; ja weit natürlicher war es ein Frauenzimmer, und dieses Frauenzimmer kein anderes als — unsere neue Wirtin Dorothee.

Muhme Justine war zwar keine leibliche, aber doch eine Namensbase der kleinen Dorl. Beide nannten sich Müllerin; da aber Muhme Justine ein Gemüt hegte, stolzer noch als das der Reckenburgs, hatte sie die Bevorzugung der kleinen Plebejerin von Haus aus mit unholden Blicken angesehen. „Gab es denn kein adeliges Kind Dinchen zur Gesellschaft?" brummte sie anfangs, und späterhin: „Mußte es denn eine sein von einer besseren Couleur, wenn auch lange nicht so nobel und durabel wie Fräulein Hardine?" Die Schenkung und der blinkende Verlobungsring konnten natürlich keine humanere Auffassung bewirken; seit sich aber gar der bedrohliche Schellenunter unter dem Lärvchen der Schenkentrine enthüllte, hätte — abgesehen von den gesteigerten Erbschaftsaussichten in Reckenburg — der Muhme gar nichts Erwünschteres als meine zeitweise Entfernung von Hause widerfahren können.

Kaum hörte sie daher von den elterlichen Reisesorgen, so erklärte sie, daß sie sich die Begleitung nicht nehmen und ihrem Fräulein kein Härchen auf dem Wege krümmen lassen werde. Man traf seine Abrede, und unter allerlei Zurüstung gingen die Wochen im Fluge dahin.

An Dorothees Geburtstag, dem 29. September, langte die erste Sendung des fernen Bräutigams an: Brief und Schächtelchen. Sie öffnete das letztere hastig und jubelte hellauf bei dem Anblick der kostbaren Granatgehänge, die ihr als Angebinde verehrt wurden.

„Und was schreibt er?" fragte ich, nachdem sie vor dem Spiegel den großen Schmuck den kleinen Ohren eingehenkelt hatte. Sie überflog den Brief und reichte ihn mir mit den Worten: „Es steht nicht viel darin."

Und es stand allerdings nicht viel darin. Herkömmliche Glückwünsche und eine ziemlich altmodische Redensart von ewiger Liebe und Treue und so weiter. Sie schien dem Schreiber nicht eben flott von Herzen gegangen zu sein. Eine Nachschrift brachte die Notiz, daß er alsobald von Berlin zur königlichen Armee nach Schlesien dirigiert und dort, nach Wunsch, dem Regiment Weimar zugeteilt worden sei. Da die hohen Potentaten seitdem Versöhnung geschlossen, sei die kriegerische Aussicht zunächst verschoben; Schreiber aber habe in dem chirurgischen Institute zu Breslau förderliche Beschäftigung gefunden, eine Gunst, welche er nicht allein der gnädigen Verwendung seines durchlauchtigen Chefs zu verdanken habe, sondern mehr noch der eines erhabenen Geistesfürsten, bei welchem eine Empfehlung von Jena ihn eingeführt und mit dem er eine über alle Maßen interessante Unterredung über die in das chirurgische Gebiet einschlägigsten Lehren gepflogen.

(Notabene: Jungfer Grundtext, welche die Stammtafel der sächsischen Fürsten am Schnürchen herzusagen wußte, von einem „Geistesfürsten" aber noch nie eine Silbe gehört hatte, zerbrach sich vergeblich den Kopf über Natur und Namen des Erwähnten.)

Nach in Bälde bevorstehendem Rückmarsch hoffe er, wieder durch Verwendung jenes außerordentlichen Herrn, einen längeren Urlaub zu erhalten und denselben in der Universitätsstadt Göttingen, als in der Nähe seines im Harz garnisonierenden Regiments, zu verbringen. Bis das Zeitwesen sich unvermeidlich wieder kriegerisch gestaltet haben werde, erfreue Schreiber sich sonach der förderſamsten Tätigkeit.

„Hast du Herrn Faber geantwortet?" fragte ich am Tage vor meiner Abreise Dorothee, die errötend das Köpfchen schüttelte.

„So tu es heute noch," mahnte ich.

„Wenn ich nur wüßte, was!" sagte sie kläglich, setzte sich aber gehorsam nieder und begann ziemlich flink mit dem Dank für die wunderschönen Ohrgehänge. Nun jedoch stockte der Fluß. Sie kaute an der Feder, seufzte und rieb sich die Stirn, auf welcher die hellen Angsttropfen perlten. „Helfen Sie mir ein bißchen, Fräulein Hardine," bettelte sie endlich.

Das tat ich nun freilich nicht. Im Gegenteil, ich entfernte mich, hoffend, daß es in der Einsamkeit besser gelingen werde. Aber der Nachmittag verlief über dem sauren Werk, und am Abend erst wurde das Blatt zur Durchsicht in meine Hand gelegt. „Fräulein Hardine sagt dies, Fräulein Hardine tut das," so lautete es Satz für Satz. Aus dem eigenen Herzen und Leben kein Wort. Der wunderlichste erste Liebesbrief einer Braut! Indessen die Kleine dankte Gott, daß er fertig war, siegelte rasch mit einem Sechser und trug das Schriftstück eiligst nach der Post.

Der Abschiedsmorgen brach an. Eine Reise, und wäre es nur auf zwölf Meilen, eine e r st e Reise zumal, galt uns Kleinstädtern Anno 90 noch für einen halben Tod. Man schien sich so unerreichbar, wenn man sich nicht mehr mit Händen greifen konnte, man mochte gestorben und verdorben sein, ehe nur ein Hilferuf zu dem Verlassenen gedrungen war.

Wir saßen bei Kerzenlicht um den Frühstückstisch; keiner berührte einen Bissen, keiner redete ein Wort. Mama und ich, wir schluckten unsere Tränen tapfer hinunter, der ehrliche Vater aber ließ sie frank und frei laufen, und die kleine Dorl schluchzte laut. Der Tag begann zu dämmern, die einspännige Chaise fuhr vor; der eisenbeschlagene Seehundskoffer wurde aufgebunden, Kisten und Kober, mit Mundvorräten gefüllt, türmten sich, als ging es rund um die Welt. Vor den Türen lugten die Nachbarn in Pantoffeln und Nachtmützen; die Mägde, die Wasserbütten auf dem Rücken oder den Semmelkorb am Arm, Kinder, die den Betten im Schlafkittelchen entsprungen waren, drängten sich vor unserem Tor. Alle wollten Rittmeisters Fräulein, das zu einer uralten, steinreichen Erbtante auf die Reise ging, in die Kutsche steigen und fortfahren sehen.

Endlich erschien auch Muhme Justine mit aller Würde einer Duenna, in blendendweißer Flügelhaube und der Festschürze von grasgrünem Taft. Schon saß ich im Wagen und hatte sie den Fuß auf den Tritt gesetzt, als die Betglocke anschlug. An keinem Morgen, Mittag oder Abend hörte die Muhme die feierlichen drei Schläge, ohne zu einem Vaterunser auf die Knie zu sinken. Nur auf der Straße begnügte sie sich mit der dreimaligen Verbeugung, durch welche wir im Gotteshause dem Namen unseres Herrn und Heilandes Verehrung zollten. An dem heutigen wichtigen Tage aber beugte Muhme Justine auf offenem Markte ihre alten Knie. Der Vater nahm die weiße Zipfelmütze vom Haupte und aus dem Munde die Tonpfeife, der er bis dahin krampfhafte Wolken entlockt hatte; die Mutter, Dorothee und ich falteten die Hände zu einem stummen Gebet. „Unseren Ausgang segne Gott, unseren Eingang gleichermaßen!“ rief die Muhme laut, indem sie sich von den Knien erhob. Sie kletterte in die Chaise und setzte sich geziementlich auf den Rücksitz, ihrem Fräulein gegenüber. Der Vater schloß den Schlag. Noch ein „Glückauf!", und dahin rumpelten wir auf dem holperigen Pflaster in eine neue, unberechenbare Welt.

Dank der resoluten Reisemarschallin ging die dreitägige Fahrt ohne Hindernis vonstatten. Auf der letzten Station harrte verabredetermaßen das „Spukeding" von Reckenburgs goldener Kutsche mit dem unsterblichen Schimmelzug und der gleicherweise unsterblichen Lakaienschaft.

Ihr habt, meine Freunde, mich vor Jahren noch in dem schweren bronzierten Glaskasten dann und wann einen Ausflug machen sehen. Ich tat es, wie ich manches ererbte Unbequeme tat und erhielt — aus Bequemlichkeit. Es war einmal da, es genügte mir. Ich tat es aber auch mit der Absicht, das böse Ding allmählich seines gespenstischen Nimbus zu entkleiden. In diesem alten Gehäuse hatte die Gräfin ihren Einzug in Reckenburg gehalten, in ihm war sie in der ersten Zeit ihrer Herrschaft hinter von außen her verhüllenden Gardinen bei ihren Flurbesichtigungen vermutet worden. In ihm folgte ich, als einzige Leidtragende, ihrem Leichenzuge. Daß die Schimmel und Heiducken von 1750 und 1806 nicht die nämlichen waren, sondern nur von möglichst ähnlichem Kaliber und nur mit dem silberbeschlagenen Geschirr und der silberstrotzenden Livree ihrer sehr sterblichen Vorgänger behängt, brauche ich Euch nicht zu versichern.

Und wie mit der Unsterblichkeit der Schimmel und Heiducken, und wie mit der alten schwarzen Reckenburgerin selbst, wird es auch mit allen ihren übrigen Seltsamkeiten eine sehr natürliche Bewandtnis gehabt haben. Der Mensch, welcher sich aus Neigung oder Fügung dem Tagestreiben entzieht, verfällt eben dem Vergessen oder dem Märchensinn seiner Lebensgenossen.

Nun ja, sie hat in fast einem halben Jahrhundert ihre unzugängliche, dämmerige Klause nicht verlassen; aber das geschah, weil das Sonnenlicht ihre Augen blendete und weil ein schlecht geheilter Knochenbruch ihr jede Bewegung empfindlich machte. Ja sie hat die Nächte ohne Schlummer in ihrem Stuhle aufrecht gesessen; aber nur, weil asthmatische Beschwerden ihr erst am Morgen ein paar Ruhestunden gönnten. Ja sie hat sich lange Jahre fast ausschließlich von Grützbrei und Eicheltrank genährt; aber nur, weil der Magen keine kräftige Kost mehr duldete. Nicht unerklärlicherweise trotz ihrer Diät, sondern erklärlicherweise wegen ihrer Diät hat sie sich das Dasein über das gewöhnliche Menschenmaß hinaus gefristet. Je einfacher wir, freiwillig oder gezwungen, unsere Funktionen beschränken, um so zäher wird ja das Leben. Menschen mit mangelnden Sinnen dauern gemeinhin länger als die mit völligen Sinnen. Geizige, das heißt Menschen mit verknöchertem Herzen, werden fast immer uralt.

Und so möge denn auch eingestanden sein, daß die seltsame Gründerin und Erhalterin der Reckenburg mit solch einem verknöcherten Herzen in die Grube gefahren ist. Wie sie aber von einem reichen Eingange zu diesem armseligen Ausgang gelangen konnte, das erkläre Euch ein Blick über ihren Lebenslauf, der sich auch vor meinen Augen erst nach ihrem Tode aus einer vorgefundenen Korrespondenz im Zusammenhange enthüllt hat.

Eberhardine von Reckenburg hatte von ihrem Vater nichts als die Trümmer seiner Stammburg in einem sumpfigen, verrufenen Waldwinkel überkommen. Mütterlicherseits aber war sie eine Erbtochter. In der Wiege verwaist, verdreifachte sich ihr Vermögen unter einer gewissenhaften Vormundschaft, da die Kurfürstin, ihre Patin, sie innerhalb ihrer eigenen Hofhaltung erziehen und später als Hoffräulein in ihren Dienst treten ließ. Bei ihrer Mündigkeitserklärung sah sie sich in einem Besitzstand, der ihrerzeit ein fürstlicher genannt ward.

Klug und ehrgeizig von Natur, besaß sie den Sinn, diesen Wert nach seinem Abstande von dem großenteils verarmten

Höflingsadel zu ermessen. Sie galt für schön, und sie galt sich selbst dafür; aber sie sah manche ihresgleichen sich und anderen mit noch größerem Rechte dafür gelten, und nach einem Karneval oder zweien, verdrängt, vergessen, von der Bühne verschwinden, sobald nicht eine andere Macht der Schönheit eine dauernde Unterlage gab. Daß von der Tugend als solcher Unterlage zu August des Starken Zeiten keine Rede war, braucht nicht erörtert zu werden, aber auch der Adel gewährte sie nicht, denn die reinste Ahnenprobe führte eine abgeblühte Schöne bestenfalls in ein Fräuleinstift. Nur eine Goldtonne war ein zuverlässiges Piedestal. Zwischen Fest und Spiel, inmitten der gewissenlosen Herrschaft eines Brühl und seiner tollen Nacheiferer, gab es am Hofe von Sachsen ein junges Mädchen, das mit heimlichem Hohn die Schnüre seines Beutels fest in den Händen hielt und mit der nüchternen Berechnung eines Mannes seinen Schatz zu mehren verstand. Mochten die Kartenhäuser um sie her zusammenstürzen, sie stand sicher, sie durfte steigen.

Tag um Tag meldete sich ein Bewerber um die Hand der reichsten Partie des Landes. Keiner genügte ihrem hochstrebenden Sinn. Sie war dreißig Jahre alt geworden und wählte noch immer. „Der Rechte wird kommen!" sagte sie sich, wenn sie ihr Kontobuch zugeklappt und ein beredtes Schönpflästerchen auf die geschminkte Wange geheftet hatte, um ihrer Herrin — jetzt der Nachfolgerin der brandenburgischen Eberhardine — zu einem Feste des unerschöpflich erfinderischen, allgewaltigen Ministers zu folgen.

Und der Rechte kam noch zur rechten Zeit, bevor die letzte Jugendblüte gewelkt war. Was wißt Ihr, meine Freunde, unter den ungezählten, länderlosen Fürstensöhnen des heiligen römischen Reichs deutscher Nation von einem Prinzen Christian? Und was braucht Ihr von ihm zu wissen, als daß es ein schöner Mann und nach den Begriffen seiner Zeit und Zone ein Genie gewesen ist: ein Genie, das heißt ein durchlauchtiger Libertin nach dem Schlage des Maréchal de Saxe — nur daß er sich auf kein Fontenoy und Rocour zu berufen hatte — daß er an den verwandten Hof von Sachsen zurückkehrte, sei es, um nach allerlei abenteuernden Fahrten sich eine Ruhepause zu gönnen, sei es, um nach erschöpftem Erbteil sich neue Quellen aufzuschließen. Die fürstliche Sippe war der wiederholten Schröpfungen überdrüssig; das Suchen nach einer ebenbürtigen Erbin erwies sich als verlorene Mühe. Brühl glaubte daher einen Meisterzug zu tun, indem er die Blicke des unbequemen Schützlings auf das immerhin noch ansehnliche und im Ehrenpunkte untadelige Frei- und Hoffräulein von Reckenburg als eine der besten Partien in deutschen Landen lenkte.

Ob das vorsichtige Fräulein dem verführerischen Coqueluche der Damenwelt widerstanden haben würde, wenn er einfach ihresgleichen gewesen wäre, sei dahingestellt. Aber er war ein Prinz, berechtigt, um eine Kaisertochter zu werben, und diesem Zauber widerstand sie nicht. Ihr Kinder eines anderen Jahrhunderts habt keinen Maßstab mehr für eine Anschauung, welche auch den letzten Anhängsel eines Thrones hoch über alle menschlichen Ordnungen erhob und den Gesalbten des Herrn der Pflicht selber gegen die ewigen Gesetzestafeln entband; für eine Anschauung, welche einen verirrten Tropfen königlichen Blutes von höherem Adel achtete, als den, welcher in den Kreuzzügen erobert worden war. Nach einer Ertötung ohnegleichen während der verheerenden dreißig Jahre hatte die Zeit über unserm Vaterlande gleichsam stillgestanden, und das Säkulum der äußersten Verdumpfung des Bürgertums, des tiefsten Verfalls der Ritterschaft war noch nicht abgelaufen. Erst des preußischen Friedrich Schwert und Zepter hat die Uhr für eine neue Zeitrechnung aufgezogen.

Der Prinz von Geblüt hatte dem reichen und ahnenreichen Fräulein kein ebenbürtiges Bündnis anzubieten; sie durfte nicht seinen Namen führen; ihre Kinder — hätte er etwas zu sukzedieren gehabt — würden nicht sukzessionsfähig gewesen sein. Aber die Stellung einer fürstlichen Gemahlin auch nur zur linken Hand bot der zur „Reichsgräfin von Reckenburg" Erhobenen noch immer den ersten Rang nach den reichsunmittelbaren Geschlechtern; der Ehrgeiz sah kein erreichbar höheres Ziel, und so wurde die ursprünglichste Leidenschaft zu einem magnetischen Strom, der eine unstillbare Glut in dem so lange kalten Herzen entzündete. Die Hände, welche ein fürstlicher Gemahl mit galanter Inbrunst küßte, wie hätten sie fortan die Schnüre des Säckels ängstlich zusammenhalten mögen? Hoffahrt, die Herrin, hatte ihr Ziel erreicht; Klugheit, die Magd, wurde des Dienstes entlassen.

Bald war die Haushaltung in der Hauptstadt mit rangentsprechendem Glanze eingerichtet. Das junge Paar zählte zu dem Anhange der regierenden Kurfürstin-Königin und mit ihr zu den Feinden des allgewaltigen Favoriten. Am Hasse entzündete sich die Rivalität, und es war vielleicht der einzige Wermutstropfen in Eberhardines Honigbecher, daß sie ihren angebeteten Prinzen es nicht einem Emporkömmling gleichtun lassen konnte, der sich hunderte von Lakaien und eine eigene Leibgarde hielt, der, wie Friedrich der Große sagt, in Europa die meisten Pretiosen, Spitzen, Pantoffel und so weiter besaß und mit den Narreteidingen eines verschmitzten Sklaven die träge Sultanslaune seines sogenannten Herrn bis an den Rand des Abgrundes gängelte.

War nun der Abstich schon empfindlich während der residenzlichen Winterzeit, um wieviel mehr, wenn der Sommer kam mit seinen ländlichen Festen, der Herbst mit der einzigen königlichen Passion, der Jagd. Da verging wohl kein Jahr, daß nicht der schöpferische Minister in einem eigenen neuen, aus dem Boden gestampften Prachtbau seinem Herrn ein Feenspiel oder eine Sauhetze bereitet hätte. Der Parvenü zählte seine Lustschlösser und Jagdgebiete nach Dutzenden; der Prinz von Geblüt erfreute sich keiner Handbreit eigenen Landes, und auch das Vermögen seiner Gemahlin war nicht in Grundbesitz angelegt.

In dieser Verlegenheit gedachte man der alten, verwüsteten Reckenburg, und da romantische Naturschönheit so wenig wie fruchtbringende Bodenkultur in der Berechnung lag, fand man die erwünschteste Gelegenheit: in der Nähe eines schiffbaren Stromes ein Waldrevier mit einem Wildbestand, dessen die verzweifelnden Bauern trotz gewaltsamster Selbsthilfe auf ihren kargen Feldstücken sich nicht erwehren konnten. Man feierte zum voraus im Geiste die Gondelfahrten, Hetz- und Treibjagden, die auf diesem ältesten Reckenburgschen Grunde arrangiert werden sollten, sobald an Stelle der eingeäscherten Burgtrümmer ein Neubau, stolzer als alle Schöpfungen Brühls, sich erhoben haben würde.

Allerdings erforderte dieser Neubau Jahre; Jahre, deren sommerliche Hälfte in Ermangelung einer standesmäßigen Residenz auf Reisen verbracht werden mußte. Welche Verlockung nun aber, sich in den kunstfertigsten Ländern Europas mit den Erzeugnissen des Luxus und der Mode für die heimatliche Einrichtung zu versehen!

Endlich stand der heißersehnte Palast aufgerichtet; der letzte Marmorsims, das letzte Getäfel waren eingefügt; Stukkatur und Schnitzwerk, Gobelin und Brokat, vor allem das gräflich gekrönte fürstlich-freiherrliche Allianzwappen nicht gespart. Der junge Heckenwuchs des Lustgartens sproßte; Faunen und Amoretten sprudelten einen Willkommenstrahl; Keller und Speicher waren zum Übermaß gefüllt; eine Reihe von Festen sollte den Einzug des hohen Paares verherrlichen.

Da, in der letzten Stunde, enthüllte sich der Abgrund, in welchem mit der Fülle des Säckels die Treue des Geliebten versunken war. Ein Zufall lüftete den Schleier. Ob aber in Wahrheit der Taumel der Lust die scharfblickende Frau so lange verblendet hatte? Ob sie nicht freiwillig die Augen geschlossen, solange ein Tropfen in ihrem Freudenkelche übrigblieb? Ich glaube das letztere. Sie würde mit diesem Manne, sie würde für ihn gedarbt, ja sie würde seine Untreue geduldet haben, wenn er an ihre Seite zu bannen gewesen wäre. Aber die goldenen Ketten, mit welchen die alternde Schöne den verwöhnten Lüstling gefesselt hatte, sie sah sie geschmolzen. Kein Jahr mehr dieses schrankenlose Treiben, und sie war eine verlassene Bettlerin. So willigte sie denn in eine Scheidung als den einzigen Weg, nicht etwa den bisherigen Glanz, sondern einfach ihre Existenzmittel zu retten. Der flottlebige Herr jubelte über eine Freiheit, die ihm gestattete, seine Wünschelrute nach einem neuen Glücksborn auszuwerfen.

Während er nun in Italien und Rußland, den beiden Pflegestätten prinzlicher wie plebejischer Abenteurer jener Zeit, das unstete Treiben seiner Jugendjahre erneuerte, heute Soldat und morgen Seladon, gestaltete die Gräfin ihren ferneren Lebenslauf um so stetiger. Sie zählte mehr als vierzig Jahre, war nicht mehr schön und, nach ihrem Maßstabe, arm. Was Wunder, daß ihr die Welt verleidet, ja daß sie ihr verhaßt geworden war. So bezog sie denn das Erbe ihrer Väter mit dem Entschlusse, den alten Grund zu einer Fundgrube für die erschöpfte Schatzkammer umzuarbeiten.

Nach außen hin mußte der überkommene Rang behauptet werden, der gewohnte Glanz gehütet, die gehaßte Welt, und mehr als sie der noch immer geliebte Freund über den wirklichen Mangel getäuscht werden. Er sollte fühlen, welche Befriedigungen er so leichtfertig aufgegeben hatte. Daher die Marotte, die sie von einem soliden Harpagon unterschied, allen und jeden Besitz, den sie beim Einzug in ihren Neubau vorgefunden hatte, zu erhalten und beim Verbrauch zu ergänzen, auch wenn er ihrem persönlichen Leben überflüssig geworden war und, statt Zinsen zu tragen, Opfer forderte. Kein Menschenauge, am wenigsten das der Gräfin, erfreute sich des weitläufigen Ziergartens rings um das Schloß, aber Hecken und Pyramiden wurden regelrecht verschnitten, Pfade und Schnörkelbeete säuberlich gepflegt, Statuen und Ornamente von ihren Beschädigungen durch Wetter und Zeit geheilt. Man feierte keine Festgelage, empfing keinen Gastfreund auf Reckenburg, aber die Fülle des Tafelgeräts, alle der zwecklosen Kostbarkeiten, die, veräußert, in jener klammen Zeit ein nicht gering zu schätzendes, zinstragendes Kapital abgeworfen haben würde, sie blieben, nur durch periodisches Reinigen vor Rost und Staub geschützt, unverrückt an ihrer Stelle. Ja selbst die massenhaften Vorräte in Speicher und Keller wurden schleunigst ergänzt, sobald ein Bruchteil davon in Gebrauch genommen worden, gleichviel, ob der Rest verhärtete, vergilbte, bei der genauesten Aufsicht nicht vor Wurm und Moder zu schützen war. Daher schreibt sich die Unsterblichkeit des nie mehr benutzten Schimmelzugs, die der prunkvollen Lakaienschaft. Die Rache der seltsamen Erhaltungskünstlerin hieß reich werden und reich scheinen, bis sie es geworden. Der angeborene kluge Sinn des Sammelns und Vermehrens, durch eine übermächtige Leidenschaft zeitweise verdrängt, trat wieder in seine Rechte.

Es war die Arbeit eines Kolonisten im Hinterwalde, welche ein einsames, in der Atmosphäre eines üppigen Hofes gealtertes Weib unternahm. Niemand ahnte, wie erschöpft ihre Mittel und wie geboten von Anfang ihre persönlichen Einschränkungen waren. Niemand hat daher auch in vollem Umfange die Klugheit, Kraft und Ausdauer gewürdigt, mit welcher sie ihr Werk ins Leben setzte.

Man freut sich heute der Kultur einer Gegend, die vor hundert Jahren ein bruchiger Waldwinkel war, und mit Scham höre ich mich häufig als deren Schöpferin gerühmt. Ich bin aber nur auf die Schultern meiner Vorarbeiterin getreten; die Grundlegung, die unsägliche Schwierigkeit der Urbarmachung ist ihr Verdienst. Sie hat die Sümpfe ausgetrocknet und die Kanäle gegraben, Forsten reguliert, bequeme Transportwege, umfängliche Wirtschaftsbauten angelegt, auf verschlemmten Äckern neue Kulturen eröffnet, sie hat den umfänglichen Deichverband hergestellt, durch welchen unsere Flur gegen die häufigen Übertretungen des Stromes geschützt wird. Sie hat die Mühe, ich Lohn und Dank, weil sie mich sicher genug gestellt hatte, um über das eigene Gebiet hinaus zu reformieren; sie erntete Spott und Grauen, ich den Segen, welcher von der Einzelarbeit auf den einzelnen zurückwirkt, jenen ersten Segen alles Schaffens, groß oder gering, der auch mir, dem einsamen Weibe, zu einem erfüllten Dasein verholfen hat.

Kaum hatte die unerschrockene Pionierin sich aus dem Gröbsten herausgewunden, kaum trieben ihre Saaten die erste Frucht, als der Krieg ausbrach, welcher auf wenige Gegenden unseres Vaterlandes härter gedrückt hat als auf diese. Was ich den einzigen Sommer von 1813 hindurch erduldet habe, das erduldete diese Frau sieben Jahre. Wo ich aus dem Vollen schöpfen durfte, sah sie den besten Teil ihrer Anlagen zerstört, und in einem Alter, wo andere sich zur Ruhe neigen, fing sie unverdrossen ihr Werk von neuem an.

Und welchen Mut, welche Entschlossenheit hat die alleinstehende Matrone gegenüber der Ungebühr der Armeen von Freund und Feind an den Tag gelegt; wie beherzt hat sie sich der Scharen der Marodeure und des einheimischen Raubgesindels, das noch lange nach dem Friedensschlusse sich in unseren Wäldern eingenistet hatte, zu erwehren gewußt. Es ist buchstäblich wahr, daß die schwarze Reckenburgerin, ein geladenes Pistol in der Hand, ihre beiden riesigen Heiducken bewaffnet hinter sich, die Schwelle ihres Hauses gegen diesen wüsten Zudrang verteidigte.

Diese Heldentat kann als Keimsaat des abenteuerlichen Spukwesens betrachtet werden, das allmählich über die wunderliche Gräfin in Schwang geriet. Die gespenstische Gestalt wuchs, als die leibhaftige Gestalt da, wo sie bisher wenigstens gemutmaßt worden war — das heißt während ihrer Flurbesichtigung in der verhüllten goldenen Kutsche — plötzlich verschwand. Von der Zeit ab sah sie unser Volk im spanischen

Habit, Tag wie Nacht, die Schätze ihrer Klause mit Drachenaugen hüten und mit feurigen Waffen verteidigen. Unermeßliche Schätze, je höher die Ziffer gegriffen, desto einleuchtender für das hungernde, lungernde Gesindel, das nur nach Hellern und Kreuzern zu rechnen verstand und niemals einen Heller oder Kreuzer aus der Hand der zähen Alten besehen hatte.

Ob die Gräfin von diesem fabelhaften Nimbus um ihre Person jemals Kunde erhalten hat, weiß ich nicht. Ohne Zweifel aber würde er ihr, anstatt widerwärtig, willkommen erschienen sein als sicherstellende Schicht gegen eine beschwerliche oder bedrohliche Welt. Sie hat mit richtigem Blick den östlichen Erkerbau des Schlosses zu ihrer Schlaf- und Schatzkammer ausersehen, weil er, von außen unzugänglich, auch von innen die größtmögliche Sicherheit bot. Handwerker, aus weiter Ferne verschrieben, hatten in die tiefsten Nischen feuerfeste Schränke mit kunstvollen Schlössern eingefügt. Nur durch eine maskierte Schranktür stand der „Goldturm" mit dem Zimmer der alten, vertrauten Kammerfrau und durch dieses mit dem Korridor in Verbindung, auf welchem die beiden abwechselnd Wache haltenden Heiducken die Befehlsvermittler zwischen Turm und Wirtschaft wurden, während die Gebieterin hinter Schloß und Riegel ihr Kredit und Debet buchte oder Dokumente und Barschaften in den geheimen Eisenschränken barg. Sie kränkelte; die Arbeitskraft minderte und die Arbeitslast mehrte sich. Bald war kein Fortkommen mehr von der gewichtigen Stätte; denn wenn auch nicht in dem Wundermaße des Volksglaubens, die wohldurchdachten Anlagen trugen nach dem Frieden hundertfältigen Gewinn.

Sie hatte während des Krieges den größten Teil ihrer Juwelen in England veräußern lassen, da dieses Opfer einstigen Schimmers bei ihrer Lebensweise am wenigsten in die Augen sprang. Der Erlös davon, meine Freunde, das war der Grundstock ihrer vermeintlichen Wunderschätze! Ein bescheidener Sparpfennig, der aber zu einem Heckpfennig wurde in einer

Zeit, wo der Bodenwert auf ein Minimum herabgedrückt war, wo Gemeinden und einzelne um einen Spottpreis das Besitztum verschleuderten, für dessen Bestellung Menschenhände und Saatkörner mangelten. Binnen eines Jahrzehntes hatte sich das Areal der Reckenburg verdoppelt, binnen eines zweiten vervierfacht. Konnte das Kapital auch nur ratenweise abgetragen werden, schon eine regelmäßige Verzinsung galt in jener goldarmen Zeit als eine vielgesuchte Gunst.

Und wie auch in anderer Weise das allgemeine Elend dem Gedeihen des einzelnen in die Hand arbeitete, das zeigt unter anderem die Hungersnot der siebenziger Jahre, wo der Scheffel Roggen auf zwanzig Taler stieg. Kalkuliert, wie da die strotzenden Speicher der Reckenburg — in Staat und Volk die Wirtschaftsmaxime einer schwer beweglichen Zeit — sich leeren und die entleerten Geldtruhen sich strotzend füllen mußten. Wo Tauben nisten, flattern Tauben zu!

„Die ersten hunderttausend Taler kosten Schweiß. Wem aber die nächsten neunmalhunderttausend Schweiß kosten, ist ein Tropf!"

Als die Millionärin der Reckenburg in ihrem letzten Stadium, mit funkelnden Augen, mir dieses Geständnis ablegte, da war sie in Wahrheit die verknöcherte Mumie, deren Herz nur noch in der Wacht über ihre Schätze schlug. Zu der Zeit aber, als sie diese Schätze mühsam erarbeitete, und selber zu d e r noch, als sie mich zuerst in die Geheimnisse ihres Goldturms einweihte, da war sie die herz- und geistlose Mumie nicht, denn damals schaffte, darbte, sammelte sie für einen Zweck; richtiger: sie schaffte, darbte, sammelte für eine Person.

Und das ist der Grund, aus welchem ich vor Euren Augen, meine Freunde, zwischen den beiden letzten Reckenburgerinnen — längst nicht so genau, wie mich verlangt — die Bilanz gezogen habe. Ihr solltet wissen, was die Frau tat, die Eure Heimat urbar machte; was die Frau w a r , welche in keinem Menschenherzen, außer dem meinen, eine Spur und in der zähen Vorstellung des Volkes das Bild eines goldgierigen Dämons hinterlassen hat. Ihr solltet diese Frau in einem g u t e n Lichte sehen, und in welchem besseren hätte ich sie glücklich liebenden Menschen zeigen können, als in dem der unwandelbaren Treue gegen den treulosen Mann, in jenem heimlichen Feuer, welches der Sporn ihres Treibens und Wühlens geworden war.

Sie hatte alle früheren Verbindungen barsch abgebrochen und nur mit einem alten Freunde, der am Hofe von Sachsen eine vertrauliche Stellung einnahm, eine Korrespondenz unterhalten, um von dem Schicksale des Unsteten jederzeit in Kenntnis zu sein. Sie wußte daher, daß er schwelgte und schweifte, während sie sich keine Raststunde gönnte, im Eifer das wieder aufzurichten, was er zerstört hatte. Sie wußte, daß er ein verschuldeter Ärmling geblieben, während sie zum zweitenmal die reiche Reckenburgerin geworden war. Hätte er aber, wenn auch nur als Begehrender, sich dem Hause genaht, dessen Ansehen sie so peinlich bewahrte, sie würde, nach dem Triumph dieser Genugtuung, ihn mit Entzücken als Herrn willkommen geheißen, würde ihm noch einmal die Schlüssel ihrer Schatzkammer überantwortet und ihr Werk von vorn begonnen haben, um ihm, auch nach ihrem Abscheiden, eine fürstliche Herrschaft zu sichern.

Viele Jahre lang hatte die Hoffnung seiner Heimkehr sie bei ihrer einsamen Arbeit getragen, und sie war eine runzlige Matrone geworden, ehe sich dieselbe erfüllte. Endlich wußte sie ihn im Vaterlande — und die nächste Kunde, die sie über ihn erhielt, war die seiner Vermählung mit einer Ebenbürtigen! An der Grenze des Alters folgte er, so schien es, einer Wallung wahrhaftigen Gefühls, denn die Prinzessin war so arm wie er selbst.

Die Kraft, welche so vielen Gefahren und Anstrengungen widerstanden hatte, brach bei diesem unberechneten Schlage zusammen. Ihre Kammerfrau fand die Gräfin bewußtlos am

Boden liegend, den verhängnisvollen Brief in der Hand. Ein Hüftbruch, den sie sich bei diesem Falle zugezogen hatte, machte sie für den Rest des Lebens zum Krüppel.

Dennoch, nach langer, qualvoller Niederlage, war ihr erster klarer Gedanke wieder an den ungetreuen Mann. Ja alle ihre Hoffnungen lebten kaum nach Jahresfrist wieder auf bei der fast gleichzeitigen Kunde von seiner Vaterschaft und Verwitwung. Nun mußte er ja kommen, seinem mutterlosen Sohne eine Heimat und eine Erbstätte bei ihr aufzusuchen.

Es war die letzte Hoffnung, die ihr der Geliebte täuschen sollte. Der nächste Brief brachte die Botschaft seines abermaligen Entfliehens, der übernächste die seines Todes. Unter den Fahnen Katharinas, seiner Gönnerin, war er in dem Krimfeldzuge von Einundsiebenzig geblieben.

Die Gräfin legte Trauerkleider an und niemals wieder ab. Sie war und blieb die Witwe eines Fürsten. Sie schaffte, darbte und sammelte nach wie vor. Von der Flamme, die ihr Leben durchleuchtet hatte, war noch ein Abglanz zurückgeblieben; sie schaffte, darbte und sammelte für ein armes, ungekanntes, für ein verlassenes Menschenkind.

Was sagt Ihr jetzt, meine Freunde, zu der gespenstischen Alten auf Reckenburg?

Viertes Kapitel

Der Erbprinz

Von dieser langen Liebes- und Leidensgeschichte wußte ich natürlich kein Sterbenswort, als ich mich stolz und wohlgemut in die goldene Karosse schwang, um vor das Angesicht der hohen Repräsentantin meiner Familie, der Witwe eines durchlauchtigen Herrn, geführt zu werden. Vor mir auf hohem Throne ragte Muhme Justines Flügelhaube neben der Allongeperücke des uralten Rosselenkers. Der riesige Heiduck klammerte sich an die ellenlangen Goldquasten über dem Trittbrett hinter mir, und dahin rollte das stolze Gefährt auf der einsamen Straße von Reckenburg.

Sie führte in gleichmäßiger Ebene durch dichten Nadelwald, dann und wann das Stromufer berührend. Ich war in einem Frucht- und Laubholztale aufgewachsen, zwischen dessen felsigen Abfällen ein kleiner Fluß sich anmutig wand, und die weniger romantische Region, in welcher ich mich seit zwei Tagen bewegte, hatte mich weidlich gelangweilt. Jetzt aber, in der goldenen Kutsche, heimelte sie mich an wie die interessanteste auf dem Erdenrund; der ruhige, breite Wasserspiegel imponierte mir, und ich schlürfte mit Behagen den würzigen Tannenduft, den ich bisher durchaus nicht gespürt hatte. Es war ja Reckenburgscher Stammgrund, dem das Arom entströmte!

Nach einer Stunde etwa näherten wir uns der Lichtung, die für den neuen Herrensitz geschlagen worden war. Die Hütten des Dorfes blieben zum Glück vom Walde verhüllt, denn ihre Armseligkeit würde mein stolzes Wohlgefühl um einige Grade abgekühlt haben. Es temperierte sich bereits, als wir, nahe dem Eingangsgitter, auf eine Gruppe zerlumpter, verkümmerter Gestalten stießen, die zu mir gleich einem Meerwunder in die Höhe starrten. Ich hielt sie für Bettler, die ich von jeher als Faulenzer verachtet und mit Widerwillen gemieden hatte. Muhme Justine belehrte mich indessen anderen Tags, daß es die Bauern und Fröner des Dorfes gewesen seien, welche das seit einem Menschenalter nicht mehr geschaute „Böse Ding" der goldenen Kutsche herbeigelockt hatte.

Der Riese sprang vom Trittbrett, das wappenprangende Tor zu öffnen und alsobald wieder zu verschließen. Vor meinen Augen dehnte sich die breite Avenue inmitten des sauber gehegten, reichgefüllten Gartens. Im Hintergrunde ragte das Schloß, dessen rötliche Bekleidung die untergehende Sonne mit einem Goldschimmer übergoß. Die weißen Marmorsimse, die hohen Spiegelfenster, die mit Statuen und Vasen gezierte Terrasse, auf deren Rampe wir anhielten, die Säulen des großen Portals, alles das verfehlte seine Wirkung nicht. Ich begriff während dieser Auffahrt die Gleichgültigkeit der Eignerin dieses fürstlichen Besitztums gegen ihre bescheidene Sippe in der Baderei. Aus welchem Begreifen indessen nicht gefolgert werden soll, daß ich etwa gedrückt oder eingeschüchtert meiner vom Glücke reichlicher gesegneten Verwandtin entgegenging. Auch ich war eine Reckenburg, und niemals, denn als geladener Gast, würde ich diese stolze Schwelle betreten haben.

Von meinem Heiducken geleitet, bestieg ich die breite Marmortreppe. Jede Tür, die ich passierte, wurde sorgfältig wie hinter einer Gefangenen verriegelt. Ich trat in das lange Vestibül, auf welches die Zimmerflucht mündete. Die goldgerahmten Trumeaus zwischen den Fensternischen, die mythologischen Reliefs und Fresken an der gegenüberliegenden Wand — Ihr geht mit einem gnädigen Lächeln an diesen Kunstgebilden vorüber, hochweise Zöglinge eines anderen Geschmacks, die Einfalt von damals aber, glaubt nur, daß sie Augen machte!

Am Ende des Ganges stand, wachehaltend, der Heiduck du jour, meinem bisherigen Begleitsmann ähnlich wie ein Zwillingsbruder. Schweigend wie jener — alles schwieg, alles war grabesstill in dem Zauberpalast — öffnete er die letzte Tür. Ich betrat ein Vorzimmer, das den einzigen Eingang zu dem vielberufenen Turmbau bildete (der „östlichen Rotonde", wie es damals hieß). Zur Rechten des Vorzimmers lag der Speisesaal. Diese drei Piecen, „das Appartement Ihrer Hochgräflichen Gnaden", waren die einzigen, welche jemals in dem weitläufigen Frontbau bewohnt worden waren. Sämtliche Wirtschaftsräume befanden sich im westlichen Flügel.

Der Leibwächter hatte mit dem goldenen Knopf seines Stockes dreimal laut an die Turmtür geklopft und sich auf seinen Posten zurückgezogen. Ich war allein und nicht ängstlich, nur neugierig, was weiter über mich verfügt werden würde. Ich legte ab, setzte mich in die tiefe Fensternische und schaute über den Garten hinweg in die düsteren Föhrenwipfel, zwischen welchen das Abendrot verglomm. Inmitten der wunderlichen Baum- und Steinfaren zu meinen Füßen stiegen und schwebten die Oktobernebel phantastisch auf und nieder; es war der erste und ich glaube auch letzte Märchenschauer meines Lebens, der mich im Dämmerlicht dieses dunkel boisierten, totenstillen Wartezimmers, dem man anmerkte, wie wenig es benutzt wurde, überrieselte.

Eine halbe Stunde mochte auf diese Weise vergangen sein, ich war des Antichambrierens und der romantischen Schauer herzlich müde geworden; da hörte ich das Zurückschieben eines Riegels, das Dröhnen eines Krückstocks, endlich ein pfeifendes Keuchen auf der Schwelle des Turmgemachs. Meine hohe Gastfreundin war eingetreten.

Die Eltern, wenn sie überhaupt um die landläufigen Vorstellungen über ihre einzige Verwandtin Näheres gewußt, hatten mir dieselben wohlweislich vorenthalten. Meine Instruktion lautete einfach: einer hochbetagten, daher wunderlichen, möglicherweise stolzen und ein wenig ökonomischen Würdenträgerin mit Ehrerbietung zu begegnen.

Da überlief mich denn nun freilich eine Gänsehaut bei dem Anblick, der sich nach und nach mir gegenüber als eine Menschengestalt entwickelte. O du weiser Prediger des Vergänglichen, ja was ist der Mensch in seiner Herrlichkeit! Eberhardine von Reckenburg, einst an dem schönheitskundigsten Hofe von Deutschland als Schönheitsgöttin gefeiert, und heute wie ein Sprenkel zusammengekrümmt, mühsam am Krückstocke keuchend, bebend vor innerlichem Frost, wie ein Laub im Novembersturm, das kaum noch handgroße Gesicht in tausend kleine Fältchen eingeschrumpft, gleich einem vergilbten Pergament aus der Klosterzeit!

Und dennoch! Alles was jemals unter der anmutsvollen Hülle gelebt hatte, das lebte noch heute unter der runzligen Haut, und die schwarzen Augen funkelten noch heute so mutig, scharf und klug, so heimlich passioniert, wie sie in den Tagen des starken August gefunkelt haben mögen. Ein einziger Blitz dieser durchdringenden Augen, und der heimlichste Winkel, die verborgenste Falte in des armen Patenkindes Seele waren bloßgelegt, insofern nämlich Winkel und Falten in besagter Seele bloßzulegen gewesen wären.

Die kleine, unheimliche Gestalt war schwarz gekleidet vom Kopf bis zur Zehe, nach einer Fasson, die wir auf Maskenbällen einen Domino nennen. Über einem schleppenden Untergewande hing ein kurzer, faltiger Mantel, unter dem Kinn mit einer dichten Krause geschlossen. Über der Witwenhaube thronte ein runder Hut mit wallendem Federschmuck. Ich habe die Gräfin späterhin, selbst in den vertraulichsten Situationen, niemals ohne ihren „spanischen" Hut und Mantel, wie auch niemals ohne Handschuhe gesehen und ihre Mode praktisch gefunden. Sie war warm und bequem und verlieh ihr in ihren eigenen Augen eine Würde, die Schlafrock und Kapuze gestört haben würden. Beim ersten Eindruck aber, im Dämmerlicht des geisterstillen Palastes, wird man mir ein gelindes Gruseln nicht übelnehmen.

Indessen war ich nicht dauernd auf apprehensive Stimmungen angelegt; bevor die Gräfin sich in ihrem Lehnstuhle verschnauft, hatte ich meine natürliche Fassung wiedergewonnen. Ich schritt herzhaft auf sie zu, und Handkuß wie Reverenz gelangen in dem korrekten Stile, der einer Reckenburgerin fürstlichem Ansehen gegenüber als Vorschrift galt.

Die Gräfin hatte, nach einsamer und etwas harthöriger Leute Art, die Gewohnheit angenommen, Eindrücke oder Einfälle vor sich selber laut werden zu lassen, und dankte ich diesen unbewußten Plaudereien in der Folge manche Enthüllung, die sie mir bewußt nicht gemacht haben würde. Bei ihren heutigen Glossen aber war es ihr jedenfalls mehr als gleichgültig, ob ich sie auffing oder nicht.

„Grobschlächtig, aber frisches Blut!“ sagte sie nach einem musternden Blick, mit dem Kopfe nickend. „Eine Weiße! Wir Schwarzen von jeher feiner und schön. — Leidliche Turnüre. — Wo hast du tanzen gelernt?“ fragte sie darauf, zu mir gewendet.

„Bei meinem Vater, gnädige Gräfin,“ antwortete ich.

Glosse der Gräfin: „Sächsischer Kadett. Gute Schule!“

Zweite Frage: „Verstehst du Französisch?“

„Meine Mutter hat immer Französisch mit mir gesprochen, gnädige Gräfin.“

„Rezitiere ein paar Sätze. Gleichgültig, was.“

Mir fiel just nichts anderes ein als meine letzte Gedächtnisübung; eine Fabel, den Segen schildernd, der den Nachkommen aus der Arbeit der Greise erwächst. Unbekümmert um das A propos oder Mal à propos dieser Wahl, deklamierte ich meinen octogénaire plantant frisch von der Leber weg von A bis Z.

„Ingénuité absolue!“ glossierte denn auch die Gräfin mit einer Lippenbewegung, die wohl ein Lächeln bedeuten sollte. „L'accent passablement pur!“ setzte sie darauf, den Kopf neigend, hinzu. „Die Mutter als Fräulein viel in Dresden zu Hof. Verständige Erziehung! — Wir werden Französisch miteinander reden, Eberhardine!“

„Wie Sie befehlen, gnädige Frau.“

„Du magst mich Tante nennen,“ sagte die Gräfin.

Während ich, zum Dank für diese Huld, ma tante zum zweitenmal die Hand küßte, meldete der diensttuende Heiduck: „Madame la comtesse est servie!“

„Ein zweites Kuvert für meine Nichte, Jacques!“ befahl die Gräfin.

Eberhard und Adelheid, o weise Erziehungsauguren! Ohne den sauren Schweiß deiner Tanzabende, mein braver Vater.

ohne deine Sprachmühen, kluge Mutter, würde die letzte Reckenburgerin Gott weiß in welchem Winkel des Stammsitzes ihrer Ahnen eine Abspeisung gefunden haben, und wie höchlich durfte sie n u n mit ihrem Entree bei ihrer hochgräflichen Verwandten zufrieden sein!

So folgte ich denn um die Stunde, wo wir daheim unser Vesper zu verzehren pflegten, meiner neuen Tante zum Souper in den Speisesaal. Seine Ausstattung entsprach dem Prunke des übrigen Schlosses. Es brannte ein silberner Kandelaber, dessen braungelbe Wachskerzen die fast fünfzigjährigen Vorräte anzeigten. Das Tafelservice, wenn auch ein wenig verbraucht, bekundete den gediegenen Ursprung; dem geringsten Stücke war gleichsam der Stempel des Hauses: das Doppelwappen mit der obligaten Grafenkrone, eingeprägt. Allerdings perlte in den venezianischen Gläsern nur reiner Reckenburger Born, und das japanische Porzellan besah nichts Edleres als rote Reckenburger Grütze. Als Nachkost wurde auf silberner Platte der alten Dame eine Schale ihres Eicheltrankes, der jungen ein Apfel präsentiert. Keine Sorge indessen, Kinder! Ich hatte während der Reise aus dem heimischen Proviantkober wacker vorgelegt und bin auch späterhin auf Reckenburg allezeit satt geworden, trotz meines damals wie heute noch kräftigen Appetits. Wenn aber, was der Himmel verhüte! der Eurige im Alter einmal schwach werden sollte, so kann ich Euch mit gutem Grund Grützbrei und Eicheltrank als brave Erhaltungsmittel empfehlen.

In Parenthese sei mir an dieser Stelle noch eine zweite Bemerkung gestattet: Wenn kein Mitglied des gräflichen Haus- und Hofstaates jemals freiwillig seinen Dienst verlassen hat, wenn derselbe stets pünktlich und schweigsam im Sinne der Herrschaft verrichtet ward und gleich dieser die Mehrzahl ein Uralter bei demselben erreichte, so ziehe ich unserer Spinnstubenromantik von einer Verhexung der Zunge und Eingeweide die nüchterne Auslegung vor, daß besagtem Personal durch Kost wie Lohn auskömmlich Magen und Mund gestopft worden sei.

Das Souper war schweigsam verzehrt worden und in wenigen Minuten abgetan. Während ich der Gräfin in das Vorzimmer folgte, bemerkte ich, wie der Riese Jacques in gewissenhafter Eile die Kerzen des Kandelabers löschte. Die Gräfin entließ mich mit den Worten: „Morgen mittag auf Wiedersehen. Vertreibe dir die Zeit, wie du kannst. Das Vorzimmer steht dir offen und ist immer geheizt.“

Ich küßte die dargebotene Hand und ging knicksend nach der Tür.

„Du bedarfst keiner Toilettenhilfe, nicht wahr?“ rief die alte Dame mir noch nach. Ich verneinte. „Halte dich vor Schlafengehen nicht auf, verriegle die Tür und lösche das Licht alsobald.“

Damit tastete sie sich nach ihrer Klause, deren inneren Türriegel ich noch klirren hörte. Dann geleitete mich Monsieur Jacques, nachdem er auch das Vorzimmer verschlossen hatte, den Korridor entlang bis zu Reckenburgs „neuem Turm“, die „westliche Rotonde“ jener Zeit. Er stand durch eine Wendeltreppe mit den Wirtschaftsräumen in Verbindung, und das mir geöffnete Zimmer war das einzige im Frontbau, das ursprünglich zu einem Domestikenraum eingerichtet schien. Denn die Wände waren nur getüncht, der Fußboden roh gedielt, ein Ofen fehlte, und es erhielt als Ausstaffierung nichts als einen Tisch, einen Stuhl, einen Kleiderschrank, das notdürftigste Waschgerät und ein Bett, welches keineswegs Daunen und seidene Polster schwellten. Gegen meine heimische Dachkammer war der Abstich nicht allzu groß: aber freilich an das lachende Mädchenstübchen der kleinen Dorl durfte ich nicht denken.

Ich war an strengen Gehorsam gewöhnt; habe auch jederzeit, wo ich nicht befehlen durfte, gern gehorcht. Ich warf also meine Kleider ab, löschte das Talglicht, das mein Führer zurückgelassen hatte, und schlief, ohne durch eine Spuk- oder auch nur Traumgestalt behelligt zu werden, meine sieben Stunden so ungestört, wie ich sie mein Lebtag immer geschlafen habe und noch heute schlafe.

Wer aber mit den Hühnern zu Bett geht, muß mit den Hühnern erwachen. Noch bei Sternenschein war ich munter und bei Tagesgrauen in den Kleidern. Was sollte ich vornehmen? Auf meine Bitte öffnete der Leibwächter im Vestibül mir die Tür der Seitentreppe, und ich stieg hinunter in den Garten. Bald schweifte ich darüber hinaus in Wald und Flur und sah zum erstenmal unter freiem Himmel die Sonne aufgehen, klar und glanzvoll wie ein Gottesauge.

Methodisches Spazierengehen war weder ein Bedürfnis noch eine Modesache meiner Zeit und würde mir heute noch eine gar leidige Erholung dünken. Aber so ungebunden schweifen durch Land und Volk, beobachten die stille Arbeit der Natur, wenn auch die letztere vor der winterlichen Rast, die umbildende der Menschen, Kraft und Widerstand hier wie dort — und das alles auf einem altüberkommenen, heimatlichen Grunde — es war ein großer Sinn, der mir an diesem ersten Morgen in der Flur von Reckenburg aufgegangen ist, ein ursprünglicher, starker Sinn, der mich lebenslang beglücken sollte.

Da gewahrte ich denn zum erstenmal die Bewirtschaftung in einem bedeutenden Dominium; sah, wie das Holz gefällt und die Flößen nach dem Strome geschleift wurden, sah Kohlen brennen und Torf stechen, die letzten Reste des Grummets, die Spätfrüchte der Felder einheimsen. Ich sah die Äcker für die Wintersaat neu bestellen, die der Stallhaft entlassenen Herden Wiesen und Brachen abweiden, sah des Wildes freies, fröhliches Treiben im umhegten Revier.

Ich unterhielt mich mit Hirten, Arbeitern und Aufsehern über einschlägiges Gebiet; schloß mit dem alten, verständigen Oberförster Waldkameradschaft und machte mich auch den übrigen Beamten bekannt. Das frische, junge Blut, welches den Namen Reckenburg trug und so urplötzlich mit seiner Neugier aus dem schweigsamen Schlosse in die Außenwelt drang, wurde mit freundlichem Vertrauen aufgenommen: und freilich nicht am ersten Tage, aber mit der Zeit schwand auch den armen Dörflern die Furcht, daß diese lebenskräftige Jugend unter dem Grabeshauche des gefeiten Schlosses versteinern werde.

Reichere Ernte hatte ich keine Stunde in Christlieb Taubes Schulstube gehalten, heimischer mich keine Stunde in der alten Baderei gefühlt, als bei dieser ersten Wanderung durch die Reckenburger Flur, und wie ich gegen Mittag nach dem Schlosse zurückkehrte, da war es gleich wieder eine gute Botschaft, mit welcher Muhme Justine mir entgegentrat. Hochgräfliche Gnaden waren in der Nacht von einem bösen Gebreste heimgesucht worden, und da die Gliedmaßen Hochdero Kammerfrau sich für die vorschriftsmäßigen Manipulationen zu steif und zitterig erwiesen, waren die der kunstfertigen Reiseduenna zu Hilfe gezogen worden. Meister Fabers Schülerin hatte denn auch im Setzen von Schröpfköpfen und anderweitigen weniger schicklich auszusprechenden Ableitungen zum erstenmal in einem Grafenschlosse eine glänzende Probe abgelegt, und hohe Patientin — schneller denn je von ihrer Bedrängnis erlöst — der Helferin den Antrag gestellt, gegen standesmäßiges Salär den Winter auf Reckenburg zuzubringen. — Die treue Seele opferte ohne Bedenken diesem zweifelhaften Anerbieten ihre sichere heimische Kundschaft. Ihre Augen funkelten. Sie fühlte sich als Mittelsperson, um ihre stolzesten Traumgesichte zu verwirklichen. „Denn unter solcherlei Prozeduren kommt ein Mensch zur Räson und wird weich wie Wachs."

So sollte es mir denn auch an einem gemütlichen Austausch nicht fehlen, und noch ein anderer wesentlicher Vorteil stellte sich bald genug heraus. Das der wichtigen Leibwärterin im Seitenbau angewiesene Zimmer grenzte an das meine; es wurde erleuchtet und geheizt; ich konnte mich in demselben, nach Absperrung der gräflichen Zone, noch ein paar Stunden ad libitum beschäftigen und brauchte nicht mehr mit den Hühnern zu Bett gehen.

Das Menü des Diners beschränkte sich keineswegs auf die abendliche Grütze. Heute zum Beispiel gab es, nach einer trefflichen Brühe, ein Hühnchen, das bis auf einen geringen Brustbissen auf meinen Anteil fiel. Zum Nachtisch Äpfel, für die Gräfin gebraten, für mich roh. Es wurde auch Wein aufgestellt. Die alte Dame vertrug aber keine Spirituosen, und von der jungen setzte man voraus, daß sie sie nicht vertrug. Die Flaschen wurden daher unentkorkt abgetragen, um am anderen Tage unentkorkt wieder aufgetragen zu werden, und es ist immerhin möglich, daß es die nämlichen gewesen sind, welche auf der ersten und letzten gräflichen Tafel ihre Rolle spielten.

Auch die Zeit des Mahles wurde nicht so knapp gemessen wie die beim Souper; vielleicht weil es keine Wachskerzen zu löschen galt. Wir saßen wohl noch ein Stündchen uns beim Eichelkaffee gegenüber; und ich machte mit der Schilderung meines Flurganges einen guten Effekt.

„Du hast scharfe Reckenburger Augen," sagte die Gräfin. „Halte sie offen und berichte mir ehrlich, was du bemerkst."

Mit diesen Worten war das Amt meiner Zukunft eingeleitet: scharf zusehen und ehrlich Bericht erstatten; dazu im Verlauf die mündliche Vermittelung der Anordnungen und Ausführungen zwischen Turm und Flur, das ist der Inhalt meiner langen wirtschaftlichen Lehrzeit auf Reckenburg.

„Indessen", so fuhr die Gräfin nach einer Pause fort, „die Zeit für das Freie wird kürzer; und manche häusliche Stunde möchte dir einsam vorkommen, Eberhardine. Tröste dich damit, daß die Heimat dir mindestens nichts Schicklicheres geboten haben würde. Für die Saison in Dresden sind deine Eltern zu arm, und die geselligen Allüren einer kleinen Stadt würden dich nur verstimmen. Besser, einsam sein, als falsch placiert.

Im übrigen möchte ich dir selber unter jener bescheidenen Sozietät einen Sukzeß nicht verbürgen, und welchen Genuß gewährt die Gesellschaft mit Ausnahme des Sukzeß? — Liest du gern, Eberhardine?"

Ich bekannte, daß ich noch gar nichts gelesen, mir die Freiheit zum Lesen aber längst gewünscht habe.

„So benutze die Schloßbibliothek," versetzte die Gräfin. „Sie enthält das Lesenswerte bis um die Mitte des Jahrhunderts. Ich selbst habe nicht den Sinn mehr für Lektüre, auch nicht die Zeit. Schone die Einbände und stelle die Bücher regelmäßig wieder an ihren Platz. Die Ordnung darf nicht gestört werden. Der Katalog macht die Auswahl leicht. Stößt du auf Romane: dir schaden sie nicht. Au contraire! Verlangst du Neueres oder Deutsches, so wende dich an den Prediger. Persönlich kenne ich ihn nicht, nach seinen Eingaben jedoch scheint er — ein wenig Phantast — aber ein instruierter Mann. Suche ihn auf, halte dich an ihn. In dir ist kein Boden für philanthropische Phantasmen; zur Betrachtung haben sie immerhin ihren Wert."

So war es denn auch noch ein zweiter Lebensborn, der sich in Reckenburg für mich erschloß, wenn mir auch nicht die natürliche Befriedigung des ersten aus ihm entgegenquoll.

In der Bibliothek fand ich — außer genealogischen und heraldischen Sammlungen, die ich unberührt ließ, und Italienern, die ich nicht verstand — zwar lediglich Franzosen, aber das, was eine große Nation in ihrer größten Epoche hervorgebracht hat, würde schon hingereicht haben, eine junge, durstige Seele für lange Zeit zu stillen. Und dazu trat nun noch von vornherein der Pfarrer mit seinen geliebten jungen Deutschen. Am Sonntagmorgen hörte ich ihn predigen und am Nachmittag klopfte ich an seine Tür.

Ich war ein Kind an Lebenserfahrung und aus einem härteren Stoffe geformt als er. Gleichwohl brachte ich schon aus dieser ersten Begegnung in Amt und Haus das bedrückende

Vorgefühl einer verfehlten Existenz. Je länger ich ihn aber im Dienste einer leiblich und geistig verwilderten Gemeinde kennen lernte, den milden, sinnvollen Menschen und Christen, dessen Grundneigung auf ein edles Maß und harmonische Bildungen gestellt war, unverstanden, ungeliebt, die liebenswerteste und liebevollste Natur, um so lebhafter fühlte ich in seiner Nähe buchstäblich ein körperliches Weh, und so viel ich persönlich an ihm verlor, ich fand keine Ruhe, bis ich ihn an einen Platz gestellt wußte, wo seine Lehre und sein Vorbild in empfänglicheren Gemütern zünden durften.

Und nun zählt zu des Priesters verhallendem Wort die jammervoll leere Hand des Menschenfreundes. Einer, der nur geben, immer geben, unberechnet hätte geben mögen, und der sich mit einer bettelarmen Gemeinde um magere Zinshähne und karge Beichtgroschen streiten mußte, wenn er nur das Dürftigste zu geben haben wollte. Zählt dazu endlich den Mangel eines häuslichen Herdes: die geliebte Gattin tot, den einzigen Sohn ferne auf eigenen, rauhen Wegen. Wahrlich, der Mann hätte versiechen müssen wie in der Wüste ein Quell, wenn nicht in unserer jungaufstrebenden Literatur sich eine Welt für seine freudige Beschaulichkeit eröffnet hätte. Mit dem Blicke des Humanisten und des Menschenfreundes folgte er auch den wildwuchernden Trieben jener Zeit, und sein Herz schlug in höchster Beseligung, wenn er etwas dauernd Edles für sein der veredelnden Schönheit so bedürftiges Volk entdeckt hatte; am reinsten aber strahlte seine Freude, sobald er sie, sei's auch nur einen schwachen Widerstrahl, erwecken sah.

Er empfing daher das anklopfende Kind wie einen Sendling Gottes, denn bis zu einem gewissen Grade fand er in ihm Aufmerksamkeit und Verständnis für seine Welt. Jeden Nachmittag von diesem ersten ab kehrte ich in seiner Klause ein; jeden Abend führte er mich zurück bis an die Schwelle jener anderen Klause, in welcher eine Eremitin entgegengesetzten Schlags ihre Weisheit vernehmen ließ, und seine Hoffnung wurde nicht müde, wenn auch die Lehren des alten Weltkindes eindringlicher als die des platonischen Jüngers in beider Zögling hafteten.

So war ich denn in doppelter Weise in die hohe Schule der Reckenburg eingeführt, und wenige Studiosi werden sich rühmen dürfen, so selten ein unkluges oder verbrauchtes Wort von ihren Meistern gehört zu haben. Am lautesten und erweckendsten aber sprach mir der Dritte in dem bildenden Bunde: die Natur? — nein, mit dem stolzen Namen nenne ich sie nicht, aber meine von Tage zu Tage inniger vertraute, altväterliche Flur. In ihr wußte ich mich auszufinden, in ihr kannte ich Weg und Steg, sie wurde die Welt, in der auch ich eines Tages zur Eremitin werden sollte. Die ursprüngliche Neigung trieb mich nicht in den Büchersaal, sie trieb mich in einen Winkel heimischer Erde, in dem ich mir eine Werkstatt gründen durfte.

Indessen machte ich Fortschritte, und meine kluge Tante war nicht spröde, dieselben zu verwerten. Bald sah ich mich von der akademischen Lernfreiheit in Kontor und Schreibstube abgelenkt. Ich sagte bereits, daß ich gleich in den ersten Tagen zum Dolmetscher ihrer mündlichen Befehle berufen ward. Die knappe, präzise Art, mit welcher Meldung und Gegenmeldung ausgerichtet wurden, nicht minder die Schwäche, welche häufig genug die Feder aus der Hand der unermüdlichen Greisin sinken ließ, erweckten den Versuch auch im schriftlichen Gebiet. Bald vollzog ich unter ihrem Diktat die Anweisungen und Antworten an Beamte, Gerichtshalter, Behörden und so weiter; mit rascher, deutlicher Handschrift wurde in wenigen Minuten expediert, womit die zitternden Finger sich tagelang abgequält hätten, und nach wenigen glücklich gelösten Stilproben sah ich mich zum selbständigen Sekretär der Reckenburg aufgerückt.

Noch aber lag das Heiligtum des geheimnisvollen Kassabuchs unenthüllt auch vor meinen Blicken, und just für dieses Alpha und Omega ihres Tageslaufs bedurfte die glückliche

Sammlerin am dringendsten eines zuverlässigen Disponenten, so daß am Ende auch aus dieser Not eine Tugend gemacht werden mußte.

Ich will Euch, meine Freunde, nicht des breiteren mit meiner Reckenburger Lehrzeit beschäftigen, zumal ich in meiner Darstellung weit über die Gegenwart hinausgegriffen habe. Alles in allem: Ich wurde im Laufe der Jahre die rechte Hand der Gräfin in ihrem weitläufigen Geschäftsverkehr, sie erzog sich in mir einen Verwalter. Täglich arbeitete ich einige Stunden unter ihren Augen in dem verrufenen Turmgemach, und so geschah es, daß nach innen wie außen ich, und ich allein, den Wert eines Besitztums kennen lernte, welches eines Tages anzutreten ich weder ein Recht noch eine Aussicht hatte.

Denn so fest ich mit der Zeit in das Vertrauen der Greisin hineinwuchs, darüber konnte ich mich nicht täuschen, daß nur ihr Verstand, nicht das Gemüt sich der Verwandtin zuneigte, die sie immer näher an sich zog. Sie half ihr arbeiten, weiter nichts. Nur e i n e s Menschen Schicksal kümmerte sie noch auf Erden, nur im Hinblick auf e i n e n Menschen ruhte die rastlose Seele aus.

Ich aber mit dem natürlich spröden Herzen, wie hätte ich mich einem Wesen anschließen sollen, das mir so wenig entgegentrug? Ich schätzte die Gräfin nach einem anderen Maßstabe, als die Welt es tat; ich bildete mich in wesentlichen Punkten an ihrer Erfahrung, aber selber eine dankbare Empfindung ward nicht herausgefordert, denn ich leistete ihr mehr, als sie gewährte, und ich leistete es ohne Eigennutz. Geliebt habe ich die einzige Verwandtin so wenig wie sie mich. Zwischen dem alten Idealisten im Pfarrhause und der alten Realistin im Turm entwickelte sich die Jungfrau als ein herzensarmes Ding, so, ja mehr noch, wie vordem das Kind in der Schulstube Christlieb Taubes neben der kleinen, reizenden Dorl.

Als die vorausbestimmte Zeit meiner Heimreise heranrückte, machte die Gräfin mir und den Eltern den Vorschlag meiner

Rückkehr im nächsten Winter. Sie sprach ihn aus in weniger herablassender Form als die der ersten Einladung, aber doch nur als eine Gunst, keineswegs als einen Wunsch. „Wie du einmal bist," sagte sie, „ist es gut für dich, der kleinstädtischen Beschränkung deines Vaterhauses zeitweise entrückt zu werden und dich in einer größeren Lebensordnung standesgemäß bewegen zu lernen."

Verlockender war die Einladung, welche an die wiederholentlich bewährte Leibpflegerin, „Madame Müllerin", erging. Sie sollte zwar während des Sommers, der guten gräflichen Saison, mich in die Heimat zurückbegleiten, zum Herbst aber mit mir wiederkehren und sich dauernd in Reckenburg niederlassen. Ein fixes Gehalt für den Dienst im Schlosse wurde bewilligt, und zu freierer Bewegung in ihrer Kunst — den im Dorfe erledigten Posten einer Wehmutter eingeschlossen — das Waldhäuschen eingeräumt, das ursprünglich für den fürstlichen Hundewärter errichtet worden war, da aber der Fürst mit seiner Meute ausgeblieben, nicht als unveränderliches Erhaltungsinventar betrachtet zu werden brauchte. Ein Gärtchen, ein Stück Ackerland, freier Holzbedarf boten nicht minder lockenden Vorteil, und so sehen wir denn im folgenden Herbst Muhme Justine zur Zufriedenheit eingerichtet und als Helferin bei jeglicher Leibesnot in Schloß und Umgegend hochgeehrt. Die Tränke, welche sie aus selbstgesammelten Kräutern zu brauen verstand, halfen gegen Fieber und Verschlag, und halfen sie einmal nicht, so hatte der liebe Himmel es eben anders beschert, und die des Doktors würden noch weniger geholfen haben. Mit den Apothekern der Umgegend wurde ein lebhaftes Drogengeschäft unterhalten; so fleißig die Hände sich rührten, sie langten kaum aus, den vielseitigen Ansprüchen zu genügen. Die Alte im Grafenschloß und die Alte im „Hundehaus" wetteiferten in jener Zeit in der Kunst des Ansammelns und Sparens. Mir aber, dem Glückskinde, wenn mir aller Traumkunst zum Trotz die Millionen der reichen Tante entschlüpfen sollten, die Hunderte der armen Muhme würden mir nicht entgangen sein.

Als ich wenige Tage vor meiner Heimreise von meiner Morgenwanderung zurückkehrte — daß ich es eingestehe, beklommenen Herzens, weil ich die Saaten, die ich legen und sprießen sah, nicht auch reifen und ernten sehen sollte — überraschte mich ein lebhaftes Treiben, ein ungewohntes Gebrodel wie von Braten und Backwerk in den Wirtschaftsräumen. Ein Stückfaß wurde aus dem Keller in die Gesindestube getragen, Frauen und Kinder der Beamten gingen beladen mit Weinflaschen und Kuchenkörben nach ihren Behausungen zurück; lange Tafeln für die Tagelöhner des Gutes standen gedeckt und reich besetzt. Ich fragte nach der Ursache dieser verwunderlichen Gastlichkeit, und männiglich wurde mir geantwortet, daß heute der Festtag der Reckenburg gefeiert werde. Wessen Festtag? Der Kalender nannte keinen; der Einzugstag der Gräfin fiel in den hohen Sommer: ihr Wiegenfest wurde mit Stillschweigen übergangen, da sie es nicht liebte, an ihr Alter erinnert zu werden. Der gefeierte Gegenstand war ein Geheimnis, wie so vieles auf der Reckenburg.

Auch die herrschaftliche Tafel ward reich serviert, Wein nicht nur aufgesetzt, sondern auch getrunken. Beide Heiducken versahen den Dienst. Die Gräfin trug einen neuen Sammetmantel und eine stolze Straußenfeder auf ihrem spanischen Hut; ein schier verächtlicher Blick streifte mein tägliches Kleid — (noch immer von dem grasgrünen, unverwüstlichen Rasch). Als der Braten gereicht ward, ließ sie ihr Glas mit Champagner füllen, stieß mit mir an und sagte feierlich: „Auf sein Wohl!“

„Auf wessen Wohl?“ fragte ich verwundert.

Ein zweiter, mehr als verächtlicher Blick wurde mir zugeschleudert. Was besagten meine Studien in der Bibliothek, wenn ich Stammbäume, genealogische Tabellen und Urkunden so wenig gewürdigt hatte, um über das wichtigste Datum der Reckenburg noch im Zweifel zu sein?

„Der 20. April, Prinz Augusts Geburtstag," sagte sie scharf, nachdem sie ihr Glas auf einen Zug geleert hatte, und da sie aus meinen Mienen sehen mochte, daß sie das Rätsel mit einem neuen Rätsel gelöst, setzte sie hinzu: „Der Sohn meines hochseligen Gemahls und der Letzte seines durchlauchtigen Hauses. Gott erhalte ihn!"

Zum erstenmal hatte die Gräfin den Namen ihres Gemahls vor mir genannt, und zum erstenmal dämmerte mir die Ahnung, welchen Erben sie sich erkoren, vielleicht schon ernannt haben mochte.

Als ich der Mutter später von dem Festtage der Reckenburg erzählte, sagte sie: „Ich habe niemals daran gezweifelt, daß die Gräfin nur zu des Prinzen Gunsten unsere Reckenburg so herrschaftlich erweitert hat."

„Für den Mosjö Sausewind?" versetzte lachend der Vater; „nun, weiß Gott, saurer als seinem Herrn Papa wird sie ihm das Durchbringen nicht werden sehen!"

„Nicht bei ihren Lebzeiten und jedenfalls nur als Fideikommiß; das aber sei gewiß, Eberhard, die Gräfin läßt ihre Herrschaft nur in fürstlichen Händen."

Fünftes Kapitel

Der Kehraus

Der regelmäßige Briefwechsel zwischen den Eltern und mir war nichts weniger als kommunikativer Natur gewesen. In herkömmlichen Redensarten wurden gute Lehren gegen Versicherungen des Gehorsams ausgetauscht und das gegenseitige Wohlbefinden wünschend und lobend erwähnt. Vertrauliche Plaudereien schwarz auf weiß würden gegen die Würde des Verhältnisses verstoßen haben. Da gab es denn mündlich mancherlei zu berichten und zu berichtigen, was die ersten Tage des Wiederzusammenlebens füllte. Bald aber sollte ich inne werden, wie richtig mich meine alte Reckenburgerin erkannt. Ich hatte mich in der einsamen Freiheit ihres Hauses dem kleinstädtischen Wohnstubentreiben der Heimat bereits entfremdet.

Auch zwischen der „alleruntertänigsten Magd, Dorothee Müllerin", und der „treugesinnten Eberhardine von Reckenburg" war ein glückwünschender Neujahrsgruß, wie aus dem Komplimentierbuche geschnitten, gewechselt worden. Jetzt fand ich meine kleine Kameradin in ihrem behaglichen Mädchenstübchen und bräutlichen Witwenstande unverändert wieder. Man merkte kaum, daß sie in dem Halbjahre vollkommen zur Jungfrau erblüht war, so rund und kindlich waren Formen und Ausdruck geblieben. Sie putzte sich zierlicher als alle anderen Bürgerstöchter, pflegte Blumen und Vögel, stickte Flitterschuhe und Tellermützendeckel, mit deren Erlös sie das Budget für ihr Tändelwerk erhöhte; sie backte wohlschmeckende Kringel und Brezelchen, welche in der Weinstube ihres Vaters guten Absatz fanden, und hatte sich zur Ausfüllung der bei alledem reichlichen Zeit auf die Lektüre geworfen. Mit glühenden Wangen sah ich sie die verwogenen Ritter- und süßlichen Liebesgeschichten der Leihbibliothek verschlingen, hörte auch, daß sie sich im Laufe des Winters fleißig der Musik gewidmet habe. Der zärtliche Christlieb Taube kam allsonntäglich zu einer Stunde im Gitarrenspiel von seinem unfernen Schuldorfe in die Stadt, und zweifle ich nicht, daß diese Stunde ihm die angenehmste der Woche gewesen sei. Da zwitscherte denn die Dorl mit ihrem Lerchenstimmchen die Arien, welche der modischen Lektüre entsprachen: „vom kühnsten aller Räuber, den der Kuß seiner Rosa weckt", oder „von dem Robert, den Elise an ihr klopfendes Herz ruft".

„Jungfer Ehrenhardine" schüttelte gar weise den Kopf. Denn wenn auch die Kleine diese Bedenklichkeiten mit der kindlichen Unschuld las und sang, ohne es zu wissen, tat sie es aus

Langeweile, der recht eigentlichen Mutter weiblicher Schuld. Sie bewunderte meine Gelassenheit bei der Nachricht, daß ein Trauerfall in der landesherrlichen Sippe laute Lustbarkeiten für die Donnerstagsgesellschaft während des Sommers verbiete. „Ich möchte Sie nur ein einziges Mal tanzen sehen, Fräulein Hardine," sagte sie seufzend, „oder nur ein einziges Mal selber wieder tanzen, wie sonst mit dem gnädigen Herrn Papa."

Der Faber hatte zum Weihnachtsangebinde eine schöne Granatschnur geschickt und als Gegengeschenk eine Perltasche für sein Verbandzeug erhalten. „Einen Tabaksbeutel hätte ich viel lieber gestrickt," meinte die Dorl. „Aber er raucht ja nicht; er kennt ja kein Vergnügen, als seine gräßlichen Messer und Zangen." Im übrigen studierte und praktizierte Siegmund Faber unverdrossen weiter, rechnete auch ebenso unverdrossen auf das blutige Übungsfeld eines Operateurs.

„Es wird eine Weile währen, ehe wir zueinander kommen," sagte lachend die Dorl, „aber ich kann's ja abwarten."

„Das Kind hält sich musterhaft," versicherte mein Vater, und die Mutter konnte dem Lobe nicht widersprechen. Muhme Justine aber bemerkte kopfwiegend: „Man soll den Jungfernkranz nicht rühmen, bis man ihm die Hochzeitsmütze überstülpt."

Die zweite Trennung vom Hause war allerseits kein halber Tod, nachdem die erste so ungefährlich abgelaufen. Auch von dem zweiten Reckenburger Aufenthalt würde nichts Neues zu berichten sein. Als er sich zum Ende neigte, machte mir die Gräfin den Antrag, auch den Sommer hindurch und für alle Zeit bei ihr zu bleiben. Ich sagte rundweg „nein". Denn wohl mutete das tätige Treiben auf der Reckenburg mich freudiger an als die stille Beschränkung des Elternhauses, nimmermehr aber würde ich mein Heimatsrecht und meine Heimatspflicht in demselben freiwillig aufgegeben haben. Der Gräfin hingegen, obgleich sie mich ungern entbehrte, muß ich nachrühmen, daß mein Freimut sie nicht verletzte, ja daß diese rücksichtslose Ehrlichkeit es war, der ich die raschen Fortschritte in ihrem Vertrauen zu danken hatte. Ich ging schon in dieser Zeit unangemeldet bei ihr aus und ein, und der Riegel wurde nicht mehr vorgeschoben, wenn sie mich im Vorzimmer wußte.

Wie bedeutend diese Fortschritte waren, sollte ich jedoch erst am Vorabend meiner zweiten Heimreise, der heuer mit dem solennen Prinzenfeste zusammenfiel, gewahr werden. Die Gräfin war den Tag über so guter Laune, wie ich sie noch niemals gesehen hatte. Sie erhielt eine ihrer geheimnisvollen Dresdener Korrespondenzen, die sie lächelnd las und wieder las. Ich bemerkte, daß sie ein Miniaturbild mit Wohlgefallen betrachtete und dann sorgfältig verschloß. „Schön — schön — wie er!“ hörte ich sie murmeln, und dann ein andermal: „Jung Blut hat Mut!“ Ja, als ich nach der üblichen Mittagsruhe bei ihr eintrat, kam ich auf den sträflichen Gedanken, Hochgräfliche Gnaden haben sich im festlichen Champagner einen Spitz getrunken. Sie saß mit halbgeschlossenen Augen im Lehnstuhl und trällerte ganz munter ein Liebesliedchen, als dessen Dichterin die schöne Aurora von Königsmark genannt worden ist:

„Die Liebe zündet Herzen durch der Augen Kerzen,
Im Anfang ist's ein Scherzen, dann folget Pein.“

Der Eindruck war mir widerlich; ich machte ein Geräusch, und die Alte bemerkte mich. Noch murmelte sie:

„Sie zwingt den Mut, sie dringt ins Blut,“

dann schlug sie das Hauptbuch auf, und wir rechneten noch eine Stunde miteinander, um die laufenden Geschäfte vor der Reise abzuschließen.

Nach dem Souper folgte ich ihr zum Abschied in ihr Kabinett. „Du bist siebzehn Jahre alt, Eberhardine,“ sagte sie, „und es könnte sich auch in deiner kleinen Stadt eine Gelegenheit finden, bei welcher eine standesmäßige Toilette geboten ist. Ich habe dir eine solche bestimmt, die für mich angeschafft, aber nicht benutzt wurde. Sie wird sich für dich zweckentsprechend arrangieren lassen. Du findest den Karton in deinem Zimmer. Öffne ihn erst, wenn du heim kommst, daß der Stoff sich nicht unnötig zerdrücke."

Ich küßte die Hand mit aufrichtigem Dank. Immerhin war es ja ein Akt des Heroismus, sich von einem in Reckenburg eingeführten Gegenstand zu trennen. Heimlich aber mußte ich darüber lächeln, daß der Anzug einer angehenden Matrone fast ein halbes Jahrhundert später für ein junges Mädchen arrangiert werden sollte, das sie um mehr als Kopfeshöhe überragte.

Die Gräfin fuhr fort: „Du bist weder schön noch passioniert genug, Eberhardine, um jugendliche Wallungen zu entzünden. Deines Herzens bin ich sicher. Hüte dich aber vor einer vernunftsmäßigen Versorgung nach dem Zuschnitt deines elterlichens Lebens. Ich sehe Höheres für dich voraus. Deine Turnüre ist jetzt comme il faut; Geist und Körper zeigen die Kraft, welcher die Stammütter großer Geschlechter bedürfen. Ich wiederhole es: du bist nicht bestimmt, Neigung zu wecken und zu befriedigen, du bist bestimmt, Achtung und Vertrauen zu fesseln, nachdem die Leidenschaft ausgeschäumt. Nicht heute oder morgen allerdings; aber du zählst erst siebzehn und ich wurde dreißig Jahre, bevor ich mein Ziel erreichte. Auch du wirst es erreichen. Präge dir die Wappen ein, die über der Reckenburg vereinigt stehen, und bleibe fest darin, daß sie sich zum zweitenmal vereinigen sollen, dauernd vereinigen m ü s s e n. Halte dich brav, Eberhardine. Au revoir!"

Das also war's! Das der heimliche Plan der alten Häuptlingin, als sie die Letzte ihres Stammes zur Prüfung unter ihre Augen lud; das das Zeugnis, daß sie ihre Probe bestanden hatte: das fürstlich-freiherrliche Wappen mit der obligaten Grafenkrone in Permanenz über der Reckenburg! Die letzte Reckenburgerin und der Letzte eines erlauchten Fürstenhauses die Gründer eines neuen, reichbegüterten Geschlechts!

Ei nun, es war eine Greisenschrulle, würdig der eisenfesten Erhalterin; aber eine gar anmutende Schrulle auch für einen jugendlich Reckenburgschen Puls. Und wenn es zuviel behauptet wäre, daß der schöne prinzliche Zukünftige ihr im Traume erschienen sei: ein paar Stunden gewohnter Nachtruhe hat er seiner Braut in spe wahrhaftig gekostet.

Mein heuriger Reisebegleiter war der Prediger, der sich durch kleine literarische Arbeiten ein paar freie Freudentage erkauft hatte. Es galt einen Besuch bei seinem in Leipzig studierenden Sohne; es galt nebenbei einen Blick in den neuesten Meßkatalog und in die antiquarischen Schätze der Metropole deutscher Bücherwelt. Mein frohmütiger Freund hoffte, diese Meßfahrten halbjährlich erneuern zu können, und wir verabredeten zum voraus die gemeinsame Rückreise im Herbst.

Ohne Zweifel würde mir nun dieses zweitägige Beieinander mit dem lieben, lehrsamen Herrn die ersprießlichsten Dienste geleistet haben, wenn zwischen den neuen spanischen Helden unseres Schiller und die metrischen Fehden von Lichtenberg kontra Voß nicht immer von neuem der zudringliche prinzliche Störenfried gefahren wäre. Die alte Reckenburgerin hatte wohl recht: ihre erkorene Nachfolgerin war nicht eben entzündlicher Imagination, und die Warnungstafel mit dem späten ehelichen Korrektiv war auch nicht zum Überfluß aufgestellt; bei alledem aber blieb es ein feuergefährliches Spielwerk, das sie siebzehnjährigen Sinnen anvertraut hatte. Sooft Dame Weisheit den Verführer aus dem Felde schlug, lispelnd und lächelnd gaukelte er sich immer wieder ein. Chassez le naturel, il retourne au galop!

Ich wußte von dem jungen Herrn nichts, als daß mein Papa ihn einen Sausewind genannt hatte, und daß die Andeutungen der Gräfin diesem Epitheton just nicht widersprachen. Die Begierde, ein Mehreres über ihn zu erfahren, prickelte mich bis in die Zungenspitze. Ich machte endlich kurzen Prozeß und platzte mit der Frage: was von dem Stiefsohne meiner Tante zu halten sei? mitten unter die idyllische Gesellschaft im ehrwürdigen Pfarrhause von Grünau.

Der ehrwürdige Pfarrherr von Reckenburg stutzte. Er kannte den Prinzen natürlich nicht; er kannte ja nicht einmal die Gräfin und war weit davon entfernt, in dem Sohne des Ungetreuen seinen dermaleinstigen Patron zu vermuten. Angeregt durch einen Zeitungsartikel, hatte daher nur ein Zufall ihm vor kurzem flüchtige Kunde über ihn zugetragen.

Der junge, schöne Prinz — einen Antinous nannte ihn das Gerücht — leichtlebig, zu galanten Abenteuern geneigt und mit seinen knappen Finanzen ärgerlich verwickelt, hatte längst schon über die methodischen Anforderungen des kurfürstlichen Hofes, dem er sich als Verwandter, Mündel und Militär untergeordnet sah, Verdruß und Langeweile zur Schau getragen, und ein Heißsporn in den Kauf, war er bei dem lässigen Ausgang der Monarchenversammlung zu Pillnitz während des verflossenen Herbstes in offene Empörung ausgebrochen. Er entwich heimlich von Dresden, um an dem Hoflager des Kurfürsten Klemens in Koburg eine anregendere Kameraderie zu suchen. Hier in das frivole Treiben der Emigrierten bedenklich verflochten, hatte er sich kopfüber in eine Schuldenlast gestürzt, welche weder die Verwandtschaft von Kursachsen noch von Kurtrier zu honorieren geneigt war. Vor kurzem sollte er nun summarischen Befehl zur unverweilten Rückkehr nach Dresden erhalten haben, und hoffte man, auf diese Weise bei dem sich vorbereitenden Kreuzzuge gegen den fränkischen Jakobinismus vor einer kompromittierenden Teilnahme des fürstlichen Parteigängers sichergestellt zu sein.

„Es hat sich," so schloß der Prediger sein Referat, „es hat sich nach anderthalbhundertjährigem Schlummer im deutschen Walde ein treibender Sturm erhoben. Oben in den Wipfeln rauscht's und braust's, während das Wurzelland, ein breiter, dumpfer Weideplatz, noch der umarbeitenden Pflugschar harrt. In der Gelehrtenwelt, in Kunst und Poesie, allerorten sehen wir einzelne Spitzen, unverstanden oder falsch verstanden, die Menge überragen. Auch in unseren ungezählten Dynastengeschlechtern tut sich dieses jache, ungleichartige Drängen kund. Wie viele sind ihrer nicht, die einen genialischen Sprossen getrieben haben? Sehen sich diese Sprößlinge nun als Erben eines Thrones, wie Friedrich, wie Joseph, oder auf anderem Gebiete, wie der edle Weimaraner, so werfen sie sich auf zu Bahnbrechern einer neuen Ordnung, um je nach Kräften, Verhältnissen und Temperament in ihrem Streben zu siegen oder unterzugehen, immerhin aber einen Keim zu legen, welcher der Zukunft Früchte tragen wird. Sind es Nebenschößlinge, wie dieser Prinz, jüngere Söhne ohne Land und Macht, aber in fürstlicher Blendung, in fürstlicher Absonderung aufgewachsen, so sehen wir sie nur allzu häufig als taube Blüten vom Mutterbaume ab- und dem Gesetze verfallen, welches jede Kraft, die nicht Tat wird, zum Wahne werden läßt. Abenteurer und Tollköpfe, Lüstlinge und Sonderlinge, Dilettanten und Pfuscher, Freigeister und Geisterseher, rütteln sie für sich selbst an den Schranken, welche Sitte und Herkommen bis heute geheiligt haben, ohne für die Freiheit und Wohlfahrt der anderen eine einzige zu durchbrechen. Höher hinauf können sie nicht; in die Breite und Tiefe wollen sie nicht oder dürfen sie nicht. Sie bleiben eben Prinzen, das heißt Exzeptionen, denen kein anderes Feld des Ruhmes und der Tatkraft angewiesen ist als das blutige Leichenfeld, das auch zur Stunde, und Gott weiß b i s zu welcher Stunde, unser kaum erwachtes Vaterland von neuem zu erstarren droht."

Das waren nun freilich Belehrungen, welche die Reckenburger Schimäre ihres blendenden Zaubers entkleiden durften, und als ich, von Leipzig ab allein, in meiner bescheidenen Zurückgelegenheit heimwärts gerüttelt ward, da zerstoben denn auch die bunten Seifenblasen vor dem nüchternen, geschulten Blick. Würde, so fragte ich mich, der tollmütige, ritterliche Antinous um schnödes Geld und Gut sich der Verbindung mit einem unschönen, unstandesmäßigen Fräulein, das er nicht einmal kannte, unterwerfen? Würde die alte Reckenburgerin auf diese Verbindung bestehen, dem Sohne eines Mannes gegenüber, der ihr Stolz und ihre Lust, der offen und geheim der Regulator ihres Lebens gewesen war? Endlich aber, w e n n sie auf die Bedingung bestand, w e n n er der Not sich unterwarf, würde das unschöne, unbekannte Fräulein sich bedingungsweise einem Manne in den Kauf geben lassen, der sie mit widerwilligem Gemüte empfing? Nein, dreimal nein! Nicht um den Besitz eines fürstlichen Antinous, nicht um den Besitz der Reckenburg und aller Herrschaften der Welt. Nimmermehr!

Mit diesem herzhaften Strich durch alle gaukelnden Hirngespinste, und mit dem Vorsatze, mich durch keine Andeutung der matrimonialen Schrullen auf der Reckenburg lächerlich zu machen, betrat ich mein Elternhaus. Bei alledem wird mir eine rückfällige Schwachheit zu verzeihen sein, als gleich nach der ersten Begrüßung der gute Papa mir mit der Frage entgegenfuhr: „Wußte die alte Gnädige schon, meine Dine, daß ihr Erbprinz hiesigen Orts auf Strafkommando versetzt worden ist?"

In Wahrheit mir schwindelte. — „Prinz August hier — hier?" — stammelte ich.

„Noch nicht," versetzte die Mama nach einem Räuspern, das allemal eine gelinde Rüge für den Gemahl bedeutete. „Noch nicht. Doch darf er jede Stunde erwartet werden. Er ist als Major dem Regimente aggregiert worden, mithin Papas unmittelbarer Vorgesetzter, wie manche wissen wollen, um seine etwas brouillierten Verhältnisse in der kleinen Garnison wiederherzustellen. Ich für mein Teil bin der Ansicht, daß man ihm ein selbständiges Kommando zugedacht, und daß man unsern Ort gewählt hat, weil das wohleingerichtete Schloß ein standesmäßiges Logement gewährt."

„Bis zum Donnerstag ist er jedenfalls einpassiert," setzte der Vater hinzu. „Die Gesellschaft arrangiert ihm zu Ehren ein Picknick, einen bal champêtre."

„Einen Empfang, Eberhard," verbesserte die Mutter.

„Meinetwegen einen Empfang," fuhr der Vater heiter fort. „Auf alle Fälle werden die Damen an dem Tage seine Bekanntschaft machen, und endlich einmal wird eine frohe Stunde auch für unsere arme, brave Dine gekommen sein."

„Wir werden uns nun unverzüglich mit deiner Toilette zu beschäftigen haben," hob die Mutter an, wurde aber durch die Meldung eines Damenbesuchs in der hochwichtigen Picknickangelegenheit unterbrochen. Ich war noch im Reisekleid und durfte mich in mein Zimmer zurückziehen.

Sollte ich denn über den verwünschten Prinzen nimmermehr zur Ruhe kommen? Kaum ist das Traumbild verscheucht, steht er leibhaftig vor mir aufgepflanzt. Hatte die Gräfin um diese Begegnung gewußt, ihre Pläne darauf gegründet? War es ein Glücksfall von denen, welche die Seherin der Familie in Karten und Kaffeesatz vorausgeschaut? Waren die Reckenburgschen Bedingungen wohl schon dem armen, bedrängten jungen Herrn insinuiert?

Nun, auch mit einem leibhaftigen Störenfried läßt sich fertig werden, und schneller häufig als mit einem Hirngespinst, wenn nur das Rüstzeug des Stolzes scharf geschliffen ist. Ich war mit dem meinigen fertig, ehe noch unten die große Konferenz abgelaufen war.

Ein leichter Schritt auf der Treppe brachte mich vollends in das natürliche Geleis zurück. Es war Dorothee, die mich nicht vor dem morgigen Tage erwartet hatte und von einem Ausgang zurückkehrte. Jetzt erst legte ich die Reisekleider ab, öffnete dann, meine Nachbarin zu überraschen, leise die Tür und stand eine Weile unbemerkt auf ihrer Schwelle.

Die rege, behende kleine Dorl saß am Fenster, das Köpfchen in die Hand gestützt, sie, die ich immer nur lachen und plaudern gehört, sie — seufzte; sie schien mir bleicher, als da ich sie verlassen hatte, das Auge weiter, fragender geöffnet und von einem bläulichen Schatten umringt. Die Blumen auf dem Fensterbrett hingen durstig die Köpfe, die Zeisige im Bauer flatterten unruhig nach Futter. Ihre fröhliche Pflegerin hatte sie versäumt.

Sobald sie jedoch meiner ansichtig ward, da goß sich der gewohnte blühende Lebenshauch über die liebliche Gestalt. Sie stürzte mit einem Freudenschrei an meine Brust. „Hardine!“ jubelte sie, „Fräulein Hardine, o nun ist alles wieder gut!“

„Was ist gut?“ fragte ich, indem ich mich zu ihr setzte und ihre Hand faßte. „Hast du Kummer, Dorothee?“ Sie schüttelte den Kopf. „Oder Sorge? um den Faber etwa?“

„Um den Faber? ach was weiß ich von dem? Der schneidet Krüppel und Leichen, und bald zieht er in den Krieg. Um mich kümmert er sich nicht so viel.“ Sie schnippte lachend mit der Hand.

„Schreibt er dir denn nicht?“

„Alle Jahr zweimal, zum Geburtstag und zum Heiligen Christ.“

„Und du?“

„Was soll ich ihm schreiben? Ich erlebe ja nichts. Ich bedanke mich für seine Angebinde, schicke ihm auch eins und damit gut.“

„Aber was fehlt dir denn, liebe Dorothee?“

„Was mir fehlt? Ich glaube nichts. Ein wenig Freude vielleicht. Aber ich weiß es nicht. Sie haben ja auch keine Freude, Fräulein Hardine.“

„Du beschäftigst dich nicht genügend, Kind,“ mahnte ich.

„Mit was soll ich mich denn beschäftigen?“ versetzte sie, „ich tue, was ich kann.“

Ich mußte schweigen. In der Tat, was sollte sie tun in ihrer bräutlichen Freiheit und Beschränkung? Undeutlich ahnte ich auch, daß Arbeit nicht das Mittel sein würde, um dieses Dasein auszufüllen.

„Aber was möchtest du denn, Liebe?“ fragte ich nach einer Pause.

„Ich möchte leben!“ rief sie mit jenem unbeschreiblichen Impuls, mit welchem sie damals im Garten: „Gut sein, Hardine, heißt Gottes Kind sein!“ gerufen hatte.

Und wie sie damals in rascher Wandlung sich auf die ersten Veilchen stürzte, um die Freundin mit ihnen zu schmücken, so stürzte sie sich heute auf deren Hände, drückte sie an ihr Herz und frohlockte: „O, aber nun habe ich Sie wieder, Fräulein Hardine, nun bin ich nicht mehr allein, nun bin ich vergnügt und glücklich wie sonst!“

Gleichwohl verließ ich sie mit dem Vorgefühl nahender Schmerzen. „Dörtchen sieht nicht mehr so frisch aus wie im Herbst,“ sagte ich, als ich zu den Eltern zurückkehrte, und der Vater entgegnete:

„Kein Wunder! Sie langweilt sich, die arme, kleine Dorl. Schön wie ein Bild, siebzehn Jahre und immer das nämliche, freudlose Einerlei!“

„Hat unsere Tochter etwa mehr Freude von ihrer Jugend, Eberhard?“ fragte die Mutter scharf.

Der Vater streichelte meine Backen, und ich sah es wie einen Nebel über seine Augen fliegen. „Unsere Dine, unsere brave, gute Dine!“ sagte er bekümmert. „Verdammtes, altes Hexennest! Ging's nach mir — —“ Er vollendete den Satz nicht, denn Frau Adelheid hatte ein warnendes Räuspern hören lassen. Nach einer Pause aber fuhr er, sich vergnügt die Hände reibend, fort: „Nun gottlob, nächsten Donnerstag kommt ja die Gelegenheit, wo Jungfer Eberhardine auch einmal das Kittelchen schwenken darf, wie es ihrer Jugend gebührt!“

Am anderen Tage war unsere kleine Wirtin wieder die alte, muntere Dorl und Feuer und Flamme bei der großen Toilettenangelegenheit. Der Karton der Gräfin wurde geöffnet, und wir musterten mit wohlgefälligen Blicken eine Robe — kein Zweifel, daß es die für die Einzugstafel in Reckenburg bestimmte gewesen ist — nun, eine Robe, die vor fünfzig Jahren vor einer glänzenden Hofgesellschaft Parade machen, die aber heute noch in unserer kleinen Exresidenz hinlänglich modisch und überreich erscheinen durfte. Ein meergrüner Damast, mit leichten Silberfäden durchwoben, Ärmel und Ausschnitt mit einem Spitzenhauche garniert. Die Mama wiegte den Kopf mit dem Ausdruck höchster Befriedigung.

„Der Rock ist zu kurz," meinte sie, „kann aber durch den entbehrlichen Manteau verlängert, auch die Corsage paßlich dadurch hergestellt werden. Feinere Applikation sah ich nie. Ihr Kaffeegelb hebt den brünetten Teint, zumal bei gepuderter Frisur und echten Perlen im Toupet. Eine fürstliche Toilette, liebe Tochter!"

Ich pflichte dem bei. Die Dorl aber zog ein Mäulchen wie ein schmollendes Kind. „Beileibe nicht Puder, Fräulein Hardine!" raunte sie mir ins Ohr. „Keine Pariserin trägt noch Puder und Toupet. Und um Gottes willen nicht diese standfeste Robe mit der quittengelben Garnitur! Sie nehmen sich aus wie Ihre Großmutter, Fräulein Hardine. Ein Kleid von weißem Nessel, rote Schleifen und eine frische Rose — meine Stöcke blühen herrlich! — eine Rose im gekräuselten schwarzen Haar, so möchte ich Sie sehen auf Ihrem ersten Ball!"

Der Tausend, ich war auch einmal siebzehn Jahr! Im weißen Kleide, eine Rose in den Locken, auf dem ersten Ball, zum erstenmal unter den Augen von — Kinder, das Herz zitterte mir im Leibe vor heller Lust.

Aber nur einen Augenblick, denn die Mama, welche dem ungewohnten, halblauten Widerspruch mit sichtlichem Mißfallen gelauscht hatte, versetzte: „Es ist kein Ball, mindestens nicht seinem ersten Zwecke nach. Es ist ein Cercle, eine Präsentation. Mögen die Amtmannsjungfern in Schäferröckchen einen Prinzen von Geblüt umtänzeln: *wir* sind nicht des Schlags, der den Braten von einem Kompottellerchen genießt. Was aber den Puder anbelangt: haben die Jakobinerinnen in Paris ihn abgelegt, der beste Grund für *uns*, ihn beizubehalten."

Fahre wohl, du leichter Nesseltraum! Noblesse oblige.

Die letzte Reckenburgerin hat ihren Puder so lange wie eine und nie im Leben Rosen getragen.

Der Donnerstagmorgen brach an, und noch herrschte in der Gesellschaft die bänglichste Spannung. War der Prinz über Nacht angelangt? War er's immer noch nicht? Was sollte bei dem weichen Wetter aus Amtmanns Truthahn, was aus dem wilden Schweinskopf der Frau Oberforstmeisterin werden? Durfte die Freifrau von Reckenburg den Teig zum Spritzgebackenen einrühren?

Sie durfte ihn einrühren! Der Papa war es, der atemlos die frohe Botschaft brachte; der herzensgute Papa, der mit Freuden den sauren Posten eines maître de plaisir und Vortänzers wieder übernommen hatte, heute, wo es galt, seinem prinzlichen Kommandeur einen würdigen Empfang und seiner Tochter ein erstes Jugendfest zu bereiten. Der Prinz war in der Nacht angelangt und hatte die Einladung des Komitees huldreichst akzeptiert. „Ein Mann wie ein Bild!" sagte der Vater, „sähe ihn deine Gnädige, meine Dine, sie bezahlte mit Zuckerlecken seine Schulden."

Nun hieß es alle Hände rühren. Schon früh um neun erschien der Friseur. Kaum war der kunstvolle Turmbau mit erster Kraft und Laune vollendet, stellte auch schon Dörtchen sich ein, um die Taille zu schnüren und die Points vor dem Busen festzuheften. „O das hat ja noch Zeit!" sagte ich abwehrend.

„Ich muß mich doch aber auch anziehen, Fräulein Hardine," entgegnete die Kleine, „und noch früher oben sein als Sie."

„Du?" fragte ich verwundert.

„Ich helfe dem Vater nur wenig; der arme Mann weiß nicht, wo ihm der Kopf steht, Fräulein Hardine."

Dawider konnte nun im Grunde nichts eingewendet werden. Ich ließ mich daher zur Wespe zusammenpressen und saß viele Stunden beklemmt und mit noch röterem Angesicht denn sonst im väterlichen Lehnstuhl. Die Mama huschte zwischen Backofen und Toilettentisch hin und wieder; der Papa hatte Not, sich in die alte Galamontur zu zwängen. Zwischen Stück und Stück probierte er ein Entrechat, um die Glieder für die große Abendaufgabe gelenk zu machen. An ein Mittagbrot dachte von der gesamten Donnerstagsgesellschaft heute schwerlich ein Mensch.

Endlich, endlich schlug es vier. Die amtmännliche Karosse rollte vorüber, und die Familie Reckenburg schlüpfte durch das Pförtchen des seligen Leibbarbiers auf die Schloßterrasse und in den Pavillon. Sie war die erste auf dem Platz. Einem Prinzen von Geblüt d a r f man nicht nur, man m u ß ihm zuvorkommen.

Das Wetter war sommermild; Bäume und Sträuche blühten. Man hätte Ende April keinen günstigeren Nachmittag treffen können, wenn es auf eine fête champêtre abgesehen gewesen wäre. Da es aber auf die Präsentation eines Fürstensohnes abgesehen war, hatte man sich anstandshalber für das herzogliche Lusthaus entschieden, wie Mutter Reckenburg für die Robe von drap d'argent. Das Lusthaus bestand allerdings nur aus einem einzigen Saal, war aber für den heutigen komplizierten Zweck mit Hilfe einer Draperie in zwei Hälften geteilt worden. Die vordere diente zum Empfang und darauffolgenden Tanz, die hintere passierte als Speisesaal. Die vorausgesendeten Gerichte gewährten eine verlockende Dekoration wie auch, gemischt mit den vom Garten hereindringenden Frühlingsdüften, einen gar würzigen Parfüm. Unter der Draperie, zwischen beiden Abteilungen, stand Meister Müllers Büfett, und seine behäbige Gestalt lehnte in der Tür, die zur Seite in Küche und Keller führte. Dorothee verhielt sich natürlich hinter der Szene.

In diesem Raume, der übrigens sein fürstliches Ansehen leidlich bewahrt hatte, harrte die vollzählig versammelte Gesellschaft e i n e Stunde lang, z w e i Stunden, noch länger auf den Ersehnten, der — nicht kam. Keiner setzte sich, keiner hatte die Geduld, ein Gespräch fortzuführen. Aller Blicke hingen gespannt an der geöffneten Tür. Es war so stumm in dem gefüllten Saale, daß man die Vögel draußen zwitschern hörte. Auf der Tribüne hielt die Regimentsmusik standhaft die Trompeten am Munde, um den Bewillkommnungstusch nicht zu versäumen. Unter dem Eingange stand im Prallsonnenscheine, chapeau bas, das Komitee, an seiner Spitze mit zum Tubus gehöhlter Hand der Rittmeister von Reckenburg. Alles lauschte, lugte, lauerte — kein Prinz kam.

Absichtliche Unpünktlichkeit von seiten eines kursächsischen Blutsverwandten konnte nicht angenommen werden; es mußte ein Mißverständnis obwalten oder ein Unfall eingetreten sein. Nach langer Deliberation setzte sich der Chef des Komitees zu einer untertänigen Anfrage in Bewegung, und hat die Familie dieses Chefs späterhin in Erfahrung gebracht, daß es mit der unannehmbaren fürstlichen Unhöflichkeit doch nicht so ganz o h n e gewesen sei. Als der Abgesandte vor dem hohen Gaste erschien, lag derselbe gemächlich im Schlafrock auf der Causeuse ausgestreckt, eine lange Türkenpfeife im Munde und den Hamburger Korrespondenten in der Hand. „Schon?" fragte er gähnend. „Sind die Schönen ihrer Reize so sicher, um sie bei Sonnenschein preiszugeben?" Doch verhieß er sein Erscheinen, sobald Zeitung und Toilette vollendet sein würden.

Es dämmerte bereits, als der Abgesandte mit dieser Botschaft zurückkehrte. Flugs wurden die Fensterläden geschlossen, die Kronleuchter angezündet. Die Gesellschaft rangierte sich in zwei Heckenwände, zwischen denen der erlauchte Gast seinen Durchgang nehmen sollte. Obenan die Gemahlinnen des Adels, dann die bürgerlichen; nunmehr die Fräulein, neben ihnen die Demoiselles und endlich die Herren in gleicher Rangordnung.

Noch dauerte es eine gute Weile, ehe der lange gehegte Tusch und gleich darauf die vorstellende Stimme des maître de plaisir am oberen Ende erschallten. Ich hatte mich nicht umgeblickt und mein Haupt in stolzester Haltung aufgerichtet, um das schlagende Herz vor mir selber Lügen zu strafen. Erst als ich meinen Vater den Namen: „Freifräulein Eberhardine von Reckenburg" nennen hörte, und während ich mich zu der bewährten Menuettsenkung niederließ, hob ich das Auge, so ruhig ich vermochte, zu dem Vorüberstreifenden empor.

Ich war auf einen schönen Mann vorbereitet; der aber, meine Freunde, welcher meinem Blick begegnete, er war nicht nur der schönste Mann, den ich bis dahin gesehen — denn das würde nicht viel bedeuten — aber es war und blieb, ich weiß keinen bezeichnenderen Ausdruck als: der anmutvollste Jüngling, den das Leben mir vorgeführt hat. Hatte er in seine Jugend gestürmt, das Äußere wenigstens trug von diesen Stürmen keine Spur, nicht die schlanke, geschmeidige Gestalt, nicht die rosige Farbe von fast mädchenhafter Transparenz, nicht die Züge, welche vielleicht zu weich und fein erschienen sein würden ohne das große, schwarzblaue Auge, das mit kühnem Feuer das Antlitz beherrschte. Dazu das lichtblonde Bärtchen über der heiter gekräuselten Oberlippe, die üppige Lockenwelle, welche dem steifen Zopfband widerstrebte, und endlich jene sichere Lässigkeit in Tracht und Haltung, die nur denen natürlich ist, deren Herablassung als Huld betrachtet wird. Mein biederer Vater in seiner Zwangsjacke und standfesten Würde spielte in meinen Augen eine ärgerlich komische Figur neben diesem Liebling der Grazien, der im bequemen, halbgeöffneten Kollett ging.

Es war der erste Blick, mit dem ich diesen vollen Eindruck erfaßte, und ich begriff während dieses ersten Blicks die Erinnerungslust meiner achtzigjährigen Reckenburgerin, wenn der Sohn ihres Ungetreuen seinem Vater ähnlich sah: aber seltsam — sollte es ein Ahnen der Zukunft gewesen sein? — während dieses ersten, kurzen Blickes surrte es vor meinen Ohren wie die Totenklage des Hadrian, die mir der Prediger neulich so beweglich geschildert hatte, denn ein Schöneres als dies e r Antinous konnte das kaiserliche Künstlerauge nicht erquickt haben.

Als der Vater meinen Namen nannte, stutzte der Prinz, der noch eben, nachlässig mit dem Spitzentuche grüßend, an meiner Nachbarin vorübergeglitten war. Er pausierte einen Moment, ein vertrauliches Lächeln auf den Lippen, so, als ob er einem alten Bekannten begegnet sei; dann ging er weiter, vorstellend und sich neigend, die Reihe entlang.

Die Polonäse hob an. Der Prinz führte meine Mutter durch den Saal, bei weitem zu kurz und zu kunstlos für die Mode der Zeit. Jetzt entstand eine Pause; die Großwürdenträgerinnen erwarteten gespannt eine Näherung des gefeierten Gastes und zuckten unverhohlen die Achseln, als sie ihn, nachdem er bereits der verwitweten Exzellenz vom Hofmarschallamt die Gattin seines Rittmeisters vorgezogen hatte, jetzt raschen Schrittes sich deren Tochter zuwenden sahen.

„Sie kommen von Reckenburg, Gnädigste?" so redete er mich mit dem vorigen vertraulichen Lächeln an. „Wie geht es meiner Exmama? Unsterblich, so sagt man — —"

„Unentkräftet mindestens, Durchlaucht, und unermüdet," antwortete ich.

„Auch unersättlich, gelt, und unerbittlich über ihren lydischen Schätzen! Nun, auch Krösus hat ja endlich seinen Solon gefunden. Wollen Sie nicht Ihre Weisheit geltend machen, Gnädigste, um wenigstens e i n e n armen Schuldner von seiner Sklavenkette zu befreien?"

Ich kann nicht sagen, daß diese kameradschaftliche Einführung besonders nach meinem Geschmack gewesen wäre. Aber ich merkte kaum auf den Sinn der leichtfertigen Plauderei; ich lauschte nur dem musikalischen Klang, der biegsamen, impulsiven Melodie der Stimme, die gleich einem Zauber das Herz umspann.

Das Orchester hob während der letzten Worte die Weise eines Wiener Walzers an, und ich las in den neidischen Blicken meiner Mitschwestern, daß man den Prinzen für meinen Partner hielt. Der brave Vortänzer stürzte sich heldenmütig auf die beleidigte Frau Amtmännin, um sie für diese neue Bevorzugung seiner Familie nach Leibeskräften zu entschädigen. Auch ich erwartete, daß mich der Prinz in die Reihe führen werde, und ich erwartete es mit zitternder Lust. Da er aber keine Miene machte, sich vom Platze zu rühren, ließ ich mich ruhig in einer Sofaecke nieder.

„Sie tanzen nicht?" sagte der Prinz, indem er sich an meine Seite setzte. „Desto besser. So plaudern wir und machen unsere Glossen."

Die Paare drehten und wiegten sich an uns vorüber; keines entging dem prinzlichen Spott. „Nicht eine Physiognomie! nicht e i n e frische Natur!" rief er endlich verdrossen. „Und alles das rühmt sich, nach Gott-Vaters Ebenbilde geschaffen zu sein. Wie haben Sie es fertiggebracht, Fräulein von Reckenburg, inmitten dieser Larven, unter diesen platten, toten Herkömmlichkeiten Sie selbst zu bleiben?"

„Ich bin zum erstenmal in Gesellschaft," konnte ich zu antworten mich nicht enthalten. Aber ich tat es mit leidlichem Humor, denn ich saß einem Spiegel gegenüber und begriff, wie viele Sommer er der meergrünen Brokatträgerin zusprechen mochte.

„Oder wie werden Sie es fertigbringen?" verbesserte er sich.

„Nun, auch Durchlaucht werden es ja fertigbringen müssen," sagte ich lächelnd.

„Ich? Nein, beim Zeus, ich wahrlich nicht!" rief er aus. „Man hat mich hier an die Kette gelegt. Aber wähnt mein würdiger Vormund von Sachsen, daß der erste Kanonenschuß am Rhein diese Kette nicht sprengen wird? Endlich, endlich ist es ja so weit! O der Schmach, daß Franz von Österreich nach väterlichem Exempel zögern konnte, bis sein unglücklicher Ohm unter der Tortur seiner jakobinischen Häscher ihm seine Horden entgegentreibt! Schmach, ewige Schmach, daß dieser, unser baldiger Kaiser, heute noch sich windet und krümmt wie ein Aal. Aber gottlob! König Friedrich Wilhelm ist Feuer und Flamme, jenen Häschern die Daumschraube anzusetzen. Stelle er sich an die Spitze der Armee, rufe er sein Vorwärts, und wenigstens wir, das heißt die Legion deutscher Fürsten ohne Land, werden nicht säumen, um unter Friedrichs Banner dem Erben des heiligen Ludwig seine königliche Freiheit zurückzuerobern."

Auf diese Weise zwischen Scherz und Pathos plauderte mein junger Held unter dem Rauschen des Wiener Walzers harmlos seine Zukunftspläne aus. Ich wußte ja, wie kriegerisch sein Sinn gestellt sei. Nur daß er damit umgehe, in preußische Dienste zu desertieren, mußte mich wundernehmen. Und so entblödete ich mich denn auch nicht, ihn daran zu erinnern, daß eine Schwenkung just in dieses Lager wenig Anklang im sächsischen Herzen finden werde.

„Habe ich eine e i g e n e Armee ins Feld zu führen?" versetzte er lachend. „Oder soll ich darauf warten, bis das heilige römische Reich deutscher Nation sich auf seine Pflicht — bah! nur auf seine Notwehr besonnen hat? Bis am Ende auch der obersächsische Kreis sein Fähnlein aufgeboten? O! nur die Subsidien Ihrer Reckenburg, Gnädigste," setzte er mit einem schelmischen Augenblinzeln hinzu, „nur die Subsidien Ihrer Reckenburg, und ich lege den ersten Lorbeerkranz zu ihren Füßen, den ich, wie mein braver Vetter von Weimar, als preußischer Soldat errungen habe werde."

Der Tanz ging während dieser Tirade zu Ende, und ich erhob mich, um mich vor den ärgerlichen Blicken der Gesellschaft unter die Flügel meiner Mutter zurückzuziehen. Der Prinz folgte mir. Das erste Menuett wurde eben angestimmt.

„Sie scheinen eine Virtuosin in der Kunst, sich mit Anstand zu ennuyieren," sagte er, „wollen Sie mir Stümper in derselben noch diesen Tanz hindurch als guter Kamerad zur Seite stehen?"

Freilich wäre ich lieber im Rundtanz als flotte Partnerin in seinen Armen durch den Saal gewirbelt; aber auch nur als guter Kamerad eine Viertelstunde länger ihm vis-a-vis dünkte mich eine Herzenslust. Als wir nach vollendeter Tour am Ende der Kolonne anlangten, seufzte mein Chapeau so herzbeweglich, daß ich die Ungalanterie mit einem Lächeln zu beantworten vermochte. Auch er lachte. „Diese feierliche Strapaze nennt der Deutsche Vergnügen," rief er aus. „Beim Zeus! mit Wollust reichte ich meinen Herrn Jakobinern die Hand zu einer ehrlichen Carmagnole!"

Ich erlaubte mir zu bemerken, daß ein lustiger deutscher Ländler vielleicht dieselben Dienste leisten werde, und daß Durchlaucht ihn nur zu befehlen brauche, um sich für die Strapaze einer Anstandspflicht zu entschädigen.

„Zum Lustigsein gehören mindestens zwei," erwiderte er, indem er die Blicke spöttisch über unsere stolze Gesellschaft schweifen ließ. Jählings aber stockte er. „Himmel, wer ist das?" rief er mit Entzücken; „wer ist das?"

Mir war, als ob ich den Blitz in einer Pulvermine zünden sähe, denn meine Augen waren den seinigen gefolgt. Wären sie aber auch plötzlich mit Blindheit geschlagen worden, wessen Anblick hätte denn eine so jähe Bezauberung wirken können als der meiner eigenen, einzigen Schönen, als — Dorothees?

Die Tanzmusik hatte sie aus ihrem Versteck hervorgelockt. Sie stand einen Schritt vor dem Büfett, mit leuchtenden Augen, verlangend wie ein Kind, das die ersehnte Frucht unerreichbar am Baume hängen sieht. Die leibhaftige Eva! Die Arme waren leise gehoben, der Körper vorgeneigt, in der Hand hielt sie ein Körbchen, mit Blumen umwunden und gefüllt mit dem Zuckerbrot, das sie so zierlich zu formen verstand. Der lichtblaue Saum des weißen Nesselrockes reichte knapp bis zum Knöchel; die Füßchen in den flitternden Kinderschuhen trippelten den Takt der Musik; das goldene Gelock wogte unter dem blauen Bande, das es lose zusammenhielt, und der Rosenstrauß, den sie für mich gezogen hatte, bebte unter den raschen Schlägen des Herzens. So reizend wie in diesem Augenblick sah ich die reizende Dorl niemals v o r und niemals n a ch der Zeit.

Als ihr Auge dem unseren begegnete, schlug sie es dunkel errötend zu Boden und entschlüpfte durch die Seitentür.

„Wer ist diese Hebe?“ wiederholte der Prinz.

„Die Tochter des Schenkwirts,“ antwortete ich, verbeugte und setzte mich neben meine Mutter.

Es folgten verschiedene Tänze, die ich in den Armen dieses und jenes jugendlichen Springinsfelds abhaspelte, so seufzend wie vorhin mein Prinz die Anstandsstrapaze des Menuetts. Er selber tanzte nicht wieder. Unbekümmert, wie im Wirtshaus, saß er neben dem Büfett in einem Kreise von Offizieren, mit denen er tapferlich zechte. Aber nicht etwa von Meister Müllers landwüchsigem Produkt, auch nicht von den edelsten Sorten, welche die festgebende Gesellschaft zu liefern vermocht hatte; nein, schäumenden Cliquot, den er, „als Scherflein zum Picknick“, aus seinem eigenen Keller holen ließ.

So häufte er Beleidigung auf Beleidigung. Mit jedem springenden Pfropfen aber suchten seine Augen flammender nach der lieblichen Schenkin, die, sooft eine neue Tanzweise anhob, wie von Hüons Horn gelockt, in der Tür erschien, bis unter den Vorhang schlüpfte und mit Sehnsucht die wirbelnden Paare verfolgte. Daß während dieser Wanderung ihre Blicke manches Mal den suchenden am Zechtische begegneten, daß sie dem zürnenden Mienenspiel Jungfer Ehrenhardines gar behende auszuweichen verstanden, das erscheint Jungfer Ehrenhardine heute freilich verzeihlicher, als es ihr Anno 92 erschienen ist.

Endlich verkündete ein Trompetenstoß das Souper. Nun mußte das frevelhafte Intermezzo doch ein Ende nehmen! Die Gesellschaft verfügte sich in das zweite Kompartiment, allwo an kleinen Tischen rings um die Mitteltafel das schöne Geschlecht von den Kavalieren bedient werden sollte. Innerhalb jeder dieser Gruppen war mit List und Gewalt ein Platz offen gehalten worden, in der Hoffnung, daß der gefeierte Gast ihn zu dem seinigen erkiesen werde.

Aber die schon so vielfältig herausgeforderte Entrüstung schwoll zur Entbehrung, als der schnöde junge Herr keine der heimlich Erwartenden befriedigte und alle enttäuschte, indem er einfach inmitten seiner Zechgesellschaft sitzenblieb; als er von keinem der mit so viel Kunst und Aufwand hergestellten Leckerbissen auch nur kostete, sondern sich mit einem Kringelchen begnügte, welches Hebe Dorl, auf einen Wink Meister Müllers, ihm in ihrem Blumenkörbchen präsentierte.

Wie ich die Errötende mit einer unbeschreiblichen Neigung vor ihn treten sah, wie er aufsprang, sein Glas gegen sie hob und es in einem Zuge bis auf die Nagelprobe leerte — Freunde, der Bissen im Munde stockte mir, der Tropfen, mit dem ich ihn hinunterspülen wollte, brannte mich wie Gift; aber es war ein Bild, vor welchem selber das zornsprühende Naturkind die Lust eines Künstlerauges begreifen mußte.

Programmgemäß sollte das Fest mit dem Souper zu Ende gehen. Alles rüstete sich zum Aufbruch. Unser bisher so lässiger Held jedoch fuhr plötzlich in die Höhe und forderte mit lauter Stimme den Kehraus. So stark der Unwille gewesen, die Großmut gegen einen Gast von Geblüt war stärker. Lag doch an sich auch für die Donnerstagsgesellschaft nichts Ungebührliches in der Aufführung eines gewohnten Schlußtanzes, dessen bäuerische Weise und buntscheckiger Wechsel nach dem Souper erst den rechten Humor zur Geltung brachten. Alt und jung reihte sich zu Paaren, nur der Festordner stand noch auf der Lauer, um, nachdem sein hoher Chef sich entschieden, aus der Überzahl der Schönen die Würdigste als Anführerin zu erküren.

Jetzt aber, da Prinz Sansfasson der verehelichten Gruppe gleichgültig den Rücken kehrt, schießt der Ordner auf die Frau Amtmännin zu, bietet ihr begütigend die Hand und ist im Begriffe, mit ihr an die Spitze der Kolonne zu treten, als — o wehe, dreimal wehe unserer adligen Reunion! — er den Prinzen an den Schenktisch stürzen und Kellermeisters kleine Dorl in die Reihe ziehen sieht.

Ein Donnerschlag hätte nicht vernichtender zünden können. Einen Augenblick stand alles starr und stumm, dann helle Revolution! Die Frau Amtmännin kehrte mit einem kopfnickenden „Bedanke mich" wieder um; sämtliche Frauen und Fräulein von Adel traten aus der Reihe und eilten nach der Tür, hinter deren Säulen verborgen sie den unberechenbaren Ausgang erwarteten.

„Glauben Seine Durchlaucht zu einer Kirmeß geladen zu sein?" hörte ich hinter mir die von dannen rauschende verwitwete Exzellenz vom Hofmarschallamte höhnen.

Ich mit einem blutjungen Junkerchen, das ich auf dem Präsentierteller hätte schwenken können, hatte von der flüchtigen adligen Spitze den Übergang zu dem bis jetzt standfesten bürgerlichen Gefolge gebildet. Dachte ich daran, dem von oben herab gegebenen Signale der Desertion zu folgen? Doch wohl nicht. Denn warum sonst vermied ich den ratgebenden mütterlichen Blick? Meine Augen hingen an dem anstößigen Paare, das jetzt in der entstandenen Leere an meine Seite trat. Ich sah Dorothees flehende Angst und Lust, sah des Prinzen vertraulichen Wink, der zu sagen schien: „Du bist keine Närrin, du bleibst!" Kurzum ich blieb. Die Bourgeoisie folgte meinem Exempel und der Tanz hob an.

Das war freilich ein anderes Treiben als die Strapaze, welche der Deutsche sonsthin Vergnügen nennt! Wie rasch und lustig die Gefüge wechselten, die Paare sich verschlangen und ineinanderschoben! Wie die rosige Hebe im Arme des Götterjünglings den Saal durchkreiselte, wenn jede Tour beim Schlusse in eine Galoppade überging! Wie nun in den Wirbel der Glieder auch der der Kehlen sich mischte, der prinzliche Vortänzer unter Händeklatschen und jauchzendem Chorus die alte

Sangesmär von „dem Großvater, der die Großmutter nahm", intonierte, und endlich nichts Altes und Neues mehr übrigblieb als — der Kuß!

Zeitlich, sittlich, meine Freunde! Wir schrieben zweiundneunzig, und ein Küßchen im Tanze dünkte uns dazumal beileibe nicht ein Raub. Manchmal wurde gleich die Polonäse mit ihm eingeleitet, oder man verlegte es in eine Tour des Englischen; keinesfalls fehlte es im biederen vaterländischen Großvater, und nicht etwa bloß beim Mannschießen oder auf der Kirmeß. Meine Mitschwestern von der Montaggesellschaft waren es gewohnt, die Bäckchen ihrem Partner darzureichen und nach dem Partner jedem anderen, mit dem die Verschiebung sie zusammenführte. So ein halbes hundert Mäulchen in einer Tour — es war kein berauschendes Gewürz, aber es würzte doch.

Unsere vornehme Reunion, mit den Reminiszenzen des weiland Herzogshofs, war allerdings zu nobel konstituiert, um derlei naturalistische Ausschweifungen zu vertragen. Nun aber an ihrem stolzesten Tage einen Prinzen von Geblüt die Lippen auf einer Schenkdirne Lippen drücken zu sehen, und wie drücken — so sonder Kunst und Methode! — sie hat sich von diesem schauderhaften Anblick niemals erholt; es war der Todesstreich, der sie getroffen.

Er küßt ihren Mund, umschlingt sie, preßt sie an seine Brust und jagt mit ihr durch den Saal. Im rasenden Tempo löst sich die blaue Schleife aus ihrem Haar; er reißt sie an sich und birgt sie an seinem Herzen. Das goldene Gelock wallt und weht im Wirbel bis zu den Knien hinab. Die Ordnung ist zerstört. Singend, jauchzend, atemlos stürmen die Paare wirr durcheinander hinter dem ersten drein. Ganz zuletzt auch Jungfer Ehrenhardine nach einem züchtigen Handkuß ihres Junkerchens.

Da jählings — halt! Der Festordner hat Trompeten und Pauken das Schweigesignal zugewinkt. Noch sehe ich, wie

Dorothee, gleich einem gescheuchten Reh, durch die Seitentür verschwindet, wie der Prinz ein schäumendes Glas hinunterstürzt. Dann wirft mir die Mutter die eigene Saloppe über den Kopf. Wirr und jäh drängen alle Festesgäste nach dem Ausgang.

Und so in einem bacchantischen Taumel, mit einem haarsträubenden Ärgernis endete das Prinzenfest der adeligen Donnerstagsgesellschaft Anno 92, dem großen Jahre der Revolution. Ich habe ihm ein langes Kapitel in meiner Lebensgeschichte gewidmet: es war ja das einzige Mal, daß ich b e i n a h e Rosen getragen hätte.

Sechstes Kapitel

Die Brautlaube

„Ein höchst verdrießlicher Eklat!" so unterbrach die Mutter unser allseitiges Schweigen, nachdem des Leibbaders Pförtchen sich hinter uns geschlossen hatte. „Nach Lage der Dinge aber, Eberhard, muß ich sagen, daß unsere Tochter sich taktvoll benommen hat, wie es einer Reckenburg eignet."

„Brav, recht brav, meine Dine!" sagte der Vater, als ob ihm ein Stein vom Herzen fiele. „Die Kleine wurde mit Gewalt in den Tanz gezogen; sie war Dines Gespielin, ist unsere Hauswirtin, und hat der Faber sie erst geheiratet, so gehört sie in die Gesellschaft, so gut wie —"

„Deine Gründe gelten nicht, Eberhard," unterbrach ihn die Mama. „Das Mädchen hat sich auf das unschicklichste betragen. Als Fabers Braut mußte sie zu Hause bleiben, oder als des Schenkwirts Tochter sich in Küche und Keller halten. Der schäferlichen Toilette noch gar nicht einmal zu gedenken. Unsere Tochter jedoch stand einmal in der Reihe, und eine Reckenburg wird auf jedem Platze ihre Haltung zu behaupten wissen, zumal wenn eine Amtmannsfrau, die aus einer Mühle stammt, ihr beim Rückzug das Prävenire spielt."

Ich erwiderte kein Wort, küßte den Eltern die Hand und eilte in meine Kammer. Ich dachte nicht daran, mich auszukleiden und niederzulegen. Unbeweglich saß ich auf dem Bettrand, ich weiß nicht, wie lange. Mir war, als wäre ich von einem hohen Turm gefallen, und krause Phantome wirbelten in dem erschütterten Hirn. Ich hörte einen leisen Schritt an der Tür: ich rührte mich nicht; ich spürte einen heißen Atem an meiner Wange, ich blickte nicht auf, aber meine Hand zuckte, die Frevlerin von mir zu stoßen, die zu meinen Füßen niederkniete und ihren Kopf in meinem Schoße barg. „Sind Sie mir böse, Fräulein Hardine?" flüsterte sie mit ihrem kindlichsten Klang.

Ob ich ihr böse war! Der Atem stockte mir, und das Blut siedete im Grimm gegen die treu- und schamlose Schenkendirne. Ich wendete das Gesicht von ihr ab und starrte geradeaus in den Spiegel, der auf meinem Nachttische stand. Und dieser Spiegelblick löste den Bann. Denn was heißt denn gerecht sein, als richtig sehen? Ich aber sah in dem engen Rahmen das Freifräulein von Reckenburg in seinem hohen Toupet und steifen Brokat, die manneshohe Gestalt mit dem hochgeröteten Gesicht, zu der die weltkundige Gräfin gesagt hatte: „Du entzündest kein junges Herz". In ihrem Schoße aber lag, von seinem goldenen Lockenschleier umhüllt, ein Kind mit allen Reizen des Weibes, mit pulsierender Glut und auf der Stirn den Stempel: „Dir wird kein junges Herz widerstehen".

Nach langer Pause und einem tiefen Atemzuge senkte ich den Blick von dem Spiegelbilde hinab in den Schoß. „Gut sein, gut sein!" flüsterte die Zauberin, und ihre Lippen brannten auf meiner Hand, heiß von dem Leben, das eines anderen Atem dem Busen eingehaucht hatte.

„Du hast dich hinreißen lassen, Dorothee," sagte ich, indem ich sie in die Höhe zog und mich erhob. „Wenn es dir aber leid ist —"

„Leid?" rief sie, erbebend unter dem Schauer des ersten, kaum geahnten Glücks. „Leid? O nimmermehr leid! Und wenn ich darüber sterben sollte, Hardine!"

Sie floh aus der Tür. Und ich? Gelt, ich lag wie auf Rosen gebettet und schlummerte in Gottes Frieden nach großmütiger Heldinnen und schöner Seelen Art? Ich sage Euch aber, auf Nesseln und Dornen habe ich mich gewälzt, wie siedendes Blei hat es in meinem Herzen gewühlt, und wenn e i n e s gebetet hat in dieser Nacht, so war es das selig frevelnde, nicht das entsagende Menschenkind.

Die Familie Reckenburg konnte es allseitig nur gutheißen, daß ihre beschämte Hauswirtin sich in den nächsten Tagen ihrer Begegnung entzog, daß sie auch den lauernden Blicken und Stichelreden der Nachbarschaft aus dem Wege ging und nur von der Gartenseite in die väterliche Wohnung schlüpfte. Selber Frau Adelheid hielt das Kind, das unter ihren Augen erwachsen war, zu hoch, um nachhaltige Wirkungen einer übermütigen Laune zu befürchten, und die kleinstädtische Klatscherei stachelte diese zur Schau getragene stolze Geringschätzung der Gefahr.

Im übrigen hatten wir genug zu tun, uns der eigenen Haut zu wehren; denn wenn die bürgerlichen Bolzen sich nach dem Dachstübchen richteten, vor welchem die Faberschen Scherbecken geglänzt hatten, die giftigen Pfeile der „Gesellschaft" zielten auf das untere Geschoß, dessen Insassen, betört von fürstlicher Gunst, der gerechtfertigten Empörung Trotz geboten und erst dadurch den Skandal unheilbar gemacht hatten.

Selbstverständlich, daß unter diesen Zuträgereien die freiherrliche Familie ihren Nacken höher und stolzer denn jemals trug. Verhehlt aber soll nicht werden, daß eine Migräne, welche die Hausfrau die Woche hindurch an das Bett fesselte, in heimlichen Gallenaffektionen ihren Grund gehabt haben mag.

Solchergestalt wanderten Vater und Tochter am Sonntagmorgen allein zur Kirche, und hier war es, wo sie die schöne Frevlerin zum erstenmal nach jenem heillosen Abend wiedersahen. Sie saß unserer adligen Empore gegenüber im Schiff dicht unter der Kanzel, und schon während des Liedes konnten uns die neugierigen Blicke nicht entgehen, welche in der unteren Gemeinde zwischen ihrem Platz und dem hohen Herzogsstuhle, hinter dessen Gittern der Prinz — leider mit Unrecht — von der Menge der Andächtigen vermutet ward, auf und nieder flog.

Wie mußte nun aber das Behagen dieser Aufregung wachsen, als jetzt der würdige Hofprediger die Kanzel bestieg und über das bekannte Thema: „Gebet Gott und Cäsar", die Pflichten gegen Altar und Thron, die der Fügsamkeit gegen die geheiligte Ordnung der Stände und das Schauerbild sündiger Frei- und Gleichmacherei seiner Gemeinde kräftiglich zu Gemüte führte.

Dem einsamen, harthörigen alten Herrn war ohne Zweifel kein Wort über die große Tagesfrage zu Ohren gekommen. Er hatte seine Predigt schon anfangs der Woche ausgearbeitet, im lodernden Zorn über die Rebellen in Paris, welche den frommen, unglückseligen König zur Kriegserklärung gegen das verwandte Österreich, seinen einzigen Hoffnungsanker, gezwungen hatten. Wenn etwa das wohlstudierte Redestück durch augenblickliche Eingebung eine persönliche Schärfung erhalten hat, so könnte höchstens der junge Fürstensohn dafür verantwortlich gemacht werden, dessen Herz es zu ergötzen bestimmt gewesen war und der in solch gottloser Zeit sich schnöde der Pflicht gegen des Himmels Heiligtum entzog. Des bescheidenen Beichtkindes zu seinen Füßen gedachte der feurige Redner in dieser Stunde nicht, vorher und nachher aber mit väterlicher Liebe.

Unsere solide Bürgerschaft dahingegen, wie ferne lag es ihr, einen Rückschlag von Dumouriez' Ultimatum auf ihrer Kanzel vorauszusetzen! War sie eine Jakobinerhorde, die eines geistlichen Ordnungsrufs bedurfte? Gab man ohne Murren nicht Gott, was Gottes, und dem Kurfürsten, was des Kurfürsten war, vorausgesetzt, daß die Steuer sich nicht allzu hoch belief? Hatte einer in der Gemeinde von Freiheit und Gleichheit auch nur geträumt?

Ja, eine war unter ihnen, eine einzige, die, vom Teufel der Hoffahrt und Eitelkeit verblendet, ihrem von Gott gesetzten Kreise den Rücken gekehrt hatte, seitdem sie über Nacht wie ein Glückspilz zur Braut und Nutznießerin eines hochfliegenden Patrons emporgeschossen war; die sich in die Reihen des Adels gedrängt, in die allerhöchste Nähe geschlichen, in leichtfertigem Putz, mit anlockenden Gebärden den fürstlichen Sinn betört und ein Ärgernis heraufbeschworen hatte, dermaßen, daß eine seit Herzogs Zeiten bestehende hochadlige Sozietät dadurch gesprengt und eine Rüge von der Kanzel herab zur Christenpflicht geworden war. Es fehlte nicht viel, man deutete mit Fingern auf die arme kleine Dorl, die mit niedergeschlagenen Augen und Tränen auf den Wangen, jetzt rot wie Scharlach, dann kreideweiß, hinter ihrem Betpult zitterte.

Als der Gottesdienst vorüber war, traf ich sie halb vernichtet an einen Pfeiler gedrückt unter dem Gedränge der Kirchenpforte. Übereinstimmender denn jemals von ihrer Morgenandacht erregt, ständerten und plauderten die Patrizier der Emporen und die Plebejer des Schiffs vor dem Ausgange. Keiner wechselte ein Wort, einen Gruß wie sonst mit der hübschen „Jungfer Augentrost", keiner machte ihr Platz, man gaffte sie an, bekrittelte ihren Staat und kehrte ihr spottend den Rücken. Freundlicher, als ich es ohne dieses christliche Schauspiel getan haben würde, redete ich sie an, nahm sie unter den Arm und führte sie — mir machte man Platz — an der Frau Amtmännin vorüber, die eben in ihre stolze Karosse stieg. Auf dem Markte hielt just die Wachtparade ihren Aufzug, und der gottlose Fürstensohn, gleichmütig flanierend, entsendete uns einen huldvollen Gruß.

So schritten die Beneideten und Verlästerten der Baderei, durch den Kriegsbeschluß der Nationalversammlung in Paris aufs neue solidarisch verbunden, Arm in Arm ihrem Heimwesen zu, spazierten auch noch ein Viertelstündchen im Garten, um sich unter Gottes freiem Himmel von der angreifenden Morgenandacht zu erholen: die Rose und ihr Blatt, wie einst! Ich bestärkte Dorothee in dem Vorsatz, bis der Sturm sich beschwichtigt habe, sich möglichst zurückzuziehen, und riet ihr sogar, statt des Hauptgottesdienstes eine Zeitlang die stillen Frühmetten zu besuchen. Sie dankte mir zwischen Lächeln und Tränen, küßte meine Hand und sagte: „Fräulein Hardine, S i e sind in Wahrheit eine große Dame".

Nun, was einer von sich selber hält, das hört er gar gern von anderen bestätigt, wenn sie im übrigen ihm auch nicht als Autoritäten gelten.

Als wir in das Haus zurücktraten, trat der Prinz von der Straßenseite herein. Dorothee floh dunkel errötend die Treppe hinan; ich führte den Besucher in das Familienzimmer und verplauderte, da die Mutter krank und der Vater noch auf der Parade war, ein Stündchen mit ihm Tête-à-tête. „Sie haben ein braves Herz," sagte er, indem er mir die Hand reichte, „lassen Sie uns Freunde sein, Fräulein von Reckenburg."

Er besprach darauf, geordneter als neulich abend, seine kriegerischen Pläne. Es war ihm Ernst mit dem preußischen Dienst, und er hoffte auf baldiges Gelingen. Der Herzog von Weimar hatte die Anbahnung nach beiden Seiten übernommen, auch den Wunsch ausgesprochen, ihn einem eigenen preußischen Regimente aggregiert zu sehen. Unter dem nächsten Befehle eines sächsischen Verwandten, so meinte er, werde die unliebsame Uniform der kurfürstlichen Tutel erträglich werden, und was könnte man im Grunde auch Besseres wünschen, als den unbequemen Schützling in den Kampf ziehen zu sehen für den bedrängten königlichen Sohn einer sächsischen Fürstentochter? Völlig unbefangen sprach er auch über seine pekuniären Verlegenheiten und hoffte deren Abwickelung durch die nämliche vermittelnde Hand.

Der Prinz kehrte seit diesem Tage häufig in dem Reckenburgschen Familienzimmer ein, ohne an der Quehle in der Hölle ein Ärgernis zu nehmen. Er begegnete uns wie Altbekannten oder gar Verwandten, vertraute uns den Gang seiner geheimen Unterhandlungen; wir wußten um Zweck und Erfolg seiner häufigen Ausflüge, wir hegten und bargen sein Schicksal wie das eines Angehörigen. Alle übrigen Kleinstädter hingegen ließ er mit souveräner Verachtung beiseite liegen, und auf unsere schöne Hauswirtin stieß er unter u n s e r e n Augen nicht ein einziges Mal. Sie waltete still für sich in ihrem Dachgeschoß, wir selber sahen sie nur gelegentlich an uns vorüberstreifen. Die Eltern lobten diesen bescheidenen Takt, und auch nach außen hin verflüchtigte sich das Gedächtnis jener einzigen Ausschreitung rascher, als man hätte erwarten sollen. Des würdigen Hofpredigers aufklärenden Lehren über Ursache und Wirkung sei dabei auch jetzt nach so langer Zeit in Dank und Ehren gedacht.

W i e es nun geschehen konnte, d a s, meine Freunde, was ihr lange schon geahnt haben werdet, w i e es in diesen Sommerwochen sich vollbracht hat, so tief verhüllt, daß nicht damals, noch später ein argwöhnischer Blick die Heimlichkeit ausgespürt — ich weiß es nicht. Und wenn ich es wüßte: ich habe euch die Offenbarung meines e i g e n e n Geheimnisses verheißen, nicht die der anderen Herzen.

M e i n Geheimnis in diesen Sommerwochen aber war, daß ich — ich ganz a l l e i n das der anderen — geahnt? — nein, daß ich es gewußt habe. Ich sah nichts, ich hörte nichts, ich spürte nicht nach, berechnete nicht die verführerische Gunst der Gelegenheit. Aber ich atmete die Wahrheit gleichsam in der

Luft; ich fühlte es fast als Notwendigkeit, daß ein glückgewohnter Sinn wie der seine und ein nach Glück schmachtender wie der ihre zusammentreffen mußten, daß sie sich liebten und ihre Liebe genossen.

Ich fühlte, ich wußte es — und ich wehrte der Sünde nicht. Sooft die Warnung: „Denk an Siegmund Faber" oder die Mahnung: „Sie ist einem Ehrenmanne zur Treue verlobt", auf meinen Lippen schwebte, ich unterdrückte das Wort, denn seine Quelle war nicht rein. Es war nicht Dorotheens Pflicht, nicht das starke Gefühl für Recht und Sitte, es war dies alles wenigstens nicht allein und nicht zuerst, es war das eigene gekränkte Verlangen, das meinen Argwohn stachelte. Völlig unbefangen, ganz ohne Eigensucht und Eifersucht, würde ich, die Unerfahrene, der Reinheit einer Schwesterseele vertraut haben, wie Vater und Mutter, die Erfahrenen, derselben vertrauten. Ich fühlte mich nicht unschuldig, fühlte es mit Scham, und Scham und Stolz banden meine Zunge, und so wurde ich mitschuldig.

Freilich auch ein Posaunenschall würde die Berauschten nicht aus ihrem ersten Taumel geweckt haben. Und warum dachte Siegmund Faber nicht selbst daran, seine einsame Braut an ihre Pflicht zu mahnen? Warum schrieb er nicht? Warum kehrte er nicht, und wäre es auf eine Stunde, vor dem Aufbruch ins Feld zu ihr zurück? Warum traute er in sorglosem Wissens- und Tatendrange blindlings einem Wort, das nur Überraschung dem unerfahrenen Kinde abgelockt hatte? einem herkömmlichen Gesetze der Treue, zu welchem das Herz nicht ja gesagt? Hatte der Mann über dem Zergliedern der Nerven und Bänder des Leibes den Nerv und das Band der Seele zu prüfen versäumt? Oder hatte er deren Schwachheit erkannt und das Wagnis der Treue von vornherein als Torheit aufgegeben? Alle diese Entschuldigungen habe ich mir jetzt und später oft genug wiederholt, und — sie haben mich niemals entschuldigt.

Indessen nicht meine apprehensive Stimmung allein, auch äußerliche Merkzeichen wurden für mich zum Verräter. Wer beschreibt den geheimnisvollen Schimmer über dem Leben und Weben eines Glücklichen? Wer beschreibt ihn zumal über dem Leben und Weben einer so freudigen Natur wie Dorothees? Ich sah den Rückstrahl ihres erfüllten Gemüts, und zwar am deutlichsten daran, daß ich sie selber nur noch so selten sah. Wir waren ausgesöhnt, sie hatte keinen Grund, mich zu meiden. Sie mied mich auch nicht, aber sie suchte mich nicht, sie bedurfte meiner nicht wie sonst. Sie, die vor wenigen Wochen mir entgegenjauchzte: „Nun, da Sie da sind, ist alles, alles gut!" sie hatte einen anderen, der mich verdrängte. Aus dem Kinde, der Jungfrau war ein Weib geworden.

Deutlicher aber noch sprach die heimliche Wandlung aus der Stimmung des Prinzen. Seine persönlichen Angelegenheiten hatten sich über Erwarten gut gestaltet, indem der gutherzige Friedrich August ihn zwar nicht aus seinen Diensten entlassen, aber ihm die Teilnahme am Feldzug unter preußischer Fahne bewilligt, auch seinen Gläubigern gegenüber großmütig Bürgschaft übernommen hatte. Er, der im vorigen Jahre in das wüste Emigrantenlager desertierte, der vor kurzem noch so zornig über das Zögern der Verbündeten aufbrauste: jetzt war er frei, warum ging er nicht? Er, der die Vernichtung des fränkischen Gesindels für ein Parademanöver, den Einzug in Paris für eine Promenade und die Herstellung des souveränen Thrones für ein Kinderspiel erklärte, er hatte jetzt tausend Bedenken, welche das geflissentliche Zaudern in seinen Augen bemäntelten. Der Zwiespalt der verbündeten Kabinette, der im eigenen preußischen Lager, die Wahl des Braunschweigers statt des Königs zum Oberfeldherrn, die unfertige Rüstung, die Verspätung für einen Sommerfeldzug — alles Bedenken, welche die Folgezeit nur gar zu schmerzlich gerechtfertigt hat! Diesem feurigen Jünglingsmute aber war sie angekünstelt und eingeklügelt, weil es eine Macht gab, die ihn hier zurückhielt, ebenso stark wie die, welche ihn vorwärts trieb, Kampf und Gefahr entgegen.

Ich teilte die Auffassung meiner Lebensgenossen über die Natur dieses Krieges. Ich hielt es für eine gerechte, ja heilige Sache, die Wohlfahrt, vielleicht die Existenz des eigenen Volkes aufs Spiel zu setzen, um einem fremden König seine Krone zu retten. Ich zweifelte auch nicht an einem raschen Siege der sieggewohnten preußischen Armee, und es war mir eine genugtuende Vorstellung, die Tochter Maria Theresias durch den Erben Friedrichs wieder in ihre Rechte eingeführt zu sehen. Ich verhehlte mir überdies nicht, daß die Manneschule für meinen jungen Freund allein das Schlachtfeld sei, und daß der Konflikt, welcher uns alle bedrohlich umspann, nur durch sein Scheiden eine Lösung fände. Ich billigte daher des Prinzen kriegerischen Entschluß, unterstützte ihn ihm gegenüber, und dennoch, dennoch atmete ich auf wie erlöst, wenn er wieder einen neuen Grund des Hinhaltens und Verweilens aufgefunden hatte.

Das Regiment Weimar, dem er zugeteilt war, brach auf ohne ihn. „Kunktator Braunschweig wird sich nicht übereilen," so hieß es, „ich erreiche den Rhein früher als er." Dann wieder sollte das „Marionettenspiel" der Kaiserkrönung in Frankfurt vorübergelassen werden, und endlich selber, als der König nach der Begegnung mit Franz II. sich nach Mainz begab, sah er noch hinlänglich Weile, bis jener sich mit der Armee jenseits des Rheins vereint haben werde. Mein Vater schüttelte den Kopf zu dieser plötzlichen Lässigkeit. „Da sieht man's," so meinte er, „welch ein eigen Ding es für einen Sachsen ist, und wäre es zum stolzesten Fluge, sich unter die preußischen Adlerfänge zu bequemen."

Ich schwieg, denn ich verstand den Kampf zwischen Epos und Roman in diesem jungen Herzen, fühlte ihn tief im eigenen. Dorothee war völlig sorglos. Einmal fragte sie mich ängstlich, ob die sächsische Armee auch mit in den Krieg ziehe?

Und als ich die Frage verneinte, lächelte sie seelenvergnügt. Ein Siegmund Faber, welcher der Gefahr täglich näher entgegenrückte, schien für sie nicht auf der Welt zu sein.

Es war am Nachmittage des 2. August, daß der Prinz, stürmisch aufgeregt, bei uns eintrat; er brachte Braunschweigs Manifest aus dem Hauptquartiere Koblenz. All seine Begeisterung war wieder angefacht; er bat dem bewährten Feldherrn seine Zweifel ab. „Der Himmel sei gepriesen," so rief er, „des Königs ritterlicher Geist hat über die schnöde Eigensucht gesiegt. Das ist der Tenor, der die entfesselte Bestie in den Käfig zurücktreibt. Nun rasch nur geharnischte Taten auf das geharnischte Wort, und am Tage des heiligen Ludwig setzen wir seine gefährdete Krone frisch erglänzend auf des Enkels Haupt."

Er weilte nur wenige Minuten, umarmte den Vater, drückte uns Frauen die Hand und stürmte von dannen. Er hatte nicht Lebewohl gesagt, aber wir wußten, daß es ein Abschied war — vielleicht fürs Leben. —

Bis tief in den Abend hinein saßen wir schweigend beieinander. Ob die Eltern ahnten, was sich in mir bewegte? Ob sie heimliche Hoffnung gehegt hatten, mehr als ich selbst? Zu wiederholten Malen begegnete ich ihren sorgenvoll auf mich gerichteten Blicken.

Als ich die Treppe zu meiner Kammer hinaufstieg, erinnerte ich mich einer, welche diese Trennung unvorbereiteter und niederschlagender treffen mußte als mich selbst. Ich klinkte an Dorothees Tür, fand sie aber verschlossen. Sie pflegte früherhin niemals so spät in ihres Vaters Hause zu weilen und entfernte sich niemals am Abend zu einem anderen Besuche. Wo mochte sie sein?

Ich war nicht ruhig genug, dieser Frage nachzuhängen. Es mußte aufgeräumt werden im inneren Revier, und so saß ich denn lange, es mochten Stunden sein, unbeweglich in meiner Kammer.

Monate lagen hinter mir, bei aller Entsagung die reichsten meines Lebens. Was von losen Hoffnungen und Träumen nicht zu bannen gewesen war, jetzt mußte es verschwinden, verschwinden mit dem, welcher die Einbildung angefacht, verschwinden für alle Zeit. Es war ein Mann, rasch zum Lieben und Wiederlieben, nicht einer, der nach dem Aufbrausen der Leidenschaft Ruhe erträgt und gewährt. Fort denn mit den Schimären der Reckenburg, fort auf Nimmerwiederkehr.

Ich wollte das, wollte es ernsthaft, und ohne Erfolg war meine Anstrengung selber in diesen ernsten Stunden nicht. Ich sah zwei von uns richtig gestellt wieder auf den Platz, von welchem sich ihre Wünsche einen Moment verirrt hatten: den Prinzen im Kampfe gegen die Feinde altgeheiligter Ordnung; mich in der Werkstatt von Reckenburg. Schwer war es allein, das zum Leben erwachte Kind in seiner bräutlichen Witwenkammer still wieder einzurichten.

Aber wo blieb Dorothee? Hatte ich ihren leisen Schritt überhört? Ein Wort der Aufklärung und des Trostes sollte nicht bis morgen verzögert werden. Tränen rinnen am stillsten in der Nacht, und Kinder schlummern sanft, nachdem sie sich ausgeweint haben. So klinkte ich denn noch einmal an der Tür und fand sie noch immer verschlossen. Sie mochte wohl früh zur Ruhe gegangen sein und die Tür ihrer Kammer von innen verriegelt haben.

Es war eine stillschwüle Hochsommernacht; der Mond schien von der Gartenseite hell durch die geöffnete Bodenluke. Ich bog mich hinaus und atmete in einem tiefen Zuge den Duft, der von den Nelkenbeeten in die Höhe stieg. Mir gegenüber ragte das Schloß; ein Nachtlicht flackerte im Zimmer des Eckturms, in welchem mein junger Held zum letztenmal ruhte oder sich zur Abreise rüstete. Es wurde mir schwer, mich von dem Flämmchen loszureißen, nur zögernd senkte sich der Blick hinab auf die Terrasse, welche der Mond fast mit Tagesklarheit beleuchtete.

In diesem Augenblicke — war es ein Phantom des aufgeregten Blutes, war es Wirklichkeit? — sah ich zwei Gestalten aus der Laube gleiten, aus der Brautlaube Siegmund Fabers. Sie schmiegten sich aneinander; fein und hell das Weib an die Seite des Mannes, dessen dunkle Umhüllung sie halb umfing. Es war ein einziger Blick, aber nein, nicht eine Täuschung, und was ich auch immer geahnt — bis zu diesem Abgrunde hatte die Einbildung sich nicht verirrt.

Mir schwindelte, ich schwankte und klammerte mich an die Brüstung der Luke. Als ich zagend den Blick wieder in die Höhe schlug, sah ich eine dunkle Gestalt durch das Pförtchen verschwinden, unten aber wurde die Haustür leise und vorsichtig geöffnet.

Ich floh in meine Kammer, deren Schloß ich nicht mehr zuzudrücken wagte. Schon hörte ich Schritte auf der Treppe und hätte um die Welt nicht meine Nähe verraten mögen. Aber vielleicht, daß es eine erste nächtliche Begegnung gewesen war, eine erste und letzte zum ewigen Lebewohl.

Atemlos lauschte ich an der Spalte der Tür. Nein! dieser elastische, hüpfende Schritt, dieses freie, volle Hauchen der Brust, sie sprachen nicht von Scheiden und Meiden. So schwebt, so atmet nur der Glückliche. Sie tänzelte über Rosen und sah die Sünde nicht, die sie umrauschte, nicht den Tod, der im Hintergrunde lauerte.

Und nun saß ich oben in der Laube. Fragt mich nicht, was mich hinaufgetrieben hatte oder wieviel Stunden es mich dort gebannt. Ich hatte kein Maß für die Zeit, hatte keine bewußte Vorstellung. Alles lag mir in Dumpfheit und Nebel.

Der erste Schimmer dämmerte im Osten; zu meinen Füßen sah ich einen blauen Streifen. „Dorothees Haarband vom Frühlingsfeste," murmelte ich, hob es auf und wickelte es mechanisch um einen Finger.

Dann wieder hörte ich das Pförtchen gehen und hastige Männertritte. Ich rührte mich nicht. Sie kamen näher und näher. „Hardine!“ rief es am Eingange der Laube. Ich saß noch immer wie gelähmt.

Er war im Reisekleid und schattenbleich. Doch blickte er mir fest ins Auge und nahm ruhig das Band aus meiner Hand. Hatte er d a s gesucht; ein erstes Andenken und ein letztes? Hatte er von oben mich in der Laube erkannt?

„Sie wissen alles,“ sagte er, „und das ist gut. Nun scheide ich ruhig. Kehre ich zurück, ich schwöre es bei Gott! wird sie die Meine. Bleibe ich, dann hat sie n u r S i e, Hardine — a b e r S i e! —“

Das Rollen eines Wagens auf dem Plateau drang durch die Stille. Er warf noch einen Blick nach der Luke, an welcher ich in der Nacht gelauscht hatte. Eine Träne glitt über seine Wange und tropfte auf meine Hand, die er in der seinen gefaßt hielt. „Schütze das arglose Kind, schütze mein Weib, mein geliebtes Weib. Schütze es für mich, um meinetwillen, Schwester Hardine!“ flüsterte er, drückte mich an seine Brust — und ich war wieder allein.

Wenige Minuten, und ein Posthorn schmetterte. Der letzte Laut verlor sich nach Westen hin. Gen Morgen stieg die Sonne in die Höhe: heute nicht wie damals in Reckenburg mir ein Gottesauge: ein leuchtender Ball, der über Verzweiflung und Wonne, Verrat und Liebe mechanisch dahingleitet, klar und seelenlos.

Auf dem Platze, wo ich saß, hatte vor Jahren ein Freund um die Gespielin meiner Kindheit geworben und mich als Bürgin für die Treue seines verlobten Weibes angerufen. Auf dem nämlichen Platze, der den Treuspruch gehört, war die Treue gebrochen worden und hatte heute ein anderer Freund, der heimlich die Lust meiner eigenen Seele war, mir das treulose Weib als Schwester an das Herz gelegt.

Es gibt Verhängnisse, die gesetzmäßig aus unserem Sein erwachsen und doch jeder gesetzmäßigen Lösung zu spotten scheinen. Das Rad des Schicksals rollt hinweg über unseren

Stümperwillen, und in der entscheidenden Stunde ist es nicht die Leuchte aller Tage, es ist ein Funken aus unerforschten Tiefen, der — sei es zur Zerstörung, sei es zur Erfüllung — uns die Richtung gibt.

Und einem solchen Verhängnis gegenüber wurde ich in dieser Stunde gestellt.

Siebentes Kapitel

Der Tag von Valmy

Unsere Frühstücksstunde schlug. So lange hatte ich in fruchtlosem Wühlen in der Laube gesessen. Nun stieg ich hinunter. Die Eltern wußten bereits um die Abreise des Prinzen. Das langgehegte Geheimnis hatte sich wie ein Lauffeuer durch die Stadt verbreitet.

„Er ist auf guten Wegen; Gott geleit ihn!" rief der Vater und drückte meine Hand. Die Mutter aber sagte: „Du siehst blaß und erkältet aus, liebe Tochter. Geh und ruhe ein paar Stunden."

Aber ich durfte nicht ruhen; ich mußte Dorothee vorbereiten, die der Kraft und des Mutes mehr bedürfen würde als ich selbst. Ich kam zu spät. Schon auf der Treppe vernahm ich ihr angstvolles Stöhnen. Aus blauem Himmel hatte sie der Blitz getroffen.

Sie lag am Boden in ihren Tageskleidern. Die Arme, quer über dem Bette ausgestreckt, zuckten konvulsivisch, die Augen starrten nach der Tür, ohne daß sie die Eintretende bemerkten. „Fort, fort!" war der einzige Laut, der sich der hastig arbeitenden Brust entrang.

Ich hob sie auf das Bett und setzte mich an ihre Seite. Der Krampf währte eine Weile; endlich bemerkte sie mich und winkte leidenschaftlich, daß ich mich entferne.

„Du bist krank, Dorothee," sagte ich. „Ich werde den Arzt rufen lassen."

Das Wort brachte sie außer sich. „Nein, nein!" schrie sie auf. „Keinen Arzt! Ich bin gesund. O, nur allein, ganz allein!"

Ich zog die Bettvorhänge zusammen und tat, als ob ich mich entferne, setzte mich aber verborgen in den Hintergrund. Allmählich wurde sie ruhiger; ein Tränenstrom machte ihr Luft; ich hörte sie schluchzen, endlich nur noch leise wimmern und seufzen.

Nach einer Stunde etwa richtete sie sich auf, strich den verschobenen Anzug zurecht, trocknete ihre Augen und blickte sich scheu im Zimmer rundum. Als sie meiner gewahr wurde, überflog sie von neuem ein Schauder. „Gehen Sie, Fräulein Hardine," flehte sie. „Um Gottes Barmherzigkeit willen, lassen Sie mich allein!"

Ich entfernte mich nun wirklich; aber von Zeit zu Zeit warf ich einen Blick in das Nachbarzimmer. Dorothee saß weinend und händeringend auf ihrem Bett. Sie sprach kein Wort, aber sie war gesund.

Wochen gingen hin in mechanischem Tageslauf. Langsam brachten die Zeitungen, rascher von Zeit zu Zeit ein durchreisender Kurier Kunde über den zögernden Vormarsch der verbündeten Armeen. Am Tage des heiligen Ludwig, an welchem unser junger Held den Triumphzug nach Paris zu beschließen gehofft hatte, standen die ersehnten Retter noch diesseit der Ardennen, und der Enkel des heiligen Ludwig war ein Gefangener des Tempel.

Dennoch verzagten wir nicht. Verdun hatte sich wie Longwy übergeben, und wenn von da ab wochenlang alle Nachrichten ausblieben, hielten wir uns an die Zuversicht, daß das bis dahin immer siegreiche Heer sich an einen verächtlichen Feind in seiner Flanke nicht gekehrt, in Eilmärschen die Marne überschritten und, wenn auch später als wir gehofft, doch sicher zur

Stunde bereits dem gefangenen Monarchen in seiner Hauptstadt die Freiheit wiedergegeben haben werde.

Unbegreiflich hingegen und wahrhaft beängstigend war uns das Schweigen unserer heimatlichen Freunde bei der Armee, denn wenn wir auch bei dem aufgeregten Prinzen keine mitteilsame Stimmung voraussetzten, so hatte doch ein junger Regimentskamerad, der jenem als Adjutant beigegeben und meinem Vater vertraulich zugetan war, fleißige Nachricht versprochen und nun nahezu zwei Monate kein Wort von sich hören lassen. Auch Faber, dem durch seltsame Fügung die Freunde auf fremden Boden, unter fremder Fahne in demselben Regimentsverband begegnen mußten, auch Faber sendete keinen Trost in dieser bänglichen Zeit.

„Ich habe ein besseres Fiduzit zu diesem Mosjö Per—sé gehegt," sagte mein Vater ärgerlich. „Daß ich auch nicht daran gedacht habe, dem Prinzen einen Denkzettel an ihn mit auf den Weg zu geben. Die arme, kleine Dorl ist wie verwandelt, seitdem es nun ernstlich zum Klappen gekommen ist. Sie grämt sich und schämt sich, so vergessen zu sein in ihrer Angst und Not."

Ja freilich grämte und schämte sie sich, die unglückliche Dorothee, wenn auch aus anderer Bewegung, als ihr alter Freund voraussetzte. Sie mied uns in sichtbarer Seelenangst, saß mit vorgezogenem Riegel in ihrer Stube und huschte im Garten scheu und stumm an uns vorüber. Redeten wir sie an, und war es das Gleichgültigste, so antwortete sie verworren und ausweichend. Ich sah, sie zitterte vor einer Erörterung, die auch ich von Tage zu Tage verschob. Warum? Da sie doch unausbleiblich und jedenfalls vor meiner Abreise nach Reckenburg stattfinden mußte. Ja warum scheut man sich denn, einen Knoten zu durchhauen, warum rechnet man auf das Unwahrscheinlichste, das eine Lösung bewirken könnte? Ich zum Exempel rechnete auf eine Eröffnung und vielleicht Verständigung zwischen dem Prinzen und Faber, die mich der Pein einer Mittlerrolle überhob.

Endlich, endlich kam der langersehnte Brief vom Adjutanten. Der Prinz hatte seine Verzögerung befohlen, um die Freunde, eines kleinen Unfalles halber, nicht ohne Not zu beunruhigen. Er war, indem er dem die Tête bildenden Regimente Weimar nacheilte, beim Überschreiten der Grenze auf ein preußisches Reiterpikett gestoßen, hatte sich ihm angeschlossen und mit ihm eine rekognoszierende, weitüberlegene feindliche Jägerabteilung attackiert. Nach hartnäckigem Kampfe war sie niedergehauen und gefangen worden. Dem Prinzen aber, der auch nicht e i n e n Flüchtigen entkommen lassen wollte, stürzte während der Verfolgung auf dem vom Regen durchweichten Boden das Pferd. Er trug eine Verstauchung davon, die sich bei mangelnder Pflege entzündete und ihn wochenlang in einer armseligen Bauernhütte festhielt.

„Wie er knirschte," so sagte der Korrespondent, „wie er wetterte, zurückbleiben zu müssen, während die Armee die Ardennenfestungen in ihre Hand bekam — nun, Ihr könnt es Euch denken, Ihr kennt ihn ja! Wie er aber schäumte während des unbegreiflichen achttägigen Halts vor den schwachbesetzten Argonnenpässen — nein, das könnt Ihr Euch nicht denken, trotzdem Ihr ihn kennt! Wäre das Kommando doch in des Königs Hand! Gottlob jedoch, sein ritterlicher Sinn hat über die alte Schulweisheit gesiegt, und unser leichtes Glück bei Croix aux bois und Grandpré, wo diese Freiheitshelden Reißaus nahmen wie die Hasen, wird auch unserem Serenissimus Kunktator eine Fackel aufgesteckt haben, welche den Weg nach Paris beleuchten soll. Die Armee ist in vollem Marsche nach Châlons. Zieht Dumoriez, dieser Schwätzer par excellence, sich zurück: gut. Einen s o l c h e n Feind in der Flanke fürchten wir nicht. Gelingt ihm die Vereinigung mit Kellermann, der ihm von Metz zu Hilfe kommen soll: desto besser. Wir werden das Gesindel dann mit e i n e m Schlage los. Das beste aber ist, daß unser Prinz, heil und wohlgemut, morgen aufbrechen wird, um sein Regiment einzuholen. Am Abend denken wir Ménehould — fluchwürdigen Andenkens! — zu erreichen."

Das Ungestüm unseres Prinzen sprach aus jedem Wort dieses Berichts. Ein Postskriptum enthüllte hingegen die weit nüchternere Auffassung seines Begleiters. Weg und Wetter waren abscheulich; es fehlte an jeder geregelten Verpflegung; epidemische Krankheiten dezimierten die Armee; was aber am tiefsten überraschte: die Stimmung der Bevölkerung war dem königlichen Befreiungszuge keineswegs so geneigt, wie nach den Schilderungen der Emigranten alle Welt vorausgesetzt hatte. Einige diplomatische Andeutungen über den Doppelsinn der Heerführung bildeten den Schluß.

Wir schlugen uns den nachhinkenden Boten aus den Gedanken und hielten uns an den guten Glauben und an die gute Kunde von unserem Helden, wobei wir denn freilich die Gefahren jedes Augenblicks vergaßen, welche die Spanne zwischen Sendung und Empfang solcher Kunde füllen.

Der Brief, welcher am 19. September geschrieben, erreichte uns am 28. Auf den folgenden Tag, Michaelis, fiel Dorothees Geburtsfest. Ich suchte schon früh am Morgen bei ihr einzudringen. Die beruhigende Nachricht über den Prinzen, hoffte ich, werde eine nicht länger aufzuschiebende Aussprache ermutigend einleiten. Aber wiederum ein vergeblicher Versuch. Sie war schon vor dem Frühstück hinüber zum Vater entschlüpft und kehrte während des ganzen Morgens nicht zurück.

Am Nachmittag saßen wir im Familienzimmer um den Kaffeetisch, auf welchem ein Festkuchen, umgeben von einem bunten Asternkranze, prangte. Achtzehn Jahreslichtchen und in der Mitte das dicke Lebenslicht, sollten rasch angezündet werden, sobald es Ehren-Purzel, der an der Treppe aufgestellt war, gelungen, das Geburtstagskind abzufangen. Ich hatte das Mißliche dieser alljährlichen kleinen Festlichkeit heuer wohl empfunden, wußte aber keinen Vorwand, den guten Willen der Eltern zu verhindern. Wir warteten vergebens. Dorothee kam nicht. Auch hatte die Frankfurter Post keinen Brief des bisher wenigstens zweimal im Jahre regelfesten Bräutigams gebracht. Papa schimpfte recht lästerlich auf seinen rücksichtslosen Mosjö Per—sé.

Es dämmerte bereits, als ein Stafettensignal sich von Westen her vernehmen ließ: Bei jedem Klange aus dieser Richtung sammelten sich Offiziere wie Bürger vor dem Posthause, um irgendeine wahre oder unwahre Nachricht zu erhaschen, welche die Kuriere auf den Stationen ausstreuten. Der Vater eilte hinaus, und auch uns Frauen ließ es keine Ruhe, wir traten unter die Haustür, seine Rückkehr erwartend.

Die Stafette sprengte auf der Leipziger Straße weiter. Der Vater kam zurück. „Ein Zusammenstoß soll stattgefunden haben," rief er uns kopfschüttelnd entgegen; „unfern von St. Ménehould ein unerhörtes Kanonenfeuer vernommen worden sein. Wer aber obtinierte? — und ob wirklich beim Abgange der Post am anderen Tage die Armeen sich in unverrückter Stellung gegenüberstanden? Reime sich's, wer kann — ich —"

Er bemerkte bei diesen Worten Dorothee, welche sich leise von der Gartenseite herbeigeschlichen hatte und in atemloser Spannung seiner Rede lauschte. Lachend reichte er ihr einen Brief, welchen er dem Kurier abgenommen hatte: „Ein Tausendsassa, liebe Dorl, wie er die Gelegenheiten wahrzunehmen weiß!"

Dorothee riß den Brief an sich und floh die Treppe hinan. Der Vater hielt noch einen zweiten Brief in der Hand. „Vom Adjutanten," sagte er, nachdem wir in das Wohnzimmer getreten waren. „Er wird uns, denk ich, das Rätsel lösen."

Ich zündete in der Hast das Lebenslicht auf dem Geburtstagskuchen an, meine Finger zuckten vor Ungeduld, bis der Vater methodisch den Brief entsiegelt hatte. Kaum aber, daß er die Augen hineingeworfen, sah ich ihn auf dem Stuhle zurücksinken, das Blatt seiner Hand entfallen. „Tot, tot!" stöhnte er, wie vernichtet.

„Wer ist tot?" kreischte die Mutter. Sie hob das Blatt vom Boden auf. Ein Blick auf das erste Wort; ein zweiter der tiefsten Angst zu mir herüber. Ich lag nicht in Ohnmacht oder Krämpfen; ich stand steif wie eine Kerze. Sie legte es beruhigt in meine Hand. Es war flüchtig mit Bleistift geschrieben und datierte vom 21. September.

„Unser herrlicher Prinz ist tot! Das Opfer eines Kampfes, für den ich keine Bezeichnung habe. Mitten in der Nacht waren wir aufgebrochen. Der Weg war heillos, aber die Kundschaft, daß der König gestern den Vormarsch und den Angriff der feindlichen Armee befohlen habe, gab dem Prinzen Flügel. Wir hetzten unsere wechselnden Pferde fast zu Tode. Um sieben Uhr hörten wir den ersten Kanonenschlag. Die Gegend lag im dicksten Nebel. Das Feuer wuchs von Minute zu Minute. Der Boden dröhnte. Der Prinz glühte buchstäblich im Fieber: die Schlacht, die heißersehnte Schlacht! Alle rückstehenden Truppenteile, die wir passierten, zeigten die zuversichtlichste Stimmung, ja ausgelassene Heiterkeit. Unser Regiment stand bei der Avantgarde, mit welcher Hohenlohe den Angriff erhoben hatte. Wir jagten vorwärts. Mittag war vorüber; der Nebel hatte sich gesenkt. Jetzt erkannten wir die feindliche Aufstellung auf den Höhen von Valmy. Eine günstige Position; der Feind uns um ein Drittel überlegen. Aber welch ein Feind! Bodenlos soll die Verwirrung gewesen sein, als Hohenlohe den linken Flügel, das heißt Kellermann, angriff, und Dumouriez auf dem rechten zu fern war, um ihm beizuspringen. Der Sieg schien mit Händen zu greifen, und — wir setzten die Attacke aus! Wir schossen hinüber, der Feind herüber, ohne begreifbaren Zweck und Erfolg. Vierzigtausend Kanonenschläge sollen in diesem Feuerwerk verpufft worden sein.

„Der Prinz schäumte vor Wut, als er jenseits der Straße von Ménehould seinem Regiment auf dem Rückzug begegnete.

Fluch und Verwünschungen jagten sich auf seinen Lippen, Purpurröte und Totenblässe auf seinem Gesicht. Laut und öffentlich sprach er aus, daß Hohenlohe dem unseligen Rückzugsbefehle trotzen müsse, sprengte tollkühn die Anhöhe hinab und jenseits wieder hinauf bis zu der Stellung, welche die Vortruppen am Morgen innegehabt hatten. Er glaubte einen Angriff von dieser Seite noch jetzt mit Sicherheit ausführbar. Er kann nichts anderes gedacht haben als eine Rekognoszierung bei dem verwegenen Ritt. Die Kugeln sausten um seinen Kopf. Ich sprengte ihm nach, dem tödlichen Beginnen Einhalt zu tun. Mehrere Offiziere des Regiments folgten mir. Dicht ihm an den Hacken, sahen wir ihn taumeln, vom Pferde sinken. Noch fing ich ihn in meinen Armen auf. Unter einem Kugelhagel trugen wir ihn nach dem Vorwerk la Lune, dem Standquartier unseres hohen Chefs. Er war ans Herz getroffen und in wenigen Minuten eine — Leiche.

„Und dieses herrliche Opfer sühnt kein Sieg, sühnt nicht einmal das Bewußtsein der genügten Ehre. Der Feind steht uns heute wie gestern hoch gegenüber. Wir greifen auch heute nicht an, und selber die Geschütze schweigen. Man munkelt von Unterhandlungen, von Rückzug. Mir ist nichts unglaublich nach dem gestrigen Puff. Kann aber, wird ein König von Preußen sich dieser Schmach unterwerfen? Die Offiziere schreien Zeter über den Braunschweiger. Mit abgewandten Gesichtern schleichen sie aneinander vorüber, sie, die gestern so stolz und sicher wie zur Parade ausgezogen waren! Weinen habe ich ihrer sehen vor Zorn und Scham. ‚Wären Sie ein Preuße wie ich,‘ sagte mir ein alter Major, ‚hätten Sie noch unter Friedrichs Fahne gedient, Sie beneideten Ihren gefallenen Prinzen.‘“

Was soll ich weiter sagen? Äußerlich hielt ich stand. Lautlos legte ich den Brief in des Vaters Hand zurück. Er schluchzte wie ein Kind und die Tränen rieselten über seine Wangen in den ergrauenden Bart. Die Mutter saß lange Zeit still mit gefalteten Händen. Endlich erhob sie sich. „Wir alle bedürfen der Sammlung. Geh zur Ruhe, liebe Tochter," sagte sie, indem sie mich auf die Stirn küßte.

Der Vater führte mich bis zur Tür, preßte meine beiden Hände und sprach: „Gott muß es am besten wissen, mein gutes Kind."

„Gott muß es am besten wissen!" Wie oft habe ich in ruhigeren Stunden dieses Wortes gedacht, das so alltäglich verhallt und doch das einzige ist, dessen wir uns in unbegreiflichen Schickungen getrösten. Diese lebensgierige Natur, ohne Halt in der Außenwelt, zügellos in der inneren, würde sie sich behauptet haben während der zwanzig Jahre des Verfalls, welche der Spiegelfechterei von Valmy folgten, bis zur tiefsten Schmach und hart an die Grenze der Vernichtung? Würde sie ihre Kraft zusammengehalten haben für die büßende Mannestat? Oder nach welcher Richtung hin sie verschleudert und sich selbst verloren? Gott hat es am besten gewußt, mein braver Vater!

In dieser Stunde freilich, da war dein Trostspruch mir ein leerer Schall, und ich hörte nur das eine Hoffnungslose: tot, dahin, was meiner Augen Licht und meiner Seele Stolz gewesen. Aller Halt war gebrochen, sobald ich — endlich allein! — die Treppe erreicht hatte. Ich ließ mich auf die Stufen niedersinken, der Leuchter entglitt meiner Hand. So lag ich, ich weiß nicht, wie lange; das Leben dünkte mich eine Nacht, undurchdringlich wie die, welche mich umfing.

Endlich raffte ich mich auf und tastete mich nach meiner Tür. Da sah ich einen hellen Streifen durch die Spalte der Nebenstube fallen, und Törin, die ich gewesen! sah mich aus der Öde des Grabes schon wieder inmitten der bewegenden Flut. Denn ich erinnerte mich an eine, der wahrhaftiger als mir des Lebens Leuchte erloschen war.

Es war die Todespost, die ihr der alte Freund als eine Freudenpost gereicht hatte, und tödlich schien der Streich, der sie so jach getroffen. Sie lag kalt und steif am Boden ausgestreckt;

in der krampfhaft geballten Hand den Brief Siegmund Fabers. Die tiefe Schnuppe des Lichtes zeigte, wie lange sie in dieser Erstarrung hingebracht hatte, und wohl ahnte mir das jammervolle Dasein, zu welchem ich sie erwecken sollte.

Eine dunkle Stimme warnte mich, die Eltern oder Diener um Beistand herbeizurufen. Ich trug sie auf ihr Bett, löste die Kleider, und — —

Und was empfand die keusche, achtzehnjährige Ehrenhardine vor der Enthüllung, die sie nicht vermutet hatte und doch mit Blitzesschärfe verstand? Erbarmen, Empörung, Haß? Schrie sie Wehe über die Sünderin? Nichts von alledem ist ihr bewußt; aber heute noch fühlt sie den Schauer, der sie in jenem Augenblicke überrieselte, den Schauer neuerwachenden Lebens nach dem gellenden Todesschrei. Nein, er war nicht tot, nicht völlig tot: eine Spur von ihm lebte, und ich beneidete, ja ich beneidete das glückselige Weib, dem seine Liebe sie eingeprägt hatte!

Ich öffnete das Fenster, benetzte die Erstarrte mit Kölnischem Wasser, hauchte meinen Atem auf ihre Lippen; in Todesangst fühlte ich ihren Puls und hätte aufschreien mögen vor Entzücken, als ich den ersten matten Schlag spürte. Endlich schlug sie die Augen auf und schaute wirr umher, wie beim Erwachen aus einem entsetzlichen Traum. Jetzt fiel ihr Blick auf mich, und es war ein markerschütternder Schrei, der das rückkehrende Bewußtsein verkündete. Gleich einer Wahnsinnigen sprang sie aus dem Bett, wand sich am Boden mit entblößtem Busen und zerrauftem Haar. „Töte mich, töte mich, Hardine!" kreischte das verzweifelte Weib.

Aber die böse Stunde verrann. Ein erwärmendes Feuer prasselte im Ofen, die Lampe brannte ruhig auf dem Tisch. Dorothee lag eingehüllt im Bett; ihre Tränen rieselten über die bleichen Wangen, und: „Retten Sie mich, retten Sie mich, Fräulein Hardine!" wimmerte eine Kinderstimme in mein Ohr.

Und die ermatteten Lider fielen zu; die Brust hob sich in gleichmäßigen Atemzügen; sie schlummerte ein. Auch ich wollte Ruhe suchen. Da bemerkte ich den Brief, den ich vorhin ihrer Hand entwunden hatte und den zu lesen ich ein Recht zu haben glaubte. Mein erster Blick fiel auf die folgende anschließende Nachschrift:

„Gestern hatte ich ein Erlebnis, das mich seltsam bewegte und das den Anteil Ihrer verehrten Hausgenossen erwecken wird. Seien Sie mit der Kundmachung vorsichtig, liebe Dorothee. Ich befand mich bei den Vorposten unseres Regiments, als ich im Namen meines durchlauchtigen Chefs zu schleuniger Hilfeleistung entboten ward. Ein hoher Anverwandter seines Hauses, als Volontär erst vor einer Viertelstunde bei der Truppe eingetroffen, war während eines kühnen Erkundigungsrittes schwer verwundet und in ein unfernes Vorwerk gerettet worden. Ich hatte das unglückliche Begebnis mit angesehen und war bereits auf dem Wege zu helfen. ‚Gottlob, da ist Faber!' riefen der Herr Herzog mir entgegen. Bei dem Namen Faber schlug der Verwundete das schon brechende Auge in die Höhe. Eine Lebenshoffnung mochte in ihm erwachen. ‚Faber,' lallte er, ‚Faber!' Er tastete nach meiner Hand und drückte sie mit letzter Kraft an seine Brust: ein eisiger Schauder überrieselte ihn, der Todesschweiß tropfte von seiner Stirn. ‚Barmherzigkeit, Faber, Barmherzigkeit!' hauchte er noch und sank in meine Arme — entseelt.

„Wie eigen war mir zumute, als ich die Uniform meines alten Regiments löste und in Erinnerung der Heimat doppelt begierig hätte helfen mögen, wo doch alle Hilfe vergeblich war. Der Prinz war nicht verwundet, wie wir angenommen hatten, nur von der Kugel gestreift, und ein Blutgefäß des Herzens durch die Erschütterung oder den ungestümen Ritt oder den Sturz vom Pferde lädiert. Niemals sah ich einen vollkommeneren männlichen Körper. Auf seinem Herzen fand ich ein Band, gehüllt in ein Blatt, das unter wohlbekannten Zügen einen verehrten Namen trug. Ich gestatte mir keinerlei Deutung. Aber mit Allerhöchster Genehmigung lege ich diese Reliquie, vielleicht als ein trostreiches Angedenken, in der Freundin Hand, das einzige Angebinde, das ich Ihnen heute zu bieten habe, teure Dorothee."

Und nun wickelte ich wieder das blaue Haarband vom Frühlingsfeste um meine Finger, und ich betrachtete das Blatt, welches nichts als den Namen „Hardine von Reckenburg" trug, die abgerissene Unterschrift eines meiner wenigen Briefe an Dorothee, und von dem, welchem das Blatt bei irgendwelchem Anlaß zugespielt worden war, vielleicht niemals bemerkt. Aber war es nicht eine seltsame Fügung, daß Siegmund Faber es sein mußte, welcher das Andenken von der Brust des Mannes nahm, der sein Lebensglück vernichtet hatte, und daß e r es, als das Liebeszeichen einer anderen, in die Hand seiner treulosen Verlobten zurücklegte?

Ich aber, wie hätte es in jenen Stunden ohne Einfluß auf mich bleiben können, daß über dem brechenden Herzen Name und Schriftzüge der Freundin geruht, welche er Schwester genannt hatte, als er mit seinem Abschiedsworte das geliebte Weib ihrem Schutze anvertraute? Wie hätte ich mich in jenen Stunden anklagen mögen, weil das Vermächtnis des toten Freundes stärker in mir sprach als die Pflicht gegen den lebendigen?

Ich ging in meine Kammer und warf mich unentkleidet aufs Bett. Dorothee schlief: ich fand keine Ruh! Die Ereignisse dieser Sonnenwende verschlangen sich wie greifbare Erscheinungen vor dem halbbetäubten Sinn, von jenem Festtage an, wo ich die alte Reckenburgerin das Liebeslied der Königsmark trällern hörte, bis zu dem Schmerzensbilde, das Siegmund Faber enthüllt hatte. Ich träumte mit offenen Augen, und es währte wohl eine lange Weile, ehe ich zwischen den Phantomen der Erinnerung die leibhaftige Gestalt unterschied, welche bei dämmerndem Morgen vor meinem Lager kniete mit gesenktem Kopf, die Arme über der Brust gekreuzt gleich einer Verbrecherin.

„Wollen Sie mich retten, Fräulein Hardine?“ flüsterte sie nach einer langen Stille.

Eine neue lange Stille folgte, und statt der Antwort nur die Gegenfrage: „Was denkst du zu tun, Dorothee?“

„Denken — ich?“ versetzte sie, indem sie traurig den Kopf schüttelte. „Ich will tun, was Sie sagen, Fräulein Hardine.“

„Nicht, was ich sage, was Siegmund Faber sagt,“ entgegnete ich.

Sie aber rief mit einem Schauder: „Der — der? Was hab ich mit dem noch zu schaffen?“ Doch verstand sie meinen vorwurfsvollen Blick, denn sie setzte hastig hinzu: „Ich werde ihm das Seine zurückgeben und mein Brot mit meiner Hände Arbeit verdienen.“

In anderer Stimmung würde ich beim Anblick dieser zartgeschonten Hände den ausgesprochenen Entschluß belächelt haben. In der gegenwärtigen sagte ich nur: „So schreibe ihm heute noch, Dorothee, bekenne ihm die Wahrheit und empfange dein Schicksal aus seiner Hand.“

Sie fuhr in die Höhe mit einer Heftigkeit, die ich niemals an ihr gekannt hatte. „Ihm schreiben, und heute noch!“ rief sie. „Ihm alles sagen, ihm, ihm! Nein, das verlangen Sie nicht, nur das eine nicht, Fräulein Hardine, das kann ich nicht.“

„Nun denn, so will ich es tun an deiner Statt,“ sagte ich entschlossen.

„Würde ein Brief ihn treffen, Fräulein Hardine?“ entgegnete sie. „Es sind zehn Tage, daß er schrieb, eine ebenso lange Zeit mußte vergehen — — und lebt er denn noch? Und wo? Und wie?“

Sie hatte recht. Wo stand die Armee in dieser Stunde? Vorwärts in Feindesland? rückwärts am Rhein? Ein eintreffender Brief konnte bei so unsicheren Zeitläuften ein Wunder genannt werden. Und durfte ich ein solches Geheimnis der

Verschleuderung und einer fremden Entdeckung preisgeben? Nein. Wir mußten weitere Nachrichten v o n oder ü b e r Faber erwarten.

„Wohlan, Dorothee,“ sagte ich nach einer Pause und ergriff ihre Hand, „wenn denn zur Stunde nicht vor ihm, so vor der Welt zeige entschlossen, daß euer Bund sich gelöst. Kehre in deines Vaters Haus zurück; nimm die Demütigung auf dich als Sühne der Schuld; setze Pflicht gegen Pflicht.“ —

Es war wie ein Todesurteil, das sie vernommen hatte. Ein Fieberfrost durchschüttelte ihren Leib, sie sank von neuem auf die Knie.

„M u ß es sein?“ hauchte sie kaum vernehmlich.

„Ja, es muß sein, Dorothee.“

„Jetzt, gleich jetzt, v o r der Zeit: O, Fräulein Hardine, mir ist, als ob ich sterben werde n a ch der Zeit. Ach so gerne sterben! Sparen Sie es meinem alten Vater, lassen Sie ihn nicht mit Schanden in die Grube fahren.“

Sie mochte wohl merken, daß das Mitleid mit dem alten, trunkenen Schwachkopf gar wenig auf mich wirkte, denn sie fuhr hastig mit bebender Stimme fort: „Und er — er, den ich nicht nennen kann, soll sein Name verlästert werden in e i n e m Atem mit dem der verworfenen Kreatur? In der Stunde, wo die Tränen noch warm um ihn fließen, wo sein armer Leib noch nicht die Ruhe bei seinen Vätern gefunden hat?“

Es war eine Zauberin, dieses Kind Dorothee, wie es im rechten Augenblick immer das Wirksame zu treffen wußte! Nein, das Geheimnis war zur H ä l f t e nicht zu wahren, und die Anklage gegen den Verführer durfte sich nicht in die Totenklage um unseren Helden mischen. Vor meinen Eltern, die ihn geliebt hatten, vor den Kameraden, die ihn bewunderten, ja selber vor den gering geachteten Heimatsbürgern Dorothees mußte der Letzte seines Stammes ohne Makel in der Gruft seiner Ahnen ruhen.

„So sei es denn, Dorothee, ich will dein Geheimnis wahren

und schützen, bis Siegmund Faber über dein zukünftiges Los entschieden haben wird."

Mit diesem Gelöbnis endete unsere erschütternde Unterredung.

So schwer der Entschluß, so rasch und leicht war der Plan. Dorothee begleitete mich nach Reckenburg; alles weitere enthüllte sich in dem stillen Waldhause Muhme Justines. Und wie der Plan, so rasch und leicht war auch die Ausführung. Vater Kellermeister hatte keine Stimme; meine Eltern aber gönnten den beiden bekümmerten Gespielinnen ein tröstendes Beieinandersein. Kaum eine Woche später befanden sie sich, von Leipzig ab in Begleitung des Predigers, auf dem Wege nach Reckenburg.

Dorothee war dem alten Freunde keine Fremde; ich hatte ihm oft von meiner reizenden Mitschülerin erzählt. Jetzt führte ich sie ihm vor als eine Besucherin Muhme Justines, also ohne buchstäbliche Lüge. Wie denn überhaupt, wenn Lügen oder Täuschen nur heißt: Unwahres sagen, nicht auch Wahres verheimlichen, ich in diesem ganzen Verhältnisse keiner Lüge oder Täuschung schuldig zu werden brauchte. Freilich mochte das stilltrauernde Weib, wie es sich scheu und leise weinend in die Wagenecke schmiegte, wenig zu dem Bilde stimmen, das ich von meiner frohen, beweglichen kleinen Dorl entworfen hatte. Sein Auge weilte mit Wehmut auf dem bleichen, gesenkten Gesicht. Gewiß, er ahnte die Wahrheit. Der geistliche Herr aber war einer von denen, welche dem bekümmerten Sünder die Hand entgegenstrecken.

Wie oft hatte ich blutjunges Ding mich mit Entrüstung von unseres Seelsorgers milder Lehre und Praxis, gegenüber einer zuchtlosen Gemeinde, abgewendet. So erinnerte ich mich im besonderen einer Predigt über das ehebrecherische Weib, deren Text und Auslegung ich beim Diner meiner alten Gräfin wiederholte. „Der Herr Pastor könnte derlei bedenkliche Themata vermeiden; aber was kümmert das uns?" hatte sie gesagt, und ich ihr — bis auf den Nachsatz — redlich beigepflichtet. Das war am Sonntag vor meiner Abreise, und heute führte ich selber solch ein recht- und ehrvergessenes Weib als meinen Schützling in seine Gemeinde; ich, die mein Leben so sicher auf den Wahrspruch meines Hauses gegründet glaubte.

Baue keiner auf seine Maximen, wenn er nicht, wie Jungfer Ehrenhardine, eines Tages mit schamroten Wangen einem fertigen Menschen gegenübersitzen will. Das, meine Freunde, ist die Moral der Geschichte von der Rose und ihrem Blatt.

Achtes Kapitel

Muhme Justines Pflegling

Auf der letzten Station blieb Dorothee zurück. Der geistliche Herr und ich rollten in Reckenburgs goldener Kutsche unserem Ziele entgegen.

Die Gräfin schlummerte, als ich auf dem Schlosse anlangte. Ein böser Zufall, dessen Anlaß ich nur zu gut erriet, hatte ihre Kräfte härter denn jemals mitgenommen.

Es war die von neuem bewährte Leibwärterin, welche mir die Auskunft gab, und so konnte denn das, was mir zunächst am Herzen lag, gleich in der ersten Stunde seine Erledigung finden. Verschwiegenheit und Zustimmung waren mir zum voraus verbürgt, schon weil ich es war, die sie erbat. Im übrigen brachte die Pflege ein Stück Geld und die demütigende Abhängigkeit der „Jungfer Obenaus" einen erquickenden Kitzel. Von schweren, sittlichen Bedenken konnte bei einer Helferin ihres Zeichens füglich nicht die Rede sein.

Wir wurden daher ohne Markten handelseinig:

Die Muhme holte am andern Tage ihre Schutzbefohlene aus der Stadt ab, nahm sie in Kost und Pflege und ließ sie, wenn einer nach ihr fragen sollte — unwahrscheinlicherweise, da

„Bauern nicht wie Stadtbürger wissenschaftlicher Komplexion sind" — für eine Angehörige, die kürzlich Witwe geworden war, gelten. Vor allem anderen übernahm sie die Auseinandersetzung mit dem Prediger, dem die unbedingte Wahrheit gesagt werden mußte. Daß unser Übereinkommen gewissenhaft und mit dem besten Gelingen durchgeführt worden ist, sei zum voraus berichtet.

Nicht ohne Bewegung ging ich nun dem Wiedersehen der Gräfin entgegen. Mir, der Jugendlichen, war ja nur ein Traum entwichen, ein flüchtiges Glück, das ich erst seit unserer Trennung hatte kennen gelernt. Ihr, der Urgreisin, war der Bau eines langen Lebens in Trümmer gestürzt. Ich mußte auf eine tiefe Wirkung vorbereitet sein.

Was ich aber gewahren sollte, das war die Verwüstung eines sengenden Strahls, und Gott weiß, unter welchen Qualen ich lange Jahre hindurch in meiner stillen Reckenburger Flur gegen sein nachzehrendes Feuer gerungen habe. Schon bei diesem ersten Wiedersehen fand ich die Gestalt zusammengesunkener — die Bewegungen hilfloser, die Rede knapper; eine Spur innerlichen Lebens nur noch in dem kalten, stahlscharfen Blicke der Gier. Die Herrschaft war ausgestorben, und die Magd, die sich frühe und zähe in ihrem Dienste ausgebildet hatte, die Alleingebieterin in dem verödeten Hause.

Jetzt, das heißt seit der Stunde, in welcher die Todesbotschaft von Valmy sie erreicht hatte, jetzt war sie und wurde von Tag zu Tag mehr „die schwarze Reckenburgerin", zu welcher die Volksphantasie die einsame Erhalterin seit einem Vierteljahrhundert ausgearbeitet hatte. Jetzt glich sie den dämonischen Märchenwesen, die Metalle hegen und hüten, lediglich um ihres Glanzes willen; die der Kupferheller schmerzt, welcher dem eigenen Bedürfnis geopfert werden muß. Ich sage Euch, wie ein Herkules habe ich um die Erhaltung der nutzbringendsten Anlagen gekämpft, und es war am Ende nur die achtzigjährige Gewöhnung, welche das Getriebe mechanisch und methodisch zusammenhielt.

Die Korrespondenz mit Dresden verstummte; der einzige Festtag auf Reckenburg fiel aus, und niemals wieder hat der Name des erkorenen und verlorenen Erben der Greisin Lippen berührt. Sie dachte nicht mehr an Sterben und Vererben. Existierte aus früherer Zeit eine letztwille Verfügung und zu wessen Gunsten? Niemand wußte es. Die Testatorin aber würde keinen Federstrich getan haben, um sie zu widerrufen oder umzuändern. Ein Mensch war ihr so gleichgültig wie der andere; sie kannte keine Pflicht. Sie wollte leben, nur leben. Die Ewigkeit würde ihr nicht zu lang gedeucht haben, allein, neben ihrem funkelnden Schatz. Kam es aber eines Tages zum Ende, nun, wenn dann die Erde unter ihrem Goldturm sich geöffnet hätte, es würde ihr das rechte, das willkommenste Ende gewesen sein.

Vierzehn Jahre noch, die letzten der Jugend, sind mir hingegangen in Abhängigkeit von dieser Mumie mit dem einen überlebenden Sinn; und sicherlich nicht ohne haftende Spur. Wohl waren die Anlagen, die wir weibliche nennen, von Haus aus nur schwächlich in mir organisiert; die Stunden in dem Goldturm der Reckenburg aber, wenn auch nur wenige jeden Tag und durch Arbeit gefüllt, sie haben in mir die letzte Fähigkeit unterdrückt, einem häuslichen Wesen die anheimelnde Spur, eine Physiognomie einzuprägen, wie das bescheidene Erdgeschoß der Baderei sie doch so beglückend getragen hat. Die Nachwirkung jener Stunden hat auch den westlichen Turm der Reckenburg zu einer Klause werden lassen, und wenn ich, ihnen zum Trotz, die Grundrichtung meiner Natur durchgeführt habe, so danke ich es der Werkstatt unter Gottes freiem Himmel, die mir rings um ihn erschlossen blieb.

Ihr seid noch jung, meine Freunde, seid, gottlob! zu beglückt durch Euer wechselseitiges Selbst, um zu ermessen, wie solch eine Werkstatt unter freiem Himmel einem Menschen zur

Welt, ja zum Schicksal werden kann. Aber macht einen alten Bauersmann gesprächig, und Ihr werdet über seine Erlebnisse auf der armen Hufe staunen.

Nun jedoch eine Schöpfung, wie die der Reckenburg, so mühsam umgewandelt, so weithin angewachsen, so fruchtbringend schon heute, so segenverheißend für eine kommende, freiere Zeit, da wird jeder Findling des Feldes zu einem weiterfördernden Mittel, die kümmerlichste Pflanzung zu einem beseelten Wesen. Wir sehen die Ernte in dem aufgehenden Halm und in der absterbenden Stoppel die Befruchtung für eine neue Saat. Uns schmerzt jeder Baum, dessen Alter der Axt verfällt, und wir freuen uns jedes jung aufstrebenden Keims; wir führen fremde Kolonisten in die beschränkte Gesellschaft, die unserer Scholle von alters her entsproß, unsere Kenntnis wächst, die Erfahrung wird bunter mit jeder Färbung und jeder einzelnen Form.

Und wie befreunden wir uns mit der tierischen Kreatur; wie forschen wir nach ihren Trieben, Sitten und Gesetzen, lernen ihre Lebensart verbessern und ihre Gaben immer reichlicher verwerten! Seht Eure Herden Tag für Tag auf ihrer Trift, und Ihr unterscheidet an jedem einförmigen Schaf oder Rind ein Gesicht und ein Geschick.

Endlich aber, ganz zuletzt, die menschlichen Genossen in dieser abgeschiedenen, kleinen Welt. Es ist kein Paradiesesgarten, meine Freunde. Gleichgültiger als an der weidenden Herde geht der Fremdling an den stumpfen, entarteten Gestalten vorüber, schätzt sie niedriger als das Wild des Waldes in seiner unverkümmerten Schöne und dem ungebrochenen Instinkt. Aber Schritt für Schritt schwinden Ekel und Langeweile, wächst der aufmerkende Trieb. Allmählich werden sie uns vertraut, die platten Gesichter, denen wir jede Stunde begegnen, deren mühseliges Tagewerk wir verfolgen von der Wiege bis zum Grabe. Wir schütteln die rauhe Hand, die mit uns arbeitet an der Umbildung unserer heimatlichen Scholle, dringen aus dem allgemeinen in das persönliche Leben zurück, forschen nach der Spur des göttlichen Ebenbildes in unserem Mitgeschaffenen, streben, sie ihm selber kenntlich zu machen und ihn höher zu fördern in der Reihe der Wesen, die einen Schöpfer ahnen und bekennen.

Solch eine kleine Welt war mir untergeordnet, mir zunächst, ja mir allein. Sie hatte ich zu schützen vor dem Verfall, welchem eine wahnsinnige Leidenschaft sie preisgab; sie der Zukunft zu erhalten, gleichviel, ob dieselbe mir oder einem Fremden zugute kam; und je schwieriger der Ringkampf um die Mittel, desto tiefer wurzelte die Neigung, desto hartnäckiger der Widerstand. Diese uneigennützige Liebe ist mein Verdienst um Reckenburg, weit mehr als die freie, beglückende Wirksamkeit in einer späteren Zeit.

Auf diesem meinem Arbeitsfelde ertrug ich denn auch leichter, als ich nach der traurigen Episode des Herbstes hätte ahnen sollen, den Schicksalswinter von dreiundneunzig mit seinem ätzenden Hohn. Als die Kunde des einundzwanzigsten Januar kannibalisch schreckend bis in unseren stillen Waldwinkel drang, da pries ich meinen jungen Helden selig, der in der letzten Hoffnungsstunde geendet hatte, während seine Kampfgenossen wie von einer Narrenfahrt zurückirrten und den königlichen Märtyrer, zu dessen Erlösung sie den Kreuzzug erhoben hatten, unter dem Henkerbeile fallen sehen mußten.

Auch Dorothee hatte sich so friedlich eingelebt, als es in ihrer Lage möglich war. Der Herbst brachte noch heitere Tage, die in das Freie lockten; die Wunde verharschte in der Stille ländlicher Natur; die Schande drückte sie nicht, da sie keinem begegnete, der sie ihr vorgeworfen hätte, und an die Sünde — wenn sie die Sünde überhaupt jemals gefühlt — wurde sie um so weniger erinnert, da heuer auch der übliche Weihnachtsbrief Siegmund Fabers ausblieb.

Kehrte ich bei meinen Wanderungen durch den auch in Winter belebten Wald in dem einsamen Muhmenhause ein, so fand ich Dorothee flink und zierlich mit einer Handarbeit beschäftigt, wie sie die Sorge für ein junges Leben nötig werden läßt. Die Kinderlaune wachte in ihr auf, sie tändelte mit dem kleinen Gemäch wie zu der Zeit, wo sie unter meinen verwunderten Blicken ihre Puppen ausstaffierte. „Wie reizend!" rief sie dann wohl aus, indem sie ein Mützchen, mit bunten Glasperlen durchstrickt, auf ihren Fingern wiegte; „wenn da erst so ein Engelsköpfchen daruntersteckt! Ach wie freue ich mich. Ich habe Kinder immer so lieb gehabt, Fräulein Hardine."

An einem der ersten Frühlingstage, mit Störchen und Drosseln um die Wette, fand ich das neue Erdenkind in dem Muhmenhause eingeflogen. „Zu früh," wie die bewährte Pflegerin versicherte, wenngleich das Männchen ein gar stattliches Ansehen trug und die junge Mutter sich heil und frisch fühlte wie ein Fisch im Wasser. Freudentränen träufelten auf das Kind in ihrem Schoß. „So schön, so wunderschön!" rief sie entzückt. „Ach wie habe ich es lieb, wie bin ich glücklich, Fräulein Hardine! Niemals, niemals könnte ich mich von dem kleinen Engel trennen." Bei welcher Entzückung Ehren-Justine freilich eine gar hämische Grimasse zog und mir beim Hinausgehen zuraunte: „Das wäre der erste Wildling, der eine dauerhafte Mutterliebe genösse! Was nicht im Ehebett geboren worden ist, das verfliegt wie Spreu."

Indessen wußte sie, immer unter der Rubrik „zu früh", schon anderen Tages eine häusliche Nottaufe einzurichten, bei welcher sie und ich Gevatterinnen wurden. Der Knabe erhielt den Vaternamen August und ist unter dem seiner mütterlichen Familie gesetzmäßig durch den Prediger in das Kirchenregister eingetragen worden. Niemand würde leichtlich diesen Namen in den Annalen unseres wüsten Walddörfchens gesucht und aufgefunden haben. Als aber etliche Jahre später der Blitz die Kirchenbücher in der Sakristei vernichtete, da gab es nur noch ein einziges Dokument über August Müllers Geburt, und Ihr werdet es an einer anderen Stelle diesen Blättern beigeheftet finden.

Solange Dorothee Bett und Zimmer hütete und ihren Knaben an ihrer Seite liegen sah, hegte sie kein Verlangen, als so lange als möglich in Reckenburg zu weilen und sich späterhin irgendwo häuslich mit ihm einzurichten. „Was kümmern mich die Leute!" entgegnete sie lächelnd den Einwänden der Muhme; „ich habe ja mein Kind!" Die Muhme aber blieb brummend bei ihrem Satz: „Schnickschnack Kind! Selber noch ein Kind! Die braucht einen Mann und nicht ein Kind!"

Ich schalt darüber heimlich und laut mit meiner alten Getreuen, zumal als sie auch nach Dorothees Herstellung die Pflege des Knaben ausschließlich in ihrer Hand behalten und ihre Hintergedanken bei dieser Diktatur wenig verhüllte. Möglich allerdings, daß das „halbschürige Lamm, die Dörte", für des kräftigen Knaben Ernährung sich zu zart erwies, und sehr wahrscheinlich, daß ihre von jeher unliebsame Gegenwart der Alten auf die Dauer lästig fiel. Ganz gewiß aber war, daß der unversöhnliche Schellenunter von neuem seine Streiche spielte. Sie ahnte ja nicht, daß er im verwichenen Sommer die Orakelweisheit bereits wahrgemacht hatte. Er lauerte noch immer, und jetzt doppelt bedrohlich, unter der Kappe der anrüchigen Dirne, zu deren Patronin ihr Fräulein sich erhoben hatte, und so ruhte sie denn auch nicht, bis sie die Gefährliche außerhalb des Weichbildes sah, das sie, seitdem sie selbst sich darin niedergelassen hatte, für ihres Fräuleins eigentliche Heimat hielt.

Dorothee aber, wie sie die Ernährung ihres Kindes einer Ziege und seine Wartung einem despotischen Willen überlassen mußte, wie sie müßig in dem dürftigen Waldhause unter dem schnöden Gebahren ihrer Wirtin gebannt saß, da merkte ich gar wohl, daß das Herz sich im stillen nach der Freiheit und dem Behagen des eigenen Heimwesens zu sehnen begann. Sie langweilte sich, sie wurde unruhig. „Was soll aus mir werden?" seufzte sie und klagte: „Ich bin doch recht unglücklich, Fräulein Hardine."

Ich hatte in diesem Jahre den gewohnten Reisetermin vorübergehen lassen, weil die Stimmung der Gräfin und die mit dem Frühling wachsende Tätigkeit eine ununterbrochene Vermittlung zwischen Turm und Flur notwendig machten. Zwischen Saat- und Erntezeit gedachte ich auf etliche Wochen heimzureisen und hatte mich zum voraus für eine Postfahrt entschlossen. Zählte ich auch erst achtzehn Jahre, so fühlte ich mich seit den Erfahrungen des vorigen Sommers selbständig genug, um getrosten Mutes eine Reise um die Welt ohne Begleitung anzutreten.

Schon im Mai wurde ich indessen durch einen aufregenden Zwischenfall in die Heimat zurückgerufen. Des Vaters Regiment gehörte zu dem Kontigent, das der Kurfürst zu dem Reichskriege gegen Frankreich gestellt hatte; der Vater selbst aber war bei den Depots zurückgeblieben, und wir alle, obgleich gewiß keine weichlichen Naturen, fühlten uns dessen froh. Was durfte nach den Erlebnissen des vorigen Herbstes von diesem Feldzuge erwartet werden? Wer hoffte denn noch auf eine rechtzeitige Rettung der unglücklichen Königin und ihrer Kinder, nachdem man den König geruhig hatte morden lassen? Für das bedrohte Königtum und den bedrohten König eines fremden Landes würden wir mit religiöser Freudigkeit unsere Teuersten sich haben opfern sehen — w i r, sage ich, meine Freunde, und meine damit durchaus nicht bloß uns Frauen, sondern, mit etwaiger Ausnahme des Predigers, alle Männer, stattliche, brave Männer, des mir zugänglichen Kreises — aber was kümmerte es uns viel, daß deutsches Recht verhöhnt, daß deutsches Land jenseit und selber diesseit des Rheins gebrandschatzt, verheert und dauernd in Besitz genommen wurde? Erst zwanzig Jahre später, nach einer ungeheuren Umwälzung der Gemüter, haben wir den Wert vaterländischer Erde auch außerhalb unseres heimatlichen Gaues schätzen lernen, und dadurch erst, nicht durch die Bezwingung eines Eroberers, der früher oder später seinem Despotenwahnsinn zum Opfer gefallen sein würde, durch diese Schätzung erst sind die Befreiungskriege zu einem bleibend hochherrlichen Segen für unser Volk geworden.

Bei dieser Gleichgültigkeit gegen den Kampfeszweck traf es mich wie ein Unglücksschlag, als mein Vater plötzlich seinem dreißigjährigen Friedensdienste entrückt und mit Majorsbeförderung zu der Armee vor Mainz befohlen wurde.

Sobald ich diese Nachricht erhalten hatte, bereitete ich meine Abreise für den nächsten Morgen vor, und es blieben mir nur wenige flüchtige Minuten zum Abschied in dem Muhmenhause. Peinlich, trotz aller Aufregung, empfand ich die Notwendigkeit, Dorothee in der Heimat als krank zurückgeblieben aufführen und auf diese Weise mich der ersten buchstäblichen Lüge in meinem Leben schuldig machen zu müssen.

Sie sollte mir indessen erspart werden, denn zu meinem unaussprechlichen Staunen fand ich, als ich am Morgen vor dem Posthause eintraf, meine Schutzbefohlene, zur Rückreise gerüstet, meiner harrend — allein, ohne ihr Kind. „Es läßt mir keine Ruhe, ich muß dem lieben, gnädigen Papa zum Abschiede noch einmal die Hand küssen. Solch ein gütiger, herzlicher Vater von Kindesbeinen an auch für mich, Fräulein Hardine!" schluchzte sie und setzte dann hastig, mit niedergeschlagenen Augen, hinzu: „Der Kleine ist ja versorgt; die Muhme versteht es ja weit besser als ich, Fräulein Hardine, und zum Herbst nehmen Sie mich wieder mit zurück."

In unverhohlener Entrüstung wendete ich mich ab. Fühlte ich doch das innerliche Behagen, mit dem sie eine Beschönigung ergriff, um von ihrem Posten zu desertieren. Sie scheute das verräterische, längere Fernsein von der Heimat, sie sehnte sich nach häuslicher Gemächlichkeit und gab ihr neugeborenes Kind einer Fremden preis, indem sie sich im eigenen Herzen mit der dankbaren Erinnerung an einen fernstehenden Mann entschuldigte. Ich würdigte sie keiner Erwiderung, und wir mögen während unserer Fahrt kaum zwanzig Worte miteinander gewechselt haben. Sie seufzte und bebte wie auf der Hinreise: mich rührte es nicht; sie sah bleich aus, und die Augen waren von Tränen verschwollen: zum ersten und einzigen Male fand ich sie häßlich. Die Versündigung an Pflicht und Ehre hatte mich ihr nicht entfremdet; die Schwäche des Herzens machte einen Riß durch unser Leben. Ich habe mich zwar ihrem Einfluß auch späterhin nicht völlig entziehen können, wenn ich ihren Liebreiz vor Augen sah; war ich aber fern, da dachte ich ihrer mit der Geringschätzung Muhme Justines. Ich war ihre Freundin nicht mehr; das letzte Jugendband hatte sich gelöst, und ich zählte kaum achtzehn Jahre.

Der Trennungskampf von dem Vater war härter, als ich ihn vorausgefühlt hatte. Die grausigen Bilder des vorjährigen Rückzugs, deren Einzelheiten mir erst in der Heimat deutlich wurden, ließen ein Nimmerwiedersehen ahnen. Meine arme Mutter erlag fast der Anstrengung, sich als standhafte Soldatenfrau zu behaupten. Sie lächelte über den Trostspruch des ehrlichen Purzel — des letzten Purzel im Reckenburgschen Dienst —: „Nur guten Mut, gnädige Frau. Ich sorge schon. Es passiert ihm nichts; und passierte ihm d o c h was, dann komme ich gleich und melde Post." Sie lächelte und bedachte das kleinste Bedürfnis, das einem Verwundeten oder Kranken dienen kann. Aber ihre zarte Gesundheit hat sich von den Schmerzen und Sorgen der Trennungsjahre nicht wieder erholen können.

Am Vorabend des Abmarsches ging ich zu Dorothee, die sich in ihrem Mädchenstübchen ganz wohlig wieder eingenistet hatte, und hob ohne Umschweife an: „Ich sehe ein, Dorothee, daß du zu einem freiwilligen Bekenntnis niemals das Herz haben wirst. Gestatte mir daher, dein Geheimnis meinem Vater anzuvertrauen. Die sächsische Armee steht mit der preußischen vereint in dem Lager vor Mainz. Siegmund Faber wird dort leicht aufzufinden, der Vater aber der zuverlässigste Vermittler und dir der mildeste Anwalt sein."

Sie war bei diesen Worten wie vom Donner gerührt, und es dauerte eine Weile, bevor sie der kindlichen Beredsamkeit Herr geworden war, mit welcher sie meine Rechtsgrundsätze schon einmal aus dem Felde geschlagen hatte. „Tun Sie es nicht, Fräulein Hardine!" rief sie außer sich. „Um Gottes Barmherzigkeit willen, tun Sie es nicht! Vor der ganzen Welt, vor meinem eigenen Vater sogar eine verworfene, ehrlose Kreatur, nur nicht vor den Augen des arglosen, gütigen Herrn! und würde er es der gnädigen Frau Mutter verbergen können, verbergen wollen? Wie sollte ich vor ihr bestehen und fortan unter einem Dache mit ihr leben? Sie ist so streng, so stolz. Auch Sie würden vor ihr zu leiden haben, Fräulein Hardine, Sie erst recht. Und weiß es erst einer, wird's ein Lauffeuer. Ich habe es ja nicht anders verdient, ich müßte es hinnehmen. Aber auch Sie bekrittelt zu sehen, Sie, die Sie mir ein Engel gewesen sind, von den eigenen lieben Eltern getadelt, ich ertrüg es nicht. — Und warum das alles?" fuhr sie nach einer Pause fort, während welcher ich diesen unbeachteten Gesichtspunkt hin und her erwogen hatte.

Der Vater, wie ich ihn kannte, würde in der Tat ein erstes eheliches Geheimnis kaum über die Nacht und sicherlich nicht über den ersten Brief hinaus bewahrt haben. Sollte ich zu dem Herzeleid der armen Mutter noch diese neue Prüfung fügen? Das freundliche Verhältnis zu unserer Hauswirtin wurde gestört, das Vertrauen in die Aufrichtigkeit und Ehrenhaftigkeit der einzigen Tochter im Grunde erschüttert. Auch der nachsichtigere Vater würde den mütterlichen Auffassungen nicht widerstanden und bekümmerten Herzens von seinem pflichtlosen Kinde, vielleicht fürs Leben, geschieden sein.

„Und wozu uns allen diese Verwirrung?" fuhr Dorothee, durch meine sichtliche Bewegung ermutigt, fort. „Lebt er denn noch? Er hat den ganzen Winter nicht geschrieben."

„Briefe erreichen in solchen Zeitläuften selten ihr Ziel," versetzte ich; „die Nachricht seines Todes aber würden wir erhalten haben."

„Und wenn er lebt," engegnete Dorothee, „in welchem entfernten Lazarett, in welcher neuen Stellung? Es ist ja ein so weitläufiger Kriegsplatz; Gott weiß, ob der Herr Vater jemals mit ihm zusammentrifft. Begegnet er ihm aber, und ich weiß erst den Ort, wohin ich mich zu richten habe, dann will ich ihm alles bekennen; ja, Fräulein Hardine, ich versprech es Ihnen, alles bekennen, und wie er es verordnet, so soll es geschehen. Nur stellen Sie keinen anderen zwischen mich und ihn."

So war denn Fräulein Ehrenhardine wieder einmal die Besiegte der kleinen Dorl. Der Vater reiste o h n e unser Geheimnis ab. Ja in der Furcht einer Entdeckung wagte ich nur ganz schüchtern die Bitte, sich doch nach dem Faber umzutun und ausführlich über ihn zu berichten.

Dicke Tränen hingen dem guten Manne in den Augen, als er beim Abschied es noch mit einem Scherzworte versuchte: „Sage der lieben Dorl, meine Dine, daß ich ihren Mosjö Per—sé ganz gehörig ins Gebet nehmen werde, sobald ich ihm begegne."

Und wirklich enthielt der erste väterliche Brief aus dem Lager von Castel, in welchem die Sachsen mit einem Teil der Preußen vereinigt standen, einen ausführlichen Bericht über den seit dem Tage von Valmy Verschollenen. Er hatte alle Fährnisse einer pestilenzialischen Krankenpflege glücklich überdauert und stand, zum Regimentsarzt befördert, bei dem Belagerungskorps. Der Ruf seiner Unermüdlichkeit, Unerschrockenheit und seines großen Geschicks war durch das ganze Lager verbreitet; hoch und gering schätzte des noch so jungen Mannes bedeutenden Beruf. Die Genossen der alten Baderei waren bald aufeinandergestoßen und die heimischen Verhältnisse weidlich hin und her besprochen worden. Ob dem kleinen

Musterbräutchen nicht ein wenig die Ohren geklungen haben sollten?

„Ihr müßt euch", so schloß der väterliche Bericht, „unter dem Herrn Doktor Faber nun beileibe nicht mehr den steifen Feldschergehilfen vorstellen, der sich quasi immer einen Spiegel vorhielt, um ja keine angestammte Badereimanier durchschlüpfen zu lassen. Er ist degagiert wie einer, seitdem Generale und Prinzen so gut wie der gemeine Stückknecht unter seinen Messern und Zangen stillhalten müssen. Auch gemütlicher, aufgeknöpfter ist er geworden, nichtsdestoweniger aber doch noch immer der alte Per—sé, der alles anders anfaßt wie andere Leute, und besieht man's bei Licht, allemal recht. Als ich ihn auf das Risiko hinwies, dem jungen, einsamen Bräutchen das eingegangene Verhältnis so selten in Erinnerung zu bringen, da versicherte er zwar, um die Weihnachtszeit sein regelmäßiges Carmen entsendet zu haben, und weil er es versichert, muß der Brief verloren gegangen sein. — ‚Indessen,' — so setzte er hinzu — ‚indessen wozu dieses leere Stroh?'

„Der Allerweltsdoktor wurde bei diesen Worten zu einer Konsultation bei einem schwer erkrankten General auf das linke Ufer abberufen. Ich hatte ihn gebeten, sich um ein paar in einem Vorpostengefecht Blessierte von unseren Husaren zu bemühen, und erhielt schon am andern Tage schriftlich eine beruhigende Kunde. Am Schluß derselben kam er dann auch auf die Herzensangelegenheit zurück, in der wir gestern unterbrochen waren. Ich schneide die betreffende Stelle zum Frommen meiner lieben Jungfer Grundtext aus seinem Brief und lege sie dem meinigen bei."

„Über das Risiko, wie Sie es mit Recht nennen, mein Herr Major, über die Gefahr hinweg hilft kein mahnendes Wort. Und Beruhigung — wer schöpfte die auf hundert Meilen Distanz? Bevor ein Brief seinen Ort erreicht, hat die Szene gewechselt, und der, über dessen Wohlergehen man sich freut, modert vielleicht im Grabe. In beiden Fällen hilft nur Vertrauen auf einen guten Stern, oder von Haus aus Resignation in Bausch und Bogen. Briefe sind für Müßige oder für Gleichstrebende. Soll ich mein liebes Kind mit militärischen Evolutionen und diplomatischen Schachzügen unterhalten? oder soll ich ihm mit meiner ärztlichen Widerwart eine Gänsehaut erregen? Und Liebesschwüre, Liebesseufzer etwa? Ist es nicht der Superlativ aller Albernheit, das Heimlichste, Unsagbarste der Menschenbrust, in einen Gemeinplatz umgesetzt, schwarz auf weiß durch die Welt zu jagen? Wie eingeschnürt sind die Kritzelfüßchen meiner kleinen Dorothee! Wie kann ich die Stunden zählen, in denen sie an ihrer Feder gekaut hat! Wo sind ihre Blumen und Vögel, ihr kindliches Tändelwerk? Wo ist eine Spur von dem, was in ihr und um sie wirklich lebt und webt? Da lobe ich mir das Täschchen und Beutelchen, die sie gestrickt. Sie sind mir stündlich zu Dienst, und sehe ich sie, so sehe ich auch die flinken Fingerchen in ihrem Bereich. Das sind Taten, weibliche Liebestaten, mein Herr Major, und da ich sie nicht mit solchen aus meiner Praxis erwidern kann, tue ich wohl, mich meiner zärtlichen Treue nicht zu rühmen.

„Sie versichern mich, hochgeehrter Freund, der stillen Geduld des herrlichen Kindes, und ich kann Ihnen nicht aussprechen, wie es mich beglückt, mein schülerhaftes Experiment also gerechtfertigt zu sehen, ein Experiment, vor dem ich mich bei reiferer Erfahrung gehütet haben würde. Ich fühlte mich als M a n n und sah in ihr das K i n d, den einen vielleicht zu f r ü h und das andere vielleicht zu l a n g e. Im Grunde aber sah ich gemäß der Natur und gemäß der Vernunft. Denn w e m, frage ich, möchte eine derartige Enthaltsamkeit ins Blaue hinein zugemutet werden als dem M a n n e, der gewohnt ist, vor sich selber Schildwach zu stehen, oder dem K i n d e, das, ohne zu träumen, im umfriedigten Nestchen schlummert, bis der vorbestimmte Erwecker es zur Freiheit ruft? Nun wohlan, mein Herr Major, der M a n n wird Farbe halten. Das Weltwesen, das ich ahnte, als ich dieses Bündnis schloß, hat sich um zwei Jahre verzögert, und der Himmel weiß, wann und wo das Wirrsal enden wird. Überdauere ich es aber, und wäre ich verschlagen worden bis ans Ende der Welt, so werde ich meinem anverlobten Weibe den väterlichen Trauring unentweiht vor Augen führen, und sehe ich den meiner Mutter an ihrer Hand, werd ich den Knabenglauben segnen, der sich bewährte, wo so mancher Mannesglauben zuschanden ward."

Die experimentierende Resignation, welche meine arglose Mutter nicht vorsichtig zurückhielt, war Wasser auf die Mühle der bekenntnisscheuen Sünderin. Der seltsame Mensch verlangte ja gar keine Aufklärung, und bis er persönlich kam, dieselbe einzuholen — wenn er überhaupt wiederkam, ach was konnte da nicht alles verändert sein! Ich aber wurde es müde, ein Mißverhältnis zu demonstrieren in die leere Luft. Schämte s i e sich nicht, als Braut eines Mannes zu gelten, den sie verraten hatte, scheute s i e sich nicht, mit seinem Treugut sich selber und dem Kinde eines anderen das Leben leicht zu machen: warum sollte i ch mich dessen schämen und scheuen? War sie meine Schwester, meinesgleichen? Torheit über Torheit, der leichtfertigen Schenkentochter eine honette Gesinnung zuzutrauen! Kehrte Siegmund Faber zurück, dann lag es mir ob, m i ch, nicht s i e, vor einem wahrhaftigen Ehrenmanne zu entschuldigen.

Zu Dorothees Gunsten, und um vorderhand mit ihrem philosophischen Liebhaber abzuschließen, sei indessen vorausgemeldet, daß ein späterer väterlicher Brief von einem rätselhaften Verschwinden des Doktor Faber berichtete. Während des Angriffs auf die feindlichen Lager bei Pirmasens, Ende September, war er in seiner beherzten, rastlosen Tätigkeit noch vielfach bewundert worden — seitdem spurlos aller Augen entrückt. Anfangs glaubte man ihn, im Gefolge des Königs, der ihn persönlich hatte schätzen lernen, auf das vor kurzem so schmählich erworbene polnische Gebiet verpflanzt. Da diese

Meinung aber sich als Irrtum erwies, sahen die einen ihn verwundet in Feindes Hand, die anderen ihn von erbitterten Gebirgsbauern abgefangen. Die Mehrzahl hielt ihn für geblieben, wenngleich sein Leichnam von den das Terrain innehaltenden Siegern nicht aufgefunden werden konnte. Alle aber beklagten die Lücke, welche durch des immer bereiten Helfers Fehlen entstanden war. Auch als mein Vater nach drei Jahren, wohlbehalten und mit dem Verdienstorden belohnt, aber kopfhängerisch wie alle Teilnehmer dieser unfruchtbaren Kampagne, zurückkehrte, wußte er keine Spur von dem Verschollenen anzudeuten. Bald war er unter seinen Heimatsbürgern ein toter, vergessener Mann, und niemand würde es seiner bräutlichen Witwe verargt haben, hätte sie, zugunsten eines anderen, über ihre begehrenswerte Person und das Anwesen der alten Faberei verfügen wollen.

Ich hatte in unserer bänglichen Stimmung meine Mutter während des Feldzugs nicht verlassen wollen und nur auf beider Eltern dringende Vorstellung mich zur Rückreise nach Reckenburg entschlossen. „Bei des Vaters ausgesetzter Lage und unserer Mittellosigkeit," so sagte die Mutter, „ist die Gräfin dein und auch mein letzter Anhalt. Verscherze ihn uns nicht, liebe Tochter. Dort kannst du wirken, mir nützest du nichts. Ich bin nicht krank, und stieße mir etwas zu, habe ich da nicht das liebe Kind Dorothee?"

Das liebe Kind Dorothee! Sie mir an einem Sorgenstuhle, an einem Krankenbette vorzustellen, mit ihrer freundlichen, leise geschäftigen Art — wahrlich, es konnte mir nichts Beruhigenderes widerfahren, als daß sie im Ernst gar nicht mehr an die Rückkehr in das einsame Waldhaus dachte, und daß eine abzehrende Krankheit ihres Vaters ihr die Selbsttäuschung einer näher liegenden Pflicht gestattete. „Halten Sie Ihre Augen über meinem Liebling, Fräulein Hardine!" flüsterte sie beim Abschied in mein Ohr; „ich werde der gnädigen Frau Mutter helfen und dienen an Ihrer Statt."

So schieden wir, und als gegen die Weihnachtszeit jene erste Kunde von Fabers Verschwinden eintraf, stand ich schon längst wieder auf meinem Reckenburger Posten, und Dorothee saß — zu meiner innerlichsten Befriedigung! — ruhig daheim in ihrer Mädchenstube. Dort fand ich sie, wenn ich in den nächsten Jahren — immer nur auf etliche Sommerwochen — in der Heimat einkehrte, unverändert dieselbe, fleißig bemüht, durch zierliche Stickereien ihre Einkünfte zu verbessern, auf daß es ihrem Knaben an keiner Pflege, keiner Zierat gebrechen möge. Hatte sie am Abend Mützendeckel und Flitterschuhe beiseitegelegt, dann zeichnete sie kleine Kinderköpfe oder schnitzelte sie als Silhouetten aus schwarzem Papier, legte sie zwischen die Blätter ihres Gesangbuches und küßte sie als Gleichnisse ihres schönen Knaben. Sie fertigte ihm Röckchen und Wämschen, drehte Blumen aus den hellen Locken, die ich ihm jedes Jahr für sie abschneiden mußte, verflocht sie mit einem Goldfädchen ihres eigenen Haares, auch wohl mit einem anderen, das sie einem teuren Erinnerungszeichen entwand, und nannte sie ihre Sonnenblumen. Sie herzte jedes fremde Kind, sie jubelte vor Lust und weinte vor Weh, wenn sie des eigenen gedachte — aber wiedergesehen hat sie den Pflegling Muhme Justines nicht. Auch als ihr Vater schlafen gegangen, als der meine heimgekehrt war, als sie, ledig jeder Pflicht, auf eigenen Füßen stand; daß s i e, und nicht eine Fremde, zur Hüterin ihres Kindes berufen sei, daran dachte sie nicht.

Ich aber rüttelte nicht mit Gewalt diese Pflicht in ihrem Gemüte wach. Denn der Wuchs eines Menschen, wie der eines Baumes — ich hatte es allmählich begriffen — er läßt sich in die Breite und allenfalls in die Höhe treiben; aber tiefer graben, bis zum nährenden Quell, lassen sich seine Wurzeln nicht. Wie die Natur uns gepflanzt hat, so müssen wir einander hegen — oder meiden. Im übrigen sagte ich mir auch, daß der vaterlose Knabe sich unter der rauhen Hand der Fremden natürlicher entwickeln werde als unter der tändelnden der Mutter. Und endlich hielt ich die eigenen Augen nicht auf ihn gerichtet?

Wie ich als Kind nicht mit Puppen gespielt hatte, so war ich auch späterhin nicht das, was man kinderlieb nennt. Dieser Knabe aber wuchs mir nahe ans Herz. Wenn ich auf dem Wege durchs Dorf die blöde, plumpe flachssträhnige Bauernbrut zwischen Hühnern und Ferkeln auf ihren Düngerhaufen hatte hocken sehen und nun vom Walde her die biegsame, kleine Gestalt in ihrem zierlichen Röckchen mir entgegensprang, da lachte ich wohl vor Lust, aber ich fragte mich auch mit Wehmut, ob nicht der Vater, an welchen mein Prinzchen so lebhaft erinnerte, sich in die natürlichen Schranken des Lebens gefügt haben würde, hätte er dieses Liebeskind zur Führung an seiner Hand gefühlt.

Wie früh und sicher er die Füßchen bewegen lernte, wie ausgelassen er sich im Walde tummelte, mit den Hasen Wettlauf hielt, hellen Klangs die Vogelstimmen nachahmte, lange ehe er unsere menschliche Sprache zu reden verstand. Wie trotzig lachend er sich das Eichhörnchen zum Muster nahm, bis zum Wipfel der knorrigen Steineiche hinankletterte, während die alte Muhme mit ohnmächtiger Angst am Fuße drohend die Fäuste ballte! — So wurde dem Kinde der Natur die Natur eine frühe Bildnerin; frühe aber auch drängte das Bedürfnis sich auf, es einer strengeren Regel und dem Gesetze eines männlichen Willens zu unterstellen. Als der Knabe im fünften Jahre stand, erklärte die Muhme, den Wildling nicht über den nächsten Winter hinaus bändigen zu können, noch zu wollen.

Denn nichts Kurioseres und für mich nichts Ärgerlicheres, als der Zwiespalt der alten Seele gegenüber ihrem Ziehekind! Sie hatte ein Wohlgefallen an dem neckischen kleinen Patron, ja ein Herz für ihn; sobald sie ihn aber in meiner Nähe sah, überfiel sie eine so unwirsche Laune, daß, hätten noch Bären und Wölfe in unserem Walde gehaust, sie ihn unter die Bären und Wölfe in den Wald gejagt haben würde. „Es kommt

Ihnen nichts Gutes durch den Wildling," wurde sie nicht müde, mir vorzuhalten. Das landläufige Sprichwort von dem besudelnden Pech stimmte mit dem Geist, welcher geheimnisvoll aus einem Kartenspiel warnt, in dieser Mahnung zusammen, und, alte treue Justine, könntest du doch spüren, daß vierzig Jahre später die Erörterung der Frage, ob deinem Fräulein Gutes von dem Wildling gekommen ist, die Schlußbetrachtung ihres Lebens bilden wird.

Da half kein Zureden, der Junge mußte fort, fort aus Reckenburg; und eine Erwägung anderer Art gab diesem Entschlusse Nachdruck auch für mich. Unser treuer Freund, der Prediger, hatte uns kürzlich verlassen, um als Vorsteher des Laurentiusklosters eine freiere, seinem väterlichen Sinne angemessenere Stellung einzunehmen. Der Dienst in der Gemeinde wurde während der Vakanz wechselnd von Nachbarpredigern versehen, die sich um örtliche Verhältnisse wenig bekümmerten. Wenn aber kommenden Sommer der neugewählte Seelsorger sich bekannt machte, konnte ihm das Auffällige unseres Schützlings schwerlich entgehen. War auch die Beglaubigung des Kirchenbuches zugrunde gegangen, dem Geistlichen durfte auf Befragen die Wahrheit nicht verhehlt werden; ein Mensch mehr wußte um Dorothees so ängstlich gewahrtes Geheimnis; neugierige Spürversuche, Fraubasereien, irgendein unberechenbarer Zufall leiteten auf die richtige Fährte, und der immerhin interessante Zusammenhang drang über unseren stillen Waldwinkel hinaus in der Leute Mund. —

Alles dies führte ich Dorothee zu Gemüte, sobald ich für etliche Herbstwochen im Elternhause eingekehrt war. Ich fand sie in nachdenklicher Stimmung, vorbereitet durch den Prediger, wie Seine Hochwürden, der nunmehrige Propst und Direktor, hier zum letztenmal genannt werden soll.

Niemals hatte Dorothee seit ihrem Unglück sich in jugendliche Kreise gemischt, niemals mit einem Blick oder Wort die Huldigungen der Bürgersöhne, wenn sie ihr zufällig begegneten, ermuntert und so die Bewerbungen, an denen es ihr nicht gefehlt haben würde, von vornherein abgeschnitten. Niemals aber auch hatte sie gegen mich den Namen des Einziggeliebten genannt. Dennoch, sooft ich sie in der Einsamkeit überraschte, spürte ich an ihrem Wesen, an den in sich gekehrten oder sehnsüchtig schweifenden Blicken, daß der kurze Sommerrausch des Glücks nicht erloschen sei und jedes nüchterne Nachspiel dämpfe.

Und immer, immer sah sie doch an jeder Wand ein
Bildnis noch
Von einem Menschen, der verschwand und ihr als
Kind das Herz entwand.

Um so mehr war ich daher überrascht, als sie jetzt auf meine Frage: was sie über die Zukunft ihres Sohnes beschlossen habe? mit niedergeschlagenen Augen anwortete: „Wenn ich den Taube heiratete, Fräulein Hardine?"

„Unsern Hofmeister Christlieb Taube? Bewirbt er sich denn um dich?"

„Er hat mich seit meiner Kinderzeit liebgehabt und es mir vor wenigen Tagen gestanden."

„Und du?"

Sie schüttelte die Locken mit einem unaussprechlichen Ausdruck von Wehmut und stolzer Erinnerung. „Lieben, ich?" rief sie mit einem Schauder. „O niemals, niemals wieder! Aber," setzte sie nach einer Pause gelassen hinzu, „aber ich würde friedlich mit ihm leben, und er würde meinem Knaben ein guter Vater sein."

„So dächtest du, ihm dein Geheimnis zu bekennen, Dorothee?"

„Wie sollte ich nicht, Fräulein Hardine? Ich nähme ihn ja nur, um das Kind zu versorgen. Nur um des armen Kindes willen."

„Auch schon ehe er dein Mann geworden ist, es ihm bekennen?"

„Wenn Sie es für Pflicht halten, auch schon zuvor.“

„Und du glaubst, daß er dennoch dein Mann werden würde?“

„Ich glaube es, Fräulein Hardine.“

Ich schwieg eine Weile. Dorothee saß mir im Fenster gegenüber, die Hände über der Brust gekreuzt. Unwillkürlich fiel mein Blick auf den Verlobungsring, den sie noch immer am Finger trug. Sie bemerkte den Blick und sagte errötend, indem sie sich vergeblich bemühte, den Reif abzustreifen: „Er ist mir ins Fleisch gewachsen.“

Es war im achten Jahre, seit Siegmund Faber von hinnen gegangen, im fünften seines spurlosen Verschwindens; niemand zweifelte an seinem Tode. Lebte er aber selbst — und eine innerliche Stimme sagte mir immerfort: „er lebt!“ — lebte er und kehrte er zurück: dieser Mann konnte nimmermehr dieses Weibes Gatte werden. Welch mildere Täuschung aber hätte sich für ihn finden lassen, als die lange Getreue endlich einem natürlichen Berufe gefolgt zu sehen. Ich wußte demnach nichts Stichhaltiges einzuwenden, insofern sich wirklich ein Mann fand, der seine Ehre nicht durch die bewußte Unehre seiner Frau beleidigt fand.

Doch beschlossen wir, den Fall unserem treuen Gewissensrate vorzulegen und machten uns bald danach auf den Weg nach dem Kloster.

„Ich spreche Ihnen, mein Kind,“ so ließ der Propst sich vernehmen, „die Berechtigung zur Freiheit nicht ab, und ich für mein Teil würde den Mann nicht tadeln, der dem geliebten Weibe einen Fehltritt vergibt und mit ihr vereint sich bemüht, dessen Wirkungen auf andere in Segen zu verwandeln. Ich habe den Grund zu glauben, daß unser hohes Konsistorium diese Auffassung nicht teilt. Die Gegenwart des Knaben brächte voraussichtlich Ihr Geheimnis ans Licht, Ihr Mann würde aus seinem Lehramte scheiden müssen, dem einzigen, zu dem er gebildet und berufen ist.“

„Wir würden still auf dem Lande leben, und — ich bin nicht unbemittelt, Hochwürden," stammelte Dorothee, den Purpur der Scham auf den Wangen.

„Hinreichend für Sie und allenfalls für Ihr Kind. Aber für eine zweite, vielleicht zahlreiche Familie? Und gesetzt den wenn auch unwahrscheinlichen Fall der Heimkehr Doktor Fabers: er würde seine Schenkung nicht zurücknehmen und er dürfte es nicht. Aber müßte es eine Natur wie die unseres Taube nicht zu Boden drücken, seine und der Seinigen Existenz von dem Treugute des Getäuschten abhängig zu sehen? Indessen, selbst diese beiden möglichen Zwischenfälle ungerechnet — kennen Sie das Leben eines Lehrers auf dem Lande, liebe Dorothee?"

Es hatte diese Besprechung auf dem Rückwege vom Kloster stattgefunden. Unmerklich aber waren wir von unserem Begleiter seitwärts durch ein Nachbardorf geführt worden und standen bei den letzten Worten vor einem Häuschen, dessen Bestimmung ein vieltöniger stockernder Chorus mit obligaten Donnerschlägen des Vorbeters verkündigte. Ein Schulhaus, und keines von den bescheidensten seiner Zeit, denn von den Schäden des Siebenjährigen Krieges ausgeheilt, stand es auch jetzt noch unversehrt unter Dach und Fach.

Dessenungeachtet, wir konnten es nicht leugnen, für ein idyllisches Stilleben war die Wohnstube, in welche wir vorüberstreifend blickten, doch ein wenig dumpf und kahl. Die kleine Dorl hätte mit der Hand an die Decke reichen können. Die Fensterscheiben glichen Schiefertafeln, welche im Schulgebrauche blind geworden waren, und in dem Kachelofen brodelte, nicht eben sinnerquickend, das Runkelfutter für die Kuh. Wir setzten unsere Rundschau fort und weilten in der Musterung der hartköpfigen kleinen Menschenherde und ihres kahlköpfigen treuen Hirten.

Keine Frage: das Lehramt *hat* seine Poesie. Schwerlich aber würde sie in unseren Augen zu kurz gekommen sein, hätte ein leiser Anflug der kindlichen Pausbacken auf dem hehren

Antlitz ihres Hüters reflektiert; auch ein Ersatzstück für das, was eines Tages schwarzer Manchester auf seinem Leibe geheißen, würde von uns nicht als sträfliche Eitelkeit verlästert worden sein. Aufrichtige Bewunderung hingegen zollten wir im Weiterschreiten der musivischen Kunst, welche auf der Hauswäsche über dem Gartenzaun entwickelt war.

Diese Kunstleistung mochte unseren Führer verlocken, nach der Bekanntschaft mit dem S c h u l regenten uns auch die der H a u s regentin inmitten ihrer privaten kleinen Herde zugute kommen zu lassen. Und wiederum ein Chorus mit obligaten Donnerschlägen lockte uns über den Hof auf ein Ackerstück, das sich den stolzen Namen „Garten" beigelegt hatte. Hier stand sie, die Heldin, die Schritte nicht durch zwängendes Schuhwerk gehemmt, das gestrige Haar durch keine Spiegelkunst verschnörkelt. Die fremden Eindringlinge störten sie nicht in ihrem Geschäft. Mit antiker Kraft und Ruhe hackte sie die Erdäpfel auf, welche eine nachwüchsige Schar in die Höhe buddelte. Das beiläufig ausgerodete Unkraut lieferte einen Leckerbissen für die umkreisende Ziege samt ihren Zickelchen, die mit lustigen Sprüngen ihre Wollust an den Tag legten. Das kleine zweibeinige Publikum spendete dem vierbeinigen Beifall, die Arbeit stockte, und die Vorarbeiterin entfaltete die Macht ihrer Lungen und Gliedmaßen, um sie wieder in Gang zu bringen.

Jetzt aber griff ein tragischer Zwischenfall in das ländliche Bild. Unter der Hoftür lehnte die älteste Tochter, zugleich Kindsmagd der Familie und noch nicht nach mütterlichem Exempel stoisch geschult. Beim Begaffen der fremden Gäste entglitt das Wickelkind ihrem Arm und fiel — zum Glück in den Schlamm vor dem Schweinekoben. Mit erhobenen Händen stürzte die Mutter zu Hilfe und Rache herbei; die älteste Tochter heulte, das Wickelkind schrie, die Säue grunzten, die Zickelchen meckerten, im Stalle brüllte die Kuh. Die Buben balgten sich um die Beute einer gelben Rübe; die Heldenmutter tachtelte nach rechts und links; aufgescheucht durch die Gefahr, welche sein Teuerstes bedrohte, zeigte sich mit einem Weheruf, und umschwärmt von seiner tobenden Schar, die hehre Gestalt in weiland Manchester; wir aber, die wir diesen Sturm im Stilleben angestiftet hatten, entschlüpften leise über den Ackerrain.

„Ein respektables Weib! Für ihren Beruf ein Musterbild!" sagte nach einer langen Stille lächelnd der menschenkundige Freund. Dorothee ging schweigend mit gesenktem Kopf — und von einer Bewerbung Christlieb Taubes ist fortan nicht die Rede gewesen.

Meine nahende Abreise drängte endlich zu einer Entscheidung über die Zukunft des Knaben, und da war es denn der Propst, welcher das seiner Aufsicht unterstellte Kloster in Vorschlag brachte. Von seiner ursprünglichen Bestimmung für Soldatenwaisen hoffte er eine Ausnahme zu erwirken, wenn gelegentlich einer Visitation des hohen Kurators der Anstalt ein Teil des Geheimnisses, die v ä t e r l i c h e Abstammung, vorsichtig angedeutet ward.

Dorothee weinte vor Freuden in der Aussicht, ihren Knaben bald unter den Augen des gütigen Beschützers und in ihrer eigenen Nähe zu wissen, ohne sich selber einer schmachvollen Enthüllung preiszugeben. Sie bedeckte ihres Wohltäters Hände mit Küssen und Tränen, rief Gottes Segen auf ihn herab und stellte zum voraus den Betrag ihrer Hausrente für den Aufwand eines Halbpensionärs zu seiner Verfügung.

Mir hingegen bäumte sich die Seele bei der Vorstellung, das Liebeskind des Fürsten, dem das Erbe der Reckenburg zugefallen sein würde, in eine Armenanstalt eingeschmuggelt und für eine subalterne Lebensstellung herangebildet zu sehen. Was hatte ich jedoch Schicklicheres zu raten und zu bieten? Das Kloster war wohlberufen, wie die Mehrzahl unserer zu Schulzwecken säkularisierten sächsischen Abteien, war doch reich dotiert und stand unter der trefflichen Obhut des einzigen Menschen, der sich mit väterlicher Teilnahme zu dem Knaben gezogen fühlte. Mußte ich nicht schließlich eine höhere Fügung in diesem Wechsel der Verhältnisse verehren?

So trat ich denn die Rückreise nach Reckenburg an, mit dem Versprechen, im nächsten Frühjahr den Zögling Muhme Justines persönlich dem Waisenkloster zuzuführen.

Neuntes Kapitel

Die Hochzeit

Des Knaben Versteck im Waisenhause war ebenso nach der Muhme Sinn, als mein Plan, ihn persönlich dahin zu spedieren, demselben widerstrebte. Sie spürte plötzlich ein unbezwingliches Verlangen, ihre Gegend einmal wiederzusehen, und welchen Grund hätte ich gehabt, ihre Reisebegleitung abzulehnen?

Der Tag unseres Eintreffens war den Eltern bereits angekündigt, als ein heftiger „Zufall" der Gräfin einen Aufschub veranlaßte. Die zähe Natur hielt stand, wie schon so oft vorher und oft nachher. Die bewährte Leibpflegerin aber konnte nicht umhin, mit dem Rüstzeug ihrer Instrumente den verhängnisvollen Posten zu hüten und ihr Erbfräulein zwölf Meilen weit ohne Beistand den Tücken des unverwüstlichen Schellenunters preiszugeben. Der Ehre jedoch, in Reckenburgs goldener Kutsche seiner fernerweitigen Reisegelegenheit entgegengeschaukelt zu werden, wußte sie den kleinen Plebejer zu entziehen. Sie karrte ihn bei Nacht und Nebel in einem Handwägelchen bis zu der Station, nachdem sie ihm, wie ich stark vermute, ein Mohnsäftchen einfiltriert hatte. Ihr letztes Wort, als sie den Schlafenden neben mich in den Einspänner hob, war die Warnung, mich beileibe nicht mit dem Kinde der Heimlichkeit vertraulich einzulassen.

Wie nun der kleine Waldmensch beim Erwachen in dem engen Gehäuse ungebärdig tobte, das werden Euch August Müllers beigeheftete Erinnerungen anschaulich vorführen. Auch gegen die bändigenden Prozeduren soll kein Widerspruch erhoben werden. Jedenfalls wählte er für uns beide das bequemste Teil, indem er die langweilige Fahrt fast ohne Unterbrechung verschlief.

Der letzte Brief seines künftigen Pflegevaters datierte von einem thüringischen Gebirgsdorfe, in welchem er der Einführung seines Sohnes in dessen erstes Pfarramt beigewohnt und gleichzeitig die Freude gehabt hatte, dem betrübten Liebhaber, unserem Taube, eine heitere Lebensstellung auszumitteln. Ein Lehrer- und Organistenamt in einer kleinen, wohlgesitteten Gemeinde, Haus und Gärtchen durch den Gutspatron anheimelnd eingerichtet, und die Kinder dieses Patrons ihm zur Pflege in der „göttlichen Musika" unterstellt, alles das in romantischer Berg- und Waldeinsamkeit; welch ein besseres Los hätte er sich wünschen können oder wir für ihn?

Da ich den Propst die seltene Reiseerholung so lange wie möglich wollte genießen lassen, hatte ich ihm unser verspätetes Eintreffen poste restante nach Jena gemeldet, glaubte ihn daher frühestens gestern heimgekehrt und war erstaunt, ihn in meinem gewohnten Leipziger Nachtquartier, der goldenen Laute, vorzufinden. Ich fragte ihn lachend, welch fernerweitige Einführung ihn so eilig wieder in entgegengesetzter Richtung auf die Füße gebracht habe?

„Die Einführung dieses Knaben in seine neue Heimat," antwortete er ernst, indem er den Schlafenden von seinen Armen auf das Bett in meinem Zimmer mit behutsamer Fürsorge niederließ.

Ich witterte so etwas von einer Anwandlung Muhme Justines in dem geistlichen Herrn, entgegnete daher verstimmt, daß ich auch ohne sein Bemühen den kleinen Mönch im Kloster Laurentii glücklich abgeliefert haben würde.

Er schwieg; doch konnte mir eine gewisse bängliche Unruhe an dem gelassenen Manne nicht entgehen, und als er auf meine Frage: ob er etwas auf dem Herzen habe? seufzend den Kopf senkte, rief ich: „Ich bitte: keine Vorbereitungen, Freund; meine Eltern — —"

„Sind gesund und wohlgemut in Erwartung der geliebten Tochter," antwortete er.

„Und Dorothee?" drängte ich weiter, da mir die Bekümmernis auffiel, mit welcher sein Blick auf dem Knaben ruhte. „Ist Dorothee krank?"

„Nicht krank, nur —"

„Nur?"

„Verheiratet, oder so gut wie verheiratet."

„Mit Christlieb Taube, also doch!"

„Nicht mit Christlieb Taube, aber mit —"

„Mit —?"

„Mit Siegmund Faber!"

Mit Siegmund Faber! Das war denn nun freilich eine Neuigkeit, die mir das Blut im Herzen stocken machte. Ich hatte ja niemals weder an seinem Leben noch an seiner Heimkehr gezweifelt; aber so unvorbereitet, so rasch am Ziel — ich fiel wie vernichtet in einen Stuhl.

„Sahen Sie ihn?" fragte ich nach einer langen Pause.

„Nicht ihn selbst," versetzte er.

„So sahen Sie Dorothee?"

„Auch nicht."

„Von wem erfuhren Sie denn aber — —"

„Von Ihrem Herrn Vater, Fräulein Hardine."

„Wann, wann, wann — —"

„Gestern nachmittag, als ich kaum von der Reise heimgekehrt war."

„Und wissen Sie, glauben Sie, daß Dorothee ihm die Wahrheit bekannte?"

„Ich weiß es nicht. Aber Sie, meine junge Freundin, die Sie sie besser kennen als ich — glauben Sie's?"

„Nein!" sagte ich entschieden, und auch er schüttelte den Kopf. „Und dennoch verheiratet, wirklich verheiratet?" fragte ich.

„Das letzte Aufgebot sollte heute, Sonntag, stattfinden. Wenn die Trauung vielleicht bis morgen verschoben worden ist, so geschah es in Erwartung Ihres Eintreffens, Fräulein Hardine."

„Heute morgen erst, und Sie erfuhren es g e st e r n, Mann!" schrie ich auf, indem ich entrüstet seinen Arm schüttelte. „Sie hatten Zeit, warum schritten Sie nicht ein?"

„Weil dieses Einschreiten nicht begehrt worden ist," antwortete er ruhig, „und weil es unbegehrt in so später Stunde zwecklos oder gefahrvoll gewesen sein würde."

„Es wird, so Gott will, noch zu dieser Stunde nicht zwecklos sein und die höchste Gefahr abwenden, nicht herbeiführen," sagte ich und stürzte aus der Tür.

Nachdem ich den Wirt beauftragt hatte, mir augenblicklich Extrapost zu bestellen, kehrte ich zu dem Propst zurück, der nachdenklich neben dem schlafenden Knaben saß und dessen Hand in der seinen hielt. Ich rannte ungeduldig im Zimmer auf und nieder. Nie im Leben hatte ich mich in ähnlicher Aufregung gefühlt. Jede Minute des Wartens deuchte mir eine Ewigkeit, ich hätte mir Flügel anheften und von dannen fliegen mögen.

„Beruhigen Sie sich, liebes Kind," mahnte endlich der Freund. „Sie erreichen Ihr Haus noch in dieser Nacht. Einige Minuten früher oder später — allemal früh genug oder zu spät."

„So erzählen Sie," rief ich, und der alte Herr hob mit absichtlicher Breite also an:

„Da ich Ihren Brief in Jena vorgefunden, verweilte ich dort noch ein paar Tage in heiterster Stimmung, unter literarischen

Anregungen, mit deren Schilderei ich Sie heute verschone, Fräulein Hardine. Erst gestern bei grauendem Tage trat ich die Postfahrt nach meiner Anstalt an. Mein gutes Glück gewährte mir einen wissenschaftlich und weltmännisch gebildeten Reisebegleiter, der sich mir, wenn auch nicht dem Namen nach, als eine ärztliche Notabilität Berlins dokumentierte.

„Das Gespräch, wie das heutzutage kaum anders mehr möglich ist, sprang von unseren beiderseitigen friedlichen Neigungen bald genug hinüber auf das wildbewegte Zeitwesen, auf die phänomenalen Entwickelungen, welche dasselbe gleichsam aus dem Staube in die Höhe wirbelt, um sie ebenso jach wieder in Staub und Kot zurückzuschleudern; und wie hätte da der jugendliche Feldherrngenius unerwähnt bleiben sollen, der sich, zur Stunde kaum noch geheimnisvoll, zu einem Zuge rüstet, um über Meer und Land den letzten unbezwungenen Feind des republikanischen Frankreich in der Grundfeste seiner weltgebietenden Macht zu erschüttern.

„‚Ich habe', so erzählte im Verlaufe der preußische Herr, ‚über den General Bonaparte die interessantesten Aufschlüsse erhalten durch einen Augenzeugen seiner vorjährigen italienischen Gloria. Dieser Augenzeuge, mit dem ich kürzlich meine kleine Erholungsreise antrat, ist ein Mann meines Fachs, der seit etlichen Wochen unser nach Kuriositäten so lüsternes Berliner Völkchen in ein wahrhaftes Fieber versetzt, und, wenn schon mir ein gefährlicher Rival, in der Tat verdient, als merkwürdiges Beispiel aufgeführt zu werden, wie eine superiore Natur das rohe, blutige Treiben der Gegenwart als Bildungsstoff für einen eng begrenzten, friedfertigen Beruf mit Geschick und Glück zu verwerten vermag.

„Denken Sie sich, mein Herr, einen blutjungen sächsischen Barbier, lediglich als Autodidakt in einer mühsam aufgesuchten Praxis geschult, der in Preußens kriegerischen Rüstungen einen günstigen Spielraum für sein Streben ahnt und durch die glücklichsten Begegnungen findet. Die heillosen Feldzüge von

92 und 93 geben Gelegenheit, sein Talent und seinen Eifer in ein helles Licht zu setzen. Er, der keiner Fakultät immatrikuliert gewesen ist, kein Examen absolviert hat, geht aus den verpesteten Lazaretten jener Tage als Regimentsarzt hervor; hochgestellte Herren verdanken ihm Hilfe und Heilung, man eröffnet ihm weittragende Aussichten auch in friedlichen Zeiten. Während des Angriffs auf das Lager von Neuhornbach, wo er im Gefolge des verwegen vordringenden Königs sich allzuweit vorgewagt und über dem Verbande eines feindlichen Schwerverwundeten aufgehalten hat, gerät er in französische Hand. Er wird nach Paris gebracht, sein guter Stern will, daß es eine einem Konventsmitgliede verwandte einflußreiche Persönlichkeit ist, die ihm das Leben verdankt; sie erwirkt ihm die Freiheit, sich in Instituten und Spitälern umzutun. Die große, wildbewegte Hauptstadt, die zahlreichen Opfer der Schlachtfelder, ja nicht zum geringsten die der Henkerbühne werden eine Vorlage für den energischen Trieb. Selber inmitten der tumultuarischen Welt fällt hin und wieder ein beachtender Blick auf den rastlos forschenden Fremden, den kein politisches Ereignis kümmert.

„Der Friede von Basel führte die ausgewechselten Gefangenen in ihr Vaterland zurück. Auch unser Doktor hatte die Freiheit, zu gehen. Aber er blieb. ‚Was wollen Sie,' sagte er mir, ‚der Arzt, als solcher, unterscheidet nicht Heimische und Fremde, nicht Freund und Feind. Er unterscheidet nur Gesunde und Kranke, Gebrechliche und Heile als Material und sucht, solange er lernt, das günstigste Terrain für seine Kunst und Pflicht.' Freiwillig begleitete er die italienische Armee nach Italien; der junge deutsche Doktor tritt in den Horizont des Helden von Lodi und Arcole. Ein Jahr lang verweilt er, geteilt zwischen Leistung und Studium, in dem dem Arzte hochwichtigen Bologna, beobachtet an Kranken und Verwundeten den steigernden oder mildernden Einfluß eines südlichen Himmels und kehrt, nachdem der Friede von Campo Formio den

Kontinent zur Not beruhigt hat, nach allen Seiten bereichert, aus dem republikanisierten Italien nach Paris zurück.

„,Hier wurden ihm glänzende Anerbietungen gemacht, der rätselhaften Meeresfahrt seine Dienste zu leihen, in welcher wir gegenwärtig den verwegenen Korsen mit der gegen England bestimmten Armee befangen sehen. ‚Aber‘, so sagte jetzt unser Mann, ‚ich war kein Abenteurer. Ich hatte mir in der Fremde angeeignet, was meiner Heimat dienen konnte und, ich fürchte, nur allzubald, in schwerer Stunde dienen wird. Ich durfte zurückkehren.‘ So erscheint er vor etwa Monatsfrist in unserem ihm völlig fremden Berlin. Ein Cäsar der Messer und Zangen, kommt er, sieht und siegt. Das Gerücht, rasch und geheimnisvoll wie der Wind, schnellt ihn zu einem Wundermann in die Höhe. Kriegerische Kameraden, aus den Rheinfeldzügen zu Dank und Anerkennung verpflichtet, bewillkommnen ihn mit festlichen Ehren; die friedlichen Kollegen spitzen die Ohren bei der Mär von dem Champion ihrer Kunst, der, um Studien zu machen, freiwillig seinen Kopf in des Löwen Rachen gesteckt hat; der junge König, sich seiner aufopfernden Bemühungen während der Seuchenzeit nach dem Feldzuge in der Kampagne erinnernd, empfängt ihn und wünscht seine Erfahrungen an der neubegründeten Pepiniere verwertet zu sehen; die Menge drängt sich um den Zeugen der revolutionären Greuel und Verwogenheiten, mit deren Schilderei zur Zeit Ehren-Haude und Spener ihre Haare sträuben gemacht hat. Kaum zu Atem gekommen, ist er in aller Munde; die Fachgenossen lauschen seinen genialen Aphorismen; die Laien, bevor sie erprobt, was der Mann kann, begnügen sich mit dem, was er erlebt; bis die Neugierde verflogen, ist die Klientel begründet. Kurz und gut, niemals hat ein junger, ehrgeiziger Praktikant seine Bahn unter günstigeren Auspizien angetreten. Wir Alten werden die Segel streichen müssen, denn freilich unsere Kathederweisheit sieht sich von seiner kühnen Methode himmelweit überflügelt.‘

„Ich brauche Ihnen nicht zu sagen, Fräulein Hardine,“ fuhr der Propst nach kurzer Pause fort, „w e s s e n Bild während der Erzählung handgreiflich vor mir aufgestiegen, und daß es eine müßige Frage war, die ich an den Namen ihres Helden stellte. In der Antwort: ‚Doktor, neuerdings Geheimrat Faber,‘ überraschte mich höchstens der Titel.

„Wir hatten uns der Stelle genähert, bei welcher der Weg nach der Anstalt abzweigt. ‚Verstand ich Sie recht, mein Herr,‘ fragte ich, nachdem ich Abschied genommen, den Fremden, ‚verstand ich Sie recht, so hat Doktor Faber Sie kürzlich auf der Reise in diese Gegend begleitet? Sie werden meine Neugier entschuldigen, wenn ich Ihnen sage, daß ich einem lange Verschollenen in seiner Heimat zu begegnen hoffe.‘ — ‚Ihre Hoffnung dürfte sich erfüllen, Verehrtester,‘ antwortete der Begleiter. ‚Wir reisten bis Halle miteinander; dort verweilte ich, während er ohne Aufenthalt auf der Merseburger Straße weiterfuhr. In Familienangelegenheiten, wie er sagte.‘ — ‚Und wann geschah das?‘ fragte ich noch einmal. ‚Gestern, Freitag, vor acht Tagen,‘ versetzte der Fremde, und der Postwagen fuhr von dannen.

„An dem nämlichen Tage hatte ich meine Fahrt nach Thüringen angetreten; seit länger als einer Woche konnte demnach die Entscheidung unter Ihrem heimischen Dache, Fräulein Hardine, gefallen sein. Durfte ich hoffen, daß diese Entscheidung meinem erwarteten Pflegling einen Vater gegeben habe? Mußte ich fürchten, daß sie ihm auch noch die Mutter geraubt? In der lebhaftesten Spannung legte ich den Weg zur Anstalt zurück.

„Kaum dort angekommen, berichtete meine alte, Sie wissen, kurzsichtige Haushälterin, daß am Tage nach meiner Abreise, bei kaum grauendem Morgen, ein verhülltes, städtisch gekleidetes Frauenzimmer nach mir gefragt und, als es meine Entfernung vernommen, gebeten habe, ihr Anliegen schriftlich hinterlassen zu dürfen. Ich fand das Blatt ohne Unterschrift, aber versiegelt, auf meinem Schreibtische und las die wenigen Worte: ‚Sobald Sie zurückkehren, Hochwürden, bitte, lassen Sie mich es wissen. Aber um Gottes willen! kommen Sie nicht zu mir, auch nicht zu der gnädigen Herrschaft, bevor Sie mich benachrichtigt haben.‘

„Sie wünschte demnach eine Unterredung, ohne Zweifel, um ihres Kindes Zukunft festzustellen, und sie fürchtete eine absichtliche oder zufällige Enthüllung. Ich wußte jetzt, wie die Entscheidung gefallen war.“

„Sie wußten es!“ so unterbrach ich zum erstenmal den Erzähler, „und Sie eilten nicht, gegen ein drohendes Unheil einzuschreiten?“

Der Freund erwiderte: „Ich war, trotz des Verbots, eben im Begriffe, an Ort und Stelle die Lage der Dinge einzusehen, als ein Besuch Ihres Herrn Vaters, Fräulein Hardine, mich dieser Erkundigung überhob. Er hoffte, eine Nachricht aus Reckenburg, die Ihr verspätetes Eintreffen erklärte, bei mir vorzufinden, und da ich ihm diese Aufklärung geben konnte, bat ich ihn, nicht in Sorgen zu sein, wenn das ersehnte Wiedersehen sich noch durch Zufall um einige wenige Tage verzögern sollte.

„‚Ich komme auch keineswegs aus Sorge, im Gegenteil, in heller Freude, Freund,‘ versetzte der gütige Herr. ‚Ich möchte meine Dine nur gern bei einem — Familienfeste darf ich wohl sagen — unter uns sehen, als Brautjungfer unserer kleinen Dorl und des — — raten Sie, Propst, und des — —‘

„‚Und des Geheimrat Faber,‘ ergänzte ich, erzählte in der Kürze, auf welche Weise ich von des Mannes Heimkehr unterrichtet worden war, und bat um eine Darstellung des Eindrucks, den die so lange getrennten Verlobten aufeinander gemacht haben, und wie die Sache so rasch zum letzten Abschlusse geführt werden konnte.

„Ich werde mir nun erlauben, diese Darstellung möglichst exakt mit Ihres Herrn Vaters eigenen Worten zu geben, die

Schlußfolgerung aber Ihnen selbst überlassen, Fräulein Hardine.

— „Am Freitagabend sitzen wir still beieinander. Meine Frau spinnt, ich rauche. Da hören wir das Haustor unter einem kurzen, knackenden Druck sich öffnen und wieder schließen, hören einen raschen, elastischen Schritt im Flur, drei klopfende Schläge wie mit einem Hämmerchen an der Stubentür. Der Druck, der Schritt, das Klopfen sind uns alte Bekannte. Mir entfällt die Pfeife, Adelheid der Faden; ‚Faber!' rufen wir aus e i n e m Munde, und mit dem Namen steht auch schon der Mann uns gegenüber. Nicht mehr der Feldscher von Anno 90, auch nicht mehr bloß der Doktor aus den Schanzen vor Mainz; ein kapitaler Mann, ein gemachter Mann auf den ersten Blick: aber auf den ersten Blick auch noch leibhaftig der alte Mosjö Per—sé. —

— „Er schüttelte mir die Hand und küßte die meiner Frau mit dem Air eines jener armen Marquis, deren Köpfe er zu Dutzenden hat rollen sehen. Denken Sie, Propst, der Sohn und Gehilfe meines alten Barbiers! Aber d a s Gute muß ja freilich der Anblick jenes Plebsregiments hervorbringen, daß ein honetter Mensch sich zu guten Manieren bequemen lernt.

—„‚Ich komme als Hochzeiter, mein Herr Major,' sagte er, indem er auf den väterlichen Trauring an seinem Finger wies. ‚Ein wenig spät, werden Sie sagen — aber der Mann hat Farbe gehalten!'

— „‚Oho!' versetzte ich lachend, ‚das Kindchen erst recht!'

— „Meine Frau hat sich unterdessen von ihrem Staunen erholt und in Positur gesetzt. ‚Zunächst,' hob sie an, ‚Herr — Doktor, nicht wahr?' Er antwortete lächelnd mit einer Verbeugung: ‚Für meine ältesten Freunde Siegmund Faber, wie ehedem, Mosjö Per—sé, wie es Ihnen beliebt. Im übrigen: Geheimrat Faber, praktischer Arzt in Berlin.' —

— „‚Zunächst also, Herr Geheimrat,' sagte Adelheid, indem sie sich gleicherweise verneigte, ‚die Versicherung, daß Demoiselle Müller in ungestörtem Wohlbefinden und in geduldiger Treue unter unseren Augen Ihrer Heimkehr gewartet hat.'

„,Wie eine Nonne auf den himmlischen Bräutigam,' fiel ich ein. Adelheid räusperte sich, und Sie wissen schon, Propst, wenn Adelheid sich räuspert, das heißt allemal: Mal àpropos, Eberhard! ,Indessen möchte es doch gut sein,' fuhr sie fort, ,das liebe Kind auf Ihr überraschendes Erscheinen vorzubereiten.'

— „Sie wollte sich entfernen. Da erwiesen sich aber der Herr Geheimrat wieder einmal recht gründlich als der alte Per—fé. Nach dieser hochbeglückenden Versicherung, meinte er, erbitte er sich die Gunst, die gnädige Frau begleiten und in einem unmittelbaren Eindrucke die Entscheidung über seine Herzenswünsche empfangen zu dürfen. Er zündete während dieser Rede ohne Umstände den Wachsstock, der auf dem Tische stand, an und setzte es auf diese Weise durch, als Vorleuchter zuerst das Zimmer seiner Braut zu betreten. —

— „Die arme, kleine Dorl saß wie jeden Abend einsam bei ihrer Spielerei. Sie hatte kleine Kinderköpfe ausgeschnitten und war vor Langerweile eingenickt. Die Arme lagen ausgestreckt über dem Tische, und der Kopf war auf sie herabgesunken. Als die Tür jetzt rasch geöffnet wurde, hob sie ihn, wie aus einem Traume erwachend, in die Höhe. ,Ich kann dir,' sagte Adelheid, denn ich war natürlich unten zurückgeblieben, ,ich kann dir das Entzücken nicht beschreiben, Eberhard, das sich bei diesem Bilde in Fabers Augen malte. Die zierliche Einrichtung seines alten Zimmers, der Kleinen unveränderte Schönheit, ihre kindlich stille Beschäftigung und den goldenen Reif am Ringfinger, alles das hatte er mit einem einzigen Blicke erfaßt. Es bedurfte keines Wortes, er wußte, was er zu reden brauchte.'

— „Jetzt hatte aber auch Dorothee ihn bemerkt. Sie schrie auf wie ein Kind, das eine Biene gestochen hat, wurde kreideweiß und bedeckte das Gesicht mit beiden Händen. —

— „‚Ich habe Sie erschreckt, meine teure Dorothee,‘ sagte Faber, indem er auf sie zueilte, ihre linke Hand von den Augen zog und einen Kuß gegen den Ringfinger drückte. — ‚Aber dieser Augenblick der Überraschung ist mir Ersatz für die langen Jahre des Entsagens. Mein ganzes Leben wird ein Dank sein für das Glück, daß Sie ihn mir gewährten.‘ —

„Indessen dies zweite Experiment — Sie wissen, Propst, er nannte schon seine Verlobung ein Experiment — nun, diese Überrumpelung erwies sich denn doch schier zu stark für unsere arme, kleine Dorl. Es überlief sie ein Schauder, ihre Glieder flogen, Fieberglut verjagte die tödliche Blässe auf ihrem Gesicht. ‚Sie sind unwohl, Dorothee!‘ rief Faber ängstlich, führte sie auf das Kanapee, setzte sich auf einen Stuhl an ihrer Seite und faßte ihre Hand, nicht wie ein Liebhaber, sagte Adelheid, sondern wie der Arzt, welcher die Pulsschläge zählt. Sie schüttelte das Köpfchen, raffte sich zusammen, erholte sich allmählich, und als Faber nach einer Weile fragte, ob sie sich kräftig genug fühle, seine Gegenwart zu ertragen, antwortete sie mit einem Nicken. —

„‚Das Ziel, das ich mir gesetzt hatte, ist erreicht,‘ sagte Faber darauf, ‚später als ich gehofft, aber sicher und ehrenvoll. Eine ausfüllende Tätigkeit wartet meiner in Berlin, eine sorglose Häuslichkeit steht mir — Ihnen, liebe Dorothee — dort bereitet. Freilich ist meine Zeit gemessen. Aber was bedürfen wir auch noch der Zeit? In einer Woche, denke ich, werden wir vereint der neuen Heimat entgegenziehen.‘

— „Da sie alles so glücklich im Gange sah, hielt Adelheid, die bisher unbemerkt im Hintergrunde gestanden hatte, es an der Zeit, sich zu entfernen. Erst bei dieser Bewegung wurde die Kleine ihrer ansichtig. Sie fuhr in die Höhe, stürzte auf meine Frau zu mit einem, wie diese behauptet, geradezu irrsinnigen Blick und den Worten, den ersten, die sie sprach: ‚Hardine, Hardine! wann kommt Fräulein Hardine?‘ — ‚Wir erwarten sie bis Mitte nächster Woche, liebe Dorothee,' — beruhigte sie Adelheid und ließ die Brautleute allein.

— „Unten angekommen, sagte sie zu mir: ‚Das arme Mädchen ist über die Maßen bestürzt, Eberhard. Mehr als ein Kopfnicken und Schütteln wird ihr auch im Tête-à-tête nicht abzuschmeicheln sein. Was Wunder aber auch? Der Mann ist ihr in acht Jahren ein Fremder geworden; ja, als Mann betrachtet, ihr auch vorher nur ein Fremder gewesen. Nun über Hals und Kopf: Wiedersehen, Hochzeit, Abreise, eine gänzlich neue Welt, und alles das ohne die getreue Beraterin, unserer Tochter Hardine.'

— „Ich bin der Ansicht, Propst: nichts hilft einem Menschen gemütlicher über eine verlegene Situation hinweg, als im Kreise guter Freunde eine heitere Tafelei, und Adelheid und ich waren daher auch auf der Stelle einig, das Beste, was Küche und Keller boten, eilig zu einem Bewillkommnungsschmause aufzutischen. Kaum daß ein Stündchen vergangen war, stieg ich die Treppe hinauf, die Gäste zu unserem Extempore einzuladen. Ich machte der Braut, die noch immer die Sprache nicht wiedergefunden zu haben schien, meine Gratulation und dem glückstrahlenden Bräutigam noch einmal mein Kompliment. Bald saßen wir alle vier behaglich um den Tisch; das erste Fläschchen wurde entkorkt, und niemals habe ich ein freudigeres Lebehoch als das auf unsere beiden Getreuen erschallen lassen.

— „Nun mußte aber auch endlich unser Gast mit der Sprache herausrücken und die Fahrten und Fährnisse zum besten geben, unter welchen der Gefangene von Pirmasens sich so glücklich bis zum Königlich Preußischen Geheimen Medizinalrat durchgewunden hat. Propst, der Mann versteht zu erzählen; simpel, anschaulich, mit Bescheidenheit, und doch nicht ohne das geziemende Selbstgefühl.

— „Da gab es denn einen kuriosen Wechsel von Bewunderung und Grauen, wenn man den einsamen Fremdling mit seinen Messern und Zangen so gelassen dahinschreiten sah, heute unter den Blitzen des Fallbeils, morgen unter dem Donner der Kanonen; vorbei an Menschen, die gestern Gold waren und heute Staub sind, und an solchen, die gestern als Staub übersehen und morgen als Gold vergöttert werden. Was solch eine Revolution zu sagen hat, das ist mir wahrlich erst durch meinen Mosjö Per—sé recht klargeworden, Propst! Die Nacht hindurch würden Adelheid und ich mit gespanntem Ohr gelauscht haben.

— „Aber freilich, ein anderes sind ein paar im Grunde doch fremde alte Leute, und ein anderes eine junge, bängliche Braut. Die arme kleine Dorl saß stumm und blaß, Hände und Blicke im Schoß, und berührte keinen Bissen noch Tropfen. Eigentlich kam es mir vor, als hatte sie von all den Mordgeschichten und Geschäften nicht ein Sterbenswort gehört und an ganz was anderes dabei gedacht. Der Erzähler aber dankte ihr dieses angstvolle Erstarren im Rückblick auf die Gefahren, die er fern von ihr durchlebt hatte. Er drückte ihr die Hand und schwenkte geschickt in ein Gebiet, in welchem das schwächlichste Frauenzimmer sich allezeit erholt. Die revolutionären Damenmoden wurden aufs Tapet gebracht; das gesellige Treiben, erst in Paris, dann in Berlin; Namen wurden genannt, als die von Gönnern und Freunden, bei deren Klange dem vormaligen Schenkjüngferchen wohl das Herz im Leibe lachen konnte; und als endlich gar der eigne Hausstand an die Reihe kam, als einer Beletage Unter den Linden, der Bedienten, Wagen und Pferde wie selbstverständlicher Dinge Erwähnung geschah, Freund, da hätten Sie sehen sollen, wie unser Bräutchen auftaute! Wie die Öhrchen sich spitzten, die Äugelchen blitzten, die blassen Wangen immer rosiger sich färbten. Die kleine Dorl sah sich schon als Frau Geheimrätin, wohl gar als gnädige Frau, in Tituskopf und Tunika, wiegte sich auf seidenen Polstern zwischen Pendülen und Vasen, während draußen Generale und Grafen antichambrierten in Erwartung des gefeierten Herrn Gemahls. Jetzt wagte sie es, die Augen zu ihm aufzuschlagen; sie nickte ihm lächelnd zu und ließ die bisher so widerwillige Hand ohne Sträuben in der seinen. Ja, Weiberchen, Weiberchen, Evas Töchter, die ihr alle seid!

— „,Das Herdfeuer lodert in Erwartung der Hausfrau' — so schloß der geschickte Mann seine Schilderei, — ,und auch die Hausfrau wird ja, will's Gott, nur auf Tage noch dem freundlichen Heimwesen fehlen. Wir sind beide verwaist, auch Sie, liebe Dorothee, majorenn; die erforderlichen Zeugnisse können im Orte bezogen werden. Übermorgen darf das erste Aufgebot stattfinden, und zweifle ich nicht, daß uns alle weiteren Observanzen erlassen werden, wenn ich in Leipzig, wo ich morgen einige alte Freunde und Gönner aufzusuchen gedenke, mich beim Konsistorium darum bemühe. Jedenfalls wird bis zum übernächsten Sonntag alles erledigt und dann auch die Zeugen unserer Verlobung gegenwärtig sein, Fräulein Hardine, die ich so gern auch als Zeugin unserer stillen Hochzeitsfeier begrüßen möchte.'

— „Adelheid hat recht, Propst; es ist merkwürdig, wie die kleine Dorl an unserer Dine hängt. Ein anderer als Mosjö Per—sé würde sich solch ein Freundschaftsregiment verbitten! Aber d e r: Schürzenangelegenheiten — bah! Ja wär's ein Mann, der ihm ins Gehege käme, dann gnade Gott!

— „Die Kleine hatte seinem Plane mit aller Gelassenheit zugehört; bei dem Namen Hardine aber fuhr sie erschrocken in die Höhe; weiß Gott, sie zitterte und wurde jählings wieder blaß wie eine Wand. ,Hardine!' flüsterte sie. ,Wann kommt Fräulein Hardine?' — ,Sie soll zur Hochzeit nicht fehlen, Herzenskind,' rief ich ihr ermunternd zu. — ,Morgen schreibe ich ihr, und in spätestens acht Tagen ist sie da.'

— „Dorothee saß auf ihrem Stuhle zurückgesunken und regte sich nicht. Der Bräutigam leerte das letzte Glas auf das Wohl unserer guten Tochter. Auch die Braut mußte anstoßen und nippen, aber sie tat es mit einem Schütteln, als ob ihr der

Tod übers Grab gelaufen sei. Wir alle sahen, wie sehr das liebe Kind der Ruhe bedürfe. Meine Frau hob die Tafel auf; der Gast empfahl sich, um im Gasthof ein Nachtquartier zu suchen. Unser Fest war zu Ende.

— „‚Lieber Herr Major,‘ sagte die gutmütige Dorl, als ich sie die Treppe hinaufführte, ‚bitte, schreiben Sie Fräulein Hardine nicht. Es möchte ihr ungelegen sein. Sie kommt ja ohnedies. Oder wir warten, bis sie kommt.‘

— „Nun, ich habe auch nicht geschrieben, da am andern Morgen ein Brief ihre Ankunft bis spätestens Donnerstag meldete. Und nun ist sie doch nicht gekommen und kommt am Ende auch gar nicht mehr zu rechter Zeit.“

„Ihr Herr Vater, Fräulein Hardine, hatte sich bei den letzten Worten erhoben, um den Heimweg anzutreten. Ich begleitete ihn zu seiner Wohnung und bat, daß er seine Mitteilung fortsetzen möge.

— „Was soll ich weiter berichten“, sagte er. „Es ist alles gekommen, wie unser Doktor es ausgeklügelt hatte. Am Sonntag sind sie zum erstenmal von der Kanzel gefallen. Morgen geschieht's zum zweiten- und drittenmal vereinigt. Am Nachmittag, oder spätestens Montag früh, eine stille Trauung auf dem Lande, als Zeugen nur Adelheid, ich und, wenn sie noch eintrifft, versteht sich, unsere Tochter. Daß sie nur käme! Die Kleine verzehrt sich buchstäblich über dieser fixen Idee. Bei jedem Wagen, der die Straße heraufrollt, stürzt sie ans Fenster und schaut hinaus. ‚Hardine, Fräulein Hardine!‘ sind fast die einzigen Worte, die ihre Lippen berühren. Vorgestern, wo wir sie mit Bestimmtheit erwarteten, habe ich selber mich über die kleine Torheit geärgert. Sie ist in diesen acht Tagen abgemagert zum Skelett; der Verlobungsring, der ihr so drall am Finger saß, rollt bei der geringsten Hantierung in ihren Schoß. Sogar an den Brautputz denkt sie nicht. ‚Es wird doch nichts daraus!‘ murmelte sie, als Adelheid neulich davon anfing. Hysterie, Propst, nennt man ja wohl diese Launen bei dem

Frauenvolk? Gottlob, unsere Dine hat von dem Unwesen keine Spur."

„Und zeigt der Bräutigam keine Art von Beunruhigung über diesen jedenfalls verwunderlichen Herzenszustand?" wagte ich zu äußern; ein Zweifel, welchen der ritterliche Herr Major aber nahezu als eine Ehrenkränkung zurückwies. — „Wie meinen Sie das, Propst?" rief er unwillig. „Hat der Mann nicht Adelheids und mein eigenes Zeugnis für des Mädchens untadeliges Verhalten? Würde ohne dasselbe unsere Tochter ihre Freundin sein? Rühmt nicht die ganze Stadt ihre geradezu scheue Zurückhaltung seit jenem heillosen Donnerstagabend, an dessen Ausgelassenheit das arme Kind wahrlich geringere Schuld als wir anderen samt und sonders getragen hat? Daß sie bis jetzt keine übermäßige Passion für den Herrn Bräutigam empfindet, darüber wird er selber am besten im reinen sein, er ist kein Apollo, unser Mosjö Per—fé! Aber nur erst unter die Haube und an den eigenen Herd. Einer wie der Faber fühlt sich Mannes genug, um ein Frauenherzchen in Beschlag zu nehmen. Klug wie er ist, schont er die bängliche Laune einer kurzen Übergangszeit; zeigt sich der Kleinen nur in flüchtigen Besuchen, liebreich, ohne Zärtlichkeit, mit offener Hand und im Nimbus eines gefeierten Namens. Alles drängt sich um den merkwürdigen Heimatsfreund. Die Kunde seiner Rückkehr hat sich wie ein Lauffeuer in der Gegend verbreitet. Meilenweit ziehen sie einher, alte und neue Schäden von dem Wunderdoktor heilen zu lassen. Im Fluge sind etliche schwere Operationen absolviert worden. Nun soll aber auch den alten Bekanntschaften ein Gruß und Lebewohl gebracht werden, bis zum Schinder herab, den er seinen ersten Professor nennt. Kurz und gut: ein Tourbillon hat sich um den Mann erhoben, und er bewegt sich nach allen Seiten mit Takt und comme il faut. Nicht zum geringsten auch gegen uns. Das alte väterliche Haus, ‚seine Treuburg', wie er es nennt, bleibt unserer Verfügung, der Mietzins Fräulein Hardine zu Armenzwecken überlassen.

Kein Stück wird in Dörtchens bräutlichem Zimmer verrückt, kein Gepäck mit auf die Reise genommen. In ihren Hochzeitskleidern, leicht wie Sommervögel, fliegen sie in das bereitete Nest, wo dann alles neu und nie gesehen das junge Weibchen umfängt und erfrischt." —

„Wir hatten während dieser letzten Rede die Stadt und Ihre Wohnung, Fräulein Hardine, erreicht. Die Frau Mutter saß am Spinnrad vor der Tür. — ‚Die Post von Leipzig ist herein, und wieder ohne unsere Tochter, Eberhard!' sagte sie. — ‚Die Gräfin ist krank geworden,' versetzte der Gemahl, ‚der Propst hat Nachricht. Aber was sagt unsere Dorl, Adelheid?' — ‚Nun, da so ziemlich die letzte Hoffnung geschwunden ist, scheint sie sich ihre kindliche Sehnsucht aus dem Sinn schlagen zu wollen. Sieh dich um, Eberhard; an allen Fenstern und Türen ein gaffendes Gesicht. Eben ist Dorothee am Arme ihres Bräutigams um die Ecke gebogen, zum erstenmal, daß sie seit seiner Heimkehr das Haus verläßt. Sie wollen den Gräbern der Eltern Lebewohl sagen. Eine noble, delikate Natur, dieser Faber; Sie hätten ihn kennen lernen sollen, Herr Propst. Auch meiner Tochter hätte ich sein Wiedersehen gewünscht. Doch mag ich der morgenden Trauung nicht länger widersprechen. Dorothee kommt o h n e Abschied leichter zur Ruhe, und langte Hardine morgen abend noch an, was könnte ihr an der bloßen Brautführerrolle gelegen sein?'"

Der Propst schwieg; seine Erzählung schien zu Ende. „Und warteten Sie", fragte ich heftig, „Dorotheens Rückkunft und ihren Entschluß nicht ab?"

„Nein," antwortete er mit Ruhe. „Ich bat Ihre Frau Mutter, ihr meine Heimkehr von der Reise mitzuteilen, und ging in meine Anstalt zurück. Als nach dem Morgengottesdienst, wie ich kaum anders erwartet hatte, eine Botschaft an mich nicht ergangen war, benutzte ich die Post nach Leipzig, um meinen Schützling, den armen Waisenknaben, in Empfang zu nehmen."

Die Postchaise fuhr in diesem Augenblick vor. Ich hatte meine Reisekleider gar nicht abgelegt und das Gepäck bereits wieder hinunterschaffen lassen. Als ich jetzt den Knaben wecken und mit ihm voraneilen wollte, trat mir der Propst entgegen. „Ich halte es für besser," sagte er, „mit dem Kleinen hier zu übernachten und erst morgen —"

„Der Junge wird im Wagen so gut wie hier im Bette schlafen," unterbrach ich ihn gereizt. „Rasch voran!" Er sann einen Moment und folgte mir dann, den schlummernden Knaben auf dem Arme.

Des Freundes mitteilsame Breite hatte meine Aufregung nur gesteigert. Sicherlich nicht ohne seine Absicht; die Gärung sollte v o r den aktuellen Eindrücken verbrausen. Zum ersten und gottlob einzigen Male im Leben fühlte ich mich in einem Zustand von — dreist heraus! — in einem Zustande von Wut; von Wut zunächst gegen mich selbst. Ich hätte mir das Haar ausraufen oder die Wagenfenster zerschlagen, ich hätte schreien oder wie ein wildes Roß mir die Adern zerbeißen mögen, um dem kochenden Blute ein Ventil zu öffnen. Ich, ich hatte dieses strafwürdige Ereignis verschuldet; ich die Sünde gedeckt, die Untreue verheimlicht; getäuscht die arglosen Eltern, auf deren guten Glauben hin ein Ehrenmann in seinem Allerheiligsten betrogen war, voraussichtlich zur Stunde schon. Ich, ich hatte die stolze Zuversicht der eigenen Seele für alle Zeit zerstört.

In solcher Stimmung gibt es keine größere Erleichterung, als einen Teil seiner Last auf einen anderen abzuwälzen, und so wendete ich mich denn, sobald das Gefährt auf die weniger holpernde Landstraße eingelenkt hatte, gegen den Begleiter, dessen milde Gelassenheit mich empörte.

„Wenn wir zu spät kommen, Propst," sagte ich, „wenn die Trauung vollzogen ist, so haben Sie eine schwere Verantwortung auf sich geladen. Sie, der Sie den Frevel hindern konnten und in bequemer Scheu vor der Anklage es unterließen."

„Darf der Beichtstuhl zur Anklagebank werden, Fräulein Hardine?" entgegnete er, „und war ich nicht in der Lage des Beichtigers, der ein ihm anvertrautes Geheimnis zu bewahren hatte?"

„Sie hatten das Geheimnis nicht von einem Beichtkinde empfangen. Übrigens sprechen Sie mit dieser Auffassung sich selbst das Urteil. Dem Manne, dem Freunde mochte Zartgefühl die Zunge binden; dem Seelsorger war es Pflicht, ein Verbrechen seines Beichtkindes zu verhüten."

„Und was tun, Fräulein Hardine?"

„Raten, warnen, bedräuen; für die erste christliche und menschliche Tugend, die Wahrhaftigkeit, das matte Gewissen zum Leben rütteln."

„Und haben Sie, meine mutige junge Freundin, nicht geraten, nicht gewarnt, nicht das Gewissen zur Wahrhaftigkeit aufgerüttelt, Sie, die vor allen Menschen die stärkste Macht über dieses Kind geübt haben, und in der Zeit von dessen Gleichgültigkeit, ja mehr als solcher, gegen den Mann, dem es Wahrheit schuldete? Und mit welchem Erfolg? Heute aber in der letzten Stunde, am Vorabend der Trauung, wo alles Sinnen und Trachten des beweglichen Herzens nur gegen die Gefahr eines Widerspruchs gerichtet ist —"

„Hätten Sie im äußersten Falle das äußerste Mittel nicht scheuen dürfen."

Der Freund faßte nach einer kleinen Stille sanft meine Hand und sprach: „Fordern Sie, mein liebes Kind, von einem alten Manne nicht eine Tat, die das Maß seiner Anlagen überschreitet und für die er, mißrät sie, sich und anderen kein Heilmittel zu bieten hat. Und wenn das Äußerste nun zum Äußersten geführt hätte? Wenn das schwache Geschöpf — eben weil es schwach ist, Fräulein Hardine — gebrandmarkt vor der Welt und vor dem Manne, der im Augenblick all sein Begehren gefangen nimmt, in tödlicher Krankheit, in Wahnsinn verfallen wäre? Wenn es verzweifelnd Hand an sich gelegt —"

„Nun, wohlan!" rief ich leidenschaftlich, „ich, ist es noch Zeit, werde diesen Gefahren trotzen, werde, und wäre es vor dem Altar, den Einspruch der Wahrheit vernehmen lassen. Ich bin aus den Schranken meiner natürlichen Anlagen, meiner Erziehung, der Denkweise meiner Väter, der Gesetzmäßigkeit meines Charakters herausgetreten, indem ich die Unehre duldete und das Unrecht beschönigte. In Recht und Ehren, um jeden Preis, werde ich diese Irrung meines Lebens zu sühnen wissen."

„Sie werden es, meine Freundin," entgegnete der geistliche Herr mit Bedeutung. „Sie werden jene Irrung sühnen, früh oder spät, wenn auch mit anderen Faktoren als denen, die heute Ihr Gemüt beherrschen. Also irren heißt leben, und in den heimlichen Trieben, die unsere Menschenlogik höhnen, keimt unsere Entwickelung. Der Regenguß, der unsere Saaten niederschlägt, durchsickert die harte Bodenschicht und sammelt sich zum Quell, welcher das Wurzelland befruchtet. Das ist die Logik der Natur. Und darum lassen Sie mir den Glauben, daß das, was heute Ihr Gewissen niederschlägt, dereinst als ein Jungbrunnen Ihr Gemüt erquicken wird. Ich bin ein alter Mann. Meine Aufgabe ist, diesem Kinde, das zur Stunde vielleicht auch die Mutter verloren hat, so weit meine Kraft noch reicht, den Vater zu ersetzen."

Der alte Mann schwieg. Wenn Ihr aber glaubt, daß sein Gleichnis vom Wasserborn — Feuer und Flamme wie ich war — meinen Zorn gelöscht haben sollte, nun, so irrt Ihr Euch. Öl hatte es in den Brand gegossen. Ich kehrte dem gefühlvollen Schwächling den Rücken, der, ohne sich zu rühren, das Haus seines Nachbars einäschern sieht und derweilen gemütlich die Bausteine für eine Hütte der Zukunft zusammenträgt.

Wir sprachen bis zur Zwischenstation kein weiteres Wort. Der Propst saß mir still gegenüber, den Kopf des schlafenden Knaben auf seinem Schoß. In mir jagten sich die Gedanken.

Was geschehen sollte, kam ich noch zur rechten Zeit, was aus mir werden, kam ich zu spät — ich wußte es nicht.

Aus diesem Tumult weckte mich eine Bewegung meines Begleiters, der während des Pferdewechsels sich zum Aussteigen rüstete, um den Seitenweg nach seiner Anstalt mit dem Knaben einzuschlagen. Ich merkte die Absicht und sagte höhnend: „Sie schlucken Elefanten und seihen Mücken, guter Freund!" Worauf er lächelnd antwortete: „Wohl mir, wenn ich den giftigen Stich einer Mücke von Ihnen abwehren könnte, Fräulein Hardine."

Die Reizung fehlte mir nur noch. „Ich denke, Herr Propst," brauste ich auf, „Name und Ruf des Fräulein von Reckenburg — —"

„Der beste Name und Ruf," unterbrach er mich, „der Frieden des edelsten Menschen können getrübt werden, wenn eine Kette von Zufälligkeiten sich törichter oder böslicher Auffassung in die Hände spielt. Zwingt ihre Ehe Dorothee Müller, diesen Knaben zu verleugnen, so hat er erweislich weder Vater noch Mutter. Er ist in Reckenburg unter den Augen Ihrer vertrauten Dienerin aufgewachsen, durch Sie der Erziehung eines alten Freundes übergeben worden. Ihre Person wird es sein, an welche seine Erinnerungen, vielleicht seine Erwartungen sich heften, zumal wenn eines Tages ein Umschlag in Ihren äußeren Verhältnissen die Blicke eines größeren Kreises auf Sie lenken sollte. Ihre einzigen rechtfertigenden Zeugen, Justine und ich, sind Greise; die Kirchenregister vernichtet und die Verwickelungen des Schicksals unberechenbar. Ich muß es daher als eine Fügung der Vorsehung betrachten, daß mindestens ein unumstößliches Dokument über August Müllers Abstammung gerettet worden ist. Kurz vor meinem Abgange von Reckenburg und dem Brande der Kirche nahm ich eine Abschrift des Taufzeugnisses, um es, ohne die Aufmerksamkeit eines Dritten zu erregen, der Mutter des Knaben zu gelegentlicher Verwendung anheimzugeben. Gedankenlosigkeit verzögerte den ursprünglichen Zweck, und so lege ich es jetzt, statt in die der Mutter, in Ihre Hand, Fräulein Hardine. Weisen Sie es nicht zurück; verwahren Sie es aus Rücksicht für einen treuen Freund, so viel derselbe heute in Ihrer Schätzung verloren haben mag."

Um weitere verdrießliche Erörterungen abzuschneiden, nahm ich das Attest; bei ruhigerem Blute sah ich in seiner Erhaltung eine Pflicht, wenn nicht für mich selbst, so doch für den verwaisten Knaben, und ich erwähnte bereits, daß Ihr es dieser Handschrift beigefügt finden werdet.

Nach diesem Zugeständnisse mußte nun aber der geistliche Herr sich darein ergeben, von mir nach seiner Anstalt geleitet zu werden. Die Klosterglocke schlug Mitternacht, als ich ihn, seinen Pflegling im Arm, hinter der Pforte verschwinden sah.

Eine halbe Stunde später schmetterte das Posthorn vor der alten Baderei. Das Haus, das ganze Städtchen lagen im Dunkel; alles schlief, und es wehrte mir eine Ewigkeit, bis die Torfahrt geöffnet ward und mein Vater in Schlafrock und Nachtmütze unter ihr erschien. „Dorothee!" schrie ich ihm entgegen, indem ich mich mit beiden Händen an seine Schultern klammerte.

„Du kommst post festum, arme Dine," antwortete der Papa mit kleinlautem Schmerz, „die Frau Geheimrätin lassen sich gehorsamst empfehlen!"

Und nun fragt mich nicht, wie ich an das Bett meiner Mutter und über den ersten Austausch hinweggekommen bin. Auch nicht, wie lange ich ihr gegenübersaß und in halber Betäubung die Schlußszene unseres häuslichen Dramas gleich einem Nebelbilde an mir vorübergleiten sah. Erst bei öfterer Wiederholung in den nächsten Tagen prägte sie sich mir ein mit der Schärfe eines persönlichen Erlebnisses.

Die Verlobten waren von ihrem abendlichen Abschiedsgange heimgekehrt mit dem Beschluß, die Trauung am anderen Mittag in der verabredeten Weise stattfinden zu lassen. Vater und

Mutter hatten nicht widersprochen. Den Gruß ihres alten Freundes im Kloster empfing die Braut mit einem Tränenstrom, der sie zu erleichtern schien.

Als am Sonntagmorgen der Gottesdienst sich seinem Ende näherte, stieg die Mutter in Dorothees Stube hinauf, ihr kleines Angebinde zu überreichen. Es war eine Silhouette und Locke ihrer Tochter, die sie einem perlenumrahmten Medaillon hatte einfügen lassen.

Sie fand die Braut fertig gekleidet in ihrem Abendmahlsanzuge, Brust und Arme mit einer Garnierung weißer Klosterspitzen, einem Geschenke Fabers, umschlossen. Das dunkle Bild am schwarzen Bande als einziger Schmuck hob das Trauerartige ihrer Erscheinung noch mehr hervor. In diesem düsteren Rahmen aber, in der Blütenweiße des Angesichts, die Augen gesenkt, die Hände wie zu demütigem Flehen über der Brust gefaltet und die Morgensonne die weiche Lockenwelle übergoldend: die Mutter gestand, daß sie unter dem Rosenschimmer des Kindes niemals diese ideale Schönheit geahnt, und daß sie, gebannt im Anschauen, einen Augenblick auf der Schwelle geweilt habe.

Aber nur einen Augenblick. Im nächsten durchflog ein Schrecken die Glieder der armen Hochzeitsmutter und ein entsetztes „Herrgott!“ entschlüpfte ihren Lippen. Eine Braut, Siegmund Fabers Braut, der Schützling einer Reckenburg — und ohne jungfräulichen Kranz! Keiner hatte für das unerläßliche Symbol gesorgt, das bis zum letzten von der Hand der Brautführerin erwartet worden war. Und wie nun in dieser Übereile, bei sonntägig geschlossenen Läden, den fehlenden Schmuck beschaffen?

Dorothee hatte den Aufschrei vernommen, sie sieht die mütterliche Unruhe. Gleichzeitig hört sie das Rollen eines Wagens immer näher und näher die Straße herauf. Jetzt hält er vor der Tür. „Hardine!“ kreischt sie, „Barmherzigkeit, Hardine!“ und stürzt auf ihre Knie.

Aber es ist nicht die ersehnte Kranzjungfer, es sind die Hochzeitskutschen, welche vor dem Hause vorfahren. Rasche Tritte eilen die Treppe herauf. Bräutigam und Hochzeitsvater treten ein, eben als die zitternde Braut sich vom Boden erhebt.

Allein der Kranz, der Kranz! Alles blickt bestürzt — alle, mit Ausnahme der totenstarren Braut. Der glückliche Hochzeiter ist der erste, sich zu fassen. „Es muß ja nicht eben Myrte sein," sagte er lächelnd. „Im ganzen Süden wählt man beliebige weiße Blüten, gemischt mit irgend einem anderen zarten Grün." Er überblickt das Zimmer, das gestern noch einem Garten geglichen hatte. Sämtliche Töpfe jedoch sind heute in der Frühe hinaus zum Schmucke der elterlichen Gräber getragen worden; nur in einem Wasserglase sieht er ein paar Zweige, die er achtlos ergreift und der Geliebten reicht. Die Mutter unterdrückt einen Schauder; mit einem herzzerreißenden Lächeln flicht sie Dorothee dieselben in ihr goldenes Haar: es ist ein Strauß Rosmarin, auf eben jenen Gräbern gestern zum Andenken von der Tochter Hand gepflückt.

In dem nämlichen Augenblick aber bringt triumphierend der gute Papa, der in seinem Eifer in den Garten gelaufen ist, eine Handvoll weißer Tausendschön, an denen noch der Morgentau perlt. Sie werden zwischen die Zweige gewunden, und so mit Frühlingsblumen und Grabesgrün ist der bräutliche Schmuck vollendet. Siegmund Faber legt einen kostbaren türkischen Schal um die Schultern seiner Verlobten, er führt sie zum Wagen, die Eltern folgen in einem zweiten. Unter den Grüßen und Winken ihrer Mitbürger, die eben dem Gotteshause entströmen, fährt das schönste der Kinder der Stadt aus seiner dunklen Heimat in den blendenden Glanz der Welt.

Nach einer Stunde hielten die Wagen vor einer Kirche seitab des ersten Dorfes auf der Straße nach Berlin. Die Bewohner saßen beim Mittagessen, niemand außer dem Pfarrer und Küster harrte in dem kleinen, öden Gotteshause. Faber hatte aus Schonung für seine Braut um eine kurze, stille Feier gebeten, und so beschränkte sich dieselbe nahezu auf die alte strenge lutherische Formel und den Segensspruch. Ohne Sang und Orgelklang waren die Verlobten binnen weniger Minuten Mann und Weib. Als die Ringe von neuem gewechselt wurden, die sie acht Jahre lang getragen hatten, glitt der der Braut von der schlaff herabhängenden Hand. Faber fing ihn auf und steckte ihn an ihren Finger, den er von da ab fest zwischen den seinigen gepreßt hielt. Sein Ja schallte laut und freudig durch den Raum. Dorothees Lippen bewegten sich nicht.

Schweigend führte Siegmund Faber seine junge Frau bis an die Kirchhofspforte, winkte den Wagen herbei und eilte zu geschäftlichen Abmachungen in die Sakristei zurück. Die Eltern nahmen Abschied von dem Kinde, das sie neben dem eigenen von der Wiege ab gehegt hatten.

„Gottes Segen über Sie, teure Dorothee, auch im Namen unserer guten, fernen Hardine," sagte der Vater, nachdem er seinen Liebling umarmt hatte, und ging dann rasch dem glücklichen Gatten nach, um seine Tränen zu verbergen.

Bei dem Namen Hardine war es wie eine Sinnestäuschung, wie ein Wahn, der das junge Weib berückte. Unter konvulsivischem Zucken stürzte sie zu Boden und umklammerte der Mutter Knie.

„Barmherzigkeit, Hardine!" schrie sie, „Barmherzigkeit! Ich wollte ja nicht — aber ich mußte! Ich wollte ja reden — aber ich konnte nicht. — Das Kind, das arme Waisenkind! Barmherzigkeit, Hardine — Barmherzigkeit — um des Toten willen."

Die letzten Worte wurden kaum noch verständlich gelallt. Sie taumelte mit gebrochenen Augen rückwärts über ein frisch geschaufeltes Grab. Faber stürzte herbei und trug die Bewußtlose in den Wagen. Eine Minute später rollten sie auf der Straße zur neuen Heimat voran.

Zehntes Kapitel

1806

Das Geheimnis ist enthüllt. Ihr wißt jetzt, meine Freunde, wer August Müllers Mutter gewesen ist und welches Verhältnis mir die Lippen band, als die Welt mich dafür genommen hat. Was weiter nach außen hin an mir und durch mich geschehen ist, liegt zutage, die Geschichte dürfte zu Ende sein.

Weil aber jede Geschichte eine Pointe haben soll, das heißt: weil jedes Schicksal nicht nach außen, sondern nach innen gipfelt, und weil, ist nur einmal der erste Strich getan, es ein besonderes Vergnügen gewährt, den Grundriß seines Lebensbaues vor lieben Menschen zu entfalten, so will ich den meinigen weiter führen von Stock zu Stock, bis zu der Spitze, die sich vor Euch enthüllen wird, nachdem Ihr den Richtspruch vernommen habt.

Die Schwäche, mit welcher ich jahrelang Dorothees Heimlichkeit geduldet und gewahrt, hatte mein Gewissen frei gelassen. Nun aber, da eine untilgbare Schuld gegen einen anderen daraus erwachsen war, drückte sie mich wie ein Alp. Es gab jetzt einen Menschen, dessen ehrenwerten Namen ich nicht hören konnte, ohne zu erbleichen; einen, vor dem ich in der Erinnerung die Blicke niederschlug, den ich belügen oder in seinem innersten Heiligtum vernichten mußte, wenn er mir unter die Augen getreten wäre mit der Frage: „Handeltest du rechtschaffen und ehrenhaft gegen den Vertrauenden?" Die Dämonen des Lebens: Unruhe, Zweifel, Furcht und Scham, sie, die ich mehr gefürchtet hatte als Verlassenheit und Armut, jetzt lernte ich sie kennen. Der Stolz der Unschuld war vernichtet, alle Sicherheit des Gefühls gebrochen, seitdem die Nachgiebigkeit gegen ein Gefühl mich so weit von meinem Grundwesen vertrieben hatte.

Von Dorothee hörte ich nichts. Ich hatte nicht erwartet, daß sie mir schriebe, und würde ihr nicht geantwortet haben. Ob sie mit dem Propst in Verbindung geblieben, mochte ich nicht wissen, bezweifelte es aber. Wir waren fertig miteinander.

Auch zu dem Propst hatte mein Verhältnis sich abgeschwächt, seitdem seine Schlaffheit, wie ich es schalt, mir eine Gewissensschuld aufgebürdet. Ich suchte ihn auf, sooft ich im Elternhause verweilte, unterhielt eine Art Zusammenhang zwischen ihm und seiner alten Gemeinde, folgte nicht ganz ohne Anteil seinen Bestrebungen in der Gegenwart; von unserem gemeinsamen Geheimnis aber war niemals die Rede.

Niemals jedoch, sooft ich ihn besuchte, unterließ er es, mir seinen b e s o n d e r e n Schützling vorzuführen und meine frühere Teilnahme für ihn wieder anzuregen, denn — und das war wohl der häßlichste Umschlag meiner Stimmung — denn der Knabe, an dem ich mit so viel Wohlgefallen gehangen hatte, und der sich gleichmäßig schön und kraftvoll entwickelte, war seit jener Mitternacht, wo ich ihn hinter der Klosterpforte verschwinden sah, meinem Herzen ein Greuel. Ich erblickte in ihm nicht mehr das Ebenbild seines Vaters, der die Lust und das Leid meines kurzen Lenzes, nicht mehr das Schmerzenskind seiner Mutter, die meine einzige Gespielin gewesen war; er erinnerte mich nur noch an den Mann, der durch meine Mitschuld um das Glück betrogen wurde, das Pfand einer r e i n e n Liebe an sein Herz zu drücken. Ungerecht, wie ich war — auch gegen mich selbst — grollte ich des Knaben stürmischer, schwer zu zähmender Natur; er wurde mir zum Wildling Muhme Justines, zu dem verlorenen Kinde der Sünde, und vergeblich suchte der alte Freund aufzuklären und zu entschuldigen. „Er lügt niemals und er ist beherzt vor allen anderen.“ sagte der Freund; ich aber sagte: „Er ist eine Range vor allen anderen,“ und wenn August Müller zwanzig Jahre später erzählt hat, daß das Bild Fräulein Hardines sich ihm durch eine drastische Manipulation eingeprägt habe, so erinnere ich mich dieser Tatsache wahrscheinlich nur darum nicht, weil mir nicht einmal, sondern hundertmal zu solchem Korrektiv die Hände zuckten.

Alles war mir verleidet, alles vergällt, zumeist der Aufenthalt im Elternhause. Denn das Haus war die Stätte des Verrats, der mich mein Selbstgefühl gekostet hatte, und vor den ehrlichen Eltern, die nur durch meine Schuld Mitschuldige an demselben geworden waren, konnte ich nicht bestehen. Ich langweilte mich in dem ohne mich ausgefüllten häuslichen Getriebe, und der gesellschaftlichen Plattheit hatte ich mich in dem freien ländlichen Wesen meiner Reckenburg bis zum Widerwillen entwöhnt. Denn die Natur, auch in ihrer einfachsten Form, spricht immer neu und geistvoll zu einem, der nicht bloß eine beschauliche, sondern eine wirkende Stellung in ihrem Bereiche eingenommen hat.

Der Besuch in der Heimat verkürzte sich daher von Jahr zu Jahr; in den letzten bis auf wenige Tage. Meine Gegenwart in Reckenburg wurde immer unentbehrlicher; freilich auch immer undankbarer und gebundener. Alles stockte, allem drohte der Verfall unter der wahnsinnigen Goldsucht der Greisin. Die bewährten Diener und Gehilfen versagten ihren Dienst; ich mußte kämpfen um jeden Taler, den ich aus den Erträgen den gierigen Händen vorenthielt, ja ich mußte zur Täuschung, zum offenbaren Betrug meine Zuflucht nehmen: heimlich Korn verkaufen, um die Arbeiter zu bezahlen, daß die Äcker nicht brach liegen blieben; heimlich Holz fällen lassen, um die Forstwärter zu besolden, daß das überhandnehmende Wild nicht Saaten und Schonungen vernichtete.

Wenn ich diese dämonische Selbstzerstörung, die Entartung der trefflichsten Anlagen vor Augen sah oder die von Geschlecht zu Geschlecht wachsende Verwilderung der Gemeinde, welche seit jenem Brande selber des schützenden Daches über dem Gotteshause entbehrte, wenn ich ihre Reden erhaschte von dem Beelzebub, dem das Gespenst im Goldturm seine Seele verschrieben habe, Reden, vor deren Logik die Gegenrede verhallte wie leerer Wind, da fragte ich mich oftmals mit höhnendem Grimm, warum nicht in jedem Tollhaus eine Station für Geiznarren errichtet sei? Und noch öfter kämpfte ich mit der Versuchung, eine gerichtliche Kuratel für meine unzurechnungsfähige Verwandtin zu beantragen.

Aber ich kämpfte sie nieder. Die Frau, die so kraftvoll gelebt hatte, um so kümmerlich zu versiechen, stand in ihrem zehnten Jahrzehnt, und nicht auf das Zeugnis hin der Letzten, die ihren Namen trug, sollte sie in den Registern ihres Landes als eine Törin verzeichnet stehen. Noch war ich stark genug, gegen die Verwüstung standzuhalten, bis ein zögernder Naturlauf die Verwalterin zur Herrin ihres heimatlichen Grundes machen oder sie für immer von demselben vertreiben mußte.

Jahr um Jahr schlich dahin in diesem Zustande äußerlicher und innerlicher Latenz, wie der Arzt ein lähmendes, lastendes Siechtum nennt und der Krise harrt, die seinen Patienten, sei es im Tode, sei es zu einem verjüngten Leben, befreit.

Und dieses heimlich lauernde Elend verspürte das einsame Mädchen in dem Waldwinkel von Reckenburg, mehr noch als an sich selber, an dem gesamten Wesen seiner vaterländischen Zeit. Mit dem geschärften Sinn eines unbeschäftigten Gemüts sah es, über die eigene Leere hinaus, die schwankenden Bewegungen von Schwäche zu Schuld, sah die Kraft seines Volkes, hier überschraubt, dort versumpfend, einer Katastrophe entgegenschleichen, die es zerreißen oder aufrütteln mußte zu einer erneuernden Tat.

Ich weiß, was Ihr sagen wollt, meine Freunde, oder mindestens, was Ihr sagen dürftet: sei's um das lauernde Siechtum der deutschen Welt, wenngleich du auch darin vielleicht die nachträgliche Erfahrung oder etwa den Kontrast deines rohen Reckenburger Völkchens mit dem zarten Literaturfreunde im Kloster als Zeichen der Zeit deinem Spürsinne zugute geschrieben hast. Nun sei's darum. Was aber das Pathos deiner persönlichen Latenz betrifft, Fräulein Ehrenhardine, das war wohl schwerlich ein anderer als der unbehagliche Zustand jedweden Jüngferchens, das allmählich aus den Zwanzigern in die Dreißig hinüberschreitet. Warum heiratest du nicht? Du warst nicht schön und lieblich, wie wir dir glauben wollen; aber du warst tüchtig und respektabel, und was mehr bedeutet, du warst voraussichtlich die Erbin des „grünen Röckleins" deiner Reckenburger Flur. So ein Röcklein aber ist kleidsam auch ohne Venusgürtel. Fehlte es dir an Freiern, oder spieltest du die Amazone?

Keines von beiden, meine jungen Querulanten. Fräulein Ehrenhardine war sattsam ernüchtert, um auch sonder Sehnsucht und Neigung eine verständige, anständige Heirat für ein besseres Korrektiv ihres Siechtums zu halten als selber den Heimfall ihrer Reckenburg. Was aber die Schar ihrer Freiwerber anbelangt, oho! eine väterliche Schwadron hätte sie mit ihren Kavalieren füllen können. Alt und jung, bekannt und unbekannt, von fern und nah meldeten sie sich, durchdrungen von den Reizen und Tugenden der letzten Reckenburgerin. Sobald diese Letzte aber wahrheitsgemäß Reize und Tugenden als das einzige verbriefte Kunkellehn der Reckenburgs in Erwägung stellte, da sah sie jenen Zustand der Latenz sich plötzlich auch über die flott avancierte Ritterschaft verbreiten. Männiglich dämpfte sich die Leidenschaft zu einem rhythmischen Tempo gleich dem der Menuett in der choreographischen Schule Eberhards von Reckenburg: Cavaliers à droite, à gauche, en arrière! nicht einen g a n z e n Pas, kaum einen h a l b e n, und jederzeit mit tiefer Reverenz und graziösem Portebras — doch so langatmig wie das Leben in dem Goldturme der Reckenburg.

Als aber — um vorderhand mit dem matrimonialen Kapitel abzuschließen — als aber jenes langatmige Leben endlich dennoch ausatmete und die Reize und Tugenden der letzten Reckenburgerin in dem grünen Röcklein ihrer Heimat strahlten, da wußte sie Besseres zu tun, als die Blöße eines harrenden Ritters unter seinen Falter zu verbergen. En arrière, cavaliers! hieß es nun ihrerseits; en arrière au galop!

Und das Herz hat ihr nicht geklopft bei dieser Freierscheuche. Denn zu ihrem Glück oder Unglück hatte sie früh nach großen Maßen messen gelernt, und ein verführerischer Antinous, ein Charakter wie Mosjö Per—sé zählten nicht zu ihrer späteren Klientel.

Die Herbstereignisse von 1806 trieben mich eilends und voraussichtlich für längere Zeit in das Elternhaus zurück. Der Kurfürst hatte sich in letzter Stunde für den Krieg entschieden, und mein alter Vater mußte zum zweitenmal unter preußischem Banner zu Felde ziehen.

Die Mutter, deren Gesundheit sich seit jenen Trennungsjahren nicht wieder erholt hatte, brach bei diesem zweiten Abschied ohne Widerstand zusammen. Heute ahnte sie den Todesstreich, den sie damals nur gefürchtet hatte, und als der ehrliche Purzel seinen alten Trostspruch wiederholte: „Gnädige Frau, es passiert ihm nichts, und wenn ihm doch was passiert, da komme ich gleich und melde Post," da versuchte sie kein Lächeln, und ihr starres Auge sagte: „Ich weiß, daß du kommst."

Ich teilte diese apprehensive Stimmung nicht. Die Kampagnen Napoleons waren nicht von der Dauer der Rheinfeldzüge; die gegenwärtige spielte sich voraussichtlich in unserer Nähe ab, und warum sollte man von vornherein an Gottes Schutz verzweifeln, wenn man denselben schon einmal mit so viel Dank empfunden hatte? Ich hoffte, den teuren Mann wiederzusehen, bald wiederzusehen.

Desto unbezwinglicher war mein düsteres Vorgefühl des allgemeinen Loses. Wie einsame Hirten oder Jäger Wolken- und Sternenlauf verstehen lernen, so, ich sagte es schon, hatte in meiner geistigen Vereinzelung ich mich gewöhnt, die Blicke aufmerksam auf den umzogenen Horizont unseres Zeitwesens zu richten, und es waren drohende Wetter, die ich aufsteigen sah. Nun kam ich heim. Unser Städtchen glich einem preußischen Feldlager. Der größte Teil der Armee, von der ich Bruchstücke schon während der vorjährigen Mobilmachung hatte kennen lernen, zog durch unsere Straßen, dem unfernen Hauptquartier entgegen. Mit natürlichem Scharfblick für alles Praktische und als Soldatenkind mit manchen militärischen Bedürfnisfragen vertraut, mußten mir während dieser Eindrücke Bedenken aufsteigen, welche die Folgezeit nur allzu deutlich gerechtfertigt hat.

Mehr aber als diese aktuellen Anschauungen war es eine nachschleichende Erinnerung, welche sich unheilweissagend zwischen den bunten Wechsel drängte. Ich sah und hörte die cavalière Laune unter den Epigonen aus Friedrichs Heldenschule, die einzige Stimmung, welche öffentlich zur Schau getragen ward und welche die weniger heißblütigen sächsischen Bundesgenossen häufig genug verletzte; — nun, man konnte sie belächeln. Ich wechselte, in flüchtigem Begegnen, ein Wort mit dem heldenmütigen Prinzen, der mich, wenn auch mit genialischerem Gepräge, so lebhaft an den Betrauerten von Valmy erinnerte; ich verneigte mich vor der Huldgestalt der Königin und las die stolze siegerische Zuversicht in dem schönsten Frauenauge: — nun, jenes Wort und dieser Blick hätten das Vertrauen beleben dürfen.

Aber ich sah auch an der Spitze der Armee wieder den halbschlüssigen Feldherrn von Zweiundneunzig, wo Friedrichs Ruhmesfahne sich zu senken begann; heute ein Greis, von Greisen umgeben, und gegenüber nicht einer Rotte von Sansculotten, sondern einer siegestrunkenen Armee unter einem K a i s e r Napoleon. Und jener Autorität der Erinnerung sah ich wieder einen König von Preußen freiwillig unterstellt, einen nüchternen, schüchternen Herrn, in dessen ernsten Augen — von allen allein! — ein Spüren der Katastrophe zu lesen war, ein Ahnen aller Leiden der Zeit, die er zu spät verstehen lernte.

Die Armee hatte sich seit fast zwei Wochen westwärts den Fluß entlang gezogen. In der Stadt war keine Besatzung zurückgeblieben, eine bängliche Stille dem lauten Treiben gefolgt: die Stille vor dem Sturm. Von Stunde zu Stunde erwartete man die Nachricht eines Zusammenstoßes, niemand aber ahnte, wo der gefürchtete Sieger von Austerlitz, der nach der letzten Kunde, Anfang Oktober, in Würzburg angekommen war, diesen Zusammenstoß suchen oder ihm begegnen werde. Auch die Armee ahnte es nicht, wie uns ein erster Brief des Vaters angedeutet hatte.

Die letzte Nachricht über ihn brachte uns der Propst, dessen Sohn in seinem thüringischen Pfarrhause den Freund seines Vaters gastlich beherbergt und ihn wohlbehalten und wohlgemut gefunden hatte. Der Hauptteil der Sachsen stand bei dem Hohenloheschen östlichen Flügelkorps; unser Reiterregiment an der oberen Saale bei den Vorposten, welche Prinz Louis Ferdinand führte. Noch war jedermann im Dunkel, ob das Korps dem Feinde entgegen auf das rechte Flußufer rücken oder ob es sich näher an die Hauptarmee bei Erfurt ziehen werde. Dieser Brief, datiert vom 8. Oktober, erreichte uns erst am Nachmittage des 11.. Die Mutter hörte den beruhigenden Inhalt ohne Glauben und fast ohne Anteil. Sie saß in sich versunken in einem zehrenden Fieber. Mich durchzuckte ein Ahnen, daß auch ohne vernichtenden Schlag sie diese Prüfungszeit nicht überdauern werde.

Am anderen Morgen durchliefen beunruhigende Gerüchte die Stadt, Gerüchte, wie sie in solchen Tagen in der Luft zu schwirren scheinen: keiner sucht und erfährt ihren Herd. Ich las sie in den Mienen der Vorüberstürzenden, fing sie auf aus ihren halben Worten, wenn ich auf einen Augenblick die Mutter zu verlassen und auf die Straße zu treten wagte. Reisende wollten schon gestern französischen Truppenzügen begegnet sein, die sich auf dem rechten Ufer saalwärts bewegten: man sah die verbündete Stellung umgangen, sah in ihrem Rücken den Feind sich im Kurfürstentum festsetzen; man glaubte sich keine Stunde mehr sicher, dachte ans Bergen seiner Habseligkeiten, an Verproviantierung, an Flucht.

Die Aufregung wuchs, als gegen Mittag die Sage von mehreren für die Verbündeten unglücklichen Vorpostengefechten, die schon am 9. stattgefunden und die Kavallerie hart mitgenommen haben sollten, verlautete; sie stieg zum höchsten, als einige Stunden später — wie? durch wen? ja, Gott weiß es! die unheilvollste Kunde von Mund zu Mund lief. Eine Schlacht — so hieß es — hatte stattgefunden, der Feind den Übergang auf das linke Ufer gegen den preußischen Prinzen und demnach auch gegen unser städtisches Regiment erzwungen. Die Verluste wurden ungeheuer genannt, unter ihnen sogar der Name des heldenmütigen Prinzen.

In dieser Spannung des Lauerns und Horchens neigte sich der Tag. Die Frankfurter Post traf ein, zwei Stafetten folgten sich rasch auf den Straßen nach Halle und Leipzig. Immer dichter wurden die Gruppen vor dem Posthause uns gegenüber, immer angstvoller die Gebärden; mir war, als ob aller Blicke nach unserem Hause gerichtet seien. Ich ertrug es nicht länger.

Die Mutter saß unbewegt auf dem Schlafstuhle am Fenster; sie blickte starr auf das Gedränge, aber sie fragte nach nichts. Ich ließ sie unter Obhut der Magd. Es dunkelte bereits. Ich lief hinüber nach der Post; es waren kaum hundert Schritte, in wenigen Minuten konnte ich zurück sein.

Und in wenigen Minuten war ich zurück, die Botschaft im Herzen, die, ich wußte es, dem einzigen geliebten Wesen, das mir auf Erden geblieben war, wie ein Todesurteil klingen mußte. Der teure Mann war dahin! gefallen an der Spitze seines Regiments während jenes letzten unglücklichen Reitersturmes, der auch dem fürstlichen Führer zum Verhängnis werden sollte. Wie starrte ich, wie grauste mir, als ich die Schwelle überschritt, die, so lange ich denken konnte, zu einer

Stätte beglückten Friedens geführt hatte. Es waren nur wenige Minuten — und ich fand sie in eine Sterbekammer umgewandelt.

In ihrem Stuhle am Fenster, da, wie ich sie verlassen hatte, lehnte die unglückliche Frau mit schlaffen Gliedern und gebrochenem Blick, einer Leiche gleich. Zu ihren Füßen lag händeringend die Magd, und vor ihr, noch atemlos keuchend, laut schluchzend, mit Blut und Kot bespritzt, den Arm in der Schlinge, stand der Schreckensbote, der mir zuvorgekommen war.

Der ehrliche Purzel hatte Wort gehalten. Als von allen Seiten die Feinde immer dichter und dichter schwollen, als ringsum die Freunde zu wanken begannen, jetzt auch, nach einem letzten mutigen Angriff, die Schwadronen seines eigenen Regiments auseinanderstoben; als er den Prinzen, der sie vorgeführt hatte, sein Pferd wenden und im nämlichen Augenblicke auch seinen Herrn zu Boden stürzen sah: da hatte er keinen Gedanken mehr, als ihn zu retten, und, da er ihn tot fand, rettungslos tot, ihn seitab in einem Busche zu bergen, dann aber kehrtzumachen, der arme Wicht, von dannen zu jagen, als sein Pferd zusammenbricht, zu laufen, atemlos, fast Tag und Nacht, bis er „sein Haus" erreicht und seine Frau, der er Post versprochen hat; der erste Flüchtling, welcher die Kunde des ahnungsschweren Vorspiels von Jena in die Heimat trug.

Das mörderische Wort war nicht über seine Lippen gekommen; ein erster, einziger Blick auf die eintretende Gestalt hatte das kranke, weissagende Herz gebrochen. Ohne Zögern wurden die Mittel angewendet, die bei schlagartigen Lähmungen geboten sind; sie fristeten das leibliche Leben auf unberechenbare Zeit, das der Seele war tot und blieb es. Die unglückliche Frau hat keinen Laut mehr vernehmen lassen und, ich hoffe es, keinen unserer Schmerzenslaute mehr vernommen.

Das ist der wühlendste Schmerz, welchen eine gleich große Sorge im Banne hält. Die lange Nacht hindurch saß ich und zählte mechanisch die matten Schläge des Pulses, der jeden Augenblick erlöschen konnte. Mit grauendem Tage drängten sich Teilnehmende und Neugierige herbei; ich sah und hörte sie kaum. Ich saß starr und stumm.

Aus diesem betäubten Zustande sollte ich erlöst werden durch eine Freundestat, die wie keine andere, vorher und späterhin, mein Herz gerührt hat. Was es heißt, Treue zu ernten, wo die Väter Liebe gesät, ich hätte es in diesen Tagen lernen können. Und doch habe ich zwanzig Jahre nach ihnen hingelebt, ohne ein gleiches Samenkorn auszustreuen. Freilich hatte ich keinen Erben, dem es Frucht getragen haben würde.

Es war um die Mittagsstunde, als ich einen Wagen in unsere Torfahrt lenken hörte — hörte, ohne es zu beachten. Ein Wink des Soldaten rief mich von dem Bette der Mutter; er zitterte und weinte wie ein Kind, und d e r , vor welchen er mich führte, zitterte und weinte wie er. „Fräulein Hardine," stammelte Christlieb Taube, „ich bringe Ihnen, was von dem gütigsten Menschen, der auf Erden gelebt hat, zu retten war."

Seinen Leichnam. Er hatte ihn in dem bergenden Gebüsche entdeckt, als er mit seinem Prediger, des Propstes Sohn, das nahe Kampffeld nach Verwundeten durchsuchte, hatte ihn darauf im eilig aus rauhen Brettern gezimmerten Sarge zwischen die letzten Eichenblätter des Jahres gebettet, im Gotteshause priesterlich einsegnen lassen und ganz allein im leichten Korbwägelchen, Tag und Nacht fast ohne Aufenthalt, ihn als letzten Trost den Menschen zugeführt, die er seine Wohltäter nannte.

Und da lag er nun, der Mann mit dem braven Herzen, wie ich ihn so oft im Leben hatte schlummern sehen; das gute, kräftige Gesicht durch keinen Zug der Qual entstellt. Noch hielt er den Säbel fest in der geballten Faust, und nur eine kleine durchbrannte Öffnung im Kollett bezeichnete die Stelle, wo die Kugel in das Herz gedrungen war. So starb er einen raschen, rühmlichen Reitertod, im Bewußtsein eines gerechten Kampfes, v o r den Tagen der Schmach, die jahrelang auf seinem Stande und Vaterlande lasten sollten und deren endliche Sühne zu teilen seinem Alter wohl kaum gegönnt gewesen wäre. Mein teurer Vater, Gott hat es am besten gewußt, auch für dich!

Niemals im Leben habe ich so geweint, so die Wohltat der Tränen empfunden, als vor diesem Todesbilde. Als ich den Kopf von seinem Herzen erhob und die Hand des treuen Freundes drückte, der still betend am Fußende des Sarges auf seinen Knien lag, da fühlte ich den alten Mut und die gewohnten Kräfte wieder in mir aufgelebt. Es war, als ob ein Sonnenstrahl sich durch bleiernen Winternebel kämpft; nur eine Sekunde lang; bald umfängt uns wieder der nächtliche Schatten. Aber wir haben uns des unvergänglichen Lichtes dort oben erinnert.

Eine plötzliche Hoffnung durchzuckte mich. Ob der Anblick des geliebten Mannes nicht den erlahmten Sinn der Mutter wecken sollte? Der herbeigerufene Arzt zeigte kein Bedenken gegen den gewagten Versuch, aber auch keine Hoffnung auf sein Gelingen. So wurde denn der Sarg in das Zimmer getragen und an der Stelle des Sofas, wo der Geschiedene so oft der Ruhe gepflogen, niedergelassen. Der Mantel bedeckte die steifen Glieder, der Kopf lag geneigt wie im friedlichen Schlummer.

Auf meinen Armen trug ich die Kranke wie ein hilfloses Kind aus der Kammer und gab ihr dem Sarge gegenüber einen Platz. Mit welcher Spannung ich in ihren Zügen forschte! Ach die starren Blicke richteten sich wohl mechanisch auf des Toten Gesicht, aber kein Zucken verriet eine Freude oder einen Schmerz, nicht das leiseste Zeichen, daß sie ihn erkannte, daß sie ihn nur sah! Das Herz war tot, vielleicht schon jenseits bei ihm; nur das Blut wallte noch in der entseelten Maschine. Wie lange Zeit, ob Stunden, ob Jahre! Der Arzt zuckte schweigend die Achseln, als mein trostloser Blick ihm diese Frage stellte.

Wir richteten nun die Kranke in meinem Dachzimmer ein, um die unteren Räume für den Toten frei und still zu halten. Peinvolle Verabredungen wegen der Bestattung mußten getroffen werden. Der alte Soldat hatte keinen Kameraden am Ort, der ihm das Ehrengeleit zu seiner Ruhestätte geben konnte, der letzte Reckenburg keinen Sohn, keinen Blutsverwandten, welcher die erste Handvoll Erde auf seinen Hügel rollen ließ. Seine Tochter aber sollte ihm auf dem letzten Gange nicht fehlen. Daß dieser Gang möglichst still und unbemerkt geschähe, wählte ich eine abendliche Stunde, und traf der gute Taube in diesem Sinne die erforderlichen Vorkehrungen. Er selber grub bis in die Nacht hinein mit dem ehrlichen Diener das Grab, für welches sich ein Raum neben der Faberschen Erbstätte gefunden hatte. Die alten Hausgenossen sollten auch unter der Erde beieinanderbleiben.

Erst nachdem dieser wehmütige Freundschaftsdienst beendet war, machte sich Taube auf den Weg, dem Freunde im Kloster die Trauerbotschaft zu bringen, bei ihm zu nächtigen und dann am Morgen sein altes Schuldorf wiederzusehen. Sobald er am Abend von der Begräbnisfeier zurückkehren würde, sollte dann die Heimfahrt angetreten werden, Freund Purzel ihn begleiten.

Der arme Schelm war, nachdem er den ersten Schrecken überwunden hatte, halb und halb zu der reumütigen Erkenntnis seiner Fahnenflucht gelangt. „Ich bin nicht ausgerissen, Fräulein Hardine," sagte er schluchzend, „bloß versprengt. Und meine Wunde ist auch nicht zum Sterben, wie ich dachte, bloß ein Ritz. Nur meinen Herrn Major zur Ruhe, dann suche ich das Regiment und lasse mich totschießen wie er."

Taube hatte während der Herfahrt erkundet, daß die Vortruppen von Saalfeld sich nordwärts auf das Gros des Hohenloheschen Korps zurückgezogen und mit diesem Stellung bei Jena genommen hatten. Dort war demnach das Regiment aufzufinden. Mehrfältigen Aussagen nach hielten jedoch die Feinde bereits den Saalpaß bei Kösen besetzt, und so mußte man sich zu einem Umwege durch das Unstruttal entschließen. Welches unselige Verhängnis unserer Armee drohte, wenn jene feindliche Umgehung sich bewahrheitete, durch welche gröbliche Irrungen sie möglich geworden war, daran sollten wir nur zu bald jammervoll gemahnt werden; in jenen ersten Stunden persönlichen Schmerzes fehlte uns der Vorausblick in die allgemeine Lage.

Christlieb Taube hatte den Weg zum Kloster angetreten, die Magd, nach der Unruhe der verwichenen Nacht, früh ihr Bett gesucht; Purzel hielt Wache, das heißt, der arme, übermüdete Mensch schlief selbst wie ein Toter neben dem Sarge seines lieben Herrn. Im Hause herrschte Leichenstille. Ich saß allein am Bette der Mutter, ob minuten- oder stundenlang, ich weiß es nicht. Das Bewußtsein der Verwaisung war in dieser stillen Einsamkeit zum erstenmal deutlich in mir aufgetaucht. Der Verwaisung! Denn das Herz, das unempfindlich neben mir pulsierte, war ja nicht das einer Mutter mehr, und keiner ermißt die Ödigkeit dieses Bewußtseins, als der, welchem, wie mir, mit dem zurückleitenden Faden das einzige Band des Gemüts zerreißt. Ich war dreißig Jahre alt, ohne Geschwister, ohne Hoffnung auf ein kommendes Geschlecht, die Letzte meines Bluts und Namens, v o r mir, n e b e n mir, h i n t e r mir alles leer — — ja in Wahrheit, ich war eine Waise, stand allein in der Welt.

Und dann, ich war arm; wie auch die Zukunft sich gestalten mochte, im Augenblick bitterlich arm. Für meine eigene Person würde ich darin kaum ein Lebenshemmnis gefunden haben. Ich hatte meinen Posten auf Reckenburg, und mußte ich eines Tages von ihm weichen, „so gehe ich als Kolonistin in einen Hinterwald Amerikas," hatte ich mehr als einmal lachend dem Propste geantwortet, wenn er in mich drang, die Gräfin an ihre Pflichten gegen mich zu erinnern. In meiner gegenwärtigen Stimmung würde ich leicht aus dem Scherze Ernst gemacht, jedenfalls in einer größeren ländlichen Verwaltung meinen Platz gefunden haben. Im Hinblick auf die Mutter, die ich in ihrer langsamen Agonie nicht verlassen konnte, wurde die Armut zu einer drückenden Sorge.

Die Veränderung meiner Lage war indessen zu neu und erschütternd, als daß ich sie mit klaren Gedanken hätte durchdringen mögen. Nur wühlend und brütend schlichen die Vorstellungen an meiner Seele vorbei. Die Lampe glimmte dunkel umschirmt; das Krankenzimmer mußte kühl erhalten werden; mich fröstelte, wie es auch den Kräftigsten nach großen Aufregungen in einem Sterbehause fröstelt. Seit zwei Tagen hatte ich keinen Augenblick geruht, und so überfiel mich jener bleierne Druck, welcher zwischen Schlaf und Wachen die Mitte hält, und in welchem wir uns vergeblich zu besinnen suchen, ob die wechselnden Erscheinungen wirklich vor offenen Augen oder ob sie im Traum an uns vorüberziehen.

In diesem Zustande war es mir plötzlich, als spüre ich das Streifen eines lebenden Wesens; ich sah eine verhüllte Gestalt sich über das Krankenbett beugen, lange in das Gesicht der Mutter blicken und endlich zwischen ihr und mir zu Boden gleiten. Dieses Geräusch, diese Berührung scheuchten den Alp. Es war kein Traum: diese rätselhafte Erscheinung lag zu meinen Füßen. Ich sprang auf, ergriff die Lampe und leuchtete in ihr Gesicht — Dorothee! Dorothee im Krampfe erstarrt, eiseskalt, stieren, glasigen Auges, die Zähne knirschend zusammengepreßt, die Hände in der Gegend des Herzens in das Kleid gekrallt, — das nämliche Schreckensbild, das die Mutter am Hochzeitstage verlassen hatte.

Alle Nebel des Geistes waren bei dem erschütternden Anblick geschwunden, das eigene Schicksal fast vergessen. Ich trug sie nach dem Sofa, öffnete das Fenster, flößte ihr von den belebenden Tropfen ein, welche für die Mutter bereit standen. Sie schien das Bewußtsein nicht verloren zu haben, und es währte nur wenige Minuten, bis die steifen Muskeln sich zu strecken, die Glieder sich zu erwärmen begannen. Der Puls wurde fühlbar, nur aus den Augen wich erst langsam der starre Ausdruck der Qual.

Sie war noch immer schön; dieselbe biegsame, jugendliche Gestalt, dieselbe Durchsichtigkeit der Haut in dem gerundeten Kinderangesicht. Die geschonten Hände, Haartracht und Kleidung, alles was ich sah, zeugten von Eleganz und Behagen; alles, was ich kürzlich während der preußischen Besatzung über ihre gesellschaftliche Stellung gehört hatte, sprach von Sicherheit und Ehren: sie war ein geliebtes, ein glückliches Weib, und wie verlassen, wie elend hatte ich vor wenigen Minuten vor mir selber gestanden.

Und dennoch — denn wer beschriebe jenen heimlichen Zug von Zwang, der gleich einem eisernen Stirnband die Unglücklichsten unter uns kennzeichnet? Oder gäbe es einen wehe tuenderen Ausdruck, als den der Angst in einem Kinderauge? — und dennoch tönte eine Stimme aus meinem Innersten heraus: dieses schöne, gesegnete Weib ist elender, gottverlassener als du!

Und als hätte diese Stimme ein Echo erweckt, so flüsterten jetzt die bleichen Lippen: „Hardine, ich bin elender als du!"

Der Krampf war gelöst; sie atmete und bewegte sich frei; aber sie sprang nicht in die Höhe wie sonst; sie errötete nicht, senkte und hob nicht die Lider, schmiegte sich nicht an meine Knie, an meinen Arm, reichte mir nicht einmal die Hand. Sie ließ das müde Auge in dem meinen ruhen und erhob sich langsam, wie in gewohnter peinvoller Zurückhaltung.

Ebenso ruhig ließ sie sich darauf, meinem stummen Winke folgend, wieder nieder, und nachdem ich neben ihr Platz genommen hatte, erklärte sie, ohne meine Aufforderung abzuwarten, ihr überraschendes Erscheinen. Sie tat es mit klaren, knappen Worten, wie man berichtet, nicht wie man erzählt. Ihr Laut war reiner, der Ausdruck reifer geworden, aber der silberne Lerchenklang der Stimme drang wie durch einen Flor.

„Faber", so sagte sie, „befand sich seit Wochen im Gefolge des Königs bei der Armee. Ich konnte ohne Entdeckung, und wenn entdeckt, ohne Aufsehen eine Reise in die Heimat wagen, wegen der Zukunft des Knaben Verabredungen treffen, vielleicht ihn sehen. Von der letzten Station ab ging ich zu Fuß nach der Anstalt. Es war Abend geworden. Der Propst verweigerte es, mich heute noch, kurz vor Schlafengehen, einen Blick auf den Knaben werfen zu lassen. Es werde auffallen, Ahnungen, Erinnerungen, Entdeckungen wecken. Der Knabe dürfte nicht an eine Mutter denken, die ihm weder einen Vater nennen noch ihn in ein Elternhaus führen könne.

„Ich mußte mich seinem Willen fügen," fuhr sie nach einer Pause mit fast eisiger Starrheit fort. „Niemals hätte ich das Herz, mich vor meinem Gatten als seine Mutter zu bekennen."

„Und was fürchten Sie, wenn Sie es täten?" fragte ich. Sie stutzte, nein, ich glaube sie seufzte leise bei dem „Sie", das ich unwillkürlich gebrauchte. Doch schien sie rasch über unser verändertes Verhältnis klar geworden und antwortete mit dem Ausdruck reinster Wahrheit: „Nichts für mich. Wenn er mich verstieße, ich würde ihm meine Bettlerfreiheit danken; wenn er mich tötete, ich würde ihn für die Erlösung segnen. Sie ahnen es nicht, Fräulein von Reckenburg, was es heißt, die Natur verleugnet haben. Aber was ich fürchte, fragen Sie? Ich kann es deutlich nicht sagen. Ein unbestimmtes, vielleicht falsches Vorgefühl des Hasses — der Rache — da es den Vater nicht mehr erreichen kann, gegen den unschuldigen Knaben, der Feindseligkeit auch gegen — gegen — —"

„Gegen die Schuldgenossen," ergänzte ich.

Sie neigte den Kopf. „Er ist ein gerechter, ein argloser Mann, und gütig, o viel zu gütig gegen mich," fuhr sie fort, „aber denke ich daran, so blinkt es mir vor den Augen wie ein gezückter Dolch. Er würde es niemals vergeben, und dem Schuldlosen vielleicht weniger als mir, die er sich zu lieben gewöhnt hat. Alles das mag Selbsttäuschung sein; auch die Scheu, das ätzende Gift in eine vertrauende Seele zu gießen. Kann eine sich selber kennen, deren ganzes Leben eine Lüge ist? So sage ich denn einfach, ich habe nicht den Mut, die Wahrheit zu bekennen. Und dann: ich habe nicht mehr die Kraft, es zu tun. Sooft ich reden will, überfällt mich der Krampf, dessen Zeugin Sie vorhin waren. Wollte ich schreiben, die Hand würde mir erstarren. Es ist keine Krankheit; es wird mich nicht töten; ich werde alt dabei werden, oder — oder —" Sie deutete auf die Stirn mit einem Ausdruck, der mich schaudern machte.

„Haben Sie Kinder?" fragte ich nach einer langen Stille.

Sie schüttelte den Kopf. „Gott ist gerecht," sagte sie nach einer langen Pause. „Nein, er ist barmherzig. Ich würde keinem Kinde eine Mutter sein können."

„Und Ihr Gemahl?"

„Vermißt sie nicht, oder zeigt mir nicht, daß er sie vermißt. Er ist sehr, sehr schonend gegen mich — und noch immer *so besonders*," setzte sie hinzu, indem zum erstenmal etwas, das einem Lächeln glich, über ihre Züge lief. „‚Du bist mein Kind, Dorothee,' hat er mir mehr als einmal gesagt. ‚Kein Arzt wünscht einem geliebten Weibe das Martyrium und die Sorgen der Mutterschaft. Er sieht der Qualen genug *außer* seinem Hause.'"

„Und haben Sie seine Liebe erwidern lernen?" fragte ich nach einer neuen Stille. Sie sah mich einen Moment groß an, als ob sie über eine wahrhaftige Antwort nachdenke. Dann sprach sie: „Ich glaube, daß ich meine kindische Scheu überwunden und ihn liebgewonnen haben würde, wäre ich sein eigen geworden, damals, als ich keine Ursache hatte, ihn zu fürchten. Heute aber, wo ich sie habe — lieben? — o nicht einmal wie einen Wohltäter, einen Bruder, einen Freund. Im Sklavendienst der Sünde erstirbt das Gemüt."

„Und auch diesen Mangel fühlt er nicht?"

„Nicht, daß ich es jemals gespürt hätte. Meine kühle Zurückhaltung paßt zu dem Traumbilde, das er sich von mir geschaffen hat. Ich glaube, daß meine ursprüngliche Natur ihm lästig geworden sein würde. Entweder, Fräulein von Reckenburg, ist die Liebe ein Rätsel mit vielen Auslegungen, oder dieser Mann ahnet nicht, was lieben ist."

Wir saßen nach diesen Worten eine Weile schweigend nebeneinander, dann fuhr sie in der Mitteilung fort, die meine Frage unterbrochen hatte. „Der Propst beredete mich, die Nacht in der Stadt in meinem alten Zimmer zu verbringen. Dort wollte er mir am Morgen den Knaben unter irgendeinem Vorwande zuführen. Er begleitete mich nur bis ans Stadttor, da ich in seiner Gesellschaft nicht gesehen und vielleicht erkannt werden sollte. Weder er noch ich ahnten ja das Schicksal, das dieses Haus betroffen hat. Ich sah Licht im untern Zimmer und fand die Haustür unverschlossen. Ich hätte mich still hinaufschleichen mögen. Aber konnte ich unbemerkt bleiben? So trat ich ein. Der alte Soldat schlief im Stuhle neben dem verhüllten Lager und erwachte nicht. Ich hob das Tuch und sah in das tote Antlitz des Mannes, den ich mehr als meinen eigenen Vater geliebt hatte. Ich stieg die Treppe hinan und beugte mich noch einmal über eine, die ich verehrt und die der Tod bereits erfaßt hat. Nun wollte ich mich ungesehen aus dem Hause entfernen, Ihnen meinen Anblick ersparen, heute und immerdar. Der Krampf überfiel mich. Vergeben Sie mir, Fräulein von Reckenburg."

Ich kann es nicht mit Worten aussprechen, wie dieser Ausdruck dumpfer Resignation mir durch die Seele schnitt. Was mußte das bewegliche Kind gekämpft haben, um so seiner Impulse Herr zu werden, und was gelitten! Ich zog ihren Kopf an mein Herz, drückte ihre Hand und sprach: „Der Tote hat dich liebgehabt wie sein eigenes Kind — laß die bösen Erinnerungen zwischen uns gelöscht sein, Dorothee."

Ein Hauch, so rosig wie in ihrer glücklichsten Zeit, flog über das bis dahin schattenbleiche Gesicht. Sie beugte sich über meine Hände und warme Tränen rieselten auf sie herab. Die Wanduhr schlug eben Mitternacht. „O, Fräulein Hardine!" rief sie,

„wenn das Ihr Ernst ist — und Sie haben ja niemals ein Wort gegeben, das Sie nicht wahr gemacht — o so betätigen Sie es auch heute, diese Nacht vielleicht zum letzten Mal, daß wir im Leben beieinander sind. Ruhen Sie, und lassen Sie mich wachen bei der teuren Frau, noch einmal sie pflegen wie sonst. Sie brauchen Kraft für den morgenden Tag, und ich, könnte ich in seiner Erwartung ruhen? Gönnen Sie mir die Wohltat dieses Vertrauens, Fräulein Hardine!"

„Ja, wache bei meiner Mutter, Dorothee," antwortete ich ohne Besinnen, „ich will in deinem Bette drüben schlafen."

Wie auf ein Zauberwort war sie plötzlich wieder die alte Dorl, küßte meine Hand, fragte nach der ärztlichen Vorschrift, richtete geschäftig alles für die Nachtpflege ein, zündete dann Licht an und leuchtete mir hinüber in ihre Mädchenstube.

Unter der Tür stockte ihr Fuß; sie sah den Raum sauber in Ordnung gehalten, unverändert, wie sie ihn verlassen hatte. Im Fenster breitete sich ein Strauch von Rosmarin, den die Mutter aus einem jener Hochzeitszweige aufgezogen hatte.

Sie brach in einen Tränenstrom aus und barg das Gesicht hinter ihren Händen. „O daß ich niemals, niemals diese Schwelle überschritten hätte!" schluchzte sie. Bald aber war sie wieder ruhig und gefaßt, ordnete mein Bett, half mir beim Auskleiden, mischte mir ein Glas Zuckerwasser, alles mit ihrer leise schwebenden Art, küßte dann noch einmal meine Hand und ging hinüber zur Mutter.

Ich aber, als hätte das liebliche Geschöpf mir einen Beruhigungstrank eingeflößt, schlief ungestört bis zum grauenden Morgen. Als ich das Krankenzimmer betrat, stand Dorothee am Fenster in einem weißen Morgenkleide aus ihrer Mädchenzeit, da sie durch die bunten Farben ihres Reiseanzuges nicht allzu grell gegen unsere Trauer abstechen wollte. Der reiche Haarschleier war der Zeitmode zum Opfer gefallen; die kurzen Löckchen ringelten sich natürlich um den feinen Kopf. Sie stand hinter der Gardine und starrte mit flammenden Augen und eine Fieberglut auf den Wangen hinaus nach dem Knaben, den sie nicht mehr *ihren* Knaben zu nennen wagte.

Wie sie aber auch starren mochte, der dichte Morgennebel — der Nebel des 14. Oktober! — wehrte jede Umschau. Sie sprach keinen Laut; ein leises Zittern durchflog die Gestalt, über welche die Leidenschaft der Erwartung den lebensvollen Hauch erster Jugend ergossen hatte.

Endlich hörte sie Schritte auf der Treppe, und ich folgte ihr bis unter die Tür. Aber es war der Prediger *allein*, der die Schluchzende in seinen Armen aufgefangen hatte. „Mein Pflegesohn folgt mir in kurzem," sagte er. „Diese erste Stunde gehöre unseren trauernden Freunden, liebe Dorothee."

Damit trat er in das Krankenzimmer; *auch* einer jener stillgetreuen Balsamspender für die verwundeten Herzen, *auch* ein lange entfremdeter, wiedergefundener Freund.

Er wurde uns allen ein Rater und Ordner an diesem unruhvollen Tage; zumeist aber hatte Dorothee, die in ihrer Erregung häufig die vom Freunde gebotene Vorsicht vergaß, ihm ihr gelungenes Inkognito zu danken. Christlieb Taube war bis zum Abend über Land, der alte Diener in Begräbnisangelegenheiten früh aus dem Hause entfernt, die Torfahrt für Besucher und Neugierige verschlossen worden. Der Magd durfte vertraut werden, sie war als Auswärtige mit der Vergangenheit des Hauses unbekannt und hatte in ihrer blöden Ehrlichkeit von den fremden Leidtragenden in dem Trauerhause kaum Notiz genommen.

Die Freunde hatten unserem Toten Lebewohl gesagt und mich allein an seinem Sarge in der Kammer zurückgelassen. Ein Geräusch unter der Tür weckte mich aus meiner Versunkenheit; es war der Prediger, der seinen Pflegling vor die Leiche führte, um der verborgenen Mutter seinen Anblick zu gewähren und zugleich seine Aufmerksamkeit von der heftig Erregten abzulenken. Wenn er darüber hinaus etwa einen vom Soldatenhandwerk abschreckenden Eindruck bezweckte, so brachte sein Plan, nach mancher weislichen Pläne Art, die entgegengesetzte Wirkung hervor; er hatte nur die Begierde, das Soldatenblut in dem Knaben geweckt.

August Müllers Jugenderinnerungen haben Euch, meine Freunde, ein anschauliches Bild der nachfolgenden Szene gegeben. Laßt mich nur eins hinzufügen. Als der Knabe so frisch und fröhlich rief: „Ich möchte auch für das Vaterland sterben!" und jener markerschütternde Schrei sich dem Mutterherzen entrang, da fühlte ich meinen ungerechten Groll gegen den „Wildling" schwinden, ich sah in ihm wieder den Sohn des Freundes, der die Betörungen der Jugend durch ein ritterliches Ende gesühnt hatte. Und so sollten denn diese schweren Prüfungstage nach allen Seiten hin zu einem friedlichen Abschluß führen.

„Ich werde ihn niemals wiedersehen, niemals!" Mit diesem Aufschrei war die unglückliche Mutter zusammengebrochen, als die Tür sich hinter dem Kinde schloß. Der gestrige Krampf hatte sie überfallen. Wir trugen sie in ihr Zimmer hinauf, und an dem Herzen, unter den Tränen des alten Freundes erwachte sie wieder zum Leben. „Gott ist der Vater der Fremdlinge und Waisen," flüsterte sie, das gläserne Auge auf ihn gerichtet, „und du bist Gottes Priester auf Erden."

Nach diesen Worten entfernte ich mich, die beiden zu einer langen Unterredung über des Knaben Zukunft beieinanderlassend. Eine ansehnliche Summe für Lehrgeld und erste Einrichtung des künftigen Forsteleven ist seinem alten Beschützer bei dieser Gelegenheit eingehändigt worden. Mit mir sprach Dorothee bis zum Abend keine Silbe mehr; sie hielt sich ausschließlich im Krankenzimmer und folgte demütig des Freundes Winken. Das eiserne Band, von dem sie sich für etliche Stunden befreit, drückte schon wieder auf ihre Stirn. Sie hatte sich von neuem unter der Wucht ihres Verhängnisses gebeugt, und hätte ich heute noch von ihr fordern dürfen: zerbrich es oder fliehe ihm?

Während dieser Vorgänge hatten sich die ersten dumpfen Gerüchte über die ungeheure Katastrophe dieses Tages in der Stadt verbreitet. Bauern, welche von den entfernteren westlichen Dörfern zum städtischen Markte kamen, wollten seit dem Morgengrauen unausgesetztes Kanonenfeuer vernommen haben; Leipziger Kaufleute, die, von Frankfurt zurückkehrend, in Naumburg übernachtet hatten, sprachen mit Bestimmtheit von der gelungenen Umgehung Davousts und einem blutigen Zusammenstoß mit der Hauptarmee, der man gestern auf dem Marsche von Weimar nach Eckartsberga begegnet war. Man nannte sogar schon das Dorf Hassenhausen als den Punkt, wo der Kampf um den Saalpaß entbrannt war. Wer von unseren Bürgern ein Fuhrwerk oder ein Pferd auftreiben konnte, wagte sich eine Strecke in abendlicher Richtung voran, um die Wahrheit dieser Angaben und ihrer Folgen zu erkunden.

Wieder wogte es unruhig auf dem Markte durcheinander; aber nicht e i n Auge von den vielen blickte hoffnungsvoll, nicht e i n e Stimme redete beherzt. Das tragische Vorspiel von Saalfeld hatte die düstersten Ahnungen verbreitet.

Keiner aber fühlte diese Vorahnungen drückender als d i e, welche in dem Hause der Trauer um das Opfer von Saalfeld den Tag des 14. Oktober in schweigendem Brüten dahinschleichen sahen, und wer möchte die wehevollen Stimmungen erschöpfend schildern, die binnen weniger Stunden sich unter dem e i n e n Dach begegnet waren? Trauerspiel schob sich in Trauerspiel; das persönliche in das allgemeine, das vergangene in das zukünftige. Ein jeder fühlte im besonderen einen Kummer, eine Sorge, eine Angst und Qual; jeder einzelne teilte die des anderen, und über allen schwebte das Schicksal des Vaterlandes wie eine drohende Wolke.

So brach der Abend herein, und das Grabgeleit setzte sich in Bewegung. Obgleich ich es still, ohne fremde Zeugen gewünscht, hatte ich es nicht hindern können und wollen, daß die Bürgerschaft fast ohne Ausnahme, Fackeln tragend, den Zug eröffnete. Ehrten sie doch den Tapferen, der für das Vaterland gefallen war, betrauerten sie doch einen alten, werten, langjährigen Heimatsfreund.

Hinter dem Sarge ging nur ich mit dem Propst, gefolgt von Christlieb Taube und dem alten Diener. Und so senkten wir den teuren Mann zur Ruhe, alle in Tränen, alle in düsterer Beklemmung in der verhängnisvollen Stunde, wo die gleichzeitig in zwei Schlachten vernichteten Armeen, keine der anderen jammervolles Schicksal ahnend, in wilder Flucht aufeinanderstießen.

Die erste und noch unklare Kunde der Niederlage bei Hassenhausen — erst späterhin nannte man sie Auerstedt — traf uns, als wir von unserem Trauergange heimkehrten. Christlieb Taube mit seinem „Versprengten" beschleunigte daraufhin seine Abreise in der schon gestern angenommenen Richtung über Freyburg. Auch Dorothee wurde von dem Propste bestimmt, mit der Nachtpost die Rückreise anzutreten, denn wer hätte dafür bürgen mögen, daß nicht morgen schon ein wilder Troß von Freund und Feind die Gegend überflutete? So folgte dem ersten ewigen Abschied nun eine Trennung nach der anderen, und keine wohl ohne das Vorgefühl des Nimmerwiedersehens.

Der ehemalige Lehrer und Bewerber ahnte nicht, daß e r mit der Gattin Siegmund Fabers unter e i n e m Dach geweilt hatte. „Das treue Herz ist schwer zur Ruhe gekommen, beirren wir es nicht von neuem," hatte der gemeinsame, alte Freund gemahnt, und Dorothee sich verborgen gehalten, bis das Wägelchen von dannen rollte. Ich aber sollte Zeuge sein, daß das treue Herz noch keineswegs zur Ruhe gekommen war. Ich traf den guten Menschen, nachdem er uns Lebewohl gesagt hatte, seine Tränen trocknend, auf der Schwelle von Dorothees Mädchenstube. „Die vergißt keiner, der ihr einmal angehangen hat," sagte er mit gebrochener Stimme. Ein elegisches kleines Zwischenspiel inmitten so vieler Schreckensbilder!

Dorothee hatte ihre Reisekleider angelegt, und ich hielt ihre Hand zum letzten Lebewohl. Es war für uns beide ein Tag des Schweigens gewesen; jetzt drückte etwas ihr Herz, für das sie sichtlich um den Ausdruck kämpfte. „Darf ich reden?" fragte sie endlich mit niedergeschlagenen Augen, und als ich die Frage herzlich bejahte, sagte sie hastig:

„Sie werden eines Tages reich sein, sehr reich, Fräulein Hardine — bald vielleicht. — Aber für den Augenblick — bei der Verwirrung im Lande — wenn Sie vielleicht — vielleicht —"

Ich schüttelte ablehnend den Kopf.

„Sie sollen das Darlehn nicht von mir annehmen, Fräulein Hardine, Sie würden es nicht, ich weiß es. Aber — von ihm. Er erwirbt so viel und achtet es so wenig. Er braucht so wenig. Sie würden ihn glücklich machen, Fräulein Hardine."

„Nein Dorothee," — rief ich übereilt — „nein. Von dir dürfte ich ein Darlehn annehmen, eine Unterstützung, wenn ich ihrer bedürfte. Von ihm — nimmermehr!" —

Ich sah sie erbleichen und bereute die böse Mahnung, die mir unwillkürlich entschlüpft war. Ich zog sie an mein Herz, küßte sie zum ersten Mal im Leben, und wir trennten uns ohne weiteres Wort. Wenige Minuten später hörte ich den Postwagen vorüberrollen. Bei der allgemeinen Verwirrung hatte niemand in der verhüllten, schweigsamen Reisenden die vielbeneidete einstige Mitbürgerin erkannt. Ihr flüchtiger Heimatsbesuch ist ein Geheimnis geblieben.

Auch der Propst konnte in dieser drangvollen Zeit seine Anstalt nicht länger ohne Obhut lassen. Nach den zwei unruhvollsten Tagen meines Lebens saß ich um Mitternacht wieder allein in dem totenstillen Krankenzimmer.

Wie nun in der nächsten Zeit das allgemeine Unheil, weit über alles Vorahnen hinaus, zutage trat; wie die überstolzen Sieger von der Stadt Besitz nahmen, die Landestruppen halb und halb als französische Verbündete zurückkehrten; wie die gefangenen Preußen, verhöhnt, des Notdürftigsten bar, in Kirchen und Schuppen gepferdht lagen, das stattliche Schloß, in ein verpestendes Lazarett verwandelt, von Freunden und Feinden ausgeplündert ward; wie aller Mut, alle Kraft, aller gute Wille daniederlag; wie alles staunend, geblendet, verwundert sich um den unüberwindlichen Kaiser drängte, als er an dem sieben Jahre später für ihn so verhängnisvollen 18. Oktober durch unser Städtchen gen Leipzig jagte; wie ein jeder nur noch Heil von der Gnade des Gottgesandten erwartete — von diesen Eindrücken des Grauens und Ekels laßt mich schweigen. Sie haben die Erinnerung durchwühlt, jahrelang nachdem das persönliche Herzeleid sie in Frieden gelöst hatte.

Zur Stunde freilich dämpften die persönlichen Nöte den Anteil an dem allgemeinen Geschick. Jenes feindliche Gefolge, das so häufig einem großen Schmerze nachhinkt und nach kleiner Tyrannen Art sich so hämisch an dem verachtenden Stolze rächt: die Sorge um das gemeine Dasein, die Unruhe um das tägliche Brot, schlummerlose Nächte an einem Siechenbett, Scham über die erlahmende Kraft, demütigendes Hoffen auf fremde Hilfe, Zweifel, und wie sie ferner noch heißen mögen, die marksaugenden, kleinen — großen Erdenherren — sie stiegen an meinem Horizonte auf. Flüchtig allerdings, nicht zu einem erschöpfenden Ringkampfe der Kräfte, vielleicht *nur* darum, daß ich sie kennen lerne, von Angesicht zu Angesicht kennen und anderer Notwehr würdigen lerne, sobald ich eines Tages stärker als viele gegen sie gerüstet sein würde. Ich lernte sie kennen; aber die Lehre habe ich bis nahe an das Greisenalter nicht beherzigt.

Das hilflose Hinsiechen meiner armen Mutter konnte sich jahrelang fristen: unsere kleinen Ersparnisse reichten aber kaum auf Monate aus. Der bescheidene Gnadengehalt der Witwe, wenn er in diesen Zeiten überhaupt gewährt werden konnte, würde unsere mäßigsten Bedürfnisse nicht gedeckt, Arbeit von meiner ungeübten Hand schwerlich einen Abnehmer gefunden haben. Die Kranke hätte, nach des Arztes Ausspruch, ohne Gefahr nach Reckenburg übersiedelt werden dürfen; aber nicht einmal einer Antwort würdigte uns die Gräfin auf meine Anzeige des erlittenen Verlustes, auf des Propstes wiederholte Darstellung unserer Lage. Mit Recht hob dieser fürsorgliche Freund hervor, daß auch alle Aussichten für die Zukunft mir entschlüpfen würden, wenn ein anderer den von mir verlassenen Verwaltungsposten einnehmen und sich geschickt auf demselben behaupten sollte, und wieviel bedeutender, wieviel mächtiger lockend, als ich mir bis dahin eingestanden hatte, stellten diese Aussichten sich jetzt mir dar. Alles in allem: ich sah keine Flucht aus meiner Bedrängnis, und das Pförtchen, das sich mir endlich erschloß, das Pförtchen, welches heute, von dem Immergrün der Treue bekränzt, leuchtender vor der Erinnerung steht als das Portal zu dem Goldturme der Reckenburg: damals war es eng und drückend für den stolz gewöhnten Sinn.

Das Asyl, welches die reiche Verwandtin in ihrem leerstehenden Palaste verweigerte, die arme Dienerin eröffnete es in ihrer dürftigen Hütte. Muhme Justine erbot sich, ihre einstige Herrin aufzunehmen und zu verpflegen, während die Tochter in das Amt zurücktrat, das ihrer Gegenwart so dringend bedurfte. Die treue Seele drängte flehentlich zu schleunigem Aufbruch, sie schilderte ihren kleinen Notpfennig als eine unerschöpfliche Hilfsquelle.

Und ich zögerte nicht, die dargereichte Hand zu ergreifen. In Eile wurde der Umzug eingeleitet. Die Übersiedelung der Kranken sollte noch vor dem Christfeste stattfinden.

Gott aber hatte es gnädiger beschlossen. Er ersparte mir die Scham, meine Mutter von fremder Hand gepflegt zu sehen, und er gönnte ihr eine Ruhestatt an der Seite des Mannes, den sie so lange und so beglückend geliebt hatte. Wenige Morgen vor dem zur Reise bestimmten fand ich sie sanft hinübergeschlummert, und so schloß mein heimatliches Leben mit einem zweiten Grabegeleit.

Aber nicht mit dem letzten dieses großen Zerstörungsjahres. Als ich früh am Weihnachtstage auf Reckenburg eintraf, lag die Gräfin in hoffnungsloser Qual. Sie zerriß sich Gewand und Haar, krallte sich mit Todesangst an den Leib der Wärterinnen, schrie um Hilfe, um Luft und Licht.

Ich öffnete die Fenster. Ein klares Sonnengold strahlte von der weißen Winterdecke zurück, ein erfrischender Strom drang in das lange verhüllte, luftlose Gewölbe; die Christglocken läuteten auf dem Turme, der unversehrt das geborstene Gotteshaus überragte. Der Kampf der Greisin beschwichtigte sich, ihr Atem wurde ruhig und frei. Hell und scharf wie allezeit richtete sie den Blick — aber nicht auf die Geldtruhen neben ihrem Stuhl, sie richtete ihn auf m i c h, reckte die Hand nach mir zu einem kräftigen Druck und rief mit fast jugendlichem Klang:

„In Recht und Ehren!"

Es war ihr Sterbewort, und ich hatte seinen Sinn verstanden. In der letzten Stunde des Jahres 1806 senkten wir die sagenhafte Greisin zur Ruhe, und das Regiment der letzten Reckenburgerin begann.

Elftes Kapitel

Die neue Herrschaft

Wandelt durch Reckenburg, wenn Ihr in der Chronik meiner nächsten zwanzig Jahre blättern wollt. Jahre, in denen das, was hinter ihnen lag, unmerklich in nebelhafte Erinnerung verschwamm und mit deren Beginn ich mich gewöhnte, die Geschichte meines eigenen Lebens zu datieren.

Es war eine Zeit lediglich der Arbeit, aber einer Arbeit, die alle Bedingungen des Gelingens und darum der Befriedigung in sich trug. Denn zu einem langgehegten, der natürlichen Neigung entsprungenen Plane gesellte sich ein beharrlicher Wille und das Gebot über die durchführenden Mittel.

Die Reichtümer meiner Erblasserin waren nicht unermeßlich, wie sie die Volksfabel sich ausgemalt hat; sie hatten seit Jahren nahezu als totes Kapital gelegen. Aber sie waren für einen bedeutenden Zweck mehr als ausreichend, wenn die Persönlichkeit in Betracht gezogen wird, die unumschränkt mit ihnen schalten und walten durfte.

Das Eigentum an sich hatte wenig Reiz und Wert für mich, denn wenn just auch Eicheltrank und Grützbrei meiner Vorgängerin mir weder genutzt noch geschmeckt haben würde, so war mir nach Anlage und Erziehung Einfachheit doch ein Bedürfnis, weit mehr als ein Gebot. Meine Werkstatt war meine Flur, und der bisher innegehaltene Erkerbau, ein klein wenig wohnlicher eingerichtet und ausstaffiert mit dem altheimischen Gerät, bot hinlänglich Gelaß für die Stunden der Ruhe. Ich hegte keine ästhetischen Liebhabereien, keine geselligen Neigungen, welche das Zeitwesen mir ohnehin verleidet haben würde; ich war ohne beanspruchenden Familienzusammenhang und frei von jener gemütlichen Liberalität, die, weil sie nicht „nein" zu sagen vermag, die reichsten Mittel der Kreuz und Quer zersplittert. Summa Summarum: Natur und Schicksal hatten mir eine Beschränkung leicht gemacht, welche jedes bildende Streben heischt.

Was aber solchem Streben erst die Befugnis gibt: Ort und Stunde, auch sie waren mindestens nicht ungünstig für das meine. Inmitten welterschütternder Ereignisse blieben mir volle sechs Friedensjahre für einen gründlichen Unterbau. Das Gut lag seitab der großen Heeresstraßen, und fehlte es auch nicht an Durchzügen, Lieferungen und Aushebungen, trug man seine Lasten auch mit saurem Gesicht, weil sie sich Freunde nannten, die man als Feinde haßte; mein Bauplan würde unter dem so hart um den Rest seiner Selbständigkeit ringenden

Nachbarstaate nicht gediehen sein wie unter dem ruhigen Vasallentum des unseren. Ihr kennt diesen Plan: es galt die reiche Kultur eines herrschaftlichen Grundbesitzes auszudehnen über einen armen Gemeindeverband.

Wenn nun Kanäle und schützende Deiche, bequeme Fahrstraßen, entsumpfte Brüche und wohlregulierte Forsten sich auch über die dörfliche Flur verbreiteten; wenn zu allgemeinen Zwecken Bauholz gefällt, Ziegelöfen errichtet wurden, Lasten von Bruchsteinen stromauf- und -abwärts landeten; wenn Schul- und Gotteshaus aus dem Ruin erstanden, und endlich an Stelle der wüsten, ekelerregenden Hüttentrümmer reinliche Dorfschaften sich ausbreiteten, die ich unter dem Gemeinnamen „Reckenburg" zusammenfasse: so war alles das, was scheinbar als Resultat gefällig in die Augen springt, doch nur das Mittel zum Zweck und ein bequemes Mittel für eine freie, volle Hand. Der Zweck meiner Aufgabe und ihre Schwierigkeit, die hießen: ein erneuertes Menschengeschlecht inmitten der erneuerten Flur; eine kräftige, arbeits- und ordnungstüchtige Bauernschaft in der Gemeinde von Reckenburg. — „Majestät Fritz in Pommerellen", so nannte mich neckend mein guter Propst in seinen ermunternden Briefen; und in der Tat war es solch ein hungerndes, lungerndes pommerellsches Völkchen, über das ich das Regiment usurpierte. Ja usurpierte; denn nicht mehr die Erbuntertänigkeit, nur die Not und der anlockende Zauber des Eigentums machte sie zu meinen Sklaven. Die fruchtbringenden Liegenschaften auch der freien Bauern waren in Zeiten der Drangsal an die Herrschaft verschleudert worden, kaum mehr als dürftige Fetzen Heide- und Bruchlandes in den Händen von Wilddieben, Schmugglern und fronpflichtigen faulen Tagelöhnern zurückgeblieben. Just aber auf diesem Grundstück des Übels beruhte meine Zuversicht der Heilung. Denn in den üppigsten Landschaften entartet und auf dem kümmerlichsten Boden fördert sich die Kultur. Der Acker, der lange Zeit Öl- und Zuckerfrüchte getragen hat, sinkt, ausgesogen, zu einem Haferfelde herab; ein Forst, welchen vor einem Jahrhundert ein Windbruch verwüstete, steht, bei Fleiß und Geduld, nach wieder einem Jahrhundert in einen Nadelwald und endlich in einen Laubwald umgewandelt. Und wie die Erde, so der Erdenherr. Nicht auf dem Lotterbette, sei es des Elends, sei es der Wollust, aufrecht, im Schweiße seines Angesichts bildet sich der Mensch und entwickelt sich zu einem rechtschaffenen Bürger.

Diese Fibelweisheit prägte ich in das Gemüt meiner Kolonie nicht mit dem verpuffenden Wort des Missionars, sondern als Münzmeister mit dem handlichen Stempel, den ich in dem Goldturm der schwarzen Gräfin vorgefunden hatte. Wer seine dürftige Scholle nach meinen Erfahrungen bearbeitete, seinen Viehstand genau nach denselben verpflegte, erhielt aus herrschaftlichen Beständen Werkzeug, Saatkorn und junge Zucht, erhielt sie wiederholt in Zeiten des Mißwachses oder der Seuche. Niemals jedoch ohne die Bedingung allmählicher Zurückerstattung nach Jahren des Gedeihens. Wer seines Bodens am frühesten oder fleißigsten Herr geworden war, der erhielt von dem Gutsareal, das sich während der kriegerischen Unsicherheit ohne schwere Opfer noch immer erweitern ließ, zugelegt. Niemals jedoch ohne die Bedingung einer mäßigen, aber regelmäßigen Rente, welche den Tilgungsfonds in sich schloß. Ungehemmte Arbeitskraft und unbeschränkte Arbeitszeit waren die einzigen Rechte, welche den bisher zu Fronden und Diensten Verpflichteten sonder Klausula überlassen wurden.

Bei diesen Erweiterungen war nun von Haus aus darauf Bedacht genommen worden, daß die Grundstücke eines Besitzers beieinander und seinem Gehöft so nah als möglich lagen. Das Dominium durfte behufs dieser Ausgleichung nicht geschont werden. Ohne Streitigkeiten oder Sporteln vollzog sich dieser wesentlichste Wohlstandsprozeß für den kleinen Grundbesitz lediglich durch meinen Schiedsspruch und allerdings durch meine Opfer. Wer aber nicht opfern will, soll nicht reformieren wollen.

Alles wurde auf Leistung und Gegenleistung gegründet; nicht das geringfügigste Erzeugnis verschenkt, nicht die unwesentlichste Verpflichtung erlassen, nicht die herkömmliche Eigentumsverletzung geduldet. Selber für die Beeren, welche die Kinder in den Gutsforsten pflückten, für Reisholz und Stoppeln, welche die Mütterchen sammelten, mußte ein Tribut erlegt werden. Freilich brachte die Schloßfrau als Zwischenhändlerin ihn bei dem Ankauf zu höchsten Marktpreisen in Anschlag, und trieb auf diese Weise ein bewußtes Spiel, indem sie mit der einen Hand gab, was sie mit der anderen gefordert hatte; aber sie sparte den Leuten Zeit, zerstreute sie nicht durch Handel und Wandel, stärkte den Rechtssinn, der durch kleine Übertretungen am sichersten untergraben wird, und ein Ehrgefühl, das mit dem Begriffe des Verdienstes anfängt und mit dem der Duldung endet.

In ähnlicher Weise wurde auch der Neubau der Dörfer nach einem voraus entworfenen Plane allmählich zustande gebracht.

Der bisherige Besitzer, der sein hinfälliges Gehöft an die mir gelegene Stelle verrückte, der neue Ansiedler, der es nach meinem Muster aufrichtete, ein jeder, der sich verpflichtete, sein Anwesen nach einer strengen Polizeiordnung reinlich und zweckmäßig zu erhalten, sie empfingen den Bauplatz, das Material und eine Unterstützung der Arbeitskräfte während der Anlage unentgeltlich, später gegen Zins und ratenweise Abzahlung, und zwar ohne daß auch hier bis zur letztgültigen Regulation eine Feder oder ein Schuld- und Grundbuch in Bewegung gesetzt worden wären. Der einfache Handschlag genügte, und die Unerbittlichkeit, mit welcher ich bei jeder hinterhältigen Bauernlist die Aushilfe zurückzog, verbürgte mir die Treue meiner Kontrahenten, bis Ordnung und Redlichkeit zur eingewöhnten Sitte in Reckenburg geworden waren. Daß in Bausch und Bogen der Schloßsäckel kaum ein schlechteres Geschäft gemacht haben würde, hätte ich von Haus aus gesagt: „Hinz, hier schenke ich dir eine Hufe," oder „Kunz, da hast du eine von meinen Wiesen," daß die Freude des Empfängers und Gebers gegen die Unruhe des Schuldners und die Wachsamkeit des Gläubigers vertauscht wurden, das ward nicht in Rechnung gezogen und durfte es nicht werden. Nicht die Blume der Gemütlichkeit, den Baum des Rechtes und der Ehre galt es zu pflanzen in der Reckenburger Flur.

Zuletzt, doch nicht zum letzten sei nun auch der Gehilfen gedacht, die mir bei dieser Pflanzung so wacker in die Hand gearbeitet haben. Ich muß es als einen Glücksfall preisen, daß kurz nach Antritt meines Regiments der damalige Pfarrer, ein deutscher Biedermann und Familienvater, die bequeme Stelle eines städtischen Nachmittagspredigers dem rauhen Posten auf Reckenburg vorzog. Ein Stündchen Kirchenruhe war den rührigen Stadtbürgern zu gönnen. Der Mann kam auf den rechten Platz, und ich fand für den meinen den rechten Mann. Ohne die Gemeinde ihrer Verpflichtung gänzlich zu entbinden, ward die Stelle von seiten des Dominiums auskömmlich verbessert, und Ludwig Nordheim, der Zweite, trat auf meine Einladung in dieselbe.

Seiner Anlage und meiner späteren Entwickelung gemäß konnte der Sohn mir nicht ein Freund werden, wie der Vater es gewesen war; aber der rüstige Mann war mir ein Amtsgenosse, mehr als jener es hätte werden können. Hatte der Vater sich abgemüht, durch mildes Reden und Tun das Himmelreich unter uns auszubreiten, so sparte der Sohn kein Donnerwort, um uns die Hölle heiß zu machen. Jener scheiterte, dieser wirkte; denn wir zählten zurzeit mehr Höllen- als Himmelreichskandidaten in der Reckenburger Flur. — Desgleichen fand sich für die Zucht unserer noch unflüggen Brut ein Meister, der neben dem Bakel auch Axt und Pflugschar instruktiv zu handhaben verstand. Ich hatte anfangs mit Sehnsucht an meinen getreuen Christlieb Taube gedacht, sparte ihm aber schließlich die Opferung auf einem verlorenen Posten. Er lebt noch heute zwischen seinen Bergen, pflegt seinen Rosenflor und spielt die Orgel zu Gottes Ehre! Ohne eigenes Weib und Kind, ist er wie ein Vater geliebt von den Geschlechtern, die er herangebildet hat. Der Ärmste und der Reichste unter denen, mit welchen ich jung gewesen bin. Der Glücklichste! Wiedergesehen habe ich ihn nicht.

Einen anderen Getreuen dahingegen, den letzten Purzel, durfte ich noch jahrelang unter meinen Augen hegen. Seine Werbezeit war abgedient, und ihm graute vor einem Heldentum unter dem Banner des Siegers von Jena, den er, zwar nicht als Patriot, aber als Diener seines geopferten Herrn ingrimmig haßte. Mit Behagen fügte er sich daher in die Rolle, die unter dem Anstandstitel „Heiduck" auf Reckenburg fortgeführt ward, und hat seinen Zopf mit Ehren zu Grabe getragen. Viele Jahre v o r ihm schied die Treueste der Treuen. Ihr Erdenziel war erreicht, als sie das Kind ihres Herzens auf dem Gipfel ihrer Träume angelangt sah und in dieser stolzen Region keinen kreuzenden Schellenunter mehr zu parieren hatte.

Der schwerste Verlust war der meines einzigen Freundes, des Propstes. Wiedergesehen habe ich auch ihn nicht. Sein Kränkeln und mein Schaffen bannten jeden auf seinem Platze. Sein letzter Brief fiel in den Sommer 1809 und enthielt die Kunde von dem Verschwinden August Müllers aus dem Försterhause. Die Sorge um den väterlich geliebten Schützling mag den lange siechen Körper aufgerieben haben.

Ich teilte diese Sorge nicht. Der soldatische Instinkt des Knaben würde auf die Dauer doch nicht zu bändigen gewesen sein; und wessen bedurfte unsere Zeit so sehr, als dieses verwegenen Soldatentriebes? Hatte er in dem vorzeitigen Rachezug ein vorzeitiges Ende gefunden — nun wohlan! der Boden, dem die Freiheit entsprießen soll, muß ja, so heißt es, mit Märtyrerblut gedüngt werden; und wie hätte ich nicht eine genugtuende Fügung darin erkennen sollen, daß der Sohn meines Helden von Valmy unter dem Sohne des Feldherrn von Valmy voranstürmte, um die Schmach zu tilgen, die mit dem Tage von Valmy begann!

Als August Müller mir eines Tages plötzlich wieder gegenübertrat, hatte ich ihn viele, viele Jahre lang so gut wie vergessen. Ob Dorothee von seinem Entweichen unter die schwarze Schar gewußt oder ob sie dasselbe bloß geahnt hat, habe ich niemals ermittelt. Seit ich am Begräbnistage meines Vaters von ihr Abschied genommen, gehörte auch sie mir zu den Begrabenen. Es tat mir wohl, von ihr in Frieden geschieden zu sein; aber wie einst im Unfrieden, so fühlte ich auch jetzt: wir waren fertig miteinander. Kaum daß dann und wann der immer weiter sich verbreitende Ruf ihres Gatten mich an die einzige Jugendgespielin erinnerte. Bei wenig mehr als dreißig Jahren stand ich gemütlich so einsam wie wohl selten ein Weib. Ein stark gewurzelter Baum inmitten einer Schonung von niederem Gehölz.

Während meines „fritzischen" Schaffens blieb ich nun aber eine teilnehmende Beobachterin des staatlichen Lebens, dessen Katastrophe mit meinem eigenen neuen Leben zusammengefallen war. Niemals habe ich an seiner Wiederaufrichtung gezweifelt. Denn ich erfuhr es in meiner Flur: das Wetter, das r e i f e Ernten knickt, befruchtet eine Frühlingssaat. In diesem Preußen aber rang ein unverbrauchtes, hart gepflanztes Menschenvolk.

Durch den Grafen, unseren Nachbar, damals auf jenseitigem Gebiet, trat ich auch in eine Art von Verbindung mit den Patrioten, welche in Preußen und Österreich heimlich ihre Fäden spannen, und warum soll ich es verschweigen, daß manche von den Mitteln, die mir ja ausreichend zu Gebote standen, den höchsten Zwecken zugeflossen sind? Als aber endlich der heilige Kampf sich erhoben hatte, mit welchem Festesjubel wurden da zum erstenmale die Prunkgemächer der Reckenburg geöffnet zu einer Pflegestätte für die Verwundeten, deren Großtaten den mir erreichbaren Bezirk erfüllten. Ja, ja, meine Freunde, die Helden Bülows und Yorks haben mit den altgräflichen Vorräten im Keller und Speicher reinen Tisch gemacht. Und so rühmte ich mich denn auch, als eine der wenigen meiner heimatlichen Standesgenossen, von der ersten Stunde an mit offenem Visier auf die Seite des befreienden Vorvolks getreten zu sein, rühme mich, daß niemand freudiger als ich sich einem Staate unterordnete, der sich beherzt zu Recht und Ehren wieder durchgekämpft hatte. Denn wer so emsig wie ich an seiner Heimat baut, der trachtet danach, sie unter der Hut eines starken Vaterlandes zu bergen, das ihn auch in Zeiten der Not beschützt.

Nun aber galt es, mancherlei Verwüstungen auszuheilen, welche der Kriegstroß in meinem Bereich zurückgelassen hatte. Es galt nicht minder, mich selbst und die Meinen in die straffe, mancherlei harte Leistungen heischende neue Ordnung einzugewöhnen. Dann folgten die Hungerjahre von 1816 und 1817, welche die Vorräte des Speichers und Säckels reichlich in Anspruch nahmen. Endlich aber trat eine Pause ein, in welcher das Geschaffene nur eben erhalten oder mäßig über seine Grenzen hinausgeführt zu werden brauchte. Ein ruhiger Überblick war gestattet.

Da sah ich das Werk denn aufgerichtet, mit welchem m e i n Dasein gleichsam zu e i n e m Wesen verwachsen war; sah die fruchtbringende Flur und den Baum des Rechtes und der Ehre Wurzel schlagend in einem neuen Geschlecht. Mit Zuversicht blickte ich auf den Keimstoff der Gemeinde, die sich heute rühmt, seit fast einem Menschenalter keinen Prozeß geführt und keinen Frevel gebüßt zu haben, keinen Spieler und Trunkenbold, kein Mädchen zu kennen, das ohne Kranz zum Altare getreten wäre; eine Gemeinde, die ihre Rekruten ohne Murren stellt, ihre Waisen ohne Beihilfe innerhalb der Familie zur Arbeit erzieht; keiner Witwe, keinem Greise den Altenteil verkümmert.

Und ich sage Ja und Amen zu diesem Ruhm. In der Tat, es war eine ehrsame und rechtschaffene, aber es war auch eine freude- und liebelose Kolonie.

Freude- und liebelos wie die, welche sie gegründet hatte. Denn — was ist da zu vertuschen? — das, was Ihr ein Herz nennt, meine Freunde, das war für nichts bei meiner Tat. Ich hatte einen Stoff bearbeitet, wie jeder berufene Handwerker — oder sei es Künstler — den seinen; ich hatte meine Kräfte an einer und für eine Gesamtheit entfaltet — ich würde sie, und das dünkt mich das Kennzeichen der Liebe — ich würde sie um keines einzelnen willen beschränkt haben. Mein Puls schlug nicht höher, noch matter bei dem Schicksale eines einzigen von denen, die ich die Meinen nannte; ich trug die Neugeborenen zum Taufstein, geleitete die Bräute zum Altar, die Toten zur Gruft; aber ich empfand wenig mehr dabei, als wenn ich meine Bäume pflanzen und fällen oder meine Äcker befruchten sah für einen neuen Trieb. Indem ich eine Bauernschaft zu bilden strebte, hatte sich in mir der echte, rechte Bauernsinn ausgebildet, der den Menschen als ein Produkt der Scholle nimmt, der Scholle, die ihn nährt und die er wieder nährt.

Das Werkzeug klapperte, und auch die Kirchenglocken läuteten, wie sich gebührt: Sang und Klang aber schwiegen in der Reckenburger Flur. Wir tanzten nicht unter dem Maienbaum, wir jubelten nicht bei Hochzeit und Kindelbier. Kein Weihnachtslicht mahnte uns an die frohe Botschaft der Gotteserscheinung in einem hilflosen Kinde. Bursche und Dirne freiten nicht nach Neigung und Lust, sondern nach Vernunft und elterlichem Willen; der Bettler schlug einen Bogen um die Reckenburg, denn er sah keinen Brosamen von des Reiches Tische fallen, und „arbeite wie wir, so wirst du dich wohl befinden wie wir, ein jeder sorge für das Seine," schallte es ihm von der ungastlichen Scholle entgegen. In der Tat: wir waren eine sehr ehrsame, aber eine sehr lieblose und wenig mitleidige Kolonie!

Die unbestimmte Empfindung von etwas Fehlendem in meinem Werk und Leben dämmerte mir zum erstenmal in jener Pause, wo ich mich des Gelingens hätte freuen sollen. Ich spürte keine Abspannung, aber eine Art unruhiger Langeweile, und es kamen Stunden, wo ich mir sagte, daß, wenn ich noch einmal zu leben anfangen sollte, ich nicht als Arbeitsbiene wieder anfangen möchte. Ich hätte Zerstreungen suchen können, künstlerische Liebhabereien pflegen, und Gott weiß, was sonst noch alles reiche Leute können. Aber ich kannte mich hinlänglich, um zu wissen, daß das, was mir fehlte, nicht von außen in mich getragen, daß es aus dem Innern herauswachsen müsse. Was es aber war, das in mir nach einer Vollendung rang, dafür fand ich die Lösung nicht.

Meiner Art gemäß tastete ich bei diesen Untersuchungen nicht nach dem Mond, sondern faßte die Sache, wo sie zunächst auch wesentlich lag. Ich näherte mich den Fünfzigern, und hatte ich bei Zwanzigern mich auch nicht rüstiger gefühlt, ich wußte, die stärksten Fäden sind es, die am rascheſten reißen, und wenn der meine einmal jählings riß, was wurde dann aus dem Gewande meiner Reckenburg, das mit meinem Leibe schier verwachsen war, oder was wollte ich, daß aus ihm werde?

Zwar sah ich manches stolze Segel gebläht und manche Notflagge aufgehißt, um in den schützenden Hafen einzulaufen. Aber wie in den Tagen meiner Freierhetze, verdroß es mich auch heute, einer nimmersatten Begierde oder einem schamlosen Bedürfnis frönen zu sollen. Ich verlangte freie Wahl, und kein Zug der Vergangenheit, kein gegenwärtiges Interesse leitete mich auf eine Spur.

Auch Pläne anderer Art stiegen in mir auf. Wie wär's mit der Gründung eines Asyls für invalide Krieger oder deren Waisen, für das es, leider Gottes! zurzeit nicht an Anwärtern gebrach? Oder mit einem Fräuleinstift, für das es, leider Gottes! keiner Zeit an Anwärterinnen gebrechen wird? Aber kennt Ihr einen alten Bauer — und ich war solch ein

Stück alten Bauers — der seine Hufe nicht lieber dem Unbedürftigsten seinesgleichen als dem bedürftigsten Gemeinwesen verschreiben würde? Mir widerstand eine fiskalische oder kommunale Schablonenverwaltung meiner Flur, ich mochte sie mir nur denken unter dem Gepräge einer Individualität, wie zuerst die Gräfin und später ich selber es ihr aufgedrückt hatten, ich forderte für den Wandel der Zeiten einen persönlichen Erben und begann als Matrone zu beklagen, daß ich in der Jugend nicht den ersten besten Krautjunker geheiratet und mir auf dem natürlichsten Wege die Qual der Wahl abgeschnitten hatte.

Was meine äußerliche Stellung anbelangt, so war ich seit dem Frieden nicht durchaus mehr die Einsiedlerin des neuen Turms. Man wußte in dem materiell erschöpften Staate eine besitzende Hand, in der neu erworbenen Provinz eine aufrichtige Anhängerin zu schätzen; man suchte meinen Rat bei ländlichen Einrichtungen, kurz und gut: von oben herab wie von unten herauf erwies man mir allerlei Ehren, und so bildete sich unwillkürlich ein Verkehr, nicht wie er zwischen Mann und Weib oder gar Weib und Weib, sondern wie er zwischen Mann und Mann gang und gäbe ist; mich aber würde es gewundert haben, wenn dem anders gewesen wäre.

Von Zeit zu Zeit fühlte ich mich nun auch veranlaßt, durch ein Gastgebot dem Ansehen meiner Reckenburg gerecht zu werden; da gaben denn die gezopften Einrichtungen — Heiducken, goldene Kutsche samt Schimmelgespann und tutti quanti — gab ihre Harmonie mit der ererbten Ausstattung dem Rufe der Besitzerin ein starkes Relief. Man zitierte die Reckenburgerin als Aristokratin reinsten Wassers, und man tat es mit Recht.

Je mehr und mehr empfand ich indessen diese obligatorischen Schaustellungen als einen Vorschub der heimlich eingenisteten Langeweile. Das Herz war h i e r am wenigsten bei der Sache, und das Verlangen, dem Gebäude, das ich aufgeführt hatte, gleichsam einen Turm aufzusetzen, quälte mich niemals beunruhigender, als nach solcher Unterbrechung des einfachen Tageslaufs. Hätte ich nur einig werden können über das Wo und Wie!

Wie beim Abschied von der Jugend in den Zeiten der Abhängigkeit, so schlich in denen der schrankenlosen Freiheit Jahr um Jahr vorüber, in welchem nur der Mechanismus eingelebter Ordnungen mich aufrechterhielt, und ich war fünfzig geworden, als sich mir überraschend ein Ausblick öffnete, dem ich in jungen Tagen gewiß nicht den Rücken gekehrt haben würde.

Ich habe weiter oben flüchtig des Grafen, unseres Nachbars, erwähnt. Ihr kennt und verehrt ihn, meine Freunde; ich brauche daher nicht mehr über ihn sagen, als daß ein bedeutender geschäftlicher Verkehr sich zwischen uns erhalten hatte, und daß er schon damals das Vertrauen des Staates und der Stände genoß wie kein zweiter unserer provinziellen Ritterschaft, deren Ehrenämter und einflußreichste Stellungen denn auch auf seine Person übertragen wurden. Und auf keinen mit größerem Recht. Er war und ist ein Beamter von dem Schlage, der sich in den preußischen Annalen einen klassischen Namen erworben hat, ein Mann von so unermüdlicher und uneigennütziger Tätigkeit für das Allgemeine, daß seine privaten Angelegenheiten, vor allen die Verwaltung seines bedeutenden Majorats, merklich den kürzeren dabei zogen.

Ich schätzte den Mann nach seinem Verdienst, seine Gemahlin aber gehörte zu den wenigen Weibern, deren Umgang mir nicht beschwerlich fiel. Denn ich hatte auch darin einen männlichen Geschmack, daß nur die frauenhaften Eigenschaften der Frauen mir zu Herzen gingen. Einer Amtsverwalterin wie Jungfer Ehrenhardine würde ich auf einer wüsten Insel, glaub ich, zehn Schritte ferngeblieben sein; das Kind Dorothee hatte selbst als Sünderin den Reiz für mich nicht eingebüßt. Die Gräfin aber war eine schmiegsam zärtliche Seele, das Weib „in Gottes Namen", wie es im Buche steht, und sicherlich, würde ich die Sprößlinge dieses anziehenden Paares, drei noch unbärtige Junkerchen, für das Erbe der Reckenburg in nächsten Betracht gezogen haben, hätte ich sie etwas weniger flott und übermütig heranwachsen sehen. Wohl sagte ich mir entschuldigend, daß bei der zerstreuenden Tätigkeit des Vaters und der gelassenen Umfriedung der Mutter dem jungschäumenden Blut der Zügel gefehlt habe; unter allen Umständen aber mußte die Zeit einer reiferen Entwickelung abgewartet werden.

Vor Jahr und Tag nun war der Graf Witwer geworden. Er hatte die Frau sehr geliebt, sich sehr beglückt durch sie gefühlt und nach ihrem Tode allen geselligen Verkehr, auch den mit mir, abgebrochen. Es schien, als ob er seine Trauer mit ins Grab nehmen wolle, und nichts hätte mich — mehr überraschen können, als ihn eines Tages bei mir eintreten zu sehen und ohne Präliminarien einen Heiratsantrag von ihm zu vernehmen.

Der Mann war bei gesunden Sinnen und ernsthaft wie ein Kato, heute mehr denn je. Mich verdroß diese dreiste Begehrlichkeit, wie sie mich von keinem anderen verdrossen haben würde. „Ich zähle fünfzig Jahre, Graf,“ sagte ich trocken.

„Ich auch,“ versetzte ebenso trocken der Graf.

„Das heißt: als Mann ein Vierteljahrhundert weniger,“ entgegnete ich, und er darauf:

„Unter den herkömmlichen Voraussetzungen einer Ehe allerdings.“

Seine merkwürdige Offenherzigkeit begann mich zu belustigen. Ich lachte hell auf; desto ernsthafter blieb mein Bewerber.

„Wollen Sie nur den Gatten, nicht auch den Vater in Anschlag bringen?“ fragte er. „Ich habe Söhne — —“

„Die eher Frauen als eine Mutter brauchen würden,“ unterbrach ich ihn. „Warum sagen Sie nicht einfach: ‚Adoptieren Sie meine Jungen und machen Sie sie zu Ihren Erben?‘“

„Einfach, weil diese Einsetzung meinen Wünschen nicht dienen oder nur zur Hälfte dienen würde,“ antwortete der Graf gelassen. „Ich bin gewiß der erste, das Ansehen zu würdigen, das meinen Nachkommen aus dem Namen und Erbe der Reckenburg erwachsen würde; aber näher als der Glanz der Zukunft liegt mir das Bedürfnis der Gegenwart. Sie trauen mir den Takt zu, Gnädigste, daß ich diesem Bedürfnis nicht eine gefühlvolle Einkleidung geben werde. Das Leben meines Herzens ist abgetan, und die Eitelkeit, das des Ihrigen zu erwecken, liegt mir fern. Aber Freunde können wir einander sein; Rater und Helfer Sie mir, wie ich Ihnen: ein offenbares Bedürfnis uns gegenseitig befriedigen.

„Sie, Fräulein von Reckenburg, stehen vor einem wohlgelungenen Werke, dessen mechanische Erhaltung Ihnen nicht genügt. Sie sind keine beschauliche Natur, bedürfen von Stunde zu Stunde der selbsterrungenen Erfolge. Sie sehen sich allein und suchen unter Fremden nach einem, der einen ehrwürdigen Namen und eine bedeutende Bestimmung von Geschlecht zu Geschlecht tragen würde. Nun, eine neue organisatorische Wirksamkeit und einen Abschluß für die Zukunft, das ist es, was ich Ihnen zu bieten habe, indem ich Ihnen sage: ‚Ziehen Sie sich selber aus reinem, kräftigem Stamm die Sprossen, die Sie dem absterbenden Baume der Reckenburg animpfen wollen.‘

„Ich dahingegen — nun, Sie kennen mich, Sie wissen, was ich im allgemeinen Gebiete leiste und im eigensten versäume. Das Leben auf meinen Gütern stagniert, und das meiner Söhne treibt wilde Schößlinge. Ich sehe es mit der Unruhe des Vaters und Stammhalters, sehe es — und vermag es nicht zu ändern, nicht die weiter tragenden Entwürfe, den Ehrgeiz, wenn Sie so wollen, zu beschränken. Ich bin nicht der erste Mann, der sein Haus gegen seinen Beruf zurücksetzt; jeder Staatsdiener größeren Stiles tut es, muß es tun. Lassen Sie mich hinzufügen, daß ich mich im Augenblicke dringender denn je in diesem Zwiespalt der Pflichten befangen sehe. Das Oberpräsidium der Provinz, das mir angetragen worden ist — als Durchgangsposten zu einem höheren, ich weiß es — würde mich dauernd aus dieser Gegend entfernen; aufrichtiger: es wird mich entfernen, denn ich kenne zum voraus meine schließliche Entscheidung, und die Frage ist nur, ob ich mit leichtem oder schwerem Herzen scheiden soll."

Er machte eine Pause. Auch ich schwieg. Dann fuhr er fort:

„Legen wir unsere Hände ineinander, Verehrteste. Es ist ein Vertrauen, wie es Ihnen nicht reiner geboten werden kann. Sie fügen zu der unbeschränkten Verwaltung Ihres Besitztums die des meinigen nach freiem Ermessen. Die Aufgabe ist nicht zu groß für Sie. Sie werden, wie dem Vater die Statthalterin und Gehilfin, so den Söhnen die leitende Freundin, der sie so dringend bedürfen. Wie keine zweite sind Sie die Frau, welche Knaben den Vater zu ergänzen und allenfalls zu ersetzen vermag. Sie sind streng und wachsam, und Sie werden gerecht sein, weil Sie die Anlagen des Mannes nach den eigenen messen dürfen. Mein ältester Sohn würde die Militärschule verlassen und sich unter Ihrem erweckenden Einfluß zum Landwirt und Majoratserben ausbilden. Sie würden für die jüngeren die Lebensstellung ausfindig machen, welche, bei beschränkteren äußeren Mitteln, ihren Anlagen entspricht, und wenn es dem Vater, mit beruhigtem Gewissen, gelingt, seine Bestrebungen für das Vaterland durchzuführen, so wird das Gute, das er wirkt und genießt, in dem Buche Ihrer Segnungen verzeichnet stehen."

Nun, da sah ich einen Turmplan für mein Haus! Da hatte ich ja einen Familienzusammenhang bei ungestörter Freiheit für mich selbst, eine Tätigkeit, der gemäß, an welcher sich meine Kräfte erprobt hatten, und eine zweite in den Kauf, an der sich neue Kräfte erproben konnten, erproben würden, wie ich mir zutrauen durfte. Denn wenn ich auch schwerlich die Stütze gewesen wäre, an welcher ein schwächliches Pflänzlein sich in die Höhe rankt, zu rauh für eine Töchtermutter vielleicht; Zucht und Schnitt verwildeter Schößlinge, die hatte ich an meiner Bauernschaft üben gelernt und hätte sie wohl auch an einer feineren Rasse bewähren lernen. Der Mann hatte recht; ich war eine Vormünderin, eine Stiefmutter für Knaben. Warum zögerte ich denn noch, warum sagte ich denn nicht ja und Amen zu dem guten Wort?

War die einsame Gewöhnung denn so mächtig in der Eremitin des neuen Turms? Achtete sie die Welt so hoch, deren drastischen Humor eine Altjungfernheirat zu erwecken pflegt? Oder gab sie der Flüsterstimme Gehör, die in ihrem Innersten warnte: „Es ist nicht, was du brauchst. Du wirst fertig damit, aber du wirst nicht fertig mit dir selbst!" Spürte sie einen heimlichen, noch unverstandenen Protest gegen eine neue männliche Aufgabe, während das W e i b nach seinem verkümmerten Rechte drängte?

Ich forderte Zeit zur Überlegung, und es vergingen Wochen, in denen ich den Grafen nicht wiedersah. Wochen der Unentschlossenheit, wie ich sie niemals erfahren hatte. Endlich aber konnte eine Entscheidung nicht länger verzögert werden.

Denn es nahte der Geburtstag des Königs, an welchem nach einer zehnjährigen Regel das größte Gastgebot auf der Reckenburg erlassen wurde.

Der gesamte Pomp des reichen Hauses entfaltete sich bei dieser Gelegenheit, selbst die altgräflichen Juwelen der Ahnen mußten für die festlichen Stunden den Glanz ihrer Erbin erhöhen. Selbstverständlich, daß der Graf zu den Geladenen gehörte. Ich erwartete die Erneuerung seines Antrages. Die Vernunft hatte gesiegt: ich war entschlossen, ja zu sagen.

Sooft der 3. August in dieser Weise auf Reckenburg schon verherrlicht worden, es war mir nicht ein einziges Mal eingefallen, daß vor ferner, ferner Zeit im Morgengrauen dieses Tages ich einen ewigen Abschied genommen und das Traumbild meiner Jugend hatte schwinden sehen. Heute, im fünfzigsten Jahre, sollte der dritte August nun mein Verlobungstag werden.

Zwölftes Kapitel

Mutter und Sohn

Das war ein saures Mahl, mein Freund! Bei dem Toast, den ich auf Seine Majestät den König ausbrachte, blieb ich stecken; jede Redensart, die ich anstandshalber wechselte, verfing sich in meiner Kehle mit dem Ja, das ich nicht auszusprechen vermochte und doch nicht unausgesprochen lassen wollte. Ein Glück, daß man an die Feste auf der Reckenburg keinen Anspruch als den der vornehmen Langeweile zu stellen gewohnt war.

Nach der Tafel zerstreute sich die Gesellschaft im Garten. Ich war allein mit dem Grafen auf der Terrasse geblieben. Er hatte mir schon vor dem Essen gesagt, daß seine Ernennung eingetroffen, eine Entscheidung demnach nicht länger zu verzögern sei. Ich hatte den letzten Kampf bestanden, ein einleitendes Wort tapfer herausgepreßt, und eben wollte ich meine Hand in die seine legen, als ich eine bierbassige Stimme zu meinen Füßen den Namen „Hardine" rufen hörte.

Ihr seid, wenn auch in früher Jugend, Zeugen der nun folgenden Szene gewesen, meine Freunde, habt sie ohne Zweifel späterhin manchmal rekapitulieren hören. Ich brauche Euch also nur über die Vorgänge in meinem Innern, die eine so verdächtigende Wirkung hervorbrachten, aufzuklären.

Im entscheidenden Momente unterbrochen, blickte ich auf und gewahrte einen jungen, rüstigen Mann, die Glut des Trunkenbolds auf dem Gesicht; zu jederzeit mir die widerwärtigste Begegnung, bei dieser Gelegenheit aber doppelt ein Greuel. Unter wüsten, mir kaum verständlichen Reden stieg er die Stufen heran, ein Fuseldunst quoll mir entgegen: mit der Hand, die ich eben zu einem Verlöbnis ausgestreckt hatte, wehrte ich den dreisten Gesellen von mir ab. Er taumelte, stürzte, und eine Blutspur am Boden trieb mich an, ihn genauer ins Auge zu fassen. Jetzt erst bemerkte ich die verwitterte Uniform, das kriegerische Zeichen des Legionärs, den verkrüppelten Arm; ich starrte in die narbigen Züge, und eine erschütternde Ahnung überkam mich.

Wie er nun aber plötzlich ernüchtert, mir mit geballter Faust und drohendem Trotze gegenübertrat, da weckte das stolze Zurückwerfen des Kopfes, der zornig flammende Blick des blauen Auges in meiner Erinnerung ein lange schlummerndes Bild; seltsamerweise aber nicht zuerst das des Sohnes, der sich einen Tod auf dem Schlachtfelde gewünscht, sondern das des Vaters, der ihn so früh auf demselben gefunden hatte. Prinz August, nicht August Müller war plötzlich vor mir lebendig geworden. Die Vision währte nur einen Augenblick. Bei den ersten Worten von Vater und Kind hatte ich mir ihre seltsame Begriffsverwirrung erklärt; durfte ich aber, konnte ich vor dieser gaffenden Gesellschaft den Irrtum lösen? Ehe ich noch einen Entschluß gefaßt, hatte sich der Mann zum Gehen gewendet; ich sah einen aschfarbigen Schatten über seine Züge fliegen, ihn sich zitternd an das Laubengitter klammern; ich winkte dem Prediger, ihn zu unterstützen, auch der Graf eilte ihm nach in merklicher Verblüffung, bald waren sie in dem Laubengange verschwunden.

Ich war nicht in der Stimmung, mich mit meinen Gästen in Erläuterungen einzulassen; wir beknicksten uns wohl noch später im Schlosse, und entfernten sie sich ohne Abschied: desto besser. Daß einer von ihnen im Ernst an die Bezichtigungen des Fremden glauben könne, kam mir nicht in den Sinn. Ich suchte die Stille meines Zimmers.

In Wahrheit, ich fühlte mich tief bewegt. War doch, wie durch einen Zauber, ein lange vergangenes, vergessenes Leben vor mir aufgerüttelt, in dem Augenblicke, wo ich über den Rest desselben zu verfügen im Begriffe stand! Dazu der verwahrloste Zustand des Mannes und seines Kindes, die Täuschung, der er sich hingegeben und deren Berechtigung sein und mein alter Freund mir warnend vorausgekündigt hatte. So sollte ich diesem Freunde nach einem Menschenalter doch noch seine vielverspottete Fürsorge danken lernen.

Während ich nach August Müllers Taufzeugnis in meinen Papieren kramte, zweifelte ich nicht an meinem Recht, den betörten Mann über seine Herkunft aufzuklären. Ich zeigte ihm, so meinte ich, das Attest, verschwieg den Namen des Vaters, wie das fernere Schicksal der Mutter, und wenn ich für ein schickliches Unterkommen von Vater wie Tochter Sorge trug und ihre Zukunft sicherstellte, war der Handel abgemacht.

Eben hatte ich nach langem Suchen das Zeugnis gefunden, als der Prediger mit dem Grafen bei mir eintrat. Der letztere in einer Aufregung, die mich an dem gehaltenen Manne unangenehm befremdete. „Er liegt im Wirtshause und simuliert eine Krankheit," rief er mir hastig entgegen.

„Er ist krank, Herr Graf," widersprach der Prediger, „das Fieber schüttelt ihn." —

„Ein Katzenjammer, wenn nicht das Delirium des Trunkenbolds!" entgegnete der Graf. „Ein Glück, daß ich heute noch Landrat des Kreises heiße und ihm seine Papiere abnehmen durfte. Lesen Sie, Fräulein von Reckenburg!"

Er übergab mir bei diesen Worten jene mehrerwähnten schriftlichen Kindheitserinnerungen August Müllers, und erging sich, während ich die Blätter überflog, mit zornigen Worten über das Wirrsal von Verleumdungen, welche sich seit dem Morgen in der Gemeinde verbreitet hatten und über Nacht in der Umgegend verbreiten mußten. „Ich werde", so schloß er, „den Vagabunden unverweilt in das städtische Krankenhaus und nach seiner Herstellung mittels Zwangspasses über die Grenze transportieren lassen. Der kürzeste Weg, das Gerede abzuschneiden. Der Mensch ist verrückt oder ein Betrüger erster Sorte."

„Er ist keines von beiden," versetzte ich ruhig, indem ich die Handschrift nebst den beiliegenden Attesten in meinem Schreibtische verschloß. „August Müllers Erinnerungen sind richtig, und der Schluß, den er irrtümlich daraus gezogen hat, mag durch sein Elend entschuldigt werden. Er ist ein Eingeborener von Reckenburg, und wir haben die Pflicht, ihn innerhalb der Gemeinde zu verpflegen.“ —

Ich klingelte bei diesen Worten und befahl dem eintretenden Diener, den Hausarzt aufzusuchen und den Kranken im Wirtshause anständig versorgen zu lassen.

„Eine Gnade, die Ihnen bittere Früchte tragen wird,“ sagte der Graf, wie mich dünkte, mit Hohn. „Die erste ihrer Art, auf die man sich in Reckenburg wird berufen können.“

Die erste Wohltat an einem Fremdling in Reckenburg! Die Lehre, so wenig sie in diesem Sinne gemeint war, würde schneidend gewesen sein, hätte ich auf den Ruhm einer barmherzigen Schwester überhaupt etwas gegeben oder hätte ich wenigstens sie bei ruhigem Blute aufgefaßt. Aber des Grafen Verstimmung hatte mich angesteckt. Ich trug in mir einen wunden Fleck, dessen Berührung ich einst meinem ersten Freunde schwer vergeben hatte, und die ich meinem letzten Freunde nimmer vergeben haben würde. Um drohenden, weiterführenden Auslassungen wenigstens den Zeugen zu ersparen, bat ich den Prediger, mit dem Doktor Rücksprache zu nehmen und, falls er die Verpflegung des Kranken im Wirtshause nicht genügend fände, seine Übersiedelung nach dem Schlosse anzuordnen.

Sobald ich mit dem Grafen allein war, sagte ich: „Wollen Sie mir, Graf, die bitteren Früchte nicht etwas näher bezeichnen, die mir, nach Ihrem Dafürhalten, aus der Verpflegung eines Fremden erwachsen sollen?“ —

„Ja, aber welches Fremden?“ rief der Graf achselzuckend. „Nach seiner öffentlichen Anklage und dem Zugeständnis, welches Sie eben gemacht — —“

„Sie meinen das Zugeständnis, ein verwaistes Kind in einer Anstalt untergebracht zu haben?“ fragte ich.

„Haben Sie ein Zeugnis über den Ursprung dieses Kindes aufzuweisen?“ fragte der Graf dagegen.

„Ich denke, mein Wort genügt,“ entgegnete ich, indem ich den Taufschein, den ich noch in der Hand hielt, zerknitterte.

„So sprechen Sie dieses Wort. Nennen Sie den Namen der Eltern, der in dem Anstaltszeugnis so geflissentlich verschwiegen scheint.“

„Und wenn ich ihn ebenso geflissentlich auch fernerhin verschweigen wollte?“

„So würden Sie vor sich selber den Unglimpf eines bis heute makellosen Rufes zu vertreten haben.“

Bis dahin hatte ich meine Standhaftigkeit behauptet; nun hielt ich mich nicht länger. „Sie sprechen damit aus, daß ich ein *eigenes* Kind — —“

„Nicht von mir ist die Rede,“ unterbrach mich der Graf, jetzt so ruhig, als ich das Gegenteil war. „Die Welt urteilt nach dem Schein, und mir als Beamten und Ihrem Freunde steht es zu, diesem bösen Schein entgegenzutreten. Darum frage ich Sie noch einmal: *können*, *wollen* Sie mir ein Zeugnis über den Ursprung dieses Mannes geben?“

„Nein!“ sagte ich. „Ob ich es nicht geben *kann*, oder es nicht geben *will*, gleichviel. Ich bedarf keiner Freunde, die ein fremdes Zeugnis für meine Ehrenhaftigkeit nötig halten; und von dem Beamten, der das Recht meines Heimatsgenossen nicht gelten lassen will, erwarte ich, daß er den *Gast* meines Hauses respektieren werde.“

Damit verließ ich ihn. Ich wußte, daß ich die offene Tür meines Hochzeitssaales zugeschlagen hatte, und fühlte es wie einen Stein von meiner Seele fallen.

Bei alledem bebte ich vor innerer Entrüstung. Dorothee lebte, und ich hatte kein Recht, ihr Geheimnis preiszugeben. Hätte sie selber aber dieses Geheimnis zu meiner Rechtfertigung enthüllen wollen, ich würde das Wort auf ihren Lippen zurückgehalten haben. Die Leidenschaft hatte meine Auffassung plötzlich geklärt: nicht *ich*, die *Mutter* hatte über das Schicksal ihres Sohnes zu entscheiden.

Noch in der Nacht reiste ich mit den Kurierpferden nach Berlin. Ich reiste ohne Dienerschaft, weil mir, ebenso um der Menschen willen, denen ich zueilte, wie für meine eigene Person, ein Ausspionieren und Ausdeuten meiner Schritte widerstand.

Bei einbrechendem Abend erreichte ich mein Ziel und begab mich, ohne erst ein Hotel zu suchen, vom Posthause zu Fuße nach der Faberschen Wohnung, die mir jedes Kind zu bezeichnen wußte. Gelang es mir, Dorothee noch diesen Abend ohne Zeugen zu sprechen, so war meine Aufgabe erledigt, und ich reiste unerkannt noch in der Nacht nach Reckenburg zurück. Der Zustand des Kranken beunruhigte mich. Der Arzt, den ich vor meiner Abreise gesprochen und der eine Übersiedelung nach dem Schlosse widerraten, hatte ihn für eine Lungenentzündung erklärt, Folge schlecht geheilter Brustwunden, und bei der Gewöhnung an starke Getränke doppelt bedrohlich. Auch ahnte ich, nach langem Stillstand, wieder so eine Art Krisis in meinem Leben, die ich jedenfalls auf meinem Posten erwarten wollte.

Wenn man solch eine Lebensgeschichte durchblättert, in welcher bloß die Hauptaktionen Schlag auf Schlag in hinlänglicher Breite geschildert werden, während man die dazwischenliegende Ausfüllung, die still umwandelnde Arbeit der Zeit nur oberflächlich streift, da denkt man sich leicht die Personen unverändert in dem innerlichen Verhältnis, in welchem sie bei der letzten Szene zueinander gestanden haben. Und so könntet auch Ihr, junge, lebhafte Menschen, wohl wähnen, daß ich den alten Bekannten mit den alten, leidenschaftlichen Empfindungen oder mit dem Herzklopfen der Schuld entgegenging. Aber siebenundzwanzig Jahre waren vergangen, seit ich Dorothees Heirat erfuhr, wie manches Menschenleben spinnt sich in diesem Zeitraume ab, von der Wiege bis zum Grabe! Und wenn ich in demselben auch keiner hervortretenden gemütlichen Wendepunkte zu erwähnen hatte: eine gänzlich veränderte Lebensstellung, eine große, stark empfundene Weltepoche, Nachdenken und umfassende Tätigkeit hatten mich zu einer anderen, die Menschen von einst mir zu Fremden gemacht. Ich würde heute Siegmund Faber ohne Verlegenheit gegenübergetreten sein und ihm erforderlichenfalls Rede gestanden, mit Dorotheen aber die Lage der Dinge gelassen, unter Berücksichtigung ihrer Natur und Stellung, besprochen haben. Ja wie ich so im Abenddunkel die Flucht der Straßen entlang schritt, da kam mir wiederholt der Zweifel, ob meine erste Entscheidung über das Schicksal ihres Sohnes nicht die richtige gewesen sei: ob der Totgewähnte nicht ein Toter für sie hätte bleiben sollen?

Indessen der Affekt hatte mich einmal zu dieser Erweckung des Mutterherzens getrieben, und wir sind ja so leicht geneigt, hinter derlei persönlichen Eingebungen eine ahnungsvolle Fügung vorauszusetzen. Jedenfalls konnte die Stimmung für meine Botschaft geprüft und eine fernere Maßregel mir überlassen bleiben.

Als ich mich dem Faberschen Hause näherte, fand ich das Straßenpflaster mit Stroh belegt, und bemerkte, daß die Vorübergehenden gruppenweise zusammentraten oder mit Neugier nach dem matterleuchteten ersten Stockwerk deuteten. Auch einige unzusammenhängende Bemerkungen fing ich im Vorübergehen auf. „Hier aus diesem Fenster! — Der Mann kam dazu, der arme Mann!"

Die Haustür war unverschlossen, die Treppe leer, aber dicht mit Teppichen belegt; alles still. Erst am Ausgange derselben harrte ein zurechtweisender Diener, und im Korridor ließ sich ein leises, geschäftiges, ängstliches Treiben beobachten.

„Sie ist krank und nicht zu sprechen," lautete die Antwort auf meine Bitte, der Frau Geheimrätin gemeldet zu werden.

„Auch nicht für eine durchreisende alte Bekannte?"

„Für niemand."

„Auch morgen nicht?“

„Auch morgen nicht,“ beschied der Diener, erbot sich aber, mich dem Geheimrat zu melden.

Ich schwankte einen Augenblick. Der Zweck meiner Reise war verfehlt, doch hätte ich gerne über den Zustand der Kranken nähere Auskunft gehabt, die mir die sichtlich aufgeregte Dienerschaft nicht geben konnte oder wollte. Ich entschied mich indessen, den Herrn so spät am Tage nicht stören, hingegen morgen noch einmal vorfragen zu wollen, gab meine Karte ab und war im Begriff, mich zu entfernen, als ein Türvorhang mir gegenüber auseinandergeschlagen ward und Siegmund Faber mit rascher Bewegung mir entgegentrat.

Fünfunddreißig Jahre hatte ich ihn nicht gesehen, und ein fremdartiger Ausdruck von Pein und Weh war seinen Zügen aufgeprägt; dennoch würde ich, auch an jedem anderen Orte, ihn auf den ersten Blick erkannt haben. Und auch s e i n e ausgestreckte Hand deutete an, daß er ohne Besinnen in der Matrone, die ihm unerwartet gegenüberstand, das fünfzehnjährige Mädchen wiedergefunden hatte. Der Lauf der Zeit hatte in ihm wie mir keine entfremdenden Spuren zurückgelassen; wir waren, wie man es nennt, organisch alt geworden; ein Vorrecht derer, die nur schwach mit dem Herzen leben.

Ich folgte seinem stummen Winke in das eigene Zimmer. „Eine jammervolle Stunde, Fräulein Hardine, in der Sie mein Haus zum erstenmal betreten!“ sagte er, indem er meine Hand mit tiefer Bewegung drückte.

„Hoffen Sie noch, Faber?“ fragte ich, zum voraus hoffnungslos.

Er aber antwortete: „Hoffen? Ja, ich hoffe, aber nicht auf das Leben.“ Und als ich leise das Wort „Hirnfieber“ nannte, da sagte er: „Wenn dem so wäre, Sie würden mich weniger ratlos finden. Nein, kein Fieber — —“

Ich schnitt seine Erklärung mit einer hastigen Bewegung ab; der Schauder in seinem Blicke hatte meine Ahnung bestätigt.

Ich gedachte der Stunde, wo Dorothee mir diesen Ausgang angedeutet hatte. Wir standen eine Weile schweigend und lauschten auf die markerschütternden Töne, die aus dem Nebenzimmer drangen. „Störe ich Sie?" fragte ich endlich.

„Leider nein!" antwortete er. „Nach außen fehlt mir die Ruhe, und da, wo ich Tag und Nacht nicht weichen möchte, darf ich nur ein verstohlener Zeuge sein. Die Unglückliche, so scheint es, sieht in mir nur den Arzt, vor dem sie sich allezeit gescheut, nicht den trostlosen Gatten, dem sie bis zum äußersten ihre Qual liebreich verheimlicht hat."

„Und wann trat dieses Äußerste ein?" fragte ich weiter.

„Das Äußerste erst gestern," versetzte er. „Seiner Natur nach ist es ein heimtückischer, schleichender Zustand, der vielleicht schon vor unserer Vereinigung begonnen hat. Alles in allem: ein Rätsel."

Ich schwieg mit gesenktem Blick. Ich allein hätte ihm ja den Schlüssel zu diesem Rätsel reichen können.

Er lud mich darauf zum Niedersitzen ein, nahm an meiner Seite Platz und schilderte mir jenen erstarrenden Krampf, der seit dem Hochzeitstage von Zeit zu Zeit das blühende Geschöpf überfallen habe. „Bisweilen", sagte er, „konnte ich die Krise stundenlang voraussehen. Sie war beklemmt, unruhig, trat wiederholt mit über der Brust gekreuzten Händen auf mich zu, eine Gebärde, durch welche sie schon als Kind eine Bitte so unwiderstehlich auszudrücken verstand, sie sah mit einem herzzerreißenden Blicke zu mir in die Höhe, vermochte nicht zu reden und kämpfte so fort, bis sie erstarrt, mit stockendem Puls, aber völligem Bewußtsein, zu Boden sank. Da der Zustand jedoch nur selten eintrat, rasch vorüberging und keine gesundheitliche „Störung" hinterließ, nahm ich ihn als eine jener unverfänglichen nervösen Affektionen, denen Frauen in kaum berechenbarer Weise unterworfen sind. Ich suchte seinen Grund in der jahrelangen Spannung des Brautstandes, in dem allzu plötzlichen Wechsel aller Lebensverhältnisse, unter denen sie nur allmählich in Ruhe und Stille heimisch werden könne. Ich schonte sie, schonte sie vielleicht zu sehr. Ich verfiel in den Irrtum vieler Ärzte, die das körperliche Leben ihrer Angehörigen nach den bedenklichen Erfahrungen ihres Berufes und das seelische nach ihren eigenen Bedürfnissen beurteilen. Weil mir nach einem abspannenden Tagewerk eine Pause des Ausruhens Wohltat war; weil ich nichts verlangte, als das holdselige Geschöpf, still und vergoldend gleich einem Sonnenstrahl, die Schatten meines Berufslebens streifen zu sehen: in meinem selbstsüchtigen Behagen übersah ich ihr unausgefülltes Einerlei, vergaß den Widerspruch mit ihrer ursprünglich bewegsamen Natur, vergaß ihn um so leichter, als sie selber niemals klagte, nach nichts verlangte, immer versicherte, wohl zu sein, und keine Spur des Hinwelkens ihre Worte Lügen strafte. Sie war und blieb ein blühendes, liebliches Kind, Fräulein Hardine, ein Engel der Demut; Dorothee, meine Gottesgabe, mein Sonnenstrahl!"

Der Mann verbarg das Gesicht hinter seinen Händen, ich hörte ein krampfhaftes Schluchzen: lange vermochte er nicht weiter zu reden, und als er endlich von neuem begann, geschah es mehr zu sich selbst als zu mir. „Die unterdrückte Natur rächt sich allemal — allemal! — wenn ich sie hätte reisen lassen — ihr Zerstreuung und Umgang gesucht — Licht und Luft um sie geschaffen in der weiten Einöde der Stadt: nichts, nichts habe ich für sie getan; mich an ihrem Anblick erquickt, Egoist, der ich war, und nun so grausam bestraft!"

Eine neue Pause folgte. Nachdem er sich gesammelt hatte, fuhr er rasch, gleichsam geschäftsmäßig fort: „Unter den erschütternden Ereignissen des Herbstes 1806 hatte ihr Leiden sich gesteigert. Als ich bei meiner Rückkehr von der Armee unerwartet bei ihr eintrat, umfing ich minutenlang eine Leiche. Der Zustand kehrte seitdem öfter wieder, dauerte länger, man möchte sagen, er wuchs mit den Qualen und Enttäuschungen des Vaterlandes. Im Sommer 1809, als Schlag um Schlag das Scheitern Schills und Braunschweigs, die Niederlage Österreichs bekannt wurden, schien er seinen Höhepunkt erreicht zu haben. Dann trat eine Pause ein; die Stille der Resignation, um unter den Opfern der Erhebungszeit von neuem aufzuwachen. Ich war der Armee gefolgt, und hörte später erst von anderen — niemals von ihr selbst — daß sie sich den Frauenvereinen angeschlossen hatte, die nach den märkischen Schlachten sich des Dienstes in unseren Spitälern unterzogen. Armes, zärtliches Kind, das niemals einen Blutstropfen sehen, von einer Wunde nur reden hören konnte! Tag für Tag trat sie den Gang durch die Leidensstätten an, ging von Bett zu Bett, starrte angstvoll in jedes Krankengesicht, als ob sie einen suche, der nicht zu finden, einen retten wollte, der nicht zu retten war, und brach dann am Ausgange vernichtet zusammen, um anderen Tages den qualvollen Weg von neuem anzutreten.

„Selbstverständlich würde ich, wenn zur Stelle, diese zwecklose Folter gehindert haben. Als ich aber nach Jahr und Tag aus Frankreich heimkehrte, fand ich die Spitäler geleert und Dorothee fast unverändert die alte. Erst während der Tage von Ligny und Waterloo — ich befand mich wieder bei der Blücherschen Armee — soll eine kurze Katastrophe eingetreten sein, die mich auf die heutige hätte vorbereiten können. Ich war nicht Zeuge derselben und tröstete mich wiederum, daß die eindrucksfähige Kindernatur, die Idiosynkrasie gegen alles, was Tod und Leiden heißt, diese gewaltsame Erschütterung hervorgerufen habe. Ihr gegenwärtiger Zustand, ohne jeglichen Anlaß von außen her, spricht jenem Troste Hohn. Ich stehe wie ein Narr vor diesem Rätsel der Natur.

„Sie dürfen denken, Fräulein Hardine, daß da, wo mein ganzes Lebensglück auf dem Spiele stand, ich dem eigenen Urteil nicht allein vertraute. Ich habe den Rat meiner anerkanntesten Kollegen in Nähe und Ferne eingeholt. Einmal aber sträubte sich Dorothee mit einer Heftigkeit, die ihrem sonstigen Wesen völlig fremd war und ihren Zustand steigerte, gegen jede ärztliche Behandlung; d a n n aber wußte auch kein einziger eine zweckmäßig scheinende Methode vorzuschlagen. Sie selbst erklärte sich für gesund, und sie schien es zu sein. Ich mußte mich allerseits mit dem Vorwurf hypochondrischer Ängstlichkeit abfertigen lassen. Höchstens daß man das Postulat der Kinderlosigkeit als die Ursache momentaner körperlicher oder gemütlicher Störungen zu Markte brachte. Ich bin aber zu sehr Arzt, um ein Freund derartiger Postulate zu sein. Unsere Kunst ist eine der Exemtionen. Dorothee war zu zart für ein Martyrium, dem meine Mutter erlag, als sie mir das Leben gab, und lassen sie mich hinzufügen, Fräulein Hardine, Dorothee war zu sehr Kind für die Kinderzucht, bei welcher der Vater ihr so wenig eine Stütze zu sein vermochte. Sie erkannte das auch wohl selbst. Niemals hatte sie eine mütterliche Sehnsucht angedeutet; ja ich sah sie von einem Schauder befallen, als wir auf einer unserer seltenen gemeinsamen Wanderungen durch die Stadt einer Schar tobender Waisenknaben begegneten. Als ich ihr nach 1806 — nicht zu meiner, nur zu ihrer eigenen Ausfüllung — den Vorschlag machte, eine Soldatenwaise zu adoptieren, da war ein Krampfanfall ihre Antwort, und nachdem die Sprache wieder zurückgekehrt war, sagte sie nichts als mit der flehendsten Gebärde: „Bitte, bitte — nein!"

„Man gewöhnt sich an solchen Zustand, Fräulein Hardine. Mein Berufsleben wurde immer absorbierender. Ich war häufig auf Reisen, und wenn in Berlin, oft nur minutenweise in meinem Hause anwesend. Da bemerkte ich es denn kaum, daß sie von Jahr zu Jahr stiller und in sich gekehrter ward, ja daß wohl Tage vergingen, ohne daß ich einen Laut von ihren Lippen vernahm. Das Alter macht naturgemäß schweigsam, und was hätten wir im Grunde uns auch mitzuteilen gehabt? Sie erlebte zuwenig und ich zuviel, aber doch nicht d a s, was zu häuslichem Austausch sich eignete. Die beängstigenden Zufälle hörten allmählich auf, ich fühlte mich beruhigt — bis, ja es vermögen jetzt drei Monate sein —

„Da konnte ich mir denn nicht länger verbergen, daß die stumme Apathie in eine seltsame Aufregung umgeschlagen war. Sie ging den ganzen Tag im Zimmer auf und ab und saß die Nächte mit offenen Augen in ihrem Bette, oder ich traf sie wohl auch nachts leise auf und niederwandelnd. Mahnte ich sie zur Ruhe, so gehorchte sie ohne Widerspruch, legte sich und stellte sich schlafend. Sobald ich aber in meine Kammer zurückgekehrt war und sie sich unbeobachtet glaubte, richtete sie sich auf und begann ihre Wandelgänge von neuem. Sie schlummerte nicht, sie fragte nach nichts und antwortete nur mit stummen, aber deutlichen Gebärden; sie nahm nur gezwungen die notdürftigste Nahrung. O daß das arme Hirn in dieser Zersetzung sich leise erschöpft hätte, aber seit gestern — —"

„Seit gestern?" drängte ich gespannt.

„Seit gestern — —"

Ein schriller Schrei aus dem Nebenzimmer unterbrach ihn. Er sprang auf und lauschte hinter dem Vorhang an der sacht geöffneten Tür. „Wer faßt es, Fräulein Hardine," sagte er darauf, als es drinnen wieder still geworden war, „wer erträgt es, die friedfertigste Kreatur enden zu sehen unter den Qualen einer Mörderin, sie mit Gewalt vom Äußersten abhalten zu müssen — — o Gott, Gott! gestern in der Dämmerstunde ein unbewachter Moment und — sie würde — —"

Der Mann konnte nicht weiter; auch ich stand erschüttert bis ins Mark. Seit Monden, wo der Sohn, eine Mutter suchend, das Land durchwanderte, und gestern, gestern, da er im Wahn seine Hand nach der anderen ausstreckte, — — darf man an solche Sympathien glauben, an eine elektrische Strömung des verwandten Blutes?

„Dürfte ich sie sehen?" fragte ich nach einer langen Stille den unglücklichen Mann.

„Sie würde Sie nicht erkennen, schwerlich bemerken. Aber Sie, wie sollten Sie den Eindruck ertragen? Fräulein Hardine — sie rast!"

„Führen Sie mich zu ihr," sagte ich voranschreitend. Unter der Tür hielt ich an. „Eine Frage noch: ist es eine formlose Beklemmung, oder — —"

„Es ist ein fixiertes Wahnbild," versetzte Faber flüsternd, „das sinnloseste — — oder sollte dennoch eine unterdrückte mütterliche Sehnsucht — — sollte ich zum zweitenmal genarrt —? Doch genug der fruchtlosen Grübeleien. Sie quält sich mit der verzweifelten Idee, eine Kindesmörderin zu sein. Nicht aber eines eigenen, neugeborenen Kindes, wie es ein häufiger Wahn irrsinniger Frauen ist; nein, über einen Knaben tobt sie, einen Waisenknaben, den sie, sie selber totgeschossen haben will. Auf Viertelstunden tritt wohl eine Pause ein; dann formt sie aus Kissen und Tüchern einen Knäuel, preßt ihn an ihr Herz und liebkost ihn wie eine Mutter ihr Kind; bald aber zerreißt sie mit der Kraft der Raserei den Balg in Stücken, schleudert ihn von sich, schreit auf, sieht sich — oder wen? — in einer teuflischen Umgebung, die sie die ‚Schwarzen' nennt, und kann nur mit Zwangsmitteln zurückgehalten werden, eine gewaltsame Befreiung aus dieser Seelenqual zu suchen. Und dennoch, dennoch, sollten Sie es glauben, Fräulein Hardine? das engelhafte Gemüt hat sich auch in diesem Äußersten nicht bemeistern lassen. Vor dem trostlosen Gatten möchte sie ihre Folter auch jetzt noch verheimlichen. ‚Still, still!' flüstert sie, sooft ich mich nahe. Da aber die Angst stärker ist als der Wille, wird sie immer unruhiger, windet sich, stöhnt, bis ich mich entferne und sie wie erlöst aufatmet, um bald von neuem von dem gemordeten Knaben und den Schwarzen verfolgt zu werden."

Wir traten in das Krankenzimmer. Es war tageshell erleuchtet, denn die bedrohenden Gespenster wuchsen in der Dunkelheit. Zwei baumstarke Wärterinnen versahen den Dienst. Dorothee saß im Bett in unbezähmbarer Unruhe. Mit der einen Hand stieß sie eine kalmierende Arznei zurück, mit der anderen riß sie die Eisblase ab, die man auf dem Kopfe festzuhalten suchte. Das einst goldige Haar hing wie eine Silberwelle, von geschmolzenen Eistropfen überperlt, an den Schläfen herab, das Antlitz glich einer schneeigen Blüte, und die erweiterten Augen flogen in ruhelosem Flimmer auf und nieder. Das unglückselige Weib, im fünfzigsten Jahre, in den Banden des Wahnsinns, an der Pforte des Grabes, war noch immer schön; ja mich dünkte, ich hätte es niemals schöner gesehen als in diesem Aufruhr der heimlichsten Natur.

Ich bedeutete die Wärterinnen, ihr fruchtloses Bemühen aufzugeben; sie zogen sich zurück, und ich setzte mich auf einen Stuhl am Bette. Der Mann lauschte verborgen im Hintergrunde, kein Atemzug ging durch den Raum.

Eine lange Weile bemerkte sie mich nicht; sie hatte eine ihrer ruhigen Minuten; geschäftig bündelte sie die Eisblase, die sie sich vom Kopfe gerissen, in ein Tuch und preßte sie an ihr Herz. „Hu, hu, wie kalt!“ murmelte sie schaudernd, „wie kalt!“

Ich trat dicht an sie heran, ergriff ihre beiden Hände und senkte meine Augen fest in die ihren. „Kennst du mich noch, Dorothee?“ fragte ich.

Und wunderbar! Kaum daß sie meine Stimme vernommen und nur einen Moment forschend zu mir aufgeblickt hatte, rief sie: „Hardine, Fräulein Hardine!“

Der lauschende Mann konnte einen Laut der Überraschung nicht zurückhalten. Dorothee horchte gespannt. „Still, still!“ flüsterte sie, indem sie das Bündel unter ihrer Decke verbarg. Als aber alles wieder ruhig geworden war, zog sie es von neuem hervor, drückte meine Hand darauf und sagte: „Fühlen Sie, Fräulein Hardine, wie kalt! Es ist tot, hu, so kalt, so kalt, das arme Kind, tot!“

„Es ist kein Kind, Dorothee,“ sagte ich, „es ist ein kalter Stein, der lange auf deinem Herzen gelegen hat. Ich will ihn von dir nehmen. Siehst du, nun ist er fort, nun wird dir leichter werden, Dorothee.“

Sie ließ es willig geschehen, daß ich das Bündel von ihr nahm; aber sie wimmerte immerzu: „Tot, tot, das arme Kind tot!" Einen Augenblick schwankte ich noch; dann wagte ich es, dem Lauscher zum Trotz, auf alle Gefahr. Ich drückte die Hand der jammernden Mutter an mein Herz und sprach mit erhobener Stimme: „Das Kind ist n i ch t tot, Dorothee. Gott ist ein Vater der Waisen, der Knabe lebt!"

„Er lebt, er lebt!" schrie sie auf. „Wer sagt, daß er lebt? Wer hat es gesehen, daß er lebt?"

„Hardine sagt es," versetzte ich, „Hardine hat ihn gesehen. Der Knabe lebt!"

„Er lebt, er lebt!" rief sie. „Hardine sagt es, Hardine lügt nicht, niemals! Hardine hat ihn gesehen. Er lebt! Wo, wo? Führe mich zu ihm, Hardine!"

„Ja, ich will dich zu ihm führen, Dorothee. Ich will dich mit mir nehmen nach Reckenburg. Weißt du noch? nach Reckenburg, Dorothee." —

Eine Minute lang saß sie sinnend, rieb sich die Stirn und murmelte: „Reckenburg! Reckenburg!" Endlich hatte sie es gefunden. „In Reckenburg, ja, in Reckenburg, da war's. Nicht im Waisenhause, nicht bei den Schwarzen. In Reckenburg lebte er. Fräulein Hardine hat ihn gesehen. Fräulein Hardine nimmt mich mit nach Reckenburg; Fräulein Hardine hält Wort!" Sie klatschte in die Hände wie ein Kind. „Nach Reckenburg!" jubelte sie, „kommen Sie, Fräulein Hardine."

„Ich bringe dich nach Reckenburg," sagte ich; „aber nicht heute; erst mußt du gesund werden, liebe Dorothee."

„Ich bin gesund, ganz gesund," versicherte sie, indem sie Anstalt machte, das Bett zu verlassen.

Ich konnte sie nur mit Mühe darin zurückhalten. „Du bist krank, Dorothee," sagte ich bestimmt; „du wirst aber bald gesund werden, wenn du mir folgst. Nimm diese Tropfen; lege dich ruhig hin, drücke die Augen zu und schlafe aus. Dann gehst du mit mir nach Reckenburg."

„Ich will Ihnen folgen, Fräulein Hardine," sagte sie und nahm ohne Sträuben den Trank, dem sie sich bisher so gewaltsam widersetzt hatte. Plötzlich wurde sie aber wieder unruhig, spähte ängstlich im Zimmer umher und flüsterte mir ins Ohr: „E r, e r! Wenn er nun kommt? Wenn er es nun merkt? Er läßt mich nicht fort, Fräulein Hardine.“

„Sei ruhig, ich wache bei dir,“ entgegnete ich laut. „Und er wird dich mit mir gehen lassen, denn er liebt dich, Dorothee.“

„Fräulein Hardine wacht bei mir,“ lispelte sie schon mit schläfrigen Augen, ließ sich darauf, gehorsam wie ein Kind, das durchnäßte Haar von mir abtrocknen, warm einhüllen und betten, Ihre beiden Hände ruhten in den meinen; sie blickte noch einigemal in die Höhe, als sie mich aber ruhig auf dem Bettrande sitzen und meine Augen wachsam auf sich gerichtet sah, schlummerte sie sanft atmend ein.

Nach einer Weile erhob ich mich leise und trat zu d e m, welcher diesem Auftritte unbemerkt gelauscht hatte. Tränen, vielleicht die ersten des bewußten Lebens, rannen über seine Wangen. Er drückte meine beiden Hände an sein Herz. „Die Wohltat einer ersten friedlichen Stunde!“ sagte er. „Welch ein Zauber liegt doch in den frühesten Erinnerungen, in den Menschen, welchen wir am frühesten vertrauten. O des Selbstsüchtigen, Verblendeten, der nur nach dem Pendelschlag der Stunde gerechnet hat! Wenn ich sie vor Jahren Ihnen zugeführt hätte, vor Monaten noch — —“

„Und wenn es noch jetzt nicht zu spät wäre, mein Freund?“ fragte ich.

Er aber schüttelte den Kopf und antwortete: „Es i st zu spät.“

Ich versprach ihm darauf, die Nacht bei Dorothee zu wachen, und bat ihn, für einige Stunden die Ruhe zu suchen, deren er so dringend bedürfe.

„Auch ich werde Ihnen folgen,“ sagte er und ging nach einem wehmütigen Blick auf die Schlummernde in sein Zimmer. Von Viertelstunde zu Viertelstunde erschien er indessen lauschend unter der Tür, bis er endlich mit dem Entschlusse, schlafen zu *wollen*, in ein paar Stunden ungestörter Ruhe die erschöpften Kräfte wiederfand.

Ich saß allein bei der Kranken, ihre Hände in den meinen, und Gott weiß, in welchem Aufruhr der Gedanken! Was für eine Ironie in dem beglückenden Wahne des getäuschten Mannes? Was für eine Strafe in dem gräßlichen Wahne der täuschenden Frau! Aber sie lag so still, sie atmete so gleichmäßig leise; sollte es wirklich zu spät sein, Wahrheit und Frieden an Stelle der Irrung walten zu lassen?

Nein, ich hoffte noch, hoffte noch, als ich mich beim grauenden Morgen erhob, um die Lampen zu löschen und die Fensterbehänge zurückzuziehen. Als ich aber nach wenigen Minuten auf mein Platz zurückkehrte, da gewahrte ich jene plötzliche, unbeschreibliche Wandlung, welche jede Hoffnung vernichtet.

Ich hätte Siegmund Faber herbeirufen mögen zum letzten Lebewohl. Aber Dorothee schlug jetzt die Augen zu mir auf, nicht mehr im Flimmer des Wahns, nein, die fragenden Kinderaugen aus ihrer schuldlosen Zeit. Sie tastete nach meiner Hand und flüsterte in mein Ohr: „Glaubst du, daß Gott barmherzig ist, Hardine?"

„Ich glaube es, Dorothee," antwortete ich bestimmt.

„Auch gegen eine, die nicht mehr *Vater* zu ihm sagen darf?"

„Gegen jedes schwache, irrende Geschöpf, das sich nach seiner Vaterliebe sehnt."

„Und er lebt, hast du gesagt, er lebt?"

„Er lebt, und ich werde meine Augen über ihn halten und ihm sagen, daß im Vaterreiche eine liebende Mutter seiner Heimkehr harrt."

Kaum hatte ich diese Worte gesprochen und Dorothee mit letzter Lebenskraft ihre Lippen auf meine Hand gedrückt, als Siegmund Faber in das Zimmer trat und mit einem herzdurchdringenden Schrei an dem Sterbebette niederstürzte. Sie schlug das brechende Auge noch einmal zu ihm auf, ein letztes

Beben erschütterte den halberstarrten Leib. „Faber!" röchelte sie. „Barmherzigkeit, Faber! Herr, mein Heiland, Barmherzigkeit!"

Und alles war zu Ende.

Ich entfernte mich unbemerkt. Als ich aber nach etlichen Stunden wiederkehrte, um Abschied von dem Freunde zu nehmen, da fand ich ihn noch auf der nämlichen Stelle, umklammernd die tote Gestalt, die er bis zum letzten sein Kind und nicht einmal sein Weib genannt hatte. Doch faßte er sich, sobald er mich bemerkte, und begleitete mich aus dem Sterbezimmer, nachdem ich mit einem langen Blicke von dem auch im Tode noch schönsten Weibe zum letzten Male Abschied genommen hatte.

„Solange ich lebe, Fräulein Hardine," sagte er „werde ich Ihnen diese sanfte Erlösungsstunde danken. S i e war meine Lebensfreude, mein ganzes Glück!"

Ich trennte mich von Siegmund Faber mit dem heiligen Vorsatz, die Erinnerung an seinen Sonnenstrahl rein zu erhalten vor jedem trübenden Hauch.

Meine Seele war erfüllt von dem Schauerbilde einer beleidigten und sich rächenden Natur, aber auch — ich sehe deine Tränen fließen, mein Kind! — aber auch von einem Versöhnungsglauben, wie ich ihn niemals stärker an einem Sterbebette empfunden habe. Sie hatte den Frevel gegen Gottes ewige Ordnung erkannt und mit allen Qualen eines armen Menschenherzens hienieden gebüßt; der Wahn war dem Leben vorausgeflüchtet, mit dem Flehen, in dem sie geschieden ist, wird sie jenseit begonnen haben und Vater sagen dürfen, den wiedergefundenen Sohn an ihrer Hand.

In dieser Stimmung nahm ich es als eine trostreiche Erfüllung, daß ich bei meiner Heimkehr nach Reckenburg alsobald an ein zweites Sterbebett berufen ward, zu einem Scheiden, so klar und gefaßt, wie das tapfere Herz es sich dereinst, wenn auch in mächtigerer Umgebung, gewünscht hatte.

„Fräulein Hardine," rief mir August Müller entgegen, „Sie sind nicht meine Mutter, ich weiß es jetzt, denn der Tod macht hell. Vergeben Sie mir die Unehre, welche meine Torheit über Sie verbreitet hat."

„Du suchtest eine Mutter und irrtest in gutem Glauben. Du hast mich nicht beleidigt, August," versetzte ich aufrichtig, indem ich ihm die Hand reichte.

Er drückte sie kräftig, lag eine Weile in Nachdenken versunken und sagte dann: „Eins noch, Fräulein Hardine: jene weiße Frau mit dem gelben Haar, die ich bei der Leiche Ihres Vaters sah, ist sie —?"

„Sie war deine Mutter, August. Sie ist dir in Liebe vorangegangen. Ich aber werde an ihrer Statt für deine Tochter Sorge tragen."

Einschaltung des Herausgebers

Ja, unser tapferer Invalid ist tot! Drei Tage, nachdem er hoffnungstrunken das Waldhaus Muhme Justines wiedererkannte, ist er dahin, und wohl ihm! rufen wir ihm nach. Wir hätten ihm den Todesstreich von einem Türkensäbel gegönnt; aber zehn Friedensjahre hatten sein Lebensmark aufgezehrt. Nun starb er rasch, wie er gelebt, gut gepflegt auf heimischem Grund, und sein brechender Blick fiel auf das verwaiste Kind, welches Fräulein Hardine zum Schutz in ihre Reckenburg führte. August Müller endete glücklicher, als seine brave Lisette auf dem Sterbebett geahnt hatte. Wohl ihm!

Und wieder drei Tage später sehen wir Fräulein Hardine als einzige Leidtragende seinem Sarge folgen zu der Ruhestätte, die ihm an der Seite der „treuesten Dienerin" bereitet worden war. Es war dies eine letzte Ehre, welche die Herrin jedem ihrer Gemeindeglieder erwies, und wir, die wir ihre Bekenntnisse gelesen haben, wissen, welchen Erinnerungen sie durch dieselbe in diesem besonderen Falle gerecht ward, die Zeitgenossen aber, welche die Wahrheit erst aus diesen Blättern erfahren werden, die schrien im Chor: „Einem Fremden, einem bettelnden Tagedieb! dem, der die schwerste Bezichtigung gegen sie verbreitet hat?"

So war es denn Fräulein Hardine selbst, die, schweigend und handelnd, dieser Bezichtigung Vorschub leistete, in einer Weise, daß ihr goldheller Name dauernd dadurch geschwärzt werden sollte. Wir wollen uns nicht dabei aufhalten, wie dem starren Erstaunen die kleinlichsten Spürversuche folgten, wie der verbissene Neid triumphierte, Entrüstung, ja Empörung gegen die langjährige Heuchelei laut und öffentlich zur Schau getragen ward. Das Haus, zu welchem der Eintritt als hohe Gunstbezeigung erstrebt worden war, sah sich scheu vermieden, gleich einem, in welchem ein ansteckendes Fieber ausgebrochen ist; der stolze Bau des Rechtes und der Ehre schien in seinem Fundament erschüttert; keine Hand regte sich, ihn zu stützen, seitdem selber der Graf die Beziehungen zur Reckenburg und alle Zukunftsaussichten aufgab und, schweigend zwar, eben darum aber sprechend genug für die gespannten Lauscher, auf seinen neuen hohen Verwaltungsposten eilte.

Wer hätte nicht in ähnlicher Weise eine wankende Autorität verlassen sehen? Gleichwohl würde der geräuschvolle Eifer bei dieser Katastrophe nicht hinlänglich zu erklären sein, wenn der Zeitpunkt derselben außer acht gelassen würde. Der übermäßigen Anstrengung aller Lebenskräfte in Not und Kampf waren zehn Jahre einer apathischen Stille nachgeschlichen; in beschränktem Kreise wiederherstellend und aufbauend, folgte jeder einem tiefen Ruhebedürfnis. Aller Abzug in weitere Gebiete war unterdrückt, die staatsbürgerlichen Interessen schwiegen, selbst unsere jüngsten großen Erinnerungen schienen wie mit dem Schwamme ausgelöscht. Mit dem patriarchalischen Behagen verbreitete sich patriarchalische Kleinsucht und Fraubaserei. Ein weniger bemerkenswertes Ereignis als der Sturz von Fräulein Hardines Ehrenkrone würde in einer solchen Epoche als eine Haupt- und Staatsaktion verhandelt worden sein, weit mehr als der Sturz von Königskronen in einer anderen.

Ob Fräulein Hardine diesen Sturz bemerkte? Ob sie ihn einer Beachtung würdigte? Kein Zeichen deutete es an. Sie bewegte sich nach wie vor zuversichtlich in ihrem Tagewerk und scheute sich nicht, das angezweifelte Wesen, das sie demselben eingefügt hatte, immer dichter in ihre Nähe zu ziehen. Unter allen Umständen tat sie keinen entgegenkommenden Schritt, der eine versöhnliche Stimmung eher als jener hochmütige Gleichsinn angebahnt haben würde. Wir aber, die sie die Ihren nannte, wir Reckenburger Leute, ei nun, wir kümmerten uns nicht um Klatsch und Matsch. Wir glaubten's nicht, und wir bezweifelten's nicht. Wie Fräulein Hardine es uns gelehrt, sorgte ein jeder für das Seine.

Indessen: das heftigste Unwetter verzieht, und auch die Windsbraut um Reckenburg legte sich; nicht ganz so jählings, wie sie herangebraust war, aber hübsch sacht und gemütlich nach deutscher Stürme Art. Die Hand, die eine Reckenburg zu verschenken hat, behauptet ihre Anziehung; die Standesgenossenschaft besann sich auf ihre alten Hoffnungen, auch die bürgerliche Klientel auf gelegentliche Berücksichtigung. Bald ersehnte jedermann nur einen Anlaß, um öffentlich zu verleugnen, was heimlich von keinem bezweifelt ward. Dieser Anlaß aber ließ nicht lange auf sich warten, und es war die Stelle, von welcher man im lieben Vaterlande alle Hilfe beanspruchte, zu der man sich selber nicht entschließen konnte, die allerhöchste, der man auch die Rettung von Fräulein Hardines Ehrenkrone zu verdanken hatte. Das Fräulein erhielt das Diplom einer Ehrenchanoinesse des vornehmsten Damenstiftes der Monarchie, und damit die Prärogative einer verheirateten Frau. Sie machte von dieser Sonderstellung keinen Gebrauch, nannte sich und ließ sich nennen Fräulein von Reckenburg. Man erzählte sich auch, daß sie eine gräfliche Erhebung ihres Wappenschildes dankbarlichst ausgeschlagen habe. Sie schien sich darauf zu steifen, als Freifräulein in die Grube zu fahren. Die königliche Gunstbezeigung wurde jedoch zum Signal, die Verunglimpfung zu bezweifeln oder großmütig zu decken.

Ein tapferer Veteran der Befreiungskriege, von plötzlichem Fieberwahnsinn befallen, hatte auf Reckenburg eine Pflegestatt und ein ehrenvolles Grab, seine hilflose Waise hochherzige Versorgung gefunden. Wehe dem, der Jahr und Tag nach dem verhängnisvollen Königsfeste eine andere Version über die große Katastrophe hätte laut werden lassen! Fräulein Hardine feierte weder heuer noch jemals später den 3. August mit einem patriotischen Mahl; hätte sie ihn aber gefeiert, sie würde kein geladenes Haupt an ihrer Tafel vermißt haben.

Indessen die Gäste stellten sich auch ungeladen wieder ein. Visiten, Ratsuchende, Huldigende, Hoffende meldeten sich, das Lächeln der Unschuld auf ihren Lippen, so als ob sie nimmer gewichen, und wurden empfangen, so als ob sie nimmer vermißt worden wären. Scheiden und Meiden schien auf beiden Seiten vergessen; das alte Fahrgleis zur Reckenburg war wiederhergestellt, nur daß die Blicke sich je mehr und mehr zwischen der großen und der an ihrer Seite heranwachsenden kleinen Hardine teilten.

Denn wie staunten die ersten Besucher, in der verwahrlosten Landstreicherin schon nach Jahresfrist ein Kind wiederzufinden, gesund und lieblich, wie man je eines gesehen. Fürwahr, Fräulein Hardine hatte eine glückliche Hand. Auch ihr trübseliger Schützling war gediehen in der Luft des neuen Turms und auf den Flurwegen, wo sie der Herrin tägliche Begleiterin geworden. Die Nachbarschaft erwartete in Bälde den Akt einer Adoption, dem die Adelsbestätigung nicht fehlen werde. Man zählte zum voraus die Reihe der ritterlichen Jünglinge, die ohne Scheu das Erbe der Reckenburg aus der Hand der Marketenderinnentochter empfangen würden. Und diese Reihe war lang.

Aber nichts von dem Erwarteten geschah. Fräulein Hardine tat keinen Schritt, um die kleine Plebejerin zu ihrem eigenen Range zu erheben. Sie machte nicht einmal ihr Testament. Ihre Pflegebefohlene blieb nach wie vor Hardine Müller.

Auch wurde sie keineswegs herangebildet, wie es einer Erbin von Reckenburg geziemt haben würde: keiner vornehmen Kostanstalt, keinem gelehrten Hofmeister, keinen fremdländischen Gouvernanten übergeben. Der erste Lehrer des Kindes, Pastor Nordheim, blieb auch der letzte, und von allen Kunstfertigkeiten der Mode war es späterhin nur die Musik, welche ein tüchtiger Meister der Nachbarstadt in dem talentvollen Mädchen pflegte. Im übrigen fügte sich dasselbe bald in das Getriebe des inneren Haushaltes und schien sich in demselben mit gleicher Neigung zu bewegen, wie ihre Beschützerin in der äußeren Verwaltung.

Diese Erziehung deutete allerdings nicht auf hochfliegende Pläne für das geheimnisvolle Waisenkind. Wer hätte jedoch behaupten mögen, daß Fräulein Hardine, welche in so vielen Stücken gegen den Strom zu steuern wagte, einer eigenen Tochter oder Enkelin eine vielseitigere Bildung bewilligt haben würde? Daß das Maß des eigenen Wissens und Könnens ihr nicht das Genügende schien, um einen großen Besitz und ein bedeutendes Amt zu verwalten?

Zu diesen wohl gerechtfertigten Zweifeln gesellte sich die Wahrnehmung eines allmählichen Umwandelns des Reckenburgschen Lebenszuschnittes nach der häuslichen Seite hin. — Der Verlauf war natürlich und folgerecht für eine, die nichts halb tat, wie unser Fräulein Hardine. Denn ein Mensch zieht den andern nach sich und keiner mehrere als ein Kind. Die kleine Waise bedurfte der Wartung, des Unterrichts und Umgangs; sie bedurfte des Raumes zur Pflege, zum Spiel, zur Aufnahme nachbarlicher Genossinnen und deren erwachsener Sippschaft, die nicht spröde auf sich warten ließ. Ein freundliches Gelaß mußte mit den Tändeleien einer Kinder-, später einer Mädchenstube ausgefüllt, Gastzimmer und wohnliche Versammlungsräume mußten eingerichtet werden. Der neue Turm war zu eng und einfach für mehr als eine; die anstoßenden Säle waren zu weit und prunkvoll für weniger als eine Galaversammlung. Da gab es denn Abteilungen und Zwischenwände; wärmende Öfen traten an die Seite der unzulänglichen Marmorkamine; weiche Teppiche bedeckten die kältende Mosaik des Bodens; bequeme Polstermöbel nahmen die Stelle der harten, goldverzierten Sessel ein, duftende Blumengruppen die der modernen Potpourris und wackelnden Chinesen auf den Konsolen. Musik und Gesang ertönten in dem lange stillen Palast, und ein modern gefälliges Gerät bedeckte statt der barocken Silber- und Porzellangefäße die wohlbesetzte Tafel.

Und wie das Haus so die Gartenpracht. Die gesamte tote Götterwelt, vor welcher die kleine Hardine sich gefürchtet hatte, fiel ohne Gnade; die drei- und viereckigen lebendigen Gestalten, über welche sie gelacht, als man sie Bäume nannte, machten unbeschnittenen Strauch- und Baumgruppen Platz; die steifen Hecken, die glasgesäumten Schnörkelbeete, welche den Tummelplatz der Kinderwelt beengten, verschwanden und weite Rasenplätze rundeten sich an ihrer Stelle zu beiden Seiten der stattlichen Avenue. Junge Mädchen lieben Blumen, und so entfaltete sich weiterhin bis zum Waldesrande ein üppiger Flor; rings um den Gutshof aber dehnten sich Gemüse- und Obstpflanzungen, Glashäuser und Winterbeete, denn das gastliche Haus bedurfte der Leckerbissen, welche die einsame Herrin vordem nicht vermißt hatte. Anmutige Sitzplätze luden allerorten zur Ruhe ein, eine einzige große Fontäne inmitten der Terrasse spendete kühlend die Wassermenge, welche die Ungetüme des Lustgartens in zahllosen Fädchen ausgetröpfelt hatten, und die Singvögel des Waldes flatterten bis an den Rand des Bassins, wo freundliche Kinderhände ihnen Futter streuten. Alles in allem: unsere Reckenburg, ohne ihren herrschaftlichen Ursprung zu verleugnen, hat sich in ein Heimwesen mit zeitgemäßem, bürgerlichem Behagen umgewandelt, und wie hätte fortan ein Bedürftiger ohne Labe und Pflege von ihrer Schwelle gewiesen werden sollen, wenn die kleine Hardine für ihn „bitte, bitte" sprach? Gutgeartete Kinder geben ja so gern, und die kleine Hardine war ein gutgeartetes Kind. Als in den ersten dreißiger Jahren die Cholera rings im Lande viele Opfer forderte und mit einem ihrer Katzensprünge nur unsere Reckenburg verschonte, da errichtete das Fräulein ein stattliches Waisenhaus, und an dem Einsegnungstage ihrer Pflegetochter wurden fünfzig vater- und mutterlose Mädchen darin eingeführt.

So ist die kleine Hardine nun ein erwachsenes Dämchen geworden; und ein wechselnder Verkehr mit Stadt und Land hat sich angebahnt und ausgedehnt auch über Kreise, die sonst nicht zu der Tafelrunde der Reckenburg gezählt worden waren; innerhalb dieser Kreise werden bei dem seit den Julitagen angeregteren Zeitwesen denn auch wohl Stimmungen laut geworden sein, welchen die große Hardine in früheren Tagen schwerlich Gehör geschenkt haben dürfte. Kurzum, wohin wir blicken, da ist seit dem Eintreffen des kleinen Bettlerkindes in der vertrauten Umhegung allmählich das Alte neu, das Verlebte jung geworden. Und so sehen wir denn auch nicht mehr die goldene Kutsche mit dem altersschwachen Schimmelzug, sondern ein leichtes Gefährt mit raschem Zweigespann die Herrschaft und ihre Gäste zueinander führen, und nicht mehr die gepuderten Heiducken, sondern ein flinkes, jugendliches Völkchen versieht den Dienst in dem erneuten Haus. Die periodischen Galafeste haben aufgehört, aber im Schloß wie im Dorf singt und springt die Jugend unter dem Maienbaum und Erntekranz; die Schenke streckt einladend ihren Arm in die Luft, die Kegel rollen, die Krüge klappen, wenn auch mit Maß; wir sind noch immer eine ehrbare Kolonie, aber doch andere Leute geworden wie jene, die den wandernden Invaliden mit Wunderaugen betrachteten und die stattliche Festkavalkade keines Blinzelns würdigten. Es herbergte sich gut auch bei den Bauern von Reckenburg; droben aber in den herrschaftlichen Gemächern lockte ein allempfundener Zauber die Gäste herbei, denn die alte Dame lächelte gütig und die junge war schön.

Indessen sie hieß noch immer schlechthin Hardine Müller, sie nahm eine Stellung ein, die sich ebensowohl für die bevorzugte Gesellschafterin wie für die Verwandtin eines großen Hauses geschickt haben würde. Ausbildung und Beschäftigungsweise hätten sie für das Familienleben bürgerlicher Kreise geeignet gemacht, Anstand und äußere Form möchte ein hochwohlgeborener Weltmann nicht unter seiner Würde gefunden haben. Und eben weil sie so Verschiedenen gerecht schien, sah die Hoffnung jedes Besonderen sich eingeschränkt. Die Bürgerlichen schreckten die Ansprüche der aristokratischen Pflegemutter; die Aristokraten schreckte die plebejische Herkunft ohne verbriefte Zukunftsaussicht. Eine Zeitlang glaubte man an einer Verbindung mit dem ältesten Sohne des Grafen, einem hübschen, flotten Kavalier. Der junge Herr besann sich aber anders, er wählte eine, die Gott weiß wie viele Ahnen, und nicht, wie die kleine Hardine, zwar zehn Sperlinge auf dem Dach, aber *einen* sicher in der Hand hatte. Es war das zweifelhafte Erbe der Reckenburg, welches von zwei Seiten die Bewerber zurückhielt, und so müssen wir leider die Tatsache konstatieren, daß die liebliche, vielbewunderte kleine Hardine in ihrem zwanzigsten Jahre sich noch keines Heiratsantrages rühmen durfte.

Alle diese Freierzweifel fanden jedoch eine überraschende Lösung, als just in den Hochsommertagen, wo vor zwölf Jahren die Waise des Invaliden an dem Herde der Reckenburg heimisch geworden war, Fräulein Hardine die Verlobung ihrer Pflegetochter bekanntmachte. Der Auserkorene war ihr erster Kindheitsgenosse, der uns bekannte freundliche Gymnasiast, der aber nicht das geistliche Erbamt auf Reckenburg übernommen, sondern nach dem Tode seines Vaters vor ein paar Jahren die juristische Laufbahn mit der ökonomischen unter Fräulein Hardines Augen vertauscht hatte und jetzt als deren Gehilfe die Reckenburg verwaltete.

Manche heimliche Hoffnung wurde durch diese Verbindung zerstört, manche neu belebt. Man nahm sie als einen Akt der Verleugnung, wo man einen der Adoption gefürchtet hatte. Nun und nimmermehr konnte dieser Prototyp einer Edelfrau den Stammsitz ihrer Väter, das Erbe, welches deren Namen in die Zukunft leitet, auf die Familie eines Mannes übertragen, der als Bediensteter in ihrem Lohn und Brot stand. Wer reines Blut in seinen Adern fühlte, brachte ein Hoch aus auf die alte Reckenburgerin.

In wenigen Wochen waren Ludwig Nordheim und Hardine Müller ein Paar. Die unruhige Spannung aber steigerte sich, als schon am Tage nach der Hochzeit sich die Neuigkeit verbreitete, daß das Fräulein von Reckenburg ein Testament übergeben habe. Sie hatte es ohne notariellen Beistand abgefaßt, Siegelung und jedwede gerichtliche Einmischung in die zur Zeit ihres Todes bestehende Verwaltung untersagt, bis nach dreißigtägiger Frist die Eröffnung stattgefunden haben werde. Mit dieser letzten Klausel mochte es allerdings Weile haben. Die Testatorin war an Geist wie Körper kerngesund, kein Haar auf ihrem Haupte ergraut, der stolze Nacken nicht um eine Linie gekrümmt. Sie zählte sechzig Jahre, vielleicht auch mehr, aber sie schien auf ein Jahrhundert angelegt.

Manche unserer heimischen Zeitgenossen werden sich daher des allseitigen Staunens, ja Erstaunens erinnern — dem Herausgeber zittert heute noch die Hand, nun er bei diesem Wendepunkt angelangt ist — als am 21. September 1837 sich die Kunde von dem Tode der letzten Reckenburgerin gleich einem Lauffeuer über die Landschaft verbreitete. So fern sie irgendeinem gemütlichen Zusammenhange außer ihrer Flur gestanden, die Blicke und Gedanken von hoch und gering hatten sich Geschlechter hindurch mit einem allzu lebhaften und mannigfaltigen Interesse auf die beiden ungewöhnlichen Schloßherrinnen geheftet, um sich nicht wie von einem persönlichen Schicksale betroffen zu fühlen, als jetzt die Stelle, die sie eingenommen, plötzlich verödet war. Wer sollte diese Stelle fortan füllen? Einzelne wie Korporationen forschten ängstlich nach dem leisesten Faden, welcher zu der bewährten Segensquelle leiten konnte. Jedweder sah sich zu einer Hoffnung berechtigt, um so mehr, als keiner zu einem Anspruch berechtigt war und nur Glück oder Gunst ihm ein großes Los in die Hand spielen konnte.

Aber es waren nicht diese Glücksjäger allein. Ein umfänglicher Gemeindeverband hatte eine Oberherrin verloren, die sich sein Gedeihen zur Aufgabe eines langen Lebens gesetzt, eine große Zahl Beamteter die gerechteste Gebieterin, auch die Armut eine milde Versorgerin, seitdem durch die Hand eines Bettlerkindes die Tugend der Barmherzigkeit eine Sitte auf Reckenburg geworden war, und es ist nicht zuviel gesagt, daß Tausende mit beklommener Brust der Stunde entgegensahen, die über die Wahl des neuen Erben von Reckenburg gemäß dem Willen der Toten entscheiden sollte.

Keiner aber empfand diese Beklemmung tiefer als das junge Paar, dessen sorgloses Glück durch den jähen Tod einer Wohltäterin so dunkel getrübt worden war. Erst seit dieser Stunde fühlten Ludwig und Hardine voll und ganz das Bedeuten ihrer frühen Verwaisung, fühlten sie das Bangen der Heimatlosigkeit. Ein warmes, weiches Nest hatte sie bis heute geborgen; wo aber sollte die Hütte ihrer Zukunft stehen?

Und es war nicht nur die zweifelhafte Zukunft, nicht nur der Kummer der Gegenwart, es war auch das Geheimnis der Vergangenheit, welches die Herzen der armen Kinder so ängstlich zusammenzog. Sie allein von den vielen, welche der letztgültigen Entscheidung über ihre Heimat mit Spannung entgegensahen, sie allein wußten, daß gleichzeitig das Rätsel sich lösen sollte, welches der Waise des Invaliden eine Freistatt in derselben eröffnet hatte.

Als an jenem unglückseligen Morgen die jungen Gatten frohen Mutes zum gewohnten Frühgruß in das Zimmer ihrer mütterlichen Freundin traten, fanden sie dieselbe nicht wie alle Tage für ihren Geschäftsbetrieb gerüstet. Das Bett war unberührt, sie selber saß im Nachtkleide zurückgesunken in dem Lehnstuhle, der schon in ihrem Vaterhause gestanden hatte. Auf dem Schreibtische vor ihr lag die alte Erbbibel aufgeschlagen bei dem achten Kapitel des Römerbriefes, und die Worte des vierzehnten Verses: „Denn welche der Geist Gottes treibt, die werden Gottes Kinder heißen,“ waren sichtbarlich frisch unterstrichen. Neben der Bibel aber fanden sie ein umfangreiches Manuskript, dessen Aufschrift mit den gewohnten kräftigen Handzügen lautete:

„Mein Geheimnis. Ohne Zeugen zu lesen von Ludwig und Hardine Nordheim am Abend v o r der Eröffnung meines letzten Willens.“

Erst spät in der Nacht schien das Siegel auf diese Mitteilung gedrückt worden zu sein, denn die Lackstange wie das Reckenburgsche Wappen zeigten Spuren des kürzlichen Gebrauchs, und die einzige Kerze, welche dem scharfen Auge und der schlichten Gewöhnung der Matrone noch immer genügte, war tief herabgebrannt. Noch hatte sie die Flamme sorglich gelöscht, dann mit gefalteten Händen, im Rückblick oder Aufblick, mochte sie noch eine Weile geruht haben und so entschlummert sein. N i ch t , wie die Kinder beim ersten Eindruck hofften, um wiederum zu erwachen, nein, eingeschlummert für immer. Ein Herzschlag hatte sie getötet. Kein Zeichen von Kampf oder Krampf entstellte die ruhigen Züge, ein leises Lächeln umspielte die Lippen, und auf den Wangen war der letzte rötliche Hauch noch nicht entflohen. Das tote Antlitz sah sich schöner an als einst das lebende. Noch zeigte es das milde Entzücken des Heimganges, jenen Adel der letzten Stunde, welcher den Schmerz der Überlebenden zu ewigem Troste verklärt. Die letzte Reckenburgerin war geschieden v o r dem Hinsiechen einer Kraft, im bewußten Frieden mit Gott, mit seiner Welt und mit sich selbst.

Heute aber lief die Monatsfrist zu Ende, die sie bis zur Enthüllung ihres langbewahrten Geheimnisses anberaumt hatte. Die Sonne des Oktobertages neigte sich, und wir empfinden den feierlichen Ernst, mit welchem wir die jungen Gatten, in tiefe Trauerkleider gehüllt, die Terrasse hinabsteigen und schweigend den Ulmengang bis zum Waldesrande verfolgen sehen.

Eine langgehegte Neigung des Herzens hatte Ludwig und Hardine zusammengeführt, und die Liebe, sagt man ja, wählt blind. Aber auch der scharfprüfende Blick ihrer Beschützerin würde kaum zwei Menschen gefunden haben, welche wie diese beiden zur gegenseitigen Ergänzung geschaffen schienen.

So klaren Auges, von so kraftvoller Struktur und Färbung, wie die des jungen Mannes, so hoch aufgerichtet wie ihn, würden wir uns einen leiblichen Sprossen des Reckenburger Stammes haben vorstellen können. So sicher seiner selbst und rasch zur Tat mußte der Gehilfe sein, welchen Fräulein Hardine sich in ihrem Amte erwählt hatte. Der frohmütige Gymnasiast, der schon bei der ersten Begegnung das Herz des wandernden Invaliden gewonnen hatte, war ein ganzer Mann geworden und ein guter Mann.

Hardine aber, wie sie sich jetzt so dicht an den einzigen Beschützer schmiegt, dessen Schulter der weiche, goldglänzende Scheitel kaum erreicht, jeder Blick des großen, feucht schimmernden Auges eine Frage, jede Biegung der anmutigen Glieder, jede Blutwelle unter der durchsichtigen Haut der Ausdruck eines liebebedürftigen Gemüts, so gleicht sie der jungen Birke, deren Laub im leisesten Hauche zittert und deren zarter Schaft zusammenknicken würde, wenn Sturm und Wetter sich nicht an dem hochragenden Wipfel des schützenden Eichenbaumes brechen sollten.

Es war einer von den seltenen Tagen, deren Sonnengold und Farbenspiel wir so dankbar als letzte Gunst des Jahres genießen. Ludwig und Hardine erstiegen einen Hügel, der, zwischen Garten und Forst, meilenweit über die Flußaue einen Ausblick bietet. Die Herbstspinne hatte die Stoppeln der Felder mit einem silbernen Netze verhüllt, die Zeitlose einen Violenschimmer über die noch immer saftgrünen Wiesen gebreitet. Leise drangen die Glocken der abweidenden Herden herauf; die Spätlingsdüfte der Reseda mischten sich mit der Würze des Waldes, der in allen Schattierungen des absterbenden Laubes und der immergrünen Nadeln die Landschaft umrahmt. Breit und ruhig wallte der Strom, ein Spiegel reinster Himmelsbläue, bis er fern im Westen im Glanze der sinkenden Sonne verschwand; gegen Morgen aber stand die feine Sichel des Mondes gleich einem Diadem über dem schwärzlichen Tannenforst, und aus dem Grunde stiegen schon jene weißen Dunstschleier in die Höhe, welche an die Ahnungen unsrer Seele erinnern, wenn Sang und Duft der Jugend erloschen sind.

Keine Jahresfärbung steigert die einfachen Formen unserer Landschaft zur Schönheit, wie die des Herbstes, und, war es zum Lebewohl, war es zu einem heimatlichen Glückauf, daß sie heute ihren blendendsten Schmelz, ihre reinsten Farben entfaltet hatte?

Ludwig und Hardine hatten eine Weile schweigend das reichgesättigte Bild überschaut. Jetzt unterbrach der junge Mann die Stille; er faßte der Gattin Hand und sprach mit einem Lächeln und herzerschließenden Klang der Stimme: „Ja, es ist eine liebe Heimat, und es müßte köstlich sein, sich aus eigenem Vermögen in ihr ein Bürgerrecht zu erwerben. Aber trockene deine Tränen, meine Hardine. Gehören wir nicht eins dem anderen? Sind wir nicht durch s i e zu froher Tätigkeit gewöhnt? Du wirst auch anderwärts glücklich sein, mein liebes, sanftes Weib!"

„Überall, Ludwig, überall mit dir!" flüsterte sie, indem sie den hellen Kopf an seine Brust gleiten ließ. Nach einer Pause aber setzte sie hinzu, und ein Schauer überrieselte die schwanke Gestalt: „Es ist ja nicht d a s , Ludwig, nicht das allein — —" Sie stockte, er aber sagte:

„Nein, es ist nicht d a s, und ich weiß, w a s es ist, Hardine. Kein bangeres Geheimnis als das des Blutes. Liegt uns die Zukunft verhüllt, die Vergangenheit wollen wir klar überblicken, wollen die Ahnen kennen, denen wir die Wohltat des Daseins zu danken haben. Und darum —"

„Darum!" hauchte die junge Frau.

„D a r u m," fuhr jener fort mit einer stolzen Zuversicht, als gälte es einen Zweifel an der eigenen Ehre zurückzuweisen, „d a r u m sage ich: was auch die nächste Zukunft enthüllen mag, nun und nimmer einen Makel auf dem hehren Bilde dieser Frau, die uns beiden eine Mutter geworden ist."

Die Gattin beugte sich und küßte des Mannes Hand zum Dank, daß er ihr ein frohes Bewußtsein bekräftigt habe. Dennoch flossen ihre Tränen noch immer. „Und mein Vater, Ludwig," schluchzte sie, „mein armer Vater —"

„Dein Vater", versetzte Ludwig, „klammerte sich im Schiffbruche des Lebens an den Strohhalm einer Erinnerung, eines Wahns, um sich selber und sein hilfloses Kind vor dem Versinken zu retten."

Die junge Frau schluchzte krampfhaft. Ihr Mann küßte sie auf die Stirn und zog sie neben sich auf eine Bank, über welche ein Ebereschenbaum seine schweren, vollen Trauben herniederhängen ließ.

„Fasse dich, mein Kind," sagte er. „Uns bleibt noch eine Stunde. Laß uns die Enthüllungen, welche wir vermuten, durch unsere Erinnerungen vorbereiten. Niemals würde ich mir eine solche Aussprache selber mit meinem geliebten Weibe gestattet haben, solange i h r e Augen über uns wachten. Ich fühlte ihre heimliche Mißbilligung. Heute aber, wo ihr eigener Wille das Geheimnis brechen wird, heute frage ich dich: hat sie je gegen dich der Vergangenheit erwähnt?"

„Niemals, niemals, Ludwig," beteuerte die junge Frau.

„Und auch gegen mich nur mit einem einzigen ernsten, aber nicht enthüllenden Wort," sagte Nordheim, von der Erinnerung bewegt.

„An jenem glückseligen Morgen, wo sie meine langgehegten Wünsche zum Ausdruck und zur Erfüllung brachte, da fragte sie mich: ‚Kennst du die Abstammung des Kindes, Ludwig, dessen Schutz du von heute ab übernimmst?' Und als ich die Frage bejahte, fuhr sie fort: ‚Sie ist in Ehren geboren; ihr Vater war ein tapferer Soldat, dessen Wunden die späteren Verirrungen deckten. Sei auch du ein tapferer Soldat und scheue nicht die Wunden in dem immerhin schweren Kampfe des Lebens.' Das ist das einzige Mal, daß sie das Andenken August Müllers in mir wachgerufen hat."

Ludwig sprach eine lange Weile über jene erste traurige Zeit. Das Gedächtnis des lebhaften, neugierigen Schülers hatte manches erfaßt und erfahren, was dem blöden kleinen Mädchen entgangen oder entfallen war. Er scheute sich nicht, sie an ihres Vaters verwahrlosten Zustand und selber an ihren eigenen zu erinnern, wie sie, ein zitterndes, halbnacktes Vögelchen, fast stumpfsinnig von Entbehrung und Elend, der Frau unter die Augen getreten sei, die ihren Abscheu vor jeder Art von Verkommenheit bisher noch zu keines Menschen Gunsten verleugnet habe.

„Ich kann uns diesen Rückblick nicht ersparen, mein liebes Herz," sagte er, „auf daß wir die Frau verstehen lernen und ihre Tat. Frage dich nun selber, ob solch eine Erscheinung, mit dem unerhörtesten Anspruche sich zudrängend und sich des schmählichsten Unglimpfes nicht entblödend, ob sie die bisherige Natur, die bisherigen Grundsätze unserer Freundin erschüttern oder ob sie dieselben schärfen mußte?"

Weiterhin sprach er von den Folgen jener Begegnung. Erst in dieser Stunde erfuhr Hardine, mit welchem Opfer die an Ehrerbietung gewöhnte Matrone ihr Geheimnis bewahrt habe, und beider Wesen beugte sich vor diesem schweigenden Heldenmut, den die junge Frau mit dem ihr geläufigsten Worte „Liebe" nannte.

„Nein," so schloß aber Ludwig seine umsichtige Betrachtung, „nein, es war nicht, was du Liebe nennst, Hardine, nicht ein natürlicher Zug, welcher der strengen Lebensregel dieser Frau und der von ihr hochgehaltenen Meinung der Welt Trotz bieten hieß. Und es war auch nicht der übernatürliche Trieb der Christin, der Schmach und Verfolgung als Seligkeit auf sich nimmt."

„Und was denn, Ludwig?" hauchte die junge Frau, „was denn?"

„Ein Geheimnis, wie sie es selber nennt, ein Geheimnis, das, wenn es sich löst, uns lehren wird, daß wir die Macht besitzen, auch gegen unsere Neigung das Rechte zu tun. Gewissen heißt sie, jene himmlische Macht, auf welche in erster Ordnung alles Menschliche sich gründet. Diese Frau erfüllte eine Pflicht. Sie erfüllte sie voll und ganz nach ihrer groß geschaffenen Natur. Und wenn im Laufe der Zeit der rückwirkende Segen der Liebe ihrer Tugend entquoll, so sind wir zweimal ihre Schuldigen geworden: zuerst um des Kampfes willen, welchen sie bestand, und dann um des Sieges willen, welcher sie zu unserer Mutter machte."

Ludwig Nordheim erhob sich nach diesen Worten, ergriff die Hand seiner Gattin und fuhr nach einer Pause mit warmer Bewegung fort: „Und darum, meine Hardine, ehe wir das letzte Wort aus ihrem Munde vernehmen, lege deine Rechte in die meine zu einem unverbrüchlichen Entschluß. Was diese Frau uns enthüllen oder vorenthalten wird, wir wollen ihm gehorchen als dem Gesetz einer Mutter. Sollen wir arm und auf uns selbst gestellt in die Fremde ziehen, wir zweifeln nicht; es war die Weisheit einer Mutter, welche den Stachel der Not zu unserer Reife erkannte. Zeigt sie uns einen Pfad: wir wandeln ihn; eröffnet sie uns ein Amt: wir warten sein, stark durch den Rückblick auf sie. Endlich aber, meine Hardine: wenn unter ihrer Hand ein Bild sich entscheiern sollte, welches die Enkel verehren möchten und vor welchem sie errötend die Augen niederschlagen, so zählen wir unser Geschlecht von dem Tage an, wo diese Frau dem losgelösten Kinde eine Freistatt in ihrem Herzen eröffnet hat; und wir wollen unsere Häupter hoch tragen, gerade darum, denn die freie Liebe einer Mutter hat sich zwischen uns und den mächtigen Schatten gestellt."

Er schwieg. Die Gattin hatte ihre beiden Hände in seine Rechte gelegt, und er hielt sie eine Weile mit kräftigem Drucke umschlossen. Es war Abend geworden, das letzte Rot verglüht, der erste Stern am Horizonte aufgestiegen, die weißen Nebelgestalten der Aue drangen immer dichter und dichter zu den dunklen Föhrenwipfeln empor. Noch einen Abschiedsblick in die Runde, dann wendeten Ludwig und Hardine sich rasch und gingen schweigend, aber mit lebhafteren Schritten, als sie gekommen, dem Schlosse zu. Ohne Aufenthalt betraten sie das einfache Turmgemach, das noch unverrückt die Spuren des entschwundenen Lebens trug.

Fräulein Hardine hatte im Laufe des Sommers einem namhaften Künstler zu dem einzigen Bilde gesessen, welches von ihr existiert und welches jetzt, seiner Bestimmung gemäß, in dem Ahnensaale der Reckenburg das letzte Feld einnimmt. Von der kinderlosen Erbauerin war dieser Platz dem fürstlichen Gemahle zugedacht, um die Reihe mit einem Purpur abzuschließen. Nun weilt der Beschauer sinnend vor der schlichten Gestalt, welche der Künstler gut gemalt, aber besser noch aufgefaßt hat.

Wir haben eine lange Reihe hinter uns. Zu Anfang die nach Natur und Kunst ziemlich grobschlächtigen, ritterlichen Damen und Herren in Schaube und Barett, in Koller und Panzerhemd. Dann, zahlreich vertreten, der Kavalier und sein Gespons, in Lockenperücke und Zopf, uniformiert und besternt, Puder, Toupet und Schönpflästerchen, tanzmeisterliche Haltung und Höflingsspas. Endlich die kleine Figur der Gräfin mit dem scharfen Vogelprofil, ein neunperliges Krönchen in der hochgetürmten Frisur, wie sie vor den Ruinen der alten Burg den Bauplan des neuen Schlosses in der beringten Hand entrollt.

Die Spanne fast eines Jahrhunderts liegt zwischen d i e s e m Bilde und dem, welches die Reihe schließt. Und welches Jahrhunderts! Mit Siebenmeilenstiefeln rennt die gewaltigste Umwälzung, welche die Weltgeschichte kennt, an unserem Geiste vorüber. Der Fuß tut einen Schritt — und wir stehen vor der Gestalt Fräulein Hardines.

Alle Frauen der Galerie und selber die Mehrzahl ihrer Vorgänger überragend, ist sie in einer Waldeslichtung und im Vorwärtsschreiten dargestellt, den Blick mit ruhiger Zuversicht in die Gegend gerichtet, von welcher das Licht in die Szene fällt. Schlicht gescheiteltes Haar, ein jagdgrünes Gewand, in der Hand einen Eichenzweig: so wie wir ihr täglich auf ihren Flurgängen begegnet sind. Auf der Brust als einzigen Schmuck das schwarzweiße Ordenszeichen der Befreiungsjahre.

Ist es auch nur der Lauf und Ablauf eines Geschlechts, die Gesamtheit spiegelt sich uns in diesem Einzelbilde. Unser Herz war beklommen, nun schlägt es getrost. Wir fühlen uns gemahnt an jene Menschheitspfeiler, welche, an die Grenzen zweier Zeiten gestellt, aus der alten hinaus die Brücke in eine neue schlagen, gemahnt durch das gute Bild von unserem Fräulein Hardine.

Dieses Bild war erst nach dem Tode der Dame von dem Maler abgeliefert und von den Kindern mit einem Asternkranze umrahmt, für die heutige Weihestunde über dem Lehnstuhle befestigt worden, auf welchem die Teure den letzten Atemzug ausgehaucht hatte.

Dem Bilde gegenüber nahmen sie ihren Platz vor dem altväterlichen Eichentische, auf welchem die Bibel bei dem achten Kapitel des Römerbriefes aufgeschlagen geblieben war. Hardine zündete die Kerzen an und legte ihre zitternde Hand in die ihres Gatten.

Nach einem tiefen Atemzuge löste er die Siegel des Schriftstückes, und ohne Unterbrechung, als die eines liebreichen Blickes auf die still weinende Frau oder auf das Bild in der Höh, las er den Inhalt, den wir dem Leser vorausgegeben haben bis zu dem Tode des Invaliden.

Das Geheimnis der Vergangenheit war enthüllt, dem Geiste nach s o, wie Ludwig Nordheim es der Gattin vorausgekündigt hatte. Nur wenige Blätter blieben noch in seiner Hand; er ahnte, daß sie das Gesetz für ihre Zukunft enthalten müßten, und nach einer langen, langen Pause las er den letzten Abschnitt von der Geschichte der seltenen Frau.

Dreizehntes Kapitel

Der Jungbrunnen

Das Schlußkapitel meiner Geschichte haben wir miteinander durchlebt, liebe Hardine. Es wird Dir wenig erzählen, dessen Du Dich nicht erinnertest, und soll nur ein Fazit sein von dem, was wir uns gegenseitig schuldig geworden sind.

Du glaubst, es sei eine warme Hand gewesen, welche die Waise von der Leiche des Vaters unter ein heimisches Dach geführt hat. Wie oft habe ich mit Scham den Dank Deiner Tränen auf dieser Hand empfunden! Mein Kind, es war ein sehr frostiges Geleit, und es hat lange gewährt, bis ich — Dich lieben etwa? — o nein, bis ich Deinen Anblick nur ertragen lernte.

Es war ein Moment in meinem Leben, in welchem die letzte Spur von dem, was die Menschen Anzügliches für mich gehabt hatten, zu erlöschen drohte. Das Schicksal, dessen Zeuge ich gewesen, hatte mich erschüttert, nicht erweicht. Aus Liebe war Dorothee zur Sünderin geworden; aus Liebe der Mann, der sein ganzes Leben auf sie gestellt hatte, ein Betrogener; in einem unbestimmten Drange der berechtigsten Empfindung August Müller zu einem Ehrenräuber und Verleumder; und ich selber, hatte ich nicht in der Jugend den sicheren Ankergrund meines Lebens einer gefühlvollen Anwandlung preisgegeben, um im Matronenalter den Geifer der Welt als gerechte Strafe dafür einzuernten? „Das Herz macht uns zu Schwächlingen und Toren!" rief ich mit einer Bitterkeit, wie ich sie niemals gekannt hatte.

Denn ich spürte den allseitigen Abfall von meiner Person um so tiefer, da ich ihn nicht zu spüren schien und da ich mich bis zum letzten gegen seine Möglichkeit gesträubt hatte. Keiner dieser Menschen, auch nicht der Graf, war meinem Gemüte ein Verlust; nicht erst an ihrer Schätzung hatte sich mein Selbstgefühl entwickelt. Aber Ehre und Ehrerbietung, gleichen sie nicht der Luft, die den Atem in der Brust unterhält, den Atem, der um so stärker ringt, je schwächer der Pulsschlag des Herzens den inneren Kreislauf belebt? Alle diese Menschen, auch das wußte ich recht gut, führte über kurz oder lang Eitelkeit und Eigennutz mit dem Schein der Ehrerbietung zu mir zurück. Aber ich wußte auch, daß das Grundwesen der Ehrerbietung für alle Zeit vernichtet war. Und die Ehre ist nicht selbstgenügsam wie das Gewissen, sie lebt nur durch und in dem Widerstrahl. Es ist ein einsames Feuer, das in dem Wartturme brennt, aber es leuchtet dem Schiffer zu seinen Füßen, und erlischt es, steht der Turm als ein zweckloses Gehäus. Wie solch ein ausgelöschter Leuchtturm kam ich mir vor.

Und was hatte ich als Entgelt dafür, daß der Ehrenname der Reckenburg unter Spott und Hohn verhallen sollte? Eine Aufgabe für den tatkräftigen Sinn? Eine Herzenslust, ja nur die Erinnerung daran — für welche schon manche Ruf und Ruhe in die Schanze geschlagen hat? Nun, die Versorgung eines Bettlerkindes war kein Heldenstück für die reiche Frau, die ohne Opfer Hunderten ein Gleiches hätte erweisen dürfen; aber eine Herzensfreude war sie noch weniger als ein Heldenstück.

Wenn es noch ein Knabe gewesen wäre! Ein frischer, fröhlicher Gesell, wie Ludwig Nordheim etwa, der sich zu einem tüchtigen Arbeiter auf meinem Felde heranziehen ließ. Aber ein Mädchen! Was sollte mir und meiner Reckenburg solch ein schwächliches, zerbrechliches Ding, das bestenfalls Stricknadel und Kochlöffel regieren lernte? Und ein verkümmertes, trübseliges Geschöpf obendrein, in dem kein Zug mich an das Paar erinnerte, das mir den Jugendsinn der Schönheit erweckt und bisher allein befriedigt hatte. Gründete ich dem Kinde eine bürgerlich behagliche Existenz, für welche ich es, nach seiner körperlichen Erholung, in einer braven Predigerfamilie erziehen ließ, so war mein gegebenes Wort und damit meine Aufgabe gelöst.

Die Sorge für diese körperliche Erholung hatte ich meiner Kammerfrau übertragen, auf die ich mich verlassen durfte wie auf mich selbst. Denn „gleiche Herrn, gleiche Diener", das Axiom galt seit der Neubegründung der Reckenburg. Das Kind wurde gekleidet, genährt, gebadet, gepflegt auf ein Titelchen der Vorschrift des Medikus oder meinem eigenen Befehl mit der nämlichen Akkuratesse, wie meine Wäsche gebügelt oder meine Zimmer entstäubt wurden; aber auch nicht einen Funken über den Diensteifer hinaus. Ich konnte dessen versichert sein, ohne nachzuschauen. Indessen schaute ich nach, sooft ich vor und nach meinen Flurwegen auch die Gesindestube im Parterre revidierte. Es fehlte an keiner Schuldigkeit, und das Kind war sichtlich gesund. Aber es hockte müde, mit leeren, wässerigen Augen im Ofenwinkel oder in einer sonnigen Ecke auf der Terrasse, sprach ungefragt kein Wort und legte gleichgültig das Spielzeug beiseite, das man ihm in die Hand gegeben hatte. „Das Kind ist idiot!" sagte ich, indem ich ihm den Rücken wendete.

Monate waren in dieser Stimmung vergangen, die häßlichsten, weil hoffnungslosesten meines Leben. An einem Novembermorgen erhielt ich das königliche Patent, das mich zur gnädigen Frau erheben sollte. Ich erkannte die gute Absicht, eine verpfuschte Sache wieder ins Schick zu bringen, schrieb meine Danksagung und legte den huldreichen Akt zu den Akten.

Später als andere Tage trat ich aus diesem Anlaß meinen Flurgang an. Auf der Terrassentreppe saß das Kind. Seine Augen, gewöhnlich halbbedeckt und schläfrig geradeaus gerichtet, waren heute groß zum Himmel aufgeschlagen, an welchem die Sonne, noch hinter einem Nebelflor, um den Durchbruch kämpfte. Der Blick frappierte mich; ich ging schweigend vorüber, aber nach etlichen Schritten kehrte ich um und fand das Kind noch in dem nämlichen Aufschauen, unbekümmert, daß der schwarze Neufundländer, mein häufiger Begleiter, seine Bekanntschaft suchte, indem er das Frühstückbrötchen aus den kleinen Händen zu sich nahm.

Ich konnte den Blick nicht loswerden. Es war zum ersten Male, daß meine Gedanken sich mit dem Kinde beschäftigten. Ich kürzte meinen Morgengang ab, kehrte des nämlichen Weges zurück und stand still vor einem Bildchen, das, wäre ich ein Maler gewesen, ich augenblicklich skizziert haben würde.

Die Kleine saß noch auf derselben Stelle, und der große schwarze Hund geduldig neben ihr. Sie hatte die Ärmchen um seinen Hals geschlungen und den Kopf in sein zottiges Fell gewühlt. Die Sonne, die jetzt klar und fast sommerwarm niederschien, breitete einen Goldschimmer über das lose, flatternde Haar; ich bemerkte erst jetzt, daß es sich anmutig kräuselte, daß auch die steckenartigen Glieder sich gebleicht und gefüllt hatten und die Bäckchen, die im Augenblick ein leises Rot überhauchte, sich kindlich zu runden begannen. Ein friedliches Behagen prägte sich aus über der kleinen Gestalt. Bei meinem Nahen hob sie die Augen zu mir auf, belebt und dunkelblau; sie lächelte zum ersten Male unter meinem Dach — vielleicht zum ersten Male im Leben.

„Das Kind friert. Es braucht Wärme!“ sagte ich, und von dem Tage ab wohnte und schlief es in meinem Erkerturm, der gegen die Mittags- und Abendsonne gelegen und allein von der langen, glänzenden Zimmerflucht warm und ebenfalls wohnlich eingerichtet war.

Nun aß ich mit der Kleinen an einem Tisch, nun sah ich sie morgens und abends in ihrem Bett, nun merkte ich auf die Entwicklung des zarten Keimes. Lange freilich noch nicht mit der bewußten Liebe des Gärtners, der ein Samenkorn zum Pflänzchen auferzieht, aber doch mit einer Art von neugierigem Verlangen: Ob es wohl zur Blüte kommen wird? Sie wurde täglich weißer, runder, gefälliger anzusehen. Manchmal rief ich überrascht: die Dorl! Aber sie drehte sich nicht wie die Dorl, lachte nicht, schwatzte nicht, spielte nicht wie sie, und der große schwarze Hund war ihr einziger, aber treuergebener Freund.

Ich hatte mit dem Prediger einen Unterrichtsversuch verabredet, der nach Neujahr mit dem schwächlichen Geiste angestellt werden sollte. Am Nachmittag des Weihnachtsheiligabends kam er zu mir, die Kleine zur Christbescherung einzuladen, die sein Sohn, als Feriengast, heimlich aufgebaut hatte. Im Schlosse wurde nicht beschert; das Dienstpersonal erhielt sein ausbedungenes Geldgeschenk und ein stehendes Festgericht. Im übrigen glich der Freudenabend der Christenheit allen anderen Abenden des Jahres.

Der junge Herr Ludwig hatte den Vater begleitet und blieb bei dem Kinde, während ich mit jenem in Gemeindeangelegenheiten noch einen Gang durchs Dorf machte. Als wir zurückkehrten, saß der junge Herr im Fenster, durch welches die Sonnenstrahlen schräg in das Zimmer fielen, und das Kind saß auf seinen Knien, die Händchen in den seinen, den Kopf an seine Brust gelehnt, und die Augen leuchtend zu ihm aufgeschlagen; er hatte eben eine hübsche Legende vom Christkindchen zu Ende gebracht. Mir war es niemals eingefallen, der Kleinen ein Märlein oder Stücklein zu erzählen; wußte auch wahrlich nicht, wie mir eins hätte einfallen können.

Ich ließ das vorrätige Spiel- und Naschwerk nach der Pfarre tragen und begleitete, obgleich nicht mit eingeladen, das Kind hinunter. Solange ich meine Winter regelmäßig auf Reckenburg verlebt, also seit sechsunddreißig Jahren, hatte ich keine Christbescherung angesehen, und fürwahr, es muß ein Zauber aus dem lichterglänzenden Tannenbaum strahlen, ein Zauber, der eine heilige Familienfreude weckt. Die zäheste alte Jungfer wird zur Mutter, während sie die Christlichter brennen sieht und die Würze der Nadeln, mit der des Wachsstocks, der Früchte und Süßigkeiten gemischt, dies unvergleichliche Weihnachtsgedüft, ihr in die Nase steigt.

Und wie feierlich spielte und sang nun Herr Ludwig am Klavier: „Vom Himmel hoch da komm ich her!“ Und wie künstlerisch hatte er seinen Lichterbaum aufgeputzt, wie geheimnisvoll die Bescherung verteilt, wie lieblich das Christkindchen in der Mooskrippe gebettet! Eine muntere Schar aus dem Schul- und Forsthause war als Festgenossenschaft eingezogen, und — wißt ihr's noch? — wie die kleine Hardine wett mit ihr Ringelrund um den Weihnachtstisch tanzte, wie sie spielte, lachte und ihrem Meister nach „O Tannenbaum, o Tannenbaum“ zwitscherte, so frisch und fröhlich wie der anderen keins? Als sie aber spät abends an der großen Hardine Hand über die im Mondlicht glitzernde Schneedecke durch das totenstille Dorf in das totenstille Schloß zurückkehrte, da erzählte sie ihr Wort für Wort die Geschichte vom Christkinde, die sie heute zum ersten Male von freundlichen Lippen gehört und im Bilde geschaut hatte, und in dem alten Herzen regte sich zum ersten Male das Ahnen der Gotteserscheinung nicht bloß in dem e i n e n gnadenreichen, aber in j e d e m hilflosen Menschenkinde.

„Die Kleine ist nicht idiot,“ sagte ich, als ich vor Schlafengehen sie mit purpurnen Wangen und raschem, kräftigem Atem in ihrem Bettchen liegen sah, „aber sie braucht Erregung und Freude.“

Trotz der Sabbatfeier stellte am ersten Festtage ein Lehrmeister auf Schloß Reckenburg sich ein. Nordheim junior, als Substitut für seinen vielbeschäftigten Herrn Papa. Und als der Substitut am Feste Epiphanias seine Würde niederlegte, da wußte das Wunderkind zwölf Märchenstücklein und sämtliche Buchstaben wie auch Grundzahlen am Schnürchen herzusagen. Der Fortschritt erlahmte ein wenig unter der Methode des älteren Professors, regelmäßig aber während der festlichen Ferienzeit rannte er mit Siebenmeilenstiefeln voran, namentlich in der rhetorischen Kunst. Als das verhängnisvolle Königsfest jährig ward, da dachte ich nicht mehr daran, die kleine Anwärterin des Kochlöffels in einer braven Predigerfamilie zu versorgen, sondern dankte Gott, daß ich sie als Schatz des neuen Turmes hüten durfte.

Nun aber ward es erstaunlich, welche nie gekannten Bedürfnisse ich dem bescheidenen Kinde Tag für Tag zu befriedigen fand, wie mit jeder Befriedigung der Hunger nach neuen Bedürfnissen wuchs und wie das nüchterne, einförmige Leben allmählich so bunt und mannigfaltig ward rings um mich her. Das Kind brauchte Behagen und Freiheit, es brauchte Gespielen und Freunde, Blumen und Vögel, Sang und Klang; es brauchte Almosen für die Armen und Obdach für die Waisen, die es sich nachgelockt hat; alles in eins gefaßt: das Kind brauchte Liebe!

Wenn wir das Leben bedeutender Menschen, wie es die Geschichte oder der Dichter uns vorführt, überschauen, so finden wir in heißen Jugendkämpfen, in Lust und Leid ein aneignendes Streben, ein Drängen mit der eigenen vollen Persönlichkeit in die der anderen hinein, bis denn am Ende, nach mancher Verirrung, befriedigt oder entsagend, das Ich zur Ruhe kommt, die Heldenmäßigen selbstvergessend für eine Gesamtheit wirken, Denker und Dichter beschaulich das Ganze wie das Einzelne an sich vorüberziehen lassen.

Aber nicht bloß bei diesen Auserwählten, auch im Alltagslauf zeigt sich wohl eine beschränktere, aber keine abweichende Entwicklungsart: Freude, Wünsche, Sehnsucht, Anschluß an die Jugend, und im Alter Entsagen, Vereinsamen, bescheidenes Zurückziehen in den Beruf, in den Mechanismus der Stunde, und bei den Glücklichsten unter uns in die Religion.

Mich hatten Natur und Schicksal den entgegengesetzten Weg geführt. Kaum den Kinderschuhen entwachsen, trat ich ohne Tanz und Spiel, ohne Genossen, ohne Streit, außer dem flüchtigen mit einem Traumgespinst, ohne weitab führende Irrung, in einen männlichen Beruf, in ein Wirken für andere mehr als für mich selbst, und fühlte mich durch dieses Wirken beglückt bis in die Matronenjahre hinein. Erst in dem Alter, wo andere weiße Haare tragen, regte sich der versäumte Jugendsinn, regte sich ein unbestimmtes Bedürfen, das über das Schaffen hinaus mich einem natürlichen Zusammenhang verbände.

Und dieses späte, kaum verstandene Bedürfen, es wird gestillt wie durch ein Wunder. Aus der gesamten reichen Welt, die mir die Auswahl bietet, ist es die verlassenste, die armseligste Kreatur, ein Stein des Anstoßes auf meinen Weg geschleudert, die sich mir an das Herz schleicht, es umspinnt, es weckt, es füllt bis auf die letzte Falte; die alle Ansprüche verdrängt, alle Wünsche überbietet, die, ohne es zu ahnen, die alte Umgebung verwandelt, die verlebte Gewohnheit umbildet, die breite Fülle der Gegenwart, junge Geschlechter, natürliche Freuden und das Walten der Liebe an die Stelle der erstarrenden Regel setzt.

Meine liebe Hardine, wer ist dem andern mehr schuldig geworden, die hilflose Waise, die in dem Hause der reichen alten Frau eine Kindesstelle fand, oder ist es die reiche alte Frau, die durch das Bettlerkind Jugend, Liebe und Freude hat kennen lernen, die durch dieses Kind eine beglückte Mutter und erst ein Weib geworden ist?

In einem einsamen Born, kühl und durchsichtig wie ein Kristall, da ist einmal ein Staubkorn gefallen, das Samenkorn einer Blüte, die niemand blühen sah. Lange, lange Jahre hat es auf dem Grunde geruht, und plötzlich treibt es verwandelt empor, und es trübt sich der klare Spiegel. Aber des Himmels Lichter brechen sich farbig in der verdunkelten Fläche; ein erster grüner Keim drängt über sie hinaus, bald ragt ein Blatt in die Höhe, bald eine blaue Blume von anlockendem Duft; es lebt und webt in dem einsamen Born, es ist Frühling in ihm und über ihm geworden, ringsumher Farbe und Würze, Vogelsang und wärmender Sonnenstrahl. Es klingt wie ein Märchen, was dem alten Born geschah.

Und d a r u m, meine Kinder, nicht weil ein fremdes Schicksal der Entschleierung harrte — d a r u m habe ich meine Geschichte ein Geheimnis genannt und habe „die Logik der Natur" verehrt als eine Hilfe der Gnade.

Der kleinen Welt, welcher unsere Reckenburg ein gewohnter Zielpunkt geworden war, konnte deren allmähliche Neuerung nicht entgehen, und männiglich hat man in dem Fremdling, der sie unbewußt hervorlockte, die Erbin nicht nur des über kurz oder lang herrenlosen Besitzes, sondern auch des erlöschenden Namens der Reckenburg vorausgesetzt.

Es ist mir aber niemals in den Sinn gekommen, dem alten Baume, der nach Gottes Willen absterben sollte, dieses neue Reis aufzupfropfen. Ich habe einen alten Adel als einen zuverlässigen Stützpunkt geehrt; ich achte einen neuen Adel gleich einer Seifenblase. Junge Geschlechter mögen nach haltbareren Blasen trachten. Nun und nimmer aber würde ich mit dem Klange eines Namens eine Täuschung verewigt haben, welche durch eine vorlaute Hoffnung geweckt, durch ein halb pflichtmäßiges, halb trotziges Schweigen genährt worden war. Die letzte Reckenburgerin will auch nicht mit dem Scheine einer Unehrlichkeit in die Grube steigen.

Ebensowenig aber dachte ich daran, die Last eines großen Besitztums so schwachen Schultern wie den Deinen aufzubürden. Ich war durchaus nicht gewillt, mein Werk als eine Quelle des Behagens auch dem geliebtesten Menschen zufließen zu lassen. Es war ein Amt, ein Treugut, das ich übertrug, und Du bist ein Weib, Hardine, dessen Kraft erwächst aus der Kraft des Herzens, dem es sich zu eigen gibt. „Das Kind braucht Liebe," sagte ich. Liebe es denn frei aus seinem Gemüt heraus, ohne bindende Pflichten als die, welche diesem Gemüte entkeimen.

Es geschah daher nicht geflissentlich, daß ich die Zweifel über Dein zukünftiges Verhältnis zur Reckenburg unterhielt; nein, ich hegte diese Zweifel selbst. Du warst geartet und erzogen, um Dich jedem Zusammenhange der gebildeten Stände einzufügen, und man durfte voraussetzen, daß meiner Pflegetochter zu einer sicheren Bewegung in diesem Zusammenhange die materielle Ausstattung nicht gemangelt haben würde. Einen reichen Mann oder einen armen — einen alten Namen oder einen neuen — einen beschaulichen Charakter oder einen tätigen: das Herz hatte freie Wahl, das Erbe der Reckenburg war unabhängig von derselben.

Es soll indessen nicht verhehlt sein, daß ein Zusammentreffen der beiden Abschlußakte meines Lebens, daß namentlich eine Verbindung mit dem gräflichen Hause mir als Wunsch vor der Seele stand, und bleibe es dahingestellt, ob der alte Namensklang nicht einen heimlichen Zauber übte. Es hält gar schwer, mit eingelebten geistigen Gewöhnungen, Vorurteile genannt, tabula rasa zu machen, und es ist auch gar nicht nötig, so mit Schaufel und Harke sein Stückchen Lebensboden zu planieren; wenn nur in der entscheidenden Stunde das Urteil stirnhoch über dem Vorurteil und das Herz auf dem rechten Flecke steht.

H e i m l i c h also, es ist m ö g l i c h, lockte der alte Namensklang, unter dem der neue verschwinden sollte; l a u t aber, das ist g e w i ß, sprach das Verlangen, eine getäuschte Erwartung nachträglich in Erfüllung zu bringen. Ich schätzte den Grafen mehr als jemals in seinem erweiterten staatsmännischen Wirkungskreise; ich kannte ihn als den e i n z i g e n in meiner Umgebung, der, so rücksichtslos er sich gegen einen bösen Schein gebärdet, nicht einen Augenblick an mir gezweifelt hatte. Ich sah das Wohlgefallen des stattlichen jungen Kavaliers an meiner Hardine, und wenn ihr Herz sich dem seinigen zuneigte, warum sollten die Vorteile, welche die Eltern erstrebt hatten, am Ende nicht durch die Kinder zu erreichen sein? Meine arglose Hardine, Du hast meine Wünsche und Bestrebungen in dieser Richtung nicht bemerkt, und heute danke ich Gott, daß Du sie nicht bemerktest.

Denn als es mir klar wurde, wie des Grafen Standessinn vielleicht s c h w a c h genug war, um sich vor dem verbrieften

Reckenburgschen Erbe in meines Kindes Hand zu beugen, aber zu stark, um sonder Erröten dieses Kind in ein Vaterhaus zu führen; als ich den jungen Herrn nur in seinen Schwächen als den Sohn seines Vaters kennen lernte; endlich aber, als ich sah, wie Hardines Lippen bei der unerwarteten Fahnenflucht lächelten, und wie sie gleich darauf den Blick vor eines anderen Blick senkte, da fiel die letzte Binde vor meinen Augen, und mindestens die e i n e Hälfte meines Abschlußaktes war im stillen festgesetzt.

Ludwig Nordheim, mein Heimatskind, war der Enkel meines milden Freundes und der Sohn meines kräftigen Mitarbeiters; ich hatte mit Vertrauen beider Grundlagen sich schon im Knaben zu einer heiteren Harmonie vereinigen sehen und gar wohl den Reiz eines ersten Märchenerzählers auch in einem anderen Herzen gespürt. Aber sie waren Kinder dazumal, Jahre der Entfernung, der Entfremdung vielleicht, darüber hingegangen, und als er in die Heimat zurückkehrte, war es, um Abschied zu nehmen von dem Grabe seines Vaters und, auf sich selbst gestellt, sich einen Weg durchs Leben zu schlagen.

Eine tüchtige Kraft, einen frohen Willen, die treue Liebe zu der heimatlichen Flur, und — jenes Erröten meines Kindes, was brauchte ich mehr, um ihn zu fragen, ob er der alternden Frau ein Gehilfe in ihrem Tagewerke werden wolle? Und was braucht er mehr, um ja zu sagen und manchen frischen Trieb in das sich verjüngende Gehege einzupflanzen?

Nun aber erst, in dem freudigen Zusammenspiel der Herzen, wurde es um mich her so warm und lebendig, so bunt und neu. Die Gegenwart erschien mir so lieblich; ich mochte an die Veränderungen der Zukunft gar nicht denken. „Es hat noch Zeit," sagte ich, zögerte von Tag zu Tage mit einem abschließenden Plan, und Gott weiß, wie lange ich noch gezögert haben würde, wenn nicht ein Strahl von außen — oder nenne ich's von oben? — das behagliche Selbstvergessen durchbrochen hätte.

Erinnerst Du Dich noch, Ludwig, des Nachmittags, es ist etwa sechs Wochen, daß Du zu mir tratest mit den Worten: „Da bringt die Zeitung den Nekrolog des berühmten Doktor Faber. Ich wußte nicht, daß er Ihr Landsmann gewesen ist, auch Ihr Zeitgenosse könnte er noch gewesen sein. Haben Sie ihn gekannt, Fräulein von Reckenburg?"

Du wurdest im nämlichen Augenblick zu einem Geschäft abgerufen, und das ersparte mir eine Antwort, für welche mir der Atem gestockt haben würde. Der erste und noch der einzige Jugendgenosse war vor mir dahingegangen!

Ich nahm das Blatt zur Hand und überlas den Artikel. Er war gestorben nach rascher Krankheit den dritten August. Der dritte August! Ihr wißt, was dieser Tag mir bedeutete. Darf man solche Schicksalsdaten glauben? Soll man sie als ein verwirrendes Spiel des Zufalls von sich weisen? Entscheidet's nach Eurem Gemüt aber — die Glocke schlägt eins — seltsam! — es ist der zwanzigste September, der Tag von Valmy, an dem ich diese Aufzeichnungen zu Ende bringe.

Und weiter las ich: Der Mann, wie zwölf Jahre früher seine Gattin, war geschieden ohne Erben, ohne verwandtschaftlichen oder nahe befreundeten Zusammenhang. Kein ehrfürchtiges Gefühl wurde demnach verletzt, wenn ich Dir, Hardine, und dem, welchen Du liebtest, jetzt sagte: „Die Gattin dieses Mannes war Deines Vaters Mutter."

So hatte denn der Zauberer Tod die alten Gestalten noch einmal wachgerüttelt, und die ernsthafte vergangene Zeit drängte sich in meine heitere Gegenwart hinein. Wunderbar aber, wie sich so Bild nach Bild im Zusammenhange entrollte, da erschien mir auch das Deine, Hardine, plötzlich in einem neuen Licht.

Wohl war ich durch Deinen Anblick so manches Mal an die reizende Dorothee erinnert worden. Ich sah ihren lockigen Goldscheitel auf Deinem Haupt, manchen ihrer Züge, die fragenden Kinderaugen. Aber Deine Augen fragten nach etwas anderem als die ihren, Deine Gestalt war größer, die Farbe matter und der stille Ernst der Bewegung machte das ähnelnde Bild zu einer besonderen Erscheinung. Nein, es war nicht die Enkelin Dorothees, es war einfach das Kind, das sich in das sehnende Herz genistet hatte.

An jenem Abende nun sah ich in meinem Kinde — zwar auch nicht die Enkelin Dorothees — aber zum ersten Male die Enkelin des Mannes, zu dessen Erbe die alte Reckenburgerin den Stammsitz ihrer Väter neu geschaffen hatte, des Mannes, der, hätte er gelebt, der geliebten Mutter seines Sohnes in diesem Erbe eine Heimat bereitet haben würde. Mir war zu Sinn, als ob ich nur ein Treugut für die rechtmäßige Besitzerin verwaltet habe.

Unter diesen alten Erinnerungen und neuen Vorstellungen schlief ich endlich ein — träumte.

Ich bin in meinem Leben, weder wachend noch schlummernd, viel von Traumgesichtern behelligt oder beseligt worden, und ich brauche Euch nicht zu versichern, meine Kinder, daß ich mich für nichts weniger als eine Visionärin halte. Ich war an jenem Abend bewegt wohl, doch ohne Aufregung, kerngesund eingeschlafen, und kerngesund, wie noch in gegenwärtiger Stunde, wachte ich am anderen Morgen auf, aber mit dem deutlichen Bewußtsein eines Traumes.

Welches Traumes? Mich deucht, ich hätte ihn malen können, könnte ihn heute noch malen, und doch war es etwas Unbeschreibliches, Unendliches, das man nur fühlt, nicht sieht. Soll ich sagen: ein wogendes Meer? oder eine blendende Wolke, die von einem Throne niederwallte und wie mit einem durchsichtigen Schleier vier Gestalten überwob, die Hand in Hand auf ihren Knien lagen und ihre Blicke in die Höhe richteten? Diese Gestalten aber, ich sah sie so deutlich, wie ich sie je im Leben gesehen hatte, es waren Siegmund Faber, Dorothee, ihr Sohn und ihres Sohnes Vater. Und eine fünfte trat zu ihnen, um zwischen dem letzten und ersten die Kette zu schließen, diese fünfte aber war ich selbst. Der leuchtende Schleier überwallte auch mich, und es flüsterte unter seiner Hülle wie Luftgesäusel: „Denn welche der Geist Gottes treibt, die werden Gottes Kinder heißen“.

Unter diesem Geflüster erwachte ich, und es währte eine Weile, bis ich mich besann, daß nur die Fontäne in der Morgenstille plätscherte, und daß das leuchtende Meer, das mich umwogte, die aufsteigende Sonne sei, welche die Nebel der Aue übergoldete.

Rasch erhob ich mich nun. Mein Puls schlug ruhig und kräftig wie alle Tage, wie diese Stunde noch. Aber es war etwas in mir lebendig geworden, das mich unaufhaltsam vorwärtstrieb. Hatte ich bis heute gesagt: „Es hat Zeit!“ heute sagte ich: „Es ist Zeit!“ Und ich wußte ohne Besinnen, für w a s es Zeit geworden war.

An jenem Morgen, Ludwig, nahm ich das längst geahnte Wort von Deinen Lippen, und am Abend begann ich diese Aufzeichnungen. An dem Tage aber, an welchem ich das Kind meines Herzens für Zeit und Ewigkeit Deiner Mannestreue übergeben hatte, an diesem Tage schrieb ich mein Testament.

Es wird dasselbe Euch eröffnet werden, sei es in Wochen, sei es in Jahren, an dem Morgen, nachdem Ihr diese Blätter gelesen habt, und Ihr werdet nur die wenigen Worte darin finden: „Die Erbin meiner gesamten Hinterlassenschaft ist meine Pflegetochter Hardine Nordheim, geborene Müller“.

Ich lege das Erbe der Reckenburg in die Hand der Enkelin, wie meine Vorfahrin es in die Hand des Ahnen gelegt haben würde. Ich lege es in die Hand der Gattin meines bewährten Mitarbeiters. Ich lege es aber auch in die Hand des Kindes, das in dem einsamen Weibe das Herz einer Mutter erweckte, und ich lege es v o r a l l e m in die Hand der Waise, mit welcher der Geist der Liebe seinen Einzug in meine Flur gehalten hat. Ich tue es ohne bedingende Klausel, denn ich bin der Herzen meiner Kinder in ihrem Amte gewiß.

So sei denn dieses Vermächtnis die Krone über dem Werke des abgestorbenen Geschlechts. Sein Wahrspruch walte in dem jungen Stamm unter den umwandelnden Strömungen der Zeit, und der Geist der Gottesgemeinschaft wirke und wachse zum Segen von Kind auf Kindeskind.

Mitternacht war vorüber, als dieses Schlußwort verhallte. Mit erhobenen Händen knieten Ludwig und Hardine vor dem Bilde der letzten Reckenburgerin zu einem erneuerten heiligen Verspruch. Und bis heute sind sie ihrem Gelöbnis treu geblieben.

www.ingramcontent.com/pod-product-compliance
Lightning Source LLC
Chambersburg PA
CBHW060809310726
48980CB00002B/287
* 9 7 8 3 8 4 6 0 8 1 7 5 4 *